美人难做

橘花里散 著

长江出版社

漫娱文化

比鸟飞得更高的是人心，
比海底更神奇的是梦境，
比宇宙更广阔的是幻想。

目录

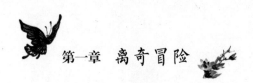

第一章 离奇冒险

林子大了，什么鸟都有。

看的文多了，什么垃圾都有。

1

梦里不知跑了多久。

我的脚下是湿润肥沃的红土，尖锐的小石头扎得皮肤有些疼，眼前大片大片的油菜开出黄色花蕾，红砖黑瓦的小屋冒着袅袅炊烟，北行的大雁划过蔚蓝天空。我不清楚自己在哪里。

远处有好心农妇牵着牛向我招手："洛丫头，病好了？咋披头散发到处跑？快回去，别吹风。"

"哞——"大水牛抬头，也冲着我叫了声。

我的名字和洛字不沾边，我想那农妇是叫错人了。

农妇却直奔我来，还对我慈祥地唠叨了好几句："天冷，记得添衣。"

我迷迷糊糊地应下，脑子却不太清楚，手短脚短，好像在做穿古装的梦，还变成了七八岁的小孩子？诡异的感觉涌上心头，我开始回想睡觉前发生的事：

我的名字叫柯小绿，今年二十岁，是个普通的大学生。我的兴趣爱好是看书，尤其喜欢被家长老师鄙视的没营养的网络小说和言情小说。我在书友群里绰号是"神农"，最喜欢尝百草，也就是试读各种书，从中分辨"毒草"和"粮草"，再将"粮草"推荐给大家阅读，孜孜不倦。

发现这篇《美人难做》时，正值午夜，以为是篇搞笑言情，便点了进去，没想到却是篇天雷滚滚的虐文。该作者应该是新手，文章描写极其幼稚，情节设定很不合理，角色和性格也大众化，就像很古老的小言情再包装了个虐恋做噱头的新外壳，再加上N个帅哥，凭着一幕幕煽情或激情描写抢人眼球，实在乏善可陈。唯独文字还算不错，能让人勉强看下去。

此文讲的是南宫家义女林洛儿初长成，妖娆绝世，红颜倾城，引义父义兄同折腰，彼此反目成仇，酿造出人伦惨案。来访的变态侯爷爱慕她貌美，使计夺走，又因其不顺从而对其进行了惨无人道的虐待。林洛儿不堪受虐，易容出逃，途中劳累不堪睡着，巧遇找宝藏的禽兽杀手，被揭穿真面目，被其掳走，然后又是一场场激情虐爱描写。然后被大侠救出，原以为终生有靠，芳心暗许，结果大侠亦是衣冠禽兽，她被欺负得惨不忍睹后，又被杀父夺权的义兄抢回去囚禁。义兄认定她红杏出墙，因爱成恨，又是多方羞辱。林洛儿自尽濒死，义兄方后悔，将其送往神医谷求治。神医对美人一见钟情，使手段迷了她的心智……她再次逃走的时候，落入出来闲逛的魔教门主手中，该恐怖分子对其又惊为天人……

故事到此戛然而止，没有完结，过程就是"爱你就要虐待你，虐待你就是爱你"之类的白烂描写和诡异三观。奇怪的是，这个奇特的故事竟有让人想读下去的欲望，本着"只雷我一个，不如拿去雷众人"的精神，我将它完完整整地看完了。

掩卷后，对女主角哀其不幸，怒其不争，对里面所有男角都有生理和心理上的厌恶，对作者的三观更是鄙视至极，然后我再论坛发帖，对其进行了深刻批判，引发众人对此文的冷嘲热讽，看完大家的评论后，我满意地关电脑下网，趴到床上呼呼大睡。

没想到，这一睡便再也没有醒来……

2

"爱哭猫在那里！"随着一声脆嫩的童声，几个小鬼冲了过来，将我包围在中央，嘻嘻哈哈坏笑不已。

我也朝他们笑笑，很客气地打招呼：“你们好。”

小鬼们愣了一下，窃窃私语几句，其中最高大的那个小男孩站了出来，他笑着露出两个小酒窝和一对可爱的虎牙，伸出拳头说：“来，有个好东西给你。”

我乐呵呵地伸手接礼物。

他摊开手，却是一条又肥又大的菜青虫，往我掌心丢来。

孩子们大笑起来，满脸期待地看着我的反应。

"谢谢，"我捏起虫子，仔细端详，感叹道，"自大学食堂一别，好久没见虫兄了，别来无恙吧，又肥了不少啊。"

菜青虫扭动几下身躯，不动了。

恶作剧的男孩和我大眼瞪小眼，他身边的小喽啰上前道："石头哥，爱哭猫今天怎么不哭了？"

男孩恼羞成怒，瞪了那哪壶不开提哪壶的家伙一眼，又把我上上下下打量了一番："怪事！"

几个小屁孩还想整大人？我轻蔑地将青虫丢到地上，田边一只小鸡扑过来，追着虫跑；随后跑过来一只花猫，追着鸡跑；又冲过来一条大黑狗，追着猫跑……一时间好不热闹。

未料，驿道上响鞭声起，惊散动物，几匹骏马从远处冲来。马上人一色的青锦衣，配长剑，通身江湖做派，就好像武侠电视剧般，从我眼前掠过。

"是南宫世家的人！"

"太威风了！"

"这是报信的信使，该不会是他们冥少爷要回来了吧？"

"……"

小男孩们在背后议论纷纷。

我满心不屑，转身往回走，忽然觉得南宫冥这三个字好生熟悉，就像在哪里见过似的。于是我停下脚步，寻思片刻，不禁低呼："南宫冥？那不是《美人难做》里第一个出场的那个义兄吗？他对未成年女主角产生了疯狂痴恋，百分百的恋童癖……"

"爱哭猫，你在自言自语什么？"那个因恶作剧失败而沮丧的男孩注意到我的低呼。

打了个寒战，我招招手，叫他过来问："这世界该不会还有藏剑山庄或修罗教什么的东西吧？"

男孩鄙视地看了我一眼："废话，难道你没听过？"

我又问："那个……什么神医白梓呢？"

旁边孩子抢上来插嘴："听说白家神医，连死人都救得活，就是性格古怪，不轻易出手给人看病。"

我又不是欲求不满，怎么会梦见那么多脑残文里的禽兽变态？还是快点醒来为妙。

我掐了自己好几把，将眼睛睁了又睁，只落下数点瘀伤和周围人怪异的目光。

我开始感到不妙了。

也不能怪我太迟钝，我醒来的时候脑袋昏沉沉的，人坐在竹床边，手里还拿着个布老虎，外面风景大好，以为自己是在做梦去云南旅游了，本着错过等于浪费的心态跑了出去。若是穿越到豪华寝室，有一堆奴才丫头送汤送药，纷纷惊叫"小姐你醒了"或者"太太终于生了"之类的话语，我肯定能早些认清现实。

不，穿越到哪里都没有关系，关键这是本小说！所以是同人穿越！

那个叫林洛儿的女主角我也不多说了，书里对她最常用的描写词语是"哭得梨花带雨""苦苦哀求""倍感羞辱""像个破布娃娃"诸如此类。

整篇文就是她逃离一个禽兽，又落入另一个禽兽手里，换着花样虐爱情深。

剧情？设定？这种文还能指望剧情设定？！

三观？思想？你去找篇立意深远、三观端正的脑残文给我看看！

老天，我靠你大爷的！你还不如干脆丢我去死亡率超高的少年漫画里！起码那里还有个标准的世界观！

我又掐了自己几把，不肯死心……

怎么办？害怕的时候，总会想起妈妈说的话："柯小绿，人不管到什么困境，都要好好活着。"

所以我活了二十一年，文不成武不就，唯精神强悍如打不死的小强，不管是经历了被继母冷落、高考落榜、暗恋被甩、男友出墙都能保持乐观向上，开心地对待未来的日子。

很快我便强迫自己冷静下来，乐观地分析现状：

1. 此脑残文虽格调低俗，但时代繁荣，近年应无战乱，适合生活。

2. 我熟悉剧情，可以避开禽兽。

3. 我平白年轻了十几岁，不用担心就业问题。

4. 我不是叫林洛儿的女主角，她悲催的命运与我无关。（这是最重要的一点）

不要怕，想通此关节，我长长舒了口气，一边催眠自己"脑残文好，脑残文妙"，一边往最初出发的小瓦房走去，脑中构思种田文养成计划。

"林洛儿！"

石破天惊三个大字击碎了我的美梦。

我左看看，右看看，未见有绝色佳人存在，然后一个穿青衣布裙的少妇走过来，一把抓住我的手，扯着走了，一边走一边唠叨："病刚好就往外跑，想急死嫂嫂吗？"

"你是叫我吗？"我差点连话都不会说了。

她伸手探探我额头，殷切询问："病糊涂了？"

少妇脸色和蔼，我两眼发黑，整个世界开始扭曲。

不！不！不！

我不是那悲催的女主角！不是被虐待的玩具！

该死的老天，我和你是有杀父之仇？还是有夺夫之恨？！

又哭又闹地被拖了一路，混合着少妇数落的声音，我就像一头被抓向屠宰场的小猪。

3

我们要做不畏强暴的英雄！

所以英雄壮烈了。

——柯小绿

灶台内柴火烧得正旺，灶台上放着面新磨的铜镜，镜中小萝莉五官尚未长开，依稀已见美人胚子，按书里描绘是"长着双氤氲着水汽的大眼睛，总带着几分哀怜，就好像落入猎人网里的小动物，让人不忍杀死，却又想抓过来养着玩弄"。

这种天生的弱受脸，怪不得大家想欺负！也就是因为这张脸，原著中的林洛儿在八岁时被南宫世家的禽兽家主南宫焕看中，收为义女养在身边，然后禽兽兄长南宫冥对她一见钟情，百般疼爱，万般勾搭，半骗半诱地在她十四岁时成就好事，同样心图不轨的南宫焕勃然大怒，赶走儿子，动手将她抢回来……整个故事就从这一出出吕布战董卓，父子反目的狗血大戏开始……

值得庆幸的是，现在南宫世家的一双禽兽尚未出场，我还有改变容貌、改变命运的机会！

"向丑女看齐！从我做起！"

"今天不毁容，明天遇禽兽！"

我默念口号给自己打气，手里抄起一把锋利的剪子，咬咬牙，比划半天，怎么也无法狠心在没消毒设备的情况下给脸蛋开口子，便小心翼翼地将那圈浓密的睫毛齐根剪去，然后打下刘海，胡绞乱剪，弄成一个厚厚的西瓜皮，盖住大半眼睛，再照照镜子，自觉遮掩了不少，这才罢手。

"你在干什么？"惊讶的声音从门外传来。

正迈着八字，弓腰驼背缩肩，练习猥琐流走路法的我被吓了一跳，回头看去，却是那个叫石头的孩子王，正站在台阶上呆愣愣地看着我。

"没什么。"我摇摇手，示意女人待在厨房时男人少管，快点走开。

他却闯进来，把我上上下下打量了一番，皱眉道："你头发怎变得那么难看？"

我早准备好说辞，迅速做答："不小心被火烧了。"

石头又问："你的睫毛呢？也被火烧了？"

我思索片刻，脸不红心不跳地答道："没错！"

他看看火，看看我，再看看四周，指着地板问："为什么地上那么多剪碎的头发？"

我蹲下，用手拢拢头发，一股脑儿全丢到火中："烧剩的。"

头发在火中发出阵阵焦糊味，他目瞪口呆愣了半晌，顿悟："你疯了？我去叫人来给你看看？"

"不！回来！"古代的孩子比现代的还早熟，我赶紧拉住他赔笑解释，"我想自己换个发型，结果乱剪剪坏了，你别大惊小怪。"

"有够蠢的。"石头勉强接受了这个答案，他嘲笑了我半晌，终于想起来意，从袖子里摸出只死老鼠，在我脸前晃来晃去，差点挨到鼻子，还得意地说，"爱哭猫，这好东西送你玩吧！"

"谢了。"我叹了口气，接过礼物，无视他期待的目光，随手将老鼠丢入火中，又用烧火棍扒了两下，回头笑道，"正好肚子饿了，等烧熟后我分给你吃，老鼠肉肥肥嫩嫩，最是美味。"

"你……臭丫头给我等着！"石头退后两步，恶心地掩住嘴，终于丢下句狠话，跺跺脚跑了，门外躲墙角偷看的部下见老大受挫，也跟着一哄而散。

"真是群不经吓的家伙。"我耸耸肩，丢开烧火棍，继续练习猥琐流步法去了，一边走一边在脑海里默默回忆这段时间收集的资料。确认穿越事实已不可逆转后，我立刻通过侧敲旁听等种种渠道，对周围环境做了调查。南宫世家和小说里一样，以落花剑法和指法闻名（具体不太记得了），是武林赫赫有名的门派，垄断了两个省的黑白两道生意，权势熏天，现任当家人是南宫焕，有独子名叫南宫冥。

我生活的村庄叫李家庄，离南宫世家有几十里，有百把户人家。林洛儿的母亲是本地人，叫李三娘，十年前嫁给洛城里的书生林孝为妻，感情和睦，有一子一女，可惜儿子养到五岁便没了，丈夫又在三年前意外落水身亡，两母女被林家的势利亲戚嫌弃，只好回来投靠娘家。不承想三娘羞怒之下染上恶疾，一病不起，没几个月就撒手人寰，留下女儿由外祖母和兄嫂照料。幸好两个女人都是吃斋念佛的好心人，家境还过得去，见林洛儿身子弱，性格乖，都没怎么刻薄她，只是自家有四个儿女，所以对她也不算上心。

以上种种，我们可得出两个结论：1.脑残文男主必须背景雄厚。2.脑残文女主要命硬克爹娘，才能为她日后发展后宫大道祛除道德谬论干扰，扫平一切有可能的障碍。

耶和华、观世音、王母娘娘、奥特曼……在上，让我扶额默哀一个先。

因敏感身份，我没敢到处抛头露面，每天不是蹲在厨房帮忙烧火、洗菜、打下手，就是躲到房间里练绣花，只有正午太阳光猛烈的时候，才趁众人休息跑出去溜达两圈，熟悉环境，顺便晒黑皮肤。

这种没人管的生活倒也悠闲，只是村里那群无聊的孩子们，着实麻烦。

乡下孩子大多不念书，大人忙碌甚少管教，每天干完活后，便打鸡撵狗地疯玩。而且这个年龄的男孩和女孩正处性别蒙眬刚开窍的阶段，对异性特别好奇，却又不愿明说，便表现在欺负对方身上。林洛儿长得可爱，特别爱哭，还不敢告状，男孩子都喜欢捉弄她，遂荣获"爱哭猫""胆小鬼""丑八怪""臭丫头""蠢货"等多个称号。

遗憾的是，现在他们的乐趣都被我终止了。

我别的不行，唯独胆大，读书时宿舍整层楼的姐妹们遇到老鼠、蟑螂、蜘蛛都会发出同一声尖叫："柯小绿！救命！"我便会拿着拖鞋和扫把冲过去横扫天下，拯救美女们于水火之中。

如今村里那群小鬼们弄来的菜花蛇、死蜈蚣等乱七八糟的东西，我压根儿没放在眼里，来一只灭一只，来两只灭一双，还老气横秋地教训了他们一顿，弄得他们灰溜溜的，很是消沉。

经历无数次失败，恶作剧带头人李石头终于挂不住面子了，他又跑来厨房，拦住择菜的我，瞪视一会，还是忍不住挪开视线："你的新发型简直丑得作孽……"

"那就别看！"我择着鲜嫩欲滴的青菜，懒得理他。

石头顺顺气，努力将视线转了回来，大声说："林洛儿，你的布老虎不见了。"

我慢慢抬起头，犹豫地问："什么布老虎？"

气氛变得很僵硬，石头看了我半天才说："就是你娘留给你的那个布老虎，黄色的，你特别喜欢，从不给人碰的。"

"噢！"我终于想起了，就是穿越醒来后手里抓的那玩意，被我不知丢到哪个角落了。

石头见我上当，轻咳一声，继续宣布："你可知那布老虎在哪里？"

我摇头。

石头对外面藏着偷看的孩子挤眉弄眼地笑笑，得意地说："你可以今天晚上去坟场找它，小心可别哭着回来哦。"

臭小子为让小女孩哭鼻子，竟绑架她的布老虎玩具，真是让人无语，可惜我对林洛儿的任何东西都没兴趣，所以再度摇头，拒绝了他的勒索："不去。"

石头惊讶："喂……那可是你娘的遗物。"

"那么大的人还玩什么玩具，随便你们。"我收拾着择好的青菜，放入篮子，站起身伸伸懒腰，推开他。

石头怒了："臭丫头，别那么嚣张！小心……小心我教训你！"

我回头笑道："你敢打架？不怕你爹的禁令和皮鞭了？"

"你……你以为我爹不准我打女孩，我就真不敢打了啊？你再那么嚣张便试试看？"石头的威胁很无力。

我大摇大摆地走了，头都没回。

身后传来拳头打在门板上的声音。

4

李家庄处在驿道上，车马频繁，外祖母闲着没事，便搭了个凉棚，卖些简单的糕点茶酒给附近赶路的村人，赚两个零花钱。

我走到晒谷场，便听见院子外有马蹄声，到门口处骤停，舅母匆匆跑进来，见我准备进屋，急忙叫道："洛儿，快去帮忙烧水，再把熟花生和鸡蛋端些来，有贵客在咱家茶寮歇脚。"

我听话地去屋内端出一盘子鸡蛋和花生，走到门口，忽然心里"咯噔"一下，响起警钟：有钱人怎会停在这种简陋地方吃食？莫非是南宫家那两头禽兽？

我头皮阵阵发麻，慢慢挪向门口，悄悄往外看了眼。果见凉棚内坐满穿青色锦衣的护卫，七八匹骏马中夹杂着匹配着银鞍红缨的白龙驹，正极有气质地在路边啃着青草，不像小喽啰骑的玩意。

舅母的催促声又响起："洛儿！快点啊！别让客人等得着急。"

我心里越发紧张，怎么也不肯出去。

"洛儿？！洛儿？！哪里去了？"舅母有些急了，忙和客人赔笑道，"那丫头笨拙，动作拖拉，真是让冥少爷见笑了，待会儿我去教训她。"

冥少爷？莫非真是南宫冥？！

我两脚发软，转身想跑，没想到后面传来少年清润的声音："没事，是那个穿灰色衣服的小姑娘吧，她不是来了吗？"

我迈出去的步伐僵在当场，心里暗暗叫苦。

和未来禽兽见面很不好，但被对方发现了还逃跑，会显得更怪异。

我百般纠结地转过半个身子，将托盘举至齐眉，尽可能低着头，不让对方看到长相，几步上前将食物递给舅母，然后装作怕生地掩着脸，迅速冲回厨房，这才松了口气。

蹲在地上画圈圈的石头见我这般窘态，兴奋地问："你被什么吓到了？"

我惊魂未定，本想顶上两句，却想起外面情况未明，最好找人去看看，便诱惑他："南宫世家的少主在我家茶寮休息，你不去看看热闹？"

男孩天生崇拜侠客，石头听闻此言，丢下树枝，一溜烟跑了。

"等等！"灶上的水就要开了，他跑得不见踪影，我又开始发愁，如何将水送出去。

未料，厨房门被轻敲两下，石头大大咧咧的声音响起："喂，爱哭猫，转过头来。"

"你又想搞什么玩意来吓人？帮我送水……"我猛一抬头，看见的却不是石头的脸，而是一个长相极清俊的十二三岁少年，他身着蓝色绣白龙纹的长衫，腰间配着宝剑，脚踏黑云靴，正睁着大眼睛，好奇地盯着我瞧。

我被吓了一跳，大脑没转过弯来。

少年笑着开口："你叫洛儿？你很怕生？"

"切——"石头不屑地插嘴道，"她怕生？这臭丫头现在大胆得很！"

听着少年熟悉的声音，我瞬间知道他是谁了！

该死的石头，他居然把未来禽兽给我带上门了！

我下意识地往后退了两步，抄起锅盖遮住脸……

按理来说，古代女孩表示害羞或拒绝的时候，正人君子应该退避三舍。

可惜这是个没逻辑的世界，男女豪放程度赶超盛唐，如今未来禽兽年方十二，正是好奇心最旺盛的时候，所以他毫无顾忌地左看右看，上看下看，还蹲在地上看，好像要看看我鼻子上是不是比别人多长了朵花！

我给他逼得要死要活，差点河东狮吼，石头还在旁边打击："藏什么啊？就算锅盖也遮不住你的锅盖脑袋。"

我腹诽：待会就拿锅盖把你砸成石粉！

未来禽兽看了半晌，看得心满意足，做出评价："其实洛儿长得挺可爱啊，没必要躲躲藏藏，我第一次进入农庄，觉得挺新鲜有趣的，你陪我一块儿去看蚕房和织机好吗？"

"不要！"我回答得斩钉截铁，很快又觉得和上位者这样说话，语气似乎太冲了，赶紧换上狗腿奴才的调子，"我还要烧水给各位大爷泡茶……"

"没事，一会就好。"未来禽兽伸手欲拉。

"不干活会挨打骂！"我迅速甩开他的手，直接缩墙角了，只盼望那位多管闲事的爷快点走。

未来禽兽的手停在空中，久久没收回去。

"冥少爷，我带你去蚕房吧，别管这讨人嫌的丫头了。"一直看热闹的石头总算说了句人话。

"罢了。"未来禽兽叹了口气，转身离去。

我从锅盖下看着他的黑云靴迈出门外，终于探出半个脑袋张望。

未来禽兽忽然停下脚步，回头深深看了我一眼，露出一个很灿烂的笑容，还悄悄挥了两下手，可爱得就像邻居家的小弟。

我迅速将脑袋缩回去，过了好久，又犹抱锅盖半遮面地往外察看。

没想到，已经走远的未来禽兽再次回过头来，看了我一眼。

这意味深长的两次回眸，看得我心里直发颤。

5

趁未来禽兽不在前方，我迅速将烧开的水交给舅母，然后一头钻进房间里，直到夕阳快落山的时候，才被外祖母拖去吃饭。收拾完碗筷，我从窗户见石头正兴高采烈地啃红烧肉，想起今日恨事，便卷起袖子，决意将他狠狠揍上一顿，让他以后少管闲事。

两人同龄，都是八岁出头。

可我老忘记自己现在是文弱书生家的小女儿，清音、柔体、易推倒……

石头的父亲却是个身高将近一百九十公分的剽悍铁匠，基因优良，所以他个头长得比同龄孩子都高，力气也特别大……

我打人未遂，被石头反手一推，毫无悬念地倒了。

他推完才后知后觉地反应过来，口里咬着红烧肉，含糊不清地问："丑八怪……你没事吧？"

我冷静地从地上爬起来，拍拍身上沙土，眺望火红落日，回首当年幼儿园神勇英姿，打得男生抱头鼠窜，再对比现在的窝囊，真是感慨万千，一时郁闷得说不出话来。

石头很紧张地把口中的肉吞下去，拼命解释："我不是故意推你的，我根本没看到你在后面，不小心甩了甩手而已。"

我更郁闷了……

石头怕我借题发挥，去找他爹告黑状，便大方地分了两块红烧肉给我做贿赂。我本不喜欢这种油腻食物，可转念一想，增肥也是毁容一大法宝，便大口大口地将它吞了下去，还多勒索了一块。

受人肥肉替人消灾，石头终于放下心来，很快尾巴又翘起来，坏笑着对我炫耀："幸好今天你没跟冥少爷去蚕房，他给的赏钱全归我了，我爹说要奖励我一个星期的好肉吃。"

"谁稀罕……"我想起今天恨事，就满肚子的烦恼，又抢了他一块肉泄愤。

"别太过分！"石头把碗抱得紧紧的，三口两口吃完东西，才抹抹嘴，讥讽道，"看你最近挺粗鲁的，怎么一见到冥少爷就躲躲闪闪，该不是看他长得好，学春杏姐那样想男人了吧？"

"呸！你才想男人！"我愤怒地一巴掌抽在他肩膀上。

石头皮粗肉厚没反应，只略微缩了缩肩，鄙视道："傻瓜！我又不是女人，怎可能想男人，而且我爹说这种东西不准乱想，他将来自然会给我挑个好媳妇。"

"就你这德性？小心娶个母夜叉回来让你天天顶夜壶！"我反唇相讥。

"你胡说！"小男子汉尊严惨遭侮辱，石头愤而起身，本来被太阳晒得挺黑的脸色又黑了两分，想教训我却不敢动拳头，最终改为人身攻击，"丑八怪！豆芽菜！没睫毛！锅盖头！冥少爷绝对是眼光有问题，或是心地太过善良，才会觉得你好看。你也别以为他说你几句好，就可以自以为是了，过不了两天他就会觉悟过来，把你始乱终弃！抛之脑后！"

"什么始乱终弃？不会成语就别乱用！那家伙善良？我还没和你算无事生非之账呢！"我正想接着话头告诫他以后少给我添这种乱子，忽觉他话中有话，犹豫问道，"你们走了后，他又说了我什么吗？"

"是啊，你这家伙都不知道哪里积的大福，能让他这样另眼相看。不过等相处久了，他就会觉悟，知道你是个蠢东西了。"石头别过头去，不想理我。

我脑子"嗡"的一声，知道肯定出事了，赶紧拉着石头问："他说了什么？"

"瞧你紧张成这副德性，还说不想他？"石头记仇，端起架子道，"他是说了些话，但我偏不告诉你！"

我只好拉下脸面和小鬼道歉，然后解释："我不是想他，我是不太喜欢他……所以不想接近他。石头你就告诉我吧，我回家偷两个鸡蛋煮了送你吃。"

石头更不高兴了："冥少爷身份金贵，武功高强，脾气却很好，今日在蚕房里，不懂的地方还会虚心求教，一点都不摆架子，你怎么能这样说他？"

为什么所有人都说南宫世家好？我外祖母和舅母刚刚也将南宫冥夸了一大轮。先是说他人长得好，然后又说南宫世家仁厚，南宫焕家教森严，才会教出那么明理懂事、怜贫惜老的孩子，将来必定是武林大侠、社会栋梁——他们都是胡说八道！我有上帝视角，知道南宫焕有恋童癖，好色纵欲，家中美姬艳婢成群，而且玩完后随意送人，他们家暗地里串通黑道做的龌龊事也不少。倒是南宫冥在书上刚出场时还算个翩翩君子，但遇到林洛儿以后就整个人脑残了，不但弑父，性格还越发往扭曲方向发展。

一遇女主误终生，都是悲剧。

更悲剧的是我什么都知道，可我说了也没人信。

石头不高兴，不想和我说话。

我只好放下身段，百般恳求，变着法子给贿赂，求了好久，他才斜着眼问："今天晚上的坟场……"

"去！当然去！那么重要的布老虎！哪有不去的道理！"我拍着胸脯做保证，然后眼巴巴地盯着他的嘴。

可惜狗嘴里就是吐不出象牙来，他端着架子道："哎呀，最近记性不太好，有点记不清冥少爷说了什么。"

我咬咬牙，举爪发誓："我保证回来在所有人面前哭得稀里哗啦！让老大你倍儿有面子！"

"好自信，我就不信你真不怕鬼！"他哼了两声，方慢悠悠地说，"算了，我也不耍你了。那个冥少爷说你自幼失亲，天天劳作还要被打骂，真是可怜，想求父亲将你带回南宫世家，也好与他做个伴儿。"

我两脚一软，瘫坐地上。

"瞧把你美的……"石头鄙视地看了我两眼，留下句"今天晚上拿不回布老虎就让你好看"，端着空碗跑了。

我挂着宽面条泪，悲愤骂苍天："该死的南宫冥，你小小年纪不去好好学习天天向上，来纠正脑残指数，学人做什么圣母玛利亚？没事找抽啊！"

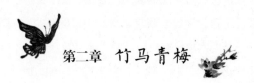

第二章 竹马青梅

1

如果可以婴儿时期穿越，或早几年穿越，我可能会找到更多改变剧情的办法。

可是一切的事情都发生在刚穿越不到三个月内，我花时间熟悉完环境后，已来不及做其他应变了。

林洛儿现在只有八岁，体质差劲，身无分文，周围又有几座大山，逃跑会被野兽吃掉，即使不被吃掉也会被人贩子抓去拐了，运气不好被卖到青楼更完蛋。在逃跑路上或青楼里遇到仗义相助的真命天子，或者是遇到极具牺牲奉献精神的路人相助的几率实在太低了。根据古代小说记载，逛窑子的恩客大多是变态，以林洛儿未来的祸水级容貌和让男人当玩具欺凌的体质，肯定会更加倒霉。

我怨念剧情发展太快！可增肥已来不及，只剩毁容——让他们都看不上自己这条路。

烧红的炭火兄啊，把你按脸上去，会好痛的……

可是未来的虐身虐心和玩具生涯，会更痛的……

长痛好还是短痛好？我纠结得脑子像被猫玩过的毛线团。最后决定先完成坟场之约，其他的事以后再想。

天色转黑，月明星稀，几声乌啼，叫得格外凄楚。我趁舅母这几天得了赏钱，心情大好，问她讨了一盏小灯笼和两小勺灯油，将其点燃，拿着根长棍子，在七八个小鬼头的目送下，偷偷摸摸走出村外。坟场离李家庄不算远，经过河滩，沿着羊肠小道略微往山上走几步就是，而且附近有不少农田，胆大的孩子经常会在白天来附近玩耍，摘野果子吃。我举着灯笼，一边用长棍打草惊蛇，一边谨慎前进，忽然想起这里不是21世纪的乡下，安全系数可能没那么高……

虽然，我是不怕鬼的。坟场附近也不是坏人打劫的好地方。

可狼呢？老虎呢？狗熊呢？它们没马戏团里的动物那么有风度，也不懂什么是尊老爱幼、怜香惜玉，见到香喷喷的美餐，定会很没风度地扑上来咬两口，我就叫天不应叫地不灵了。

夜寒露重，冷汗浸透薄衫，我狠狠打了两个寒战，加快脚步。蟋蟀吵得发慌，中间混合着不知什么鸟的叫声，和婴儿哭似的，几点磷火在草丛处幽幽闪烁，空中飞舞着萤火虫，树影随风摇摆，像千奇百怪的怪兽在伸展肢体。美丽的乡村夜晚，竟是格外恐怖。

我一边骂石头这个白痴，一边在坟堆里到处找布老虎。幸好那家伙还算厚道，位置没放得太隐蔽，而是直接丢在正中间一座最大的青石坟碑上。我素认为宗教信仰可不信，不可不敬，便打着灯笼走过去，双手合十作了个揖，欲将布老虎拿下来。

未料，还没碰着，布老虎竟自个儿往旁边滑动，然后掉落在地上。

附近传来沙沙响声，我左右四顾，只觉风吹草动，皆是危险，赶紧伸手去捡布老虎，准备逃跑。没想到身后传来一声怪叫，有团像野兽的黑影从草丛中跃出，向我扑来。

我真吓到了，扭头就跑。

坟场到处都是枯枝藤蔓，我心里慌张，没跑两步，便踩到块小石头，身体重心倾斜，脚腕传来一阵剧痛，整个人失去平衡，挣扎两下又没摆对方向，手里还拿着灯笼，便一个倒插葱摔下小山坡，脸重重磕在坡下一块被放倒的墓碑上，摔得头晕眼花。

"哈哈哈！林洛儿是胆小鬼！"

"看你个臭丫头还得意！"

"这回可吓破胆了吧？"

"老大神兵妙计，果然厉害！"

坡上传来男孩们的哄笑声。

"一群吃饱撑着没事干的臭小鬼！"我忍痛擦擦嘴，吐出点东西，觉得手心一阵黏糊，便摸索着找灯笼，找火绒。

"好像不对劲，去看看。"

伴随着石头的命令，几个小灯笼陆续亮起，孩子们纷纷冲下坡，来到我面前，然后集体噤声，站在那里如一座座石雕。

我借着微弱的灯光，顺着他们的视线往下看，却见草地上有星星点点血迹，中间静悄悄地躺着两颗小巧洁白的……门牙。

"洛……洛儿……你的嘴……"石头结结巴巴，说不出话来。

我张张嘴，想骂他白痴，唇边却传来阵阵剧痛，伸手越擦血越多，最后流得满前襟都是。

"老大，怎么办？"眼见闯了大祸，石头的四个小跟班，顿时吓哭两个。

石头白着脸，伸手来扶。

我甩开他，自己站起来，却见膝盖、胳膊肘等多处衣服都给碎石头划破，肌肤大片擦伤，痛得忍不住倒吸两口凉气。

"我背你。"石头将用线缠着的布老虎丢给旁边的孩子，再次向我伸出手来。

"算了。"我看着那小胳膊小腿，觉得让他背自己，只有再摔一跤的份，于是坚定推开他，大步流星往前走。

石头更坚定地抓住我的手，不容拒绝地将我丢在背上，一路小跑。

两个孩子在前面打着灯笼开道，两个孩子在后头跟班，将我和石头围在正中，衬着这幽暗夜色和大红血色，很有几分妖怪夜奔的味道。石头这傻小子的力气果然不小，一路下来背得平平稳稳，很是妥当。

在孩子们害怕的抽泣声中，我满肚子火气也渐渐消了。

石头走到村口时，小心翼翼提出请求："洛儿……一人做事一人当，这个计划是我想出来的，他们只是帮忙的。我愿意承担所有责任，你放过其他人好吗？"

我觉得这群蠢货虽行事不用脑子，但这事只算意外，如果告诉他们父母，只会换来一人一顿好打，再赔点医药费，根本于事无补。还不如让他们把教训记在心里，以后不再来给我添乱子，便顺水推舟应了，并勒令他们不准再恶作剧。

几个孩子面面相觑，很是犹豫，待石头又劝了几次，才各自和我道歉，散回家去。

2

石头在门口将我放下，深呼吸一口气，紧张地敲了两下门。

我见他脊背在月光下微微发抖，心里一软，终于拉着他小声道："算了，你回去吧，我就说是自己不小心摔的。"

石头看看我的脸，坚决摇头："爹爹说，男人要敢作敢当才是大丈夫。"

我还想再说几句，门便开了，外祖母看见我的脸发出一声惊呼，随后是一阵痛骂："死丫头，你大半夜跑哪里野去了？怎么弄成这副德行？看我不揭了你的皮！"

舅舅、舅母、表姐、表弟、表妹……能跑的都跑出来了，纷纷看着满身是血的我目瞪口呆。

进屋后，石头低着脑袋，结结巴巴地解释着事情的前因后果，并承认错误。

舅母扳开我的嘴，看了又看，笑道："这门牙倒还好，毕竟年纪小，她换牙晚，还能长回来，可嘴巴和鼻子都弄出那么大的伤口，你怎么那么不小心呢？"

"好什么好？感情不是你的亲闺女就不心疼！"外祖母张口就骂，骂得舅母不敢开口，只能低头去找药酒，她回头又指着石头骂，"有娘生没娘教的浑小子！平日里胡作非为也就算了！这次居然整出这么大的幺蛾子出来！去把你爹叫来！今天不给个交代，老婆子和你家没完！"

石头脸色惨白，匆忙应了，转身就跑，差点被门槛绊着。

舅舅在旁边搓着手，赔着笑劝外祖母："娘，那个石头的爹可不好惹，反正洛丫头也没什么大事，大家又邻里乡亲的，不如好好说几句，算了吧……"

"算什么算？长那么大胆子都喂狗了吗？洛丫头这脸万一好不了，将来怎么找婆家啊？"外祖母依旧是气得不行，可最终口气还是软和了下来，"你先和那铁头好好说吧，看看他打算怎么处理。"

舅舅唯唯诺诺地应了。

表姐拿来湿手巾，替我擦去身上血迹，舅母用药酒清洗伤口，痛得我龇牙咧嘴，哀号阵阵，接着又给我敷上伤药，换了破衣裳，再去外祖母面前挨骂。

外祖母倒是真心疼林洛儿的，一边骂一边抹眼泪，舅母虽觉事不关己，但她素要贤惠名声，便在旁边温柔劝慰，一会儿哄我，一会儿哄老太太，很是体贴。倒是表姐表妹躲在旁边暗暗偷笑，有点幸灾乐祸。

过了一会儿，传来重重两声敲门声，舅舅缩头缩脑地被外祖母催了好几次，才装出满脸笑容去开门。

石头的父亲李铁头，带着儿子，像铁塔似的站在门外。

我第一次认真打量这两父子，他们外貌挺像的，都是细长眼睛，薄唇，虎牙，小麦色皮肤。但石头的脸型比父亲略精细些，多了对可爱的酒窝。铁头大叔却有一头很久没理的头发和胡子，满脸凶相，脸上又有一道伤疤，再加上不爱说话，一身蛮力，不用化妆也像个悍匪，怪不得村里人人害怕。

平日很嚣张的石头在父亲面前不敢抬头，只悄悄地往我这边看了一眼。

铁头大叔瞪了儿子一眼，粗声粗气地开口了："洛丫头呢？伤得厉害吗？"

他两眼通红，砂锅大的拳头里还紧紧握着条马鞭，不怒而威，吓得舅舅把外祖母的交代统统忘脑后，一个劲赔笑："没什么，小孩子调皮，掉两颗牙齿，过几个月便长回来了。"

"怎么不严重？"外祖母将我硬扯出去，壮着胆子，抹抹眼泪，抬头斥道，"你这儿子比你小时候还皮！看看我外孙女这张脸，将来可怎么办啊？"

铁头大叔走过来，弯下腰，看了半晌伤，忽然命令："张开嘴。"

我看看外祖母，犹犹豫豫地张嘴，给他看掉的那两颗小门牙。

铁头大叔的表情变得更狰狞了，眼里尽是血丝，很是骇人。他忽然回头，狠狠一甩马鞭，暴喝道："跪下！"

石头立刻直挺挺地往地上一跪，我舅舅也吓得两腿一软，差点也跪地上了。

铁头大叔怒气冲冲地提起马鞭走过去，抬起手，劈头盖脸就往石头身上招呼，一边打，一边骂："长那么大，书不肯念，活不去学，只晓得天天耍，天天闹，我干脆打死你这不争气的畜生！然后去和你娘作伴，也好一了百了！"

石头咬着牙，拳头紧握，任凭他怎么打也一声不吭。

开始大家都觉得铁头大叔那鞭子是雷声大雨点小，又觉得这孩子平日里恶作剧太多，确实该挨顿揍，所以都没十分狠劝。后来发现不对劲，石头的衣服竟沁出丝丝血迹，这才慌了神，扑上去抢着抱铁头大叔的胳膊，拼命夺鞭子，唯恐他下手没轻没重，真将孩子给打死了。

那么严重的家暴，放到现代得叫警察了。我平时再看石头不顺眼，此刻也给吓得够呛，只好跟着众人上去拦，用漏风的声音求情："叔叔你原谅石头这次吧，他以后不敢的了。"

石头只是低着头，不说话。

铁头大叔看着这倔强的儿子，最终还是停了手。他抬起头，闭着眼长叹一口气，丢下鞭子，摸摸我的脑袋，沙哑地说："洛丫头你是懂事的，石头自幼缺少母亲教导，我又忙于打铁挣钱，没有好好教导他，方导致他任性妄为，实在是我这个做父亲的不是，今后定好好管束，不让他再荒唐下去……"

"算了算了，事已至此，倒是要想想洛丫头日后怎办？"外祖母叹息着摇摇头。

铁头大叔想了想，转身对外祖母说："让洛丫头好好养伤，不要想东想西，其他的事我们可以再商量。"

然后他们一干人陆续入屋议事，我想跟进去，却被舅母拎着丢了出去，说大人谈话和小孩子无关，早点去睡觉是正经。

我站院子里发了一会呆，看见石头还跪在地上没起来，身上血迹斑斑。我唯恐他得破伤风，便去把药酒讨来，责令他脱去上衣，处理伤口。

石头扭捏半天，才肯脱衣，我见那鞭痕条条都肿起半指高，和蜈蚣似的，纵横遍布，好几处破了皮，看着都觉得恐怖。敷上药酒后，他更是将指关节捏得发青，牙关格格作响，全身抖个不停，可就是不肯叫一声痛。

"喂，太痛就哭出来吧，憋着不好。"我一边涂一边劝。

石头吸了好几口凉气才从牙缝里憋出声音："男子汉大丈夫，绝不在女孩子面前哭鼻子！"

看着这死要面子活受罪的小鬼，我无奈把动作放得更轻柔了点，好不容易上完药，拍拍他肩膀道："起来吧，咱们去厨房等你爹出来。"

石头别过头去，低声道："我爹还没说可以起来。"

我更无语了，只好蹲在地上陪他等，两人一起数蚂蚁……

数到第三轮的时候，铁头大叔终于出来了，满脸轻松。他快步走来，再次摸摸我的头，把受伤的石头抱回家去了。我外祖母和舅舅他们则看着我，笑得甜甜蜜蜜，再也不提毁容之事，云淡风轻的，仿佛什么都没发生过。

我很莫名其妙……

不过这次的摔伤对我而言是因祸得福，再可爱的小萝莉如果有带伤的嘴巴、擦破皮的鼻尖、没门牙的古怪笑容、漏风的声音，都可以摇身变成丑八怪，再加上难看的发型，搭配混乱的衣着，任谁都不会想多看我一眼。

如果南宫焕想要个这样的义女，肯定是瞎了狗眼！

我看着镜子，为不用亲自动手去毁容感到高兴，并天天蹲在茶寮里帮忙，期待那两只禽兽在牙齿没长出来前光临，凭借这副模样，迅速扭转暗黑虐恋剧情，奔向种田文姐姐的温暖怀抱。

3

上天总算眷顾了我一回，蹲在茶寮的第七天，南宫世家的人终于来了，正在吃草的漂亮白龙驹旁边站着一匹高大威武的乌云盖雪，配着精致的黄铜马具，更显霸气十足。我紧了紧心神，先检查自己脸上涂的猴子屁股形胭脂，然后迈着小碎步，颤抖地捧着托盘，走到两大禽兽面前，放下茶水，冲着他们"嫣然"一笑，再低下头悄悄观察效果。

一声清脆响声，是南宫冥震惊得把茶杯给摔了，坐在隔壁桌上的守卫们个个不忍观之，有好几个还喷了茶，统统别过头去，脸憋得通红，再不肯看过来。有个黑脸大叔还在打趣："这丫头也长得太如花似玉了吧……"

效果很好，南宫焕呢？

阵阵嘲讽声中，我满意地左右四顾，却见不远转角处走来一位三十多岁的男人，长得和南宫冥有几分相似。他斯斯文文地站在墙角，打扮和长相都不特别嚣张或突出，可是很有气势，就如同狮子绝不会被错认成小狗般，让人不得不注视。

我摆出狗腿子表情，张开嘴冲着他笑，尽力露出六颗小牙。

南宫焕很淡定的眼角微微跳了两下，他冲着南宫冥抬了抬下巴，问："你说的就是她？"

"怎么会变成这样？"平时我们在网上看见明星卸妆后的素颜照片，都会吓得捧捧小心肝。如今小禽兽看见小萝莉惨变小怪兽，吓得眼珠子都快突出来了，他嘴唇颤了半天，才答出个"是"字。

"走吧。"大禽兽自顾自转身离去，跟随的侍卫留下赏钱。

南宫冥看看父亲，又看看我，跺跺脚，追了出去，口里还叫道："爹……你听我说！"

"圣母，你就别说了！"群马扬起一阵尘埃，我挥手欢送禽兽们。

外祖母掐着我耳朵将我拉了回去，一边舀水给我洗脸一边数落："小小丫头乱玩你舅母的胭脂水粉！以为不用钱买啊？！"

我挨了一顿好打，却放下了心头一块大石，晚上睡得格外香甜。

我梦见自己被手机闹钟吵醒了，身边是软乎乎的 Hello Kitty 抱枕，脚边是黄色毛绒鸭子，楼下早餐店飘来喷香的炸油条和豆浆味道，汽车和摩托车喇叭声不断。就连逼着我们早上签到的辅导员看起来也格外顺眼。

网络上追的小说依旧停更，美剧《生活大爆炸》还在停播，某艺人的打人事件还在闹得热火朝天……

面对熟悉的一切，我感动得在阳台上高声大叫："同志们好！我胡汉三又回来了！"可睁开眼，依旧是那间充斥着泥土与咸鱼味的陌生瓦房，竹子做的枕头硌得脑袋阵阵发疼，嘴里咬着土布被子角，流了几滴口水。

哪边是梦？哪边是现实？为何两个世界都如此真实？

谁来救我？

4

第二天下午，我去茶寮帮外祖母收拾桌椅，南宫世家的马又来了。跳下马的是个十六七岁的年轻小伙子，长着张讨喜的娃娃脸，笑眯眯地走到我面前，左右端详了会儿，递上个小包裹："我们少主给你的。"

我见圣母还没消停，连忙往后退了两步，摆着手道："你大概认错人了，我和你们少主不熟。"

"没错，没错！"小伙子弯下腰，又看了两眼我的脸，利索地说，"少主交代得很明确，除非你们这里还有位嘴巴和鼻子上有伤，缺两颗门牙，发型像切开一半西瓜皮的姑娘，否则不可能弄错。"

我迅速将全村的小姑娘都在脑中都排了一遍，还真想不出第二个……

"拿着！别不识抬举！爷没空和你磨蹭，还得赶去办其他差事！"南宫世家的人在这附近名气很大，他们家看门的下人都比乡下地主有脸面，小伙子等了半天，见我不伸手，开始不耐烦，和蔼可亲的笑脸也装不下去了，便将包裹推到我手里，头也不回地走了。

南宫世家离这里有二十多里路，人家也不会给我进门，所以礼物不收也得收。我趁家人不在身边，自行打开包裹翻看，里面装着一盒香喷喷的药油，一盒精致的桂花糕饼面果子，一盒糖块，还有一封信。封面上写着让茶寮女孩亲启，字体略嫌稚嫩，却很端正，应是南宫冥手笔。我却觉得他没考虑过林洛儿识不识字的问题，幸好这个世界的文字和繁体中文相似，我又经常去香港购买台湾原版漫画和耽美小说来看，所以对竖排的繁体阅读很习惯。

信中，南宫冥对我的伤势深表担忧，并为不能说服父亲救我出苦海感到抱歉，特地送来祛疤痕的特效灵药给我好好养伤，将来再想办法帮忙，定不让外祖母和舅母打骂我这个可怜的小孤女。

"呸！他哪只眼睛看出我饱受欺凌了？而且天底下受苦受难的人那么多，路边乞丐也很多，他为什么非盯上我一个？脑残是种病，得治！"南宫冥越莫名其妙地靠近，我就越毛骨悚然。尤其是想起原著里的那些激情戏，会将自己喜欢的女人囚禁，或绑起来百般折辱的男人，怎么看精神都不正常。

被男人喜欢是喜剧，被疯男人喜欢是悲剧。

我看着自己那不争气的八岁身躯，想到没钱没权没体力的未来，只觉得天阴沉得可怕，心也阴沉得可怕。郁闷地抖抖信封，发现里面还有张纸，展开一看，却是张二百两的银票，还附言说是给我买头油花粉的，让我别乱在脸上涂胭脂。

钱，是个好东西，我的脸瞬间雨过天晴。心里算盘噼里啪啦地打起来，开始推算各个朝代的银价比，记得唐朝一两银子约摸等于两千到四千元人民币，北宋中期六百到一千三百元，明朝中期六百到八百，清朝一百五到两百五。就算我按最低的换算，这两百两银子也足足值三万块钱！田地可以买得不少，房子也能看几间了！

南宫世家真有钱！南宫冥小小年纪真是大手笔啊！私奔逃跑的资金总算有着落了！

可是，万一这是卖身钱怎么办？

兴奋的头脑被冷水浇熄，我纠结了半天，决定先偷偷把钱藏起来，不要乱花，以后找找有没有可投资的地方，或远走高飞，跑到南宫冥找不到的地方，想必以他家财势，不会计较这区区两百两的。

做人算计至此，让我为自己思想道德败坏的速度感到悲哀，但不能阻止我无耻赖账的决心。至于南宫冥送的其他物件，尤其是伤药，我是不要的，也不打算带回家，免得让外祖母他们添了念想。于是在村子里转了几圈，只看见石头愁眉苦脸地坐在家里的小院子里，正努力往后伸手，想给背上涂药。

"你爹不在？怎么自己上药？"我见找不到其他孩子，便走过去，将两盒甜品塞到他手里，"人家送的，我不爱吃，给你补补身子吧。"

"明天是集日，他在赶要卖的菜刀和农具，这点小事我也懒得叫他了，"石头接过盒子，沾起一小块，舔了舔，狐疑地问，"你怎学得这么贤惠？不会下了毒吧？"

"不知好歹！"我的脸都快给他气黑了。

"嘿！谅你也不敢！"石头怕我抢回去，立刻将桂花糕往嘴里塞。他眼睛细长，平时不笑看起来也有三分笑意，如今更是弯成了月牙，酒窝在嘴边浅浅地跳，虎牙上上下下的，看起来特别可爱。

"没人和你抢，别吃得满手都是。"我穿越前暑假里总是要带舅母家的孩子，看见他弄得脏兮兮的，习惯性掏起块手帕递给他，然后吩咐，"转过身，我帮你上点药。"

石头忽然脸红了，低着头看了我好一阵子，才缓缓转身。

南宫世家的伤药果然是好东西，触感冰凉，涂上去没多久，红肿就消退不少，伤痕看起来没那么触目惊心了。

我很满意，将整盒都留给他，然后揣着怀里的银票，飘飘然走了。

石头在身后叫了我一声，却支支吾吾地说不出什么。

我没理他。

半夜，我趴在窗边看星星，密密麻麻，满天都是。肉眼可见一条长长的银河划过中间，这在 21 世纪是早已被污染消失的美丽，城市的孩子就算花大价钱坐飞机去旅游景点，也未必能看到那么美丽的星空。我爱极星星，只有看着它们的时候，才会把所有的伤心、难过、烦恼统统忘记，得到刹那间的心灵平静，很是幸福。

"咚咚"，窗下两声轻微的敲击声把我惊醒。我探头往下看，却是石头捧着个大碗，笑着向我招手示意，然后把手里的碗往上递，"接着！"

我才接过来，石头立刻助跑两步，攀上石缝，双手抓住窗栏，轻巧地一个翻身，便跳进屋内，揉揉鼻子，不好意思地对我说："丑八怪，这个……我晚饭时留下来给你的，礼尚往来，别客气。"

"几岁大的小屁孩也知礼尚往来？"我没计较他翻墙越轨的行为，嘀咕着打开盖子，见里面是两只又肥又大的卤鸡腿，散发着阵阵香气，是我最爱吃的东西，以前顾及身材不敢多吃，如今正想长肉做胖妞，便高兴地收下了。

石头努力地咽了一下口水，问："你没门牙，咬得动吗？"

我白了他一眼："没牙就不能用手撕了吗？"

石头依依不舍地看了鸡腿最后一眼，扭转了视线，不再受食物诱惑。

我见这孩子眉头都快扭成八字形，看起来可怜兮兮的，便大方地分他一只。

他很有原则，摇头拒绝了我的盛情。

我不再强求，边撕边吃，兴高采烈。

吃完后，石头从架子上拿过毛巾，递给我擦手，然后用弱如蚊鸣的声音轻轻说："对不起……"

我有点迷惘："什么？"

"是我太胡闹，害你受伤，"石头说话更加结巴，脸红得和火烧似的，"你……你的脸，我以后会负责的，不会再让他们欺负你，放心吧。"

"你打算怎么负责？"我逗着这一本正经的小鬼，觉得挺好玩。

石头深呼吸，定定神，一鼓作气，大声道："我爹和你外祖母说好了！如果你的脸留疤，嫁不到好人家，将来便由我娶你做媳妇儿！"

"媳……媳妇……媳妇儿……"

三个大字如惊雷般劈下，雷得我化作焦炭，手里鸡骨头连同大碗一块儿落下，幸好石头眼疾手快，才没弄脏被褥。

"你不知道？"石头有点惊讶。

我点头如捣蒜。

石头不爽地问："你今天来送吃的，不是为了讨好未来夫婿？"

我摇头如拨浪鼓。

石头解释："那天回去，爹爹将我叫过去训了一顿话，说李家男人做事要有担当，女孩子毁容会嫁不到好人家，他答应了李家奶奶，过几个月再来看你的脸，如果好不了，便下聘礼，等我长大后娶你。爹爹还说，女人持家不是靠脸，是靠贤惠……我还以为你真变贤惠了，送东西来给我吃呢……"。

他越说越沮丧，不知是嫌我丑八怪还是嫌我不够贤惠。

可是小学三年级生的表白真的很萌啊！让拥有 21 岁灵魂的怪姐姐越来越想笑……

他是认真的，我太不厚道了。

大概是憋笑的表情太明显，石头终于恼了，站起身就翻窗往外走，一边走一边说："你以为我真稀罕你啊？少不要脸了！今天不过是来还个人情罢了！"

看着那别扭的家伙，我终于忍不住笑出声了，摆着手说："不敢，不敢。"

石头气得小麦色皮肤都变成枣红色了，他忽然想起一事，狐疑地问："你不会傻得故意让伤口好不了，逼我娶你吧？"

我继续摇头："不会，不会！女孩子最爱漂亮了。"

"就你这眼光……"石头很不信任地看了我两眼，还是跑了。

我想起那小鬼的窘样，放声大笑，笑了半天后，忽然觉得他担心的事，其实蛮靠谱的……

李石头家世世代代都是铁匠，手艺不错，他爹打造的菜刀和农具都是集市上的抢手货，家里还有几亩田和一头牛两匹马，虽非富贵，也算小康。石头将来会继承父亲的衣钵，学得一手祖传的打铁本事，他力气又大，身体又好，将来无论是饥荒还是动乱，跟着有手艺傍身的人肯定饿不死。

古代和现代的孝顺方式不同，忤逆是重罪，普通家庭里大事小事都由公婆说了算，规矩又多，媳妇挨打挨骂也得忍着。石头幼年失母，又是独子，嫁过去既不用受婆婆气，

28

也不用看妯娌脸色做人；他父亲虽然长得凶，却从没打过他母亲一根指头，平时是个没嘴的葫芦，农闲时喝两口小酒，喝醉就睡觉，没听过有什么劣行，在古代已算是难得的好丈夫，石头好歹也受了点父亲的熏陶，平时被我气得再狠，也就丢两句难听话，从不动手打人；而且农家小户，鲜有纳妾，我嫁去外地的二姑姑生不出儿子，也是从本家抱了一个回来养……

更重要的是他的名字和出身，和脑残文男主扯不上半点关系！简直就是古代经济适用男的典范！好好培养几年，将来嫁过去做个足不出户的农妇，在家绣绣花、织织布、带带小孩，再借助点现代知识赚些小钱，多养几口猪、置几亩地，岂不快活？

好！石头的主意实在太好了！我望着在狗叫声中翻墙远去的小小身影，心里又添了几分邪恶的算计。

5

想着李石头，摸着南宫冥的银票，我翻来覆去一晚上没睡着。第二天收拾整齐，我便捧着亲手做的菜包子跑去石头家，装出十二分贤惠笑容，准备搞好关系。

铁头大叔正在门口打绑腿，屋外套好的马车上堆着不少新打出来的铁器，我立刻改变主意，将包子孝敬给石头的爹，又甜甜地叫了两声，以博未来公公的欢心。

"嘿，你这丫头做事可真勤快啊，大清早就下厨房，听说最近还在练女红？也别太劳累了，小心熬坏了眼，"铁头大叔笑起来扯动脸上伤疤，看起来比不笑还凶，但口气却是满意的，他叫出石头，向我相邀，"洛丫头，今日金水镇的集市听说有戏看，我打算带石头去见识见识，你要不要坐大叔的马车一块儿去玩？"

"女孩子都是麻烦！走两步便叫苦叫累，到时走不动怎么办？嗯……菜馅的味道挺好，就是皮厚了点，臭丫头手艺还不错。"石头一边吃我送的包子，一边鄙视我的体力。

铁头大叔一爆栗砸他脑袋上："她走不动，你不会找地方陪她歇着吗？喝点糖水，吃个汤圆，看看桃花，什么都好！光蹦蹦跳跳像什么话？"

石头揉着脑袋反驳："我不爱看花！那是娘们才喜欢的东西！还不如看猴子！"

铁头大叔气得又给他一爆栗，还踹了一脚："老子是怎么养出你这种蠢猴子的？"

石头被打懵了，终于消停，不敢和父亲顶嘴。

我打圆场："猴子也蛮好看。"

石头满意地妥协了。

我来到这个世界，就没离开过李家庄半步，难得有去外面考察物价和民风的机会，怎可错过？于是回去告知外祖母此事，她很乐意让我和石头多交流感情，便答应下来，还让我穿上过年时做的碎花新裙子，大手笔地给了二两碎银子买东西。

我回房将银子和那张巨额银票收入小荷包，贴身藏好，欢欢喜喜地上了铁头大叔的马车，和石头一块儿坐在铁器堆里，随着清脆马铃声，颠簸地走上驿道，缓缓向西行去。走了一个多时辰，路边行人越来越多，挑担子的、背背篓的、牵孩子的、扛布袋的……都往同一个方向去。待守城官搜查马车后，我们进了金水镇，镇上的建筑多数是木石结构，夹杂着涂朱抹彩的二层小楼，巷子里藏着几进几出的大宅院，处处杨柳滴翠，桃花缤纷。

卖艺的、卖狗皮膏药的、算命的、卖画的，还有各种小吃等摊位整整齐齐摆在道路两边，混合着震耳的锣鼓响，喧哗热闹声不绝于耳，看得我眼珠都不够使，每次见到不懂的东西，都拉着石头不耻下问。

"傻丫头，居然什么都不懂？"石头得到卖弄的机会，兴高采烈给我当老师，一五一十细细讲解。

铁头大叔买了两根糖葫芦，让我们在附近二十尺范围内乖乖等他卖完东西，不准走远。然后，他在角落找了个摊位，挂起李家铁器的旗帜，将东西一一摆出来，立刻有熟客过来，生意很旺。

"别走丢了。"石头紧紧拖着我的手，不肯松开，然后像泥鳅似的在附近钻来钻去，先看了会胸口碎大石和耍猴戏，又看了会捏面人和绘糖画，再站到烤鸭店外闻半天香气，还时不时回去和他父亲报个平安，没多久我就走不动了。

"没用的家伙。"玩到兴头上的石头埋怨两句，还是停下脚步，拉着我找休息的地方去。

为安抚他郁闷的心情，我请他去旁边的豆腐脑摊子，很大款地挥挥手："随便吃！我请客！"

古代的食物绿色纯天然，豆腐脑的味道又浓又香，分量十足，可惜小孩子肚子不够大，又加上刚刚塞的糖葫芦，所以一碗下去，我就摸着圆滚滚的肚子，连声叫饱，石头却已默默吃了三碗……

"你还要吗？"我有点担心。

石头放下碗，看看天色，满意地舔舔嘴唇道："算了，留半个肚子待会吃午饭。"

我愣愣地看着他平坦的肚皮好久，摸摸小荷包，宣布结账。

"嘿，小子真能吃，怪不得长得壮！"卖豆腐脑的大娘扭着肥胖的屁股走了过来，收起我们桌上四个碗，脸上笑开了花，"一共二两银子。"

"二两？"我尖叫起来，半两银子一碗豆腐脑差不多等于两百块，她还不如去抢劫！

"怎么了？"大娘很是困惑。

"怎么了？"石头也很困惑，不过他很快就觉悟过来，警惕地望着我，小声问，"你该不是没带钱，想拖我吃白食吧？"

"稍等，"我对大娘做个手势，将石头拖去角落，低声问，"这家是黑店吧？该不会看见我们俩是小孩，便故意乱抬价吧？你待会偷偷跑去将你爹叫来，给她点颜色看看！"

石头皱着眉头算了一会说："不黑吧？上年豆腐脑是四钱银子一碗，今年听说东边几个县都欠收，粮食涨了些价，升到五钱一碗也正常的。"

难……难道这个世界大豆特别金贵？怪不得这家伙一口气吃三碗。

我幽怨地看了眼石头，又看了眼开始不耐烦的大娘，虽然很不甘心，但强龙压不过地头蛇，还是乖乖把账结了。

沉闷地去茶楼听说书，石头还在奇怪我为什么心情忽然转差，旁边来了个唱着莲花落的乞丐，瘸着腿，手持破碗竹竿，和大家讨赏钱。因他词编得好听，人也可怜，一个商人打扮的大叔，随手掏出块碎银子丢进碗里。还有几个出游的少年也慷慨解囊，大小银块纷纷落下，其中还夹杂着一张十两的银票。

我终于觉得不对劲了，悄悄拉过石头问："为什么他们都不用铜板打赏？"

石头奇怪地望着我："什么是铜板？"

我觉得自己快疯了，立刻甩开他的手，冲出茶楼，飞扑市集，将所有东西的价格一样样问过去。

"糖葫芦一两银子两根！小妹妹来一个吧！"

"香喷喷的烧鸡哟，一只十五两！"

"桂花糖八两银子一斤。"

"泥娃娃六钱银子捏一个。"

"这架子上的古董件件都要上万的银子！小丫头快滚！碰碎了你赔不起！"

"……"

我长期在论坛里研究历史电视剧和小说里的物价错误，嘲笑脑残文里面的女主角动辄掏出成千上万的银子砸人，今天却被现实狠狠地耍了一把，引以为傲的历史知识和逻辑考据也瞬间崩盘。

"让让，别挡在路中间。"

这头，赶集的大娘喜气洋洋地牵着孩子，提着十来斤重的银子，和丈夫商量要扯几尺花布，买几斤香油。那头，卖脂粉头花的小哥在银庄前放下担子，进去将一大包的零碎银子换成银票。

一切好像很不合理，一切又好像很合理。

银子代替铜钱成为流通货币，金子则取代了银子的地位，各种金票银票大肆通行，市场同样繁华。

我终于想起原著小说中，男主买东西都是几百几千两地砸银子。

我一直以为那不过是个笑话。

强烈的阳光让我看不清天空的颜色，古城和来时是一样的，人和来时是一样的，我却从未有过像现在这样迷惘，不知去处何在。

我讨厌这个架空的世界，从来到的第一天就开始讨厌。我觉得这里的人都是假的，所有的事物都是虚构的，所有的东西都是不合理的，所有的感情也是不可靠的，这种讨厌正在越演越烈。

鼻子开始发酸，伤心的时候总会想起地球的妈妈，我想问她怎么办，可是她早已不会告诉我答案。

我想回家，可是不会有人等我回家，地球上的单身公寓是一个人，李家庄依旧是一个人，哪里都一样。

所以我的眼泪最终没有掉下来。

"喂……"有人在用手指戳我的脊梁骨，半开玩笑道，"丑丫头，你怎么了？好端端的怎么摆出这副脸孔？就算我吃了三碗豆腐脑，也不至于让你心疼成这样子吧？"

"太阳晒到眼睛了。"我揉揉脸，恢复平常表情。

"胡扯，明明是想哭，"石头看了我半晌，拍拍肩膀，很大度地说，"傻瓜，难得出来玩，有什么不高兴的放到一边别去想，待会请你吃田记的松子糖，免得说我占女孩便宜。"

我勉强笑了一下："小心我连本带利吃回来。"

"你以为我会和娘们一样小气吗？尽管吃就是！"石头很不屑，"拉紧我的手！否则被拐子拐了可别哭！"

看着他满脸正经地装大人气派，我终于笑了起来，轻轻将指头搭上他的手。

"你的手真小。"石头嘀咕两句，反手用力一拉，十指交错，两只手握得紧紧的，一同向前走去。

路边胭脂铺子走出个面熟的少年，叫住我："是那个……李家庄的花脸丫头吧？这脑袋真够特色，大老远就看见你了。"

我停下脚步，发现他正是帮南宫冥送东西给自己的人，赶紧躲去石头身后，做缩头乌龟。

"躲什么？那么胆小，爷又不会吃了你，真是上不了台面的家伙，整天摆着苦瓜脸，怪不得少主老说你可怜见。现在一看，就是天生受苦受罪的命。"少年无奈摇摇头，继续对店里吩咐，"刘寡妇，胭脂照旧要七十盒，水粉三十盒，各色珠子一斤，还有银头面十套，你都给我挑上好的，待会让我查出次货，可是不依的。"

"小王管事，我们给南宫世家办那么多年的货，什么时候出过问题？您真是谨慎……"店里转出个妇人，素色打扮，头上插着根兰花玉簪，耳上挂着对镶珠子的金丁香，倚着门栏，眉眼带几分风流，她看了眼站在外头的我和石头，笑道，"这丫头胚子不错，眼睛蛮水灵，怎做这般打扮？还弄花了脸？"

听见她老辣的点评，我越发缩头缩脑，扯着石头要走。

"小姑娘害羞了。"李寡妇拍着手，笑得很开心，她和小王管事抛了个媚眼，顺手从外面五钱银子一个的篮子里挑出朵黄色小绢花，递到我手上，"既然是小王管事认识的孩子，姐姐便送你朵花戴，回去好好添妆，别弄这么奇怪的发式，等伤好了，就是个小美人。"

"放心吧，有少主送的灵药，这点小伤准好……等等！怎么还那么红？"小王管事说着说着，视线停在我脸上，他忽然走近，抓住我凑近看了看，皱眉道，"冥少主送你的药怎么没有涂？"

"她又不是傻瓜，当然有涂。"石头急忙护着我往后退。

小王管事放开手，在空气中嗅了两下，饶有兴致地看了石头一眼："那药有很重的莲花味！而且用了两天，疤痕的状态应该会好很多。"

"我体质好得慢，是今天出门太急，忘了涂。"我狡辩。

"傻丫头，少主赏的药价值不菲，叫你娘别太偏心眼，只顾儿子不顾闺女，毁了脸将来怎么找婆家？"小王管事闲得蛋痛，开始说教，幸好李寡妇备齐货色，再三催促，他唯恐误了差事，便急急离去，不再理论。

我擦擦汗，回过头。

石头的脸已经黑了，他一把将想逃跑的我拖去小巷，单手抓住我的双腕，狠狠按在墙壁上牢牢固定。

"不要乱来！小心我告诉你爹！"石头比我高大半个头，俯下身来就是一片阴影，再加上动弹不得的双手，让我很有压力，只好用告御状来威胁。

"闭嘴！"石头低下头，用另一只手固定住我的脑袋，然后将鼻子凑近我嘴边，唇几乎吻上下巴，然后闻了又闻，我差点以为他欲行不轨，想叫非礼，他却抬起头，愤怒指责，"你伤口上果然没有药味！为什么不涂？"

"这个……"事实摆在眼前，我阵阵心虚，踌躇着寻找借口。

石头直直盯着我的眼睛一会，别过头去，犹豫半天后，小声问："傻丫头，你真的那么喜欢我？想故意让伤口好不了？"

春日微寒，我额上却沁出大颗大颗的冷汗。

石头这个问题不好回答，为避开原著剧情，将他好好培养成未来丈夫的心思我是有一点的。可是这家伙除模样还有几分可爱外，终日调皮捣蛋，打鸡揍狗，横行霸道，大字不识几个，遇事就喜欢用强，实在不是我欣赏的好孩子典范。而且我芳龄二十一，性取向正常，审美正常，绝无恋童倾向，要我昧着良心说喜欢八岁小孩，要和他谈情说爱……就算我想做怪姐姐，也拉不下这个脸。

"怎么了？"石头皱着眉头又问了一次，声音更是不满。

"我当然喜欢你！"人会为现实放弃原则，衡量再三，我最终还是不要脸了。

石头飞快地扫了我眼睛几眼，忽然停住视线，嘴角向右上角轻勾，微微笑起来，尖尖的小虎牙在暗处格外雪亮，仿佛要将人撕碎吃下肚去，他一字一顿地说："你！骗！人！"

"绝对没有！"面对那双清澈的眸子，所剩不多的良心开始拷问我的灵魂，欺骗小孩感情的罪恶感在脑海中翻腾，让平时很少撒谎的我，更加不安。

"还死鸭子嘴硬！"石头比平时更愤怒，指关节捏得格格作响，他忍不住伸出双手抓住我脸颊，狠狠揉捏了好几下，然后拉近说，"别以为我没留意，你这死丫头眼珠子乱转的时候，绝对是在撒谎算计人！快说！你究竟在打什么主意？"

古代小孩子早熟，不好哄。

我被他说话口气惹怒了，干脆破罐子破摔，骂道："谁想嫁给你！要不要涂药是我的事，我确实不喜欢你，就算伤口好不了，我也不嫁你，总行了吧？"

"谁稀罕你喜欢？！用话试试你就不打自招了！少自以为是！我将来的老婆肯定是贤惠美人！谁要你这个丑八怪！就算你哭着要嫁，我也不娶！"石头愤愤然甩开手，转身就走。

计划失败，我郁闷地耸耸肩，小声嘟囔："不娶就不娶，大不了找备胎。"

石头刚走到巷口，立刻回头来鄙视："我最讨厌你这种女人！"

回去的路上，石头黑着脸，再没和我说话，铁头大叔觉得俩孩子关系怪怪的，便买了包松子糖给我们，试图和解。

石头吃归吃，还是不说话。

我有点懊悔，白长那么大，说话做事还如此冲动，和小孩计较什么？他不懂事，我能不懂事吗？若错过这门知根知底的好亲事，将来想找个少吃苦受累的人家可得赌运气了。

《厚黑学》里说，成大事者不止智商要高，情商也得高，说话做事要细细想，慢慢说。我智商平常，情商也低得要命，总无法放眼大局，学不得别人神机妙算，云淡风轻，几招便将所有事情解决得妥妥当当。怪不得除了小学时的宣传部长，就没混上任何职位，真是失败。那些能在古代风生水起的女主角在现实肯定也是当官做领导的料啊。我连个小鬼都摆不平，活该给老板剥削的命……

我想挽回，便将手上松子糖推过去给石头，赔笑道："我刚刚说的都是气话，别放心上。"

石头"哼"了一声，没有接。

我低下头，"羞答答"地玩了会衣角，小声说："其实我也不太懂什么叫喜欢，不过你是好人，我待你是像待弟……大哥似的，可以护着我，所以一点也不讨厌。"

这段发好人卡的台词，我念得挺自然，说完后还偷偷瞄了石头一眼，他脸色缓和了许多，嘴巴却还很硬："懒得理你！还有，谁叫备胎？古古怪怪的名字，我们村的？"

我死命摇头："大黄下了一窝狗仔，黑的那只就叫备胎……"

石头表情一僵，脑子不知抽了什么筋，又不和我说话了。

八岁小孩的心思真不好琢磨！

回李家村后，我有礼貌地告别了铁头大叔，带着装面人儿的小包裹，往自家去。刚走到院子，就听见外祖母的房间传来喝骂声："怎么养了你这头白眼狼！这两年败家也就算了！连洛丫头这点嫁妆都要算计，真当老婆子死了不成？"

我听见自己名字，急忙踮起脚尖走到窗边偷听，里面传来陌生男人的哭声，还有舅舅在劝慰："母亲息怒，二弟也是做生意遭人欺骗，前几年他帮衬了我们家不少，对母亲也孝顺，难道这会还真看他被债逼死不成？"

舅母也帮腔："这两年粮食欠收，家里也在打饥荒，还有那么多张嘴要吃饭。小叔亏空的数目也不少，媳妇凑了又凑，连自己的金镯子都拿出来了，还是有缺口，剩下的总不能动给秀兰的嫁妆吧？她明年就要出嫁了，怎能让夫家看不起？反正洛丫头才八岁，还有好几年，先让小叔补上本钱，将来赚了再还她也一样。"

外祖母恨恨地说："笑面虎，就知道装贤惠！你那金镯子还不到三钱重，颜色又旧，能值几个钱？满屋子堆着私己，就是不舍得罢了。"

舅母也急了："那两套首饰也是给你孙子娶媳妇的啊，留着还不是你李家的？"

"娘，看在儿子平日里对你孝顺的分上，你就帮我吧。"二舅的哭声越发响亮；"莫非要逼我去卖祖田房屋不成？儿子给您磕头了……救救我吧。"

磕头声陆续响起，表妹在厨房招手，后面的话我没有听了。吃饭的时候舅母满脸笑容，她杀了只鸡，把鸡腿给表弟后，又给我多夹了两块肉，二舅眼眶虽红，却笑嘻嘻的，还和大舅舅喝了两杯小酒，外祖母满面愁容。

我想他们的所求是成了。

古代传统是嫁出去的女儿泼出去的水，寄人篱下的孩子更没发言权，吃穿没亏待我已算不错，吵闹只会更倒霉。而且那些东西是林洛儿的娘留给她的，被外祖母藏起来，我从来没见过，也没有属于自己的感觉，不如放下。

目前，我要解决的最重大问题是石头。

6

晚霞渐渐褪去红灿灿的纱衣，到处闲逛的鸡群也挺胸抬头地回了窝，我从窗户远远看见石头跑过来，立刻丢下练习的绣活，跳下床，夺门出，翻墙逃。

院子外面是一片桑榆林，旁边有座无人居住的破旧草房，我匆匆跑进去，见石头没有追来，掩上烂竹门，大口喘气，准备等他离开后再回家。未料，约三刻钟后，草房外传来几声欢快的狗吠声，石头得意洋洋地一脚踹开竹门，牵着我家大黄走了进来，地主恶霸似的说："跑什么跑？你跑得出我的五指山吗？"

我怯生生地从破缸后面探出头，嘴硬道："我才没跑。"

石头卷起袖子，对我勾勾食指："过来！别逼我用强的！"

我抱着脑袋缩角落，宁死不屈。

石头一个箭步上前，将我推倒在草堆上，很不客气地坐在我腰间，用膝盖压住两只手，自己从怀里掏出南宫世家送的小药盒，挑出一大块，抓住我的下巴涂起来。

荒山野岭，我一个小萝莉惨遭暴行，叫天天不应叫地地不灵，喊"呀灭爹"都没用，被他涂得满嘴都是莲花味，连口里都沾了两点，苦得要命。

大黄在旁边很狗腿子地摇摇尾巴，丝毫没有救主的意愿。

如此吃里爬外的畜生！以后休想我再喂它鸡骨头吃！

"好了，"石头涂得差不多后，满意地从我身上爬下来，坐在旁边抱怨，"明明就是丑八怪，还任凭伤口恶化，岂不是丑上加丑？虽然爹爹说女子重德不重色，我宰相肚里能撑船，不嫌弃你难看，可你这傻瓜也不能故意毁容啊！"

"歇后语不会用就别乱用！"我拍拍满头枯草，整整凌乱衣服，气愤难平。偏偏这事回去还不好告状，受伤不上药，告诉谁都得挨揍……

"识字有什么了不起，我学起来保准比你快！"石头帮我拨去身后的几根杂草，笑着说，"你怎么就那么蠢？从脑袋到嘴巴，一天比一天难看，好像存心让自己毁容似的。"

"我喜欢丑八怪造型不可以吗？"我推开他，往门外走去。

"别走，"石头伸手拉住我，"我怕你这混蛋回去又把药洗了，这几天我得天天看着你！不准乱来！否则我告诉你外祖母！"

他是我肚子里的蛔虫吗？我更郁闷了。

石头按着我重新坐下，自己想了会后说："才不信你喜欢丑八怪造型呢，必定有原因。傻丫头，如果遇到困难，一个人瞒在心里不好，不如说给我听听，说不准能帮帮你。"

我忧郁道："你不会理解的，有些东西给人知道不好。"

石头拍着胸脯保证："我又不是三姑六婆，什么时候乱嚼舌根过？而且你叫我一声大哥，你的事就是我的事，大哥肯定帮你。"

他确实是口风紧，能保守秘密的孩子，但告诉他穿越小说的事情，是万万不可的。于是我叹了口气说："小时候我娘给我算过命，算命的说我将来会是祸国殃民的绝世美女，而且命犯桃花，只有毁了容才能保一生平安。"

石头眼角抽搐了两下："没觉得啊……"

"现在我年龄小！再过几年就来不及了！算命的还说会有很多禽兽祸害我！必须早做处理，你可千万别和人说这事。"我愤慨。

石头颤抖地问："难不成你见了南宫家的少爷就躲，是怕他喜欢你？！他也是禽兽之一？"

我沉重地点点头。

"噗——"石头终于憋不住了，笑得满地打滚，还擦着眼泪说，"傻丫头，晚点我带你回去,重新找人算算命,再去让大夫给你抓几副药吃,免得癔症越发严重。哈哈——还绝世美女呢……"

"我是说真的。"那家伙的反应气得我直跺脚。

"没错没错,你未来是天下第一美女,我未来是天下第一高手。"石头笑得气都喘不上来,看着我的眼神就好像在看小丑。

大黄也叫个不停,冷冷夜风中,我倍感羞耻,默默扭过头去。

我发誓,这辈子再也不和任何人说实话了!一切还是得靠自己!

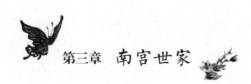

第三章 南宫世家

1

后来，虽然我发誓所说的一切都是开玩笑，石头还是会时不时提起来嘲笑我。

春去秋来，最后一轮抢收麦子后，便是农闲。南宫世家大概已将我忘之脑后，一直没再上门找麻烦。

每天早上，我随着鸡叫起床，帮忙打扫做早饭，然后拿着布片练绣花，只可惜我耐心欠佳，简单的衣服纹饰尚可，大件点的绣活总是做歪，比不上从小练习的表姐和表妹。她们一个十六岁，一个五岁，都是斯斯文文的淑女。

石头恨铁不成钢时，总用她们来教育我："看看人家多贤惠，看看你……泥猴似的。"

我立刻站直腰杆，端庄有礼道："大哥教训得是，我这就回去苦练女红，不去钓鱼了。"

石头："混蛋！滚回来做泥猴！"

撇开毁容和媳妇儿话题后，我们关系好了不少。从夏天开始，晌午阳光最猛烈的时候，趁大家都在休息，他会带我漫山遍野地疯玩，采野果、酸枣、面面果、山丁子、杜柿、灯笼果……把一切能吃的都往嘴里塞，或到小溪边，垂下自制鱼竿。运气好时会钓到一两条鱼，直接用棍子穿起，在溪边生火烤至焦黄，抹上带来的盐巴，大口啃着吃。这种没污染的食物，是城市里吃不到的美味。

有时候也会摘蘑菇，做捕兽陷阱，我们失败了很多次，终于抓到一只山鸡，石头残忍地将它就地正法，我做帮凶，给鸡肚子里填上调料，用湿润泥巴包起，埋入地下，在上面生起火堆，烤从家里偷来的红薯，等红薯吃完后再把鸡挖出来吃，真是皮滑肉嫩，美味多汁。

吃饱喝足，我教石头识字，用泥地做黑板，捡根小树枝在上头写写画画，他开始学得很快，什么东西都讲一次就行，我讲完后直接丢给他自己练习。后来不知为何，他越学越慢，一个字总要反反复复讲上七八次，直到我发火，用树枝敲他脑袋骂"笨蛋"才能记住。

夏天过后，我嘴角的伤好了，牙齿也长回来了，可是皮肤晒得和黑炭似的，加上正在抽条的瘦巴巴身材，邻居家的马大娘看后评价："这丫头脸蛋不错，可是身子瘦，屁股小，一看就做不得重活，女人还是要肥肥胖胖的才好生养。"

"就你家那好吃懒做的闺女好生养？也不看看她满脸麻子！胳膊都有人家大腿粗了！"外祖母把她骂了回去，然后转身骂我，"那么大个丫头，别整天在大太阳下面到处疯跑，小心晒脱皮！"

我笑呵呵抱着她撒了会儿娇，她就没脾气了，叹息道："看见你，就想起你那可怜的娘，也不知道老婆子我能不能熬到看你出嫁的时候。"

"我只怕你带着曾孙满村玩，害我们到处找呢。"我打趣道。

"少贫嘴，女孩子家说这些，也不知羞！"外祖母笑起来，脸上皱纹舒展开，扫去平日愁容。她起身开锁，从柜子里取出一根粗粗的凤头银簪交到我手上，叮嘱道，"这是你娘留下来的，你收好，千万别给你舅母他们看见。"

这世界银子不值钱，我困惑地接过银簪，入手觉得格外的沉，外祖母指使我将簪子的凤头扭了扭，旋开后发现里面是薄皮空心，装满了金珠子，约摸有二两重，成色极好。由于金贵银贱，我粗略估算了一下，这些金珠子换算成米价，也有五石了。

"我可怜的乖孙，是你外婆不中用，连累了你，等来年宽裕些，我再给你打全套金头面……"外祖母似乎还想说些什么，可是开了几次口，最终还是将话咽了下去，只抹了把眼泪。

其实她不说，我也明白。有些东西她虽不愿，却不得不为。这个性格暴躁，喜欢骂人的老人家或许是家里唯一真心疼爱我的人，金珠子和承诺是她尽最大努力给无依无靠的外孙女保下的嫁妆和补偿。

她会对我做的针线不满，全部拆掉，再手把手教我针法；她会骂我厨事手脚不够伶俐，然后唠叨着抓我学做新菜。她每天都会记得将母鸡刚生的第一个鸡蛋塞入我手中，命令我拿去补身子；又或者去参加别人的红白喜事，将好吃的白面饼偷偷带回来，一半给最小的孙子，另一半悄悄塞给我。

我学会做女红的第一件事，就将过年做衣服剩下的红色、黄色、青色、白色等碎布统统拼起来，给外祖母做了一个枕头，外面设计成蝴蝶展翅的拼贴画形状，里面填满荞麦壳，还掺了些决明子。虽然有几个地方缝歪了，但自觉还过得去。

表姐笑话我："妹妹你缝的是什么东西？蝴蝶是这个样子吗？"

"哪里不像了？这不是蝴蝶翅膀吗？多像啊！还省布。"外祖母虎着脸瞪了她一眼，指着枕头上的花朵说。

我惭愧地低下头去，继续勤练针线。

后来那个枕头成了外祖母的宝贝，每天睡觉都用它。石头听说此事，觉得很有趣，就从家里弄来碎布，硬缠着让我给他也做一个。

我为雪前耻，更是下了十二分心思，用黑白绿三色，拼出一只正在吃竹子的国宝熊猫，填上荞麦壳后喜滋滋地拿去献宝。

石头犹豫很久，终于赞道："这小狗做得真好看，和你家备胎长得一模一样。"

我被打击得半个月没碰针线。

比起女红，我更喜欢下厨房做点心，在穿越前我就喜欢研究菜谱，自己烧点私房菜放到博客上炫耀，所以这方面天赋强得多。石头家的母牛生小牛时，我问他要了些牛奶，再加上鸡蛋清，捣鼓出的双皮奶人人都说好吃，只可惜牛奶宝贵，不能多做。而且我很惊喜地发现这里有辣椒、玉米等作料，便去找经常外出的人打听了一番，才知道离金水镇百里外便是海，经常有海客从外面回来，还有金毛绿眼睛或浑身发黑的妖怪跟着他们上岸，带来许多新鲜玩意。

海外不知是什么模样？我有时会悠然神往。可转念一想，觉得中国大陆的逻辑都乱成这副德行，说不准外面闹成魔界争霸，还是别冒这个险的好。

日子就这样一天天过下去，平静无波。

我以为自己不再是原著里那个倒霉催的林洛儿，而是一个普通的村姑，会过上平凡的生活。

但，天不从人愿。

入冬，第一场雪后，表姐出嫁，外祖母乐极生悲，竟然中风了，瘫痪在床上再也下不来，神智也越发糊涂，有时连人都认不清。拿了我嫁妆的二舅舅，原来没去做生意，而是迷上了赌博，不但将镇上的铺子输掉，还把大舅舅凑给他的本钱也输得一干二净，又在外借了印子钱。债主上门，将舅母气得一哭二闹三上吊，当场收拾包裹，抱着儿子回了娘家，说日子没法过了。

两兄弟原本感情不错，二舅舅哭着切了小指发誓从此改过，大舅舅是个软包子，虽然生气，却也不忍心看着自己亲弟弟被追债的活活打死，只好卖田卖地替他补亏空，出嫁的大表姐也悄悄从嫁妆中拿了一些回来补贴，外祖母的箱底被翻空了，可还是缺老大一笔钱。

一沾赌瘾，永无翻身之日。

家里被闹得乱七八糟。

于是，在不知情的状况下，我被悄悄卖掉了。

买主是南宫世家。

2

晴天一个霹雳砸下。

舅舅为这笔买卖非常得意："南宫世家这条门路，我还是托了七叔公的侄媳妇的弟弟的表舅子找的关系，又恰好收人的是小王管事，对我们家洛丫头有印象，否则挤破头都进不去，可惜秀如他们嫌小不肯收，否则俩丫头都有出息了。"

不怕神一样的对手，就怕猪一样的队友。这句话的精粹我今天终于理解得淋漓尽致。

外祖母正逢清醒，在病床上欣慰得直抹眼泪："就算是给南宫世家做粗活丫头，待遇也比平常人家的小姐好。而且他们家最是仁慈宽厚，极少打骂下人，活计轻，月钱又高，只要不犯错，十八岁放出去嫁人的时候，还多多少少会送点嫁妆，若是运气好能得脸，赏赐更是丰厚。而且大户人家调教出来的丫头，见过世面，进退有道，不愁没人求着娶。"

舅母拍着手笑："南宫世家离咱家就几十里路，洛丫头有假时回来看大家也是方便的。"

秀如表妹也绞着手帕，羡慕地说："过两年也给我去碰碰运气，好给家里添些进益。"

我问："如果被主人家看上怎么办？"

舅母合掌笑道："那是祖坟上烧高香了！一定得去磕头。"

回家省亲的秀云表姐酸溜溜地说："就凭你？也不照照镜子，少痴心妄想了。"

我靠之……

其他托关系却落选的邻家丫头，见到我不是上前奉承，便是冷嘲热讽，统统都眼红得很。

难道被卖进南宫世家做丫头等于进世界五百强企业就职？

他们吵得我一肚子气没处打来，只恨不得一头撞死在南墙上。

因南宫家有放大丫头的规矩，家外面买的统统送回去自行配人，所以舅舅卖的是死契，不到年龄，没主人允许，有钱也没办法赎身，而且若给家人知道我手上有钱，非"借"去给二舅舅还赌债不可。

百愁莫展，望着月亮，我想暴走狼嚎，手边是已经打好的小包裹，只待明天对方来采买生猪时，顺便派车将我和其他几个雇去做长工的男孩一块儿载走。

悲愤之下，我心头一热，决定逃跑。刚翻下窗台，却发现石头蹲在不远处的树下，旁边的草给拔得乱七八糟，他见到我后，起身想走，走了两步又转回来，低头看地上青石板问："你明天要离开了？"

"我一点也不想去。"我很悲痛地说，"你说我去山里躲一段时间，他们会不会换人？"

石头惊讶地看着我手里的包裹："半夜一个人入山？你想喂狼？"

虽然入"狼"宫世家很可怕，但肉身喂狼的勇气我也没有。于是这个一时冲动产生的念头，瞬间萎缩了下去。

石头补充："逃奴会被通缉的，还会连累全家，你才九岁，离开后去哪儿？癔症又发作了？"

他成功击溃我所有侥幸之心，让我如被霜打的菠菜，蔫了下去。我怯怯地从包裹里取出算路上吃的白糖包递给石头："别胡说什么癔症，我是想着明天要走，给你送点吃的做饯别礼，以后不能一起玩了。"

石头看着包子很久，忽然问："其实你是在害怕吧？怕被欺负？"

"嗯。"我怕禽兽怕得想死了。

石头犹豫片刻，一口吞下包子，转身走了。

看着他绝情的背影，我满脑子黑线。两人那么久的交情，我又喂了他那么多食物，他好歹也应该来个依依不舍，然后安慰一下我害怕恐惧的心情才是人情道理吧？

这孩子太可恶了！

重新翻窗爬回来趴到床上，一宿未眠。第二天揽镜自照，我再次为林洛儿的变态体质感叹——居然没有黑眼圈！

我垂头丧气地任由舅母帮忙穿上那套过年新做的裙子，头发梳成两个包子，绑上红头绳，就是那乱七八糟的刘海我死活不让动，她只好作罢。接着，她从梳妆盒里挑出一对很小的梅花银夹子给我别上，说是送我的礼物，待邻里来相送时，她又赶紧给我在包裹里装了两件表姐旧衣改的小棉袄，还捏了两把展示衣服的厚实，引得大家连连夸她贤惠。

吃过早饭，又等了半晌，小王管事姗姗来迟。他先将要用的猪统统装车，再安排我们这些做粗活的下人上另一部小车。点名时，他一眼认出我来，惊讶地叫了声："你这花脸丫头脸不花了，怎又变那么黑了？"

我小声答："天生的。"

舅舅打了我一下，赔笑道："乡下孩子，到处疯玩，晒的，养养就白了。"

我默默腹诽：你少说话会死吗？既然把我卖断了，等老子拿了月钱，别想贴给你们使！

南宫世家一共买了三个女孩，四个男孩，我们坐在车上等了半晌，还有一个男孩迟迟未到，又过了好一会，才见他爹匆匆赶来，说是自家的娃忽感风寒，躺在床上起不来，求管事的宽容两天再去。

小王管事怕误事，也怕风寒传染给别人，有些踌躇。

石头从人群里钻出来，笑嘻嘻来到他面前，指着自己道："小王大哥，你们还收人吗？不如让我去试试？"

"是你？"小王管事将他上下打量了一番，用马鞭指着逗他玩，"你有什么本事？干得了什么活？"

"我力气大。"石头也不解释，径自走到车旁，咬紧牙关，用力一举，那头两百来斤的猪竟硬生生给他抬起来，摇摇晃晃地走到小王管事面前。

我知道他天生神力，村里打架无敌手，如今看见他徒手抓猪的情形，也惊讶万分。

小王管事更是惊得马鞭都掉下来了，其他人眼珠子瞪得滚圆，一时间集体噤声，只剩下猪刺耳的嚎叫在空中回荡。

石头将猪放下，再次重复："让我去南宫世家吧，我问过我爹，他同意了。"

"好，好小子。"小王管事愣了好久才问，"你为什么想来我家做工？"

石头答得爽快："赚钱。"

小王管事接着问："赚钱做什么？"

石头答得更爽快："娶媳妇！"

周围爆发出一阵笑声，小王管事不禁莞尔，拍着他肩膀道："好小子，有志气，我便和你爹说一声，破例收下你这家伙吧。"

石头立刻回身，找出铁头大叔说："爹，你答应过，如果我能让他们收下我，便放我去做工！"

"臭小子。"铁头大叔黑着脸，无奈应了下来。

石头大摇大摆拿出早准备好的包裹，跳上车，一屁股坐到我旁边，冲着我做了个鬼脸。

我扯扯他衣襟，骂道："你疯了？"

"谁疯了？"石头扯回衣服，也敲了我一下，"不要动手动脚！听话点，否则被欺负了别想我帮忙出头！"

我有点感动："你难道是怕我被欺负才跟着去的？"

石头不屑白了我一眼，别过头去："少不要脸！谁稀罕你这丑八怪？我是觉得找机会进入南宫世家，说不准家主会看上我优秀的习武素质，收为弟子，将来能做一代大侠呢！"

我瞬间想把这个白痴锤死……

3

南宫世家这个充满"钱""权"味道的名字，在我想象中应是《红楼梦》里描写的那种富贵人家：朱红大门外站着两头石狮子，围着一群狗腿子，里面花红柳绿，脂粉扑鼻，到处是穿着漂亮的丫环美人，陪着大小禽兽荒淫无道什么的……

所以我看着眼前那座连绵不知多少里的大山，又抬头看看朴素青石牌坊上的"南宫"二字，整个人都傻眼了，磕磕巴巴地问小王管事："这就是南宫世家？"

"当然，这座山和周围方圆二十里都是南宫家的领地，正屋在半山腰上，待会儿将东西卸在山脚的庄子里，我带你们往山上爬。"小王管事得意洋洋地甩着马鞭，对大家讲解。

远处山峰隐没在白云间，清泉叮咚流过溪涧，冲过光滑的大石，夹杂着落叶与花瓣，绕着小小农庄转去。鸡鸣狗叫声声入耳，蔬果青葱接连入眼，有农妇浣衣归来，冲着小王管事打招呼。

马车停在青石板路上，轮子发出咯吱的声音。几个庄稼壮汉上前，七手八脚地将猪羊等物往下卸，我们也跳下车，拘谨不安地站在旁边。小王管事轻松地继续给我们上课："这是南宫自家的庄子，不过是种些新鲜蔬果供主子食用，把要送上山的大件货物搬抬装卸，待会在你们中挑两个人留下干活。"

我闻言立刻雀跃起来，恨不得立刻中选，离权力中心越远越好。

等了小半会，有个长相严肃的四十来岁妇人擦着湿漉漉的手，走过来，第一眼就看中石头，拍拍他的身板道："这娃儿不错，就他吧。"

石头的神色有些紧张。

"马大娘，"小王管事赶紧拉着她说，"这孩子有些特别，我得往上面送，看看大总管是什么安排。"

"呸，大娘白疼你这孩子了，凡是长得齐整点，能干点的都不送我这儿来。"马大娘白了他一眼。

小王管事摸着脑袋打哈哈："规矩如此我也没办法，这孩子天生神力，放在下面做个农夫确实可惜了，其他孩子随大娘挑，看中谁我绝不多嘴。"

马大娘像挑肥肉似的将我们几个人都过了一遍，先指出两个结实的男孩，又问我们三个女孩擅长做什么。

我几乎要蹦出去让对方注意，可惜人家连眼角都不瞄我一眼，只拿来几块帕子让我们试做，从旁边端详姿势和手艺，很快就选定其中一个十一岁，长相老实，叫秋梅的女孩留下。

小王管事注意到我的神色，似笑非笑地问："花脸丫头，你喜欢这里？想留下？"

我不顾石头在旁边拉衣角使眼色，死命点头。

马大娘无情拒绝："身无四两肉，弱不禁风，绣朵花儿都绣不好，她来这里究竟是干活，还是让我们伺候她？也不知道小王你是什么挑人眼光。"

她说话太狠毒了，我虽然女红不好，但厨艺不错！

正想开口辩驳，小王管事慢悠悠开口了："这丫头就算大娘你想要，我也给不了。她是冥少主留过心的人，得送上头去，否则少主哪天心血来潮问起，我没法交代。"

我吓得魂魄出窍："他……他还记得我？"

石头冷哼一声："瞧你高兴成这副德行！"

"那是，跟少主出门见过你的那群兄弟回来笑了足足一个下午，想忘也忘不了，我若不将你带上去给大家看看，岂不可惜？"小王管事"嗤"了两声，感叹道，"那牙口，那嘴巴，那脑袋……还有红彤彤的脸蛋，他们现在出去喝酒时还会偶尔提起，说是有趣得紧。"

马大娘一拍大腿，惊悟："原来黄三上次说的猴屁股姑娘就是她啊？我原本还不相信呢。"

好事不出门，坏事传千里。我太低估乡间的空虚寂寞，也太低估男人的八卦之心了，用来吓退禽兽的如花造型效果太震撼，反而弄巧成拙，让人印象深刻，成为茶余饭后的搞笑话题……我的脸真红成猴子屁股了。

小王管事觉得说得太过分，赶紧安慰两句："现在好看多了，而且少主记得你，说不准是好事。"

马大娘也笑着说："傻人有傻福，我看你这丫头就是个有大福气的，快上山去吧，路还长着呢。"

笑声中，我垂头丧气地继续踏上征途。

马车又行了很远的路，终于到了山脚，上山全是台阶，无法行车，我们这等身份也没有轿子可坐，只能步行。两千九百九十九阶台阶，我爬了一半就不行了，后面半截路全靠石头连扯带拖才爬上去，刚到正门就整个人瘫倒在地，喘着粗气，再说不出话。

石头额上也是汗水，小王管事气淡神定，等大家都喘够了气才带我们从侧门进入，找人办理交接，然后和管事将我们好好介绍了一番——尤其针对我和石头。管事听见石头力气大，眼睛都亮了，不停点头说好。

小王管事又吩咐我们几句，便自顾自离去。

我擦擦被汗水黏住的头发，四处打量，只见从山腰到山顶，隐约可见有清凉房屋，一色的青瓦白墙，朴拙自然，处处参天古木，翠竹青松，微寒空气沁人心脾，几声猿啼鸟鸣从林间传来。

住在如此有修仙意境的山里，还能如此变态，也难为南宫父子了。

我将"环境无法改变人的本质"这句话在心里默念几次，放下刚刚的失败挫折感，打起十二分精神，坚强面对困境。

幸好贵人事多，几个粗活下人的去处不需打扰上层主子，管事也是个厚道人，没怎么为难我们，但新人总是要干最苦最累的活，所以他让我们每天负责打扫那条刚爬过的两千多级的台阶，只有石头与众不同，负责去挑给南宫焕泡茶用的水。

我扫的是中间三百阶，想到每天要爬两次一千多级台阶，小腿就直打鼓。负责最下面三百阶的叫阿初的孩子，更是差点哭鼻子。

石头嘲笑我："南宫世家的人统统身材结实，武功高强，说不准就是爬楼梯练出来的。等你扫上几年，说不定也变成一代大侠了。"

我气得跳起来揍了他几拳。

第二天，总管来交代工作细节，得知南宫焕是个挑剔人，只喝山脚龙跃泉的水。

"真是报应啊！"我站在山腰，轻轻巧巧拿着扫把，叉着腰大笑，看某人挑两大桶水，汗流浃背地从山脚处往上爬，还拍马屁道，"祝李大侠早日神功大成！"

石头放下扁担，差点把我从半山腰丢下去。

4

南宫世家的待遇真不错，我一个最下层的丫环，住的屋子也有七步长五步宽，两张单人床，被褥床单都是厚实崭新的，还有针线房的人来量身子做衣服，用的布料颜色虽素，却织得密密实实，比我家过年的新衣料子还好。每个女孩子都发一套款式简单的银头面，每月一盒头油，年纪大点的姐姐另有脂粉。

石头对我的首饰没兴趣，他最满意的是伙食里每天都有一个肉菜！白米饭任吃！

第一天他就吃了三大海碗，我忍不住摸了摸他肚皮，问他那么多食物究竟装到哪里去了。

石头怒了，也要抓住我摸肚子报复，吓得我跳起来围着桌子逃，连叫："非礼！"

"臭流氓！哪能那么没规矩？女孩子的身子金贵得很，是你可以随便摸的吗？！"厨娘大步过来，将他逮住，大骂一通。

石头郁闷了："为什么她可以摸我肚子？"

厨娘愣了一下，笑了半天，然后伸手捏着他的小脸蛋，剽悍地解释："男人身子不值钱！摸两把有什么大不了的？"

不值钱的石头被打击了，再加上他长得可爱，脾气倔强，总是臭着一张小脸，让大姐大娘们见了都想调戏，便时不时将这个话题拿来说笑。气得他每次见到我都小声骂："你这流氓！"

我有点内疚，拍着他肩膀，安慰了很久。

他还是恨得想咬我。

其实我日子过得也不好，自进入南宫世家后，就没睡过一个好觉，每天躺在床上听邻床女孩的呼噜声，翻来覆去地反省：自己已经那么小心低调地做事，为什么还会落入狼窝？究竟是哪个步骤做错了？

事到如今，追究错误已于事无补，庆幸的是林洛儿的命运起了变化。原本八岁应该成为南宫焕养女的她，现在只是南宫世家的粗活丫头，或许未来还会有更好的变化，不会陷入万劫不复的田地。

我决定不再怨天尤人，积极开展情报收集工作，彻底调查两个禽兽的性格爱好，还有南宫世家的各种规矩，从中找出离开的方法。所以每天早上打扫完台阶，其他人都去休息的时候，我会拖着酸痛的两条腿，挂着甜蜜蜜的笑容，去厨房帮忙打下手，洗碗碟青菜什么的，一边哄厨娘们高兴，一边打听各种八卦。

厨房里八个已婚妇女，聊起天来能顶四千只鸭子，眼见的、耳闻的……虚虚实实各种消息在她们口中流传得比风还快，而且尺度很大，完全不顾及我这个未婚小萝莉旁听——

"我们冥少主的才学和教养在中原世家里也算数一数二的了，却从来不摆架子，怜老惜贫，谦虚懂事，不像有些狂妄小人，有了点出息便把尾巴翘得比天高！"

"听说他从五岁开始，每天卯时起床习武两个时辰，跟先生念一个时辰的书，午时用饭，未时习书画，申时练轻功暗器，酉时修内功，然后用过晚饭去听主子讲解武学精要，亥时回来还要继续挑灯温书，每日行程雷打不动，如此枯燥也亏他熬得下来，要是换了我家那皮猴，早该翻天了。"

"若我家小子能有少主一半勤勉，我和他爹就去祖坟烧高香，供乳猪，唉……"

"听说今年几大世家的青年才俊切磋，我们冥少独占鳌头！"

"纵使如此，焕主子对冥少主还是不太满意，回来还教训了一顿，听说是什么招数使得不够好，冥少主被骂得头都不敢抬，真是可怜。"

"刘嫂子，你做老的人，别乱说话，焕主子也就是不太爱笑，对少主苛刻些，我们这些下人只要不犯大错，不乱嚼舌根，他是不发脾气的。"

"主子是什么身份的人？我们又不是眼前服侍做精细活的姑娘，他哪会放在眼里？反正赏钱轮不到，责罚也轮不到，咱们只要小心，别惹怒了王总管就好。听说焕主子最近心情不错，前阵子从江南赎了花魁柳三娘回来，白绢丫头远远看过一眼，说是柳叶眉、杏仁眼、樱桃嘴，腰细得可以折成两截，风吹吹就倒。现在放在迎风轩，日日宠幸，那得瑟劲……"

"漂亮有屁用！也就是现在得宠，焕主子从不留女人在身边超过两年，腻了统统送走。"

"唉……三年前，那个得过宠的，不知叫虹儿还是小红的姑娘，被他送给安乐侯，后来又自个儿跑回来，大雪天跪在门外拼命敲门，哭得和泪人儿似的，主子还不是狠着心派人将她又送了回去？也不知现在怎样了。"

"逃妾还能有好的？送回去没两天就暴病身亡，她父母得了好大一笔安葬银子，开心得很。"

"唉，可怜人。还是我们冥少主老实，十三岁的人了，平日里规规矩矩，从来不和丫头们拉拉扯扯，正派得很。"

"哈，你是在暗指焕主子不够正派吗？小心王总管打你板子！"

"挨打时，你别叫得比柳娘子还响，'哎哟，大爷，饶了奴吧。''啊呀，奴家吃不消了！'哈哈！"

"多嘴婆娘，小心我撕你的嘴！"

"洛儿？洛丫头？你怎么抖个不停啊？脸色还那么白，衣服穿少了？"

"……"

能不抖吗？我听得都不想活了！

南宫焕现在已是个变态色情狂，女人换了一茬又一茬，全部像宠物一样关笼子里养，玩腻了就换人，若是落到他手里，不死也得脱层皮。南宫冥目前品德毫无瑕疵，但过于完美的人通常是伪君子。就好像美国的连环杀人犯，很多在生活中都是邻居公认的好好先生，在警察没上门检查前，谁也不知道他们花园底下埋了多少无辜少女尸首。

我给他们贴上"凶猛禽兽，生人勿近"的标识，然后躲在柴房角落，用小树枝在泥地上写写画画，将这段时间收集到的南宫世家地图标上，按两只禽兽的出没规律，把所有地点划分为一级警戒区域、二级警戒区域、三级警戒区域和安全区域。

一级警戒区域是主人房、练武场、书房等确定他们会长期出没的范围，宁死也不能踏入半步。

二级警戒区域是后花园、藏书阁、林间小道等他们有可能出没的范围，坚决不去，如果有工作安排必须经过，也要低头快速通行。

三级警戒区域是所有不确定他们会不会出没的范围，能不去就不去，去了也不逗留。

安全区域是我自己的卧室、厨房、柴房等下人住所，尽可能长期逗留，不抛头露面。

这四个行动区域分级整理出来后，我有计划地完成各项工作，不和人吵架斗嘴，不出风头，甚至放弃了喜欢的厨艺研究，拿起不擅长的针线女红，装得驽钝无比，就是为了永远做最低下的烧火丫头，平平安安活到十八岁，出去嫁给普通人，过种田文里的梦幻生活。

遗憾的是，未来夫婿候选人石头，毫无自觉，而且孩子气重，玩心未泯，见我这段时间没去理他，便兴冲冲地来拉我："笨丫头，听说这里的后花园很漂亮，咱们趁中午整理池塘残荷的时候，过去一块儿玩吧？说不准能摸到莲藕吃，还能遇到冥少爷他们呢！"

我立刻拒绝了这杀千刀的提议。

石头歪着脑袋想了想，再提议："去看南宫家的弟子练武？我上次偷学了两招，呆会儿使给你看看？可厉害了！"

我拼命摇头，打死不跟他去一级警戒区域凑热闹！

他不高兴地撇撇嘴，又劝了几番，拿我没办法，只好抓抓脑袋，继续提议："算了……今天心情好，勉勉强强跟你学识字吧，你不是常说多读书才能长见识吗？"

我不想让人知道自己有文化，还是拒绝了他。

好心邀请被再三拒绝，石头终于怒了："当初逼我好好念书的人是你，现在不肯教我念书的人也是你，你这女人出尔反尔，究竟搞什么名堂？自从进了南宫世家，连话都不说，脑子天天不知在想什么！也不知是不是在想男人！算了，既然你不理我，我也不稀罕你！你这丑八怪爱怎么就怎么！谁稀罕谁拿去！"

看他气得小脸发黑，拂袖而去，我挺心虚，决定补偿，四处为他寻访名师。未料，没花几天工夫，真给我找到了。

这位名师姓吴，是个落第秀才，年纪不小，个头矮小，白胡子一把，南宫世家的账房先生之一，专管柴米油盐账务，自觉满腹诗书，如今与铜臭为伍，心有不甘，所以平日最好为人师表，经常免费教小仆役们识字，顺便摆摆先生架子，抒发对当年阅卷老师有眼无珠的怨气。

我长期在厨房义务打杂，这是个有油水的地方，专管各房饭菜，除主子、管事、得脸仆役和上房丫环们敢和厨房甩脸外，其他人都很规矩，唯恐得罪烧饭的，伙食被多放两把盐，或克扣几勺肉……

由于手脚勤快，嘴巴甜，洗切熟练，厨娘们都挺喜欢我，在默许偷吃之余，还经常塞点食物给我做好处。我借职务方便，给吴秀才留下他最喜欢吃的整条鱼背送到账房，然后提起石头的事情，还厚着脸皮把他吹嘘了一番，吴秀才端着架子推搪两下，欣然应了。

石头才上两天课！就嫌念书没趣，不肯念了！

我气得要命，也抱怨了好久，可惜对他的牛脾气没丝毫办法。

隔日，准备出门去厨房帮工时，石头一溜烟跑进女孩子住的院落，钻进我房间躲起来，还板着脸说："绝对不准告诉任何人我在这里！"

"就算你年纪小，大家不忌讳，你也不能老是乱跑女生宿舍啊，养成习惯不好！"我皱着眉头教训这不懂事的孩子，又觉他匆忙得很诡异，便问，"发生什么事了？"

石头瞪着我骂道："还不是你找了个疯子来教我读书的关系？！"

"吴秀才虽迂腐傲慢了点，却不是疯子！而且在这种地方，咱们两个穷鬼，找个有学问的老师容易吗？你还计较那么多干什么？真不省事！"我被骂得很莫名，便在他脑袋上敲了两下，气呼呼地走了。

未到厨房，就见吴秀才神色焦急，到处找石头，就像丢了亲儿子。他看见我，不顾年龄老迈，撩起长袍迅速冲过来，拉着我问："石头在哪里？快把他交出来。"

"怎……怎么？他干坏事了？"我给逼得连连后退，满脑子问号。

吴秀才一拍大腿，眉飞色舞道："洛丫头啊，你说得一点没错，那孩子天生就是读书的料！快快让他拜我为师，待我传他一生所学，将来扬名立万。"

"他有那么厉害？"我目瞪口呆。

吴秀才斩钉截铁道："有！"

当年教石头识字时，起初他记性确实很出众，可是后来越学越笨，所以我不太相信他很聪明，心里怀疑是吴秀才在打什么鬼主意，久久不肯应声。

"名师出高徒啊，这孩子青出于蓝而胜于蓝，读书过目不忘，绝对是中举人的料！"吴秀才热情感慨许久，见我犹豫，急切道，"他签的是十年长工约吧？那么好的孩子，将来出去考科举，得了功名后肯定能当大官的。你和他感情不错，又是同乡吧，可以一起沾光。"

我结结巴巴地问："就他……他那德性能中举人？"

吴秀才意味深长地说："当然！说不准将来他夫人还能得诰命呢，我做他的启蒙老师也光彩！"

"诰命夫人？官太太？！"我瞬间心潮澎湃了！穿越以来一直低落的HP飙至最高！脑子里浮现出一幕幕和谐画面：

深宅大院，繁花似锦，我穿着绫罗绸缎，吃饱喝足，斜斜躺在美人榻上，旁边站着一溜花枝招展的丫头片子，拿着美人拳给我捶腿，甜言蜜语地叫我太太，奉承得妥妥当当。我膝下环绕着孝顺儿女，盘算丈夫能在今年火耗冰敬里捞多少，吩咐他不能贪污得太过分，也不能完全不贪污，免得惹众怒。有事管理家务，没事种花玩鸟养儿子，在年老色衰之前，大门不出二门不迈，争得本分名声之余，还可远离禽兽。简直就是书上的完美种田人生啊！

至于宅斗文里常见的斗小妾问题，可直接无视。凭林洛儿这种超级狐狸精级别的体质和长相，还怕那群刚出生的小狐狸崽子不成？

我策划得如痴如醉，直到吴秀才不安地叫了好几声才悠悠醒来，简单交代他几句后，头也不回往自己住的小院跑去。

石头正躲在屋里偷吃绿豆糕，见我折回来，赶紧擦擦嘴巴上的碎屑，不好意思道："我肚子实在饿……就吃了一个，别生气。"

"没关系，尽管吃。"我满脸堆着笑容，亲亲热热一把抓住他的胳膊。

石头的身体如触电般地僵住，手臂停在空中，不动了。

"来，我们出去玩。"我满肚子坏心，热情拖他往门外走去。

石头的脸微微红了一下，没有反抗，半推半就跟我走出门。

吴秀才正蹲在树丛后，见他出来后立刻现身，笑眯眯地说："真是个好孩子，快跟我回去念书。老夫要将所有学问传授于你，你要勤奋好学，方不负众望。"

我顺势松手，将石头推入吴秀才的怀里，低头温柔道："既然你如此上进好学，先生又如此费心教导，我怎能因贪玩阻碍你的前程？你一定要好好念书，将来做个为国为民的好官，造福万生。这样我也知足了。"

石头不敢置信地看着我，又看看吴秀才的瘦弱身子，不敢乱推，只好被他半拉半拖地往账房去。拖到门口时，终于回过神来，对我杀鸡抹脖子地打手势，意思大概是："你这该死的叛徒！看我将来怎么收拾你！"

我早就习惯了他三天两头的威胁，从不放在心上。便伸手从怀里掏出条水蓝帕子，擦去喜悦泪水，然后冲着他挥了挥，大义凛然道："只要石头大哥将来能有出息，就算洛儿惹你生气，挨打挨骂，也是心甘情愿的！"

面对死猪不怕开水烫的我，石头无计可施，气得连话都说不出了。

我一边做着举人夫人的美梦，一边哼着歌儿，蹦蹦跳跳离去。

5

接下来的两个月，每天沿着固定的轨迹转动，平静得好像什么都不会发生。我睫毛剪了又长，长了又剪，越来越浓密，刘海也越盖越厚，整天穿得像个灰鸭子，走路低头弯腰，头也不抬，除了洗碗切菜勤快外，什么都干不好。虽然惹来大家嘲笑，但总算被管事们列入了绝对不能送到主子面前丢人现眼的蠢材名单……

石头很任性，读书却是天才，启蒙的时候大概是我不会教，所以出了差错。其实他记性极好，可以过目不忘，丢到现代也是能轻松进哈佛拿博士的料。怪不得吴秀才对他的感情如天雷勾动地火，仿佛要泄尽满腹不得志的怨念，天天抓他去背书写字。可惜石头好动，对乖乖坐椅子上练书法深恶痛绝，所以东躲西藏，死活不肯就范。

我为实现当举人夫人的美好梦想，天天陪他玩捉迷藏，几次深入危险区域，将其逮出，第 N 次重复"少壮不努力，老大徒伤悲"的深刻道理。

　　石头堵着耳朵不肯听，一心一意想偷看南宫世家的练武场，学功夫，做大侠。

　　眼看烂泥扶不上墙，我心急如焚，尝试诱拐："大侠这种高风险职业有什么好的？就知道拿着把剑砍来砍去，结怨无数。还不如做个小官，俸禄丰厚，外快多多，不用担惊受怕，退休后的生活也有保障。"

　　石头随手捡根枯枝作剑，在空中乱舞几下，虚势收剑在背，故作深沉沧桑地看着天空，长叹道："燕雀安知鸿鹄之志？有些东西和女人说不明白。"

　　我听完后呆了三秒，气得暴走，劈手夺"剑"，折成两半，丢回去阴森笑道："好！没志气的小燕雀是吧？我待会就把某鸿鹄的脏衣服和破衣服统统丢出门！自己补去！"

　　石头老实了，他迈着百般不情愿的步伐，耷拉着脑袋，继续回去练字。

　　他背书的天赋有多强，书法的天赋就有多烂，著名书法大师的作品在他眼里还不如地摊货好看。练了几个月，写出来的字还是歪歪扭扭和狗爬似的，经常用力过度，笔画粗一道浅一道，间距横七竖八，墨水乱溅，内容潦草，十个里能认得出四个就算烧了高香。

　　我像陪孩子做作业的家长，一边斟茶递水，一边监视看护，唯恐他再偷跑去玩。可惜他人在心不在，手在纸上乱涂，眼珠子盯着窗外小鸟，研究如何用弹弓打下来……

　　我深深感到养儿子和养男人都不容易，而且养成后还未必是我的，还是找个备胎保险点。

　　南宫世家和我年龄差不多的少年仆役有二十来个，眉清目秀、温顺老实、勤奋上进的，各种类型都有，大部分拎出来做候选都靠得住。可惜我装钝装得太成功，再加上年龄小，身子瘦弱，打扮奇怪，那群男孩仆役都对我没太大兴趣，只有扫楼梯的阿初给我送过几朵漂亮山茶花。

　　我两辈子加起来第一次收到男孩子送的花，以为他对自己有点意思，想重点观察培养一下，没想到他第二天见到我就像见了鬼似的，远远离着十步远便想跑。我不知发生何事，追过去却见他脸上有块乌青，头发沾着两根杂草，惊讶问："你的脸怎么了？"

　　阿初连连后退："没事，摔跤而已。"

　　"怎会摔到脸？"我想将关系缓和一点，身后却传来两声重重的咳嗽声，回头见石头抱着双臂，站在拱门内侧，眼睛笑得弯弯的，看起来人畜无害，格外可爱。

　　"我还有事，先走了！"阿初像被狐狸追赶的兔子，转身一溜烟跑了。经过石头旁边，又停下来，尊敬地叫了声，"大哥好，大哥辛苦了。"

石头随意地挥挥手，用食指往身后一指，示意他离开。

阿初如蒙大赦，匆匆离去。

我忍不住嘀咕："江山易改本性难移，浑小子就是浑小子，走到哪里都要做孩子王……"

石头慢悠悠走过来问："你在说什么？"

我赶紧转移话题："阿初好像不想和我说话？"

"和你有什么好说的？天天装大人样，老成得要命，开口就能气死人。除了我还有哪个傻瓜肯和你玩？烦都烦死了。"石头这些日子的怨念比海深，开口便是气势汹汹的教训，"读书有什么好，吟诗作对听着就想疯，我只要识几个字不至于被人骗就够了，反正做不成大侠，就回去跟我多学打铁，你喜欢科举怎么不自己考？"

"女孩子不能考，而且我喜欢读书人……"我回答的声音很没底气，找的两个借口连自己都脸红。

石头不是可恶禽兽，只是个九岁孩童，正值最美好的童年时光。他并没有欠我什么，我却自私地为了让自己过上好日子，想方设法地逼他成熟，逼他去做不喜欢的事情，甚至算计他的未来。怪不得那些同年男孩都不喜欢我，怪不得阿初见了我掉头跑。

谁喜欢老妈子天天跟在后头鞭策自己发愤图强啊？换了我是石头，我也不干！

"对不起。"换位思考后，我低头为自己的无耻行为道歉，"我以后不逼着你念书了，其实做铁匠也蛮好的，平凡是福……"

石头的愤怒和嚣张却短了下去，他站起又坐下，坐下又站起，折腾两次后，重新拿起笔，不屑道："读书这玩意没难度，比打铁还容易。读书人有什么好稀罕？等我将来考个秀才举人回来在你这臭丫头面前显摆显摆，到时候把你使唤得团团转，看你还敢不敢甩脸色来。"

"你真能中举，我给你夏天打扇，冬天暖被！"见他自愿读书，我激动异常。

"暖被？"石头目瞪口呆望着我。

我发现自己高兴得口不择言了，赶紧解释："是给你劈柴烧炕。"

"噢——"石头长长应了声，继续看书。

我不再勉强他，将举人夫人的梦想努力从脑海里淡化，也不到处捉人，随便他愿不愿意去练习，顺其自然。

石头很守信诺，虽没寒窗苦读的普通学子努力，也比以前认真多了。可惜他无论怎么练习，写出来的字还是丑得要命，连刚学毛笔字的小孩都不如，这让他非常气馁，便将重点方向转去看书，吴秀才一屋子杂书，除诗词歌赋外，都给他得得七七八八。

他居然还在角落翻出一本春宫，瞄了几页，还没明白是什么玩意，立刻被我抢去。吴秀才红着脸解释，说是人家放他这里忘记带走的东西，绝非他个人所有，然后正气凛然地一把火烧了以正书房风纪。

烧之前，我也偷偷翻了几页，觉得这世界某男女混合项运动的尺度……实在太夸张了。郁闷之际，遥想当年看小说时，恨不得肉戏越多越好，碰上和谐二字就想骂娘。如今事情落到自己身上，只恨不得和谐之风横扫天下，让不和谐戏份有多远滚多远！

不是我假清高，装正经。

这篇小说里的不和谐部分光是用想的都要起鸡皮疙瘩，那该死的原著作者大概是变态虐待狂。我宁可做一辈子无人问津的老处女，也不要碰这个世界的男主。

6

雄鸡初啼，太阳刚刚升起，我一边扫楼梯一边进行第一千零一次碎碎念，上头传来了纷杂的脚步声。我估摸是小王管事又要去镇上采购，想求他经过李家村的茶寮时，帮忙捎两句话，问问外祖母病情，便带着笑容，欲打招呼。未料，来者竟是浩浩荡荡十几人，中间夹着大小禽兽，顿时吓得魂飞魄散，不小心脚步踏空，差点从楼梯滚下去。

在这种地方摔跤，绝对会引起注意。如果两禽兽像言情小说一样狗血地来个英雄救美，就彻底完蛋。

大难临头，运动白痴的我肾上腺素分泌加速，竟超水准发挥，微后仰、退下一级台阶，前倾，调整平衡，一连串动作做得如行云流水，牢牢站稳了身形，没被摔成狗啃泥。然后紧张站去路旁，驼背弯腰，脑袋有多低压多低，连呼吸也放得极慢，只盼望大部队别发现自己的存在，快点通过。

古代武人多着靴，穿着皂青色靴的南宫家护卫们大步踏过，没有停留；穿莲青色云纹靴的南宫焕稳重走过，没有停留。

正以为一切顺利的时候，南宫冥的黑云靴在我面前微微一停。

我心跳加速，额上一颗冷汗滴落青石台阶。

幸好，他只停了约摸两秒，没有说话，又追随大部队而去。

"大概不是看我。"等所有人通过后，我揉揉弯得发疼的腰，松了口气，自我安慰着。可心里总有点不好的预感在隐隐作现，挥之不去。待今日任务完成后，匆匆回到让人平静的厨房躲着，做缩头乌龟。

约摸过了四五日，南宫冥没有动作，我猜自己的预感大概是错的，而且脸已弄成这样，以男人视觉动物的本性，两禽兽想要什么样的美女没有？怎会看上一个又黑又瘦、打扮奇怪、性格古怪的小姑娘？

我松了口气，每天惯例送馒头去喂石头。

账房传来吴秀才气急败坏的声音："科举第一看的是书法，文章做得再花团锦簇，字不好也会被丢出去。你练了那么久的字，不奢求你分得清颜体和柳体，总该分得出楷书和隶书，行草和行隶的区别吧？真是块油盐不进的石头啊。"

"我觉得自己写得还可以啊。"石头一手持字帖，一手抓毛笔，愁眉苦脸，继续趴桌子练习鬼画符。

"放屁！放屁！"吴秀才气得斯文尽扫，敲着他的脑袋训斥，"飘逸秀美什么的就算了，我只求你能写得端端正正，拿出去像个字样便好。"

我在窗外听得哈哈笑，石头挂不住面子，趁吴秀才转身之际，拿起一张写废的字帖，揉成团，狠狠砸向我的脑袋。

我放下馒头，赶紧逃走，不触其逆鳞。

他似乎天生没艺术细胞，琴棋书画皆通六窍。上次尝试跟车出门学采购，帮忙挑的衣料款式让布庄老板眉开眼笑，小王总事差点跳脚，幸好只选了三匹。回来分发，大姑娘小媳妇们统统不肯接受那大红大紫的俗气款式，便宜我多分了好几尺，刻意做了件紫上衣配绿色裙子，走出去像个茄子，人人见了掩嘴笑，唯石头连声夸好。

经此事，所有人都对石头超凡脱俗的审美能力有了深刻理解。如果他夸谁穿的衣服好看，那人绝对会跑回去换掉……所以我每次出门，先去给他看看自己的打扮，他说普通或一般都不宜出门，只有点头大赞后穿出门去，保管丑得万无一失。

石头这方面很迟钝，毫无自觉。大家觉得这样下去不好，试图纠正了几次，却没多大功效，我没指望他去做服装设计师或艺术家，干脆放弃。

逃回厨房后，厨房管事黄大娘塞给我一个食盒，里面装着碗银耳羹，托我送去给她在临香阁当差的小女儿吃。然后还给了我两个早上剩下的肉包子做好处。

临香阁是空置的屋子，虽然挺大，但在南宫世家属于冷宫地带，几乎没人过去，据说不吉利，大家连提都不肯提。原本在我名单中的三级警戒区域中，后来觉得此处资料太少，危险难测，将其提到了二级警戒区域。

黄大娘的小女儿翠英身子不好，做不得重活，因此是托了关系送到那山高皇帝远的地方混日子的。

我看了一下天色，现在应是南宫冥习书画的时候，估摸着危险不大。因不想得罪厨房的当权者，便接下这个差事，迈着小细腿一路小跑，快去快回。

平安到达临香阁后，翠英姐姐接过银耳羹，尝了口，抱怨两句太甜，赏了我几两银子。

我见周围无人，装出天真孩子面孔，顺口打听："这个屋子好气派，怎么没人来住？该不会是有鬼吧？"

"什么鬼不鬼的？别胡说，"翠英放下碗，笑了起来，"你在外头可别乱说，这屋子是以前南宫夫人住的地方，自夫人不在后便被焕主子封锁了。"

我忽然想起原著小说里没有任何提及南宫焕妻子的事情，觉得不对劲，再问："既然是夫人故居，为什么大家都不愿提这里？"

"小孩子怎么那么多问题？"翠英皱起眉头吓唬道，"好奇心别太重，有些东西知道的越少越好。焕主子不准提夫人的事，我们做下人的装着糊涂就好，别乱嚼舌根，小心传到王大总管耳里，被拖去打板子。"

我不想挨打，唯唯诺诺应了，不敢继续追问。

翠英吃了小半碗银耳羹，将剩下的赏给我："提醒我娘下次少放点糖，她怎么老是记不住呢？我又不是爱吃糖的小姑娘了，甜甜腻腻怎么吃得下？"

小丫头吃大姑娘吃剩的东西是常事，但我喜洁，从不吃别人咬过的东西，所以嘴上欢喜应了，出门后便偷偷找了个水沟将剩下的银耳羹倒掉，然后拿着空碗往回走，一边走一边想南宫夫人的事情。

刚走到临香阁门口，忽闻一段清清笛声，幽幽从身后传来。

我下意识想回头，又想起闲事少理，不要好奇的做人准则，便装作听不见，继续往前走。

笛声忽停，换成少年温文尔雅的声音："小姑娘，请停步。"

我听出是小禽兽的声音，心下大惊，越发装没听见，大步流星往前跑，想快速离开他的视线范围。

结果一个东西砸到我脑袋上，不太痛……

我希望砸过来的是陨石，可地上躺的是个圆滚滚、红艳艳的李子，李树在身后五米处，怎么也不能自动飞落到我脑袋上。

怎么办？继续装没发现背后有人？我迟疑片刻。

又一个李子飞过来，目标明确，大有不回头就继续的警告。

我装不下去了，只好缓缓转身回头。

绿叶葱葱，红色李子如宝石挂满枝头，南宫冥斜坐树上粗枝，手持碧玉长笛，青衫长袍随风轻飘，双脚有一下没一下地在半空调皮晃动，小脸冲着我笑容灿烂。

我抱着一丝侥幸，想装没看见人，结果看见了传说的轻功。

南宫冥纵身从树上跃下，衣袂飘飘，袖舞翻飞，姿态如青鸾展翅，掠过树梢，点过草尖，瞬间便立于我面前，剪秋水般的乌亮瞳子里尽是笑意。

躲无可躲，避无可避，他移步逼前，我身后再无半分退步。短暂惊恐过后，胆子却肥了，两腿也不抖了，脑子如电脑般快速盘算：是福不是祸，是祸躲不过。南宫冥和南宫焕不同，一切还有转折余地，他现在不过十三岁，或许只是对我感兴趣，未必用情太深。退一万步讲，就算他现在有龌龊念头，身体也没能力吃肉。所以我不能太害怕，若露出原著中林洛儿那种楚楚可怜的神态，反而容易勾起禽兽欲望。

南宫冥收起玉笛，先开口了："我记得你，是李家庄的那个小丫头。听说你进来我家做事，可是一直不知道你叫什么，我又不好意思到处和人打听女孩子名字，只好四处留意，今日终于找到你了，你在我家过得可好？"

我拿出高考心态，稳定发挥，岔开话题："少主现在不是应去学习书画？怎有空在临香阁练吹笛？"

下人过问主人私事，是大忌，重则挨打，轻则挨骂。

我故意招主子讨厌，未料南宫冥半点不恼，反细细解释："何先生偶染风寒，令我暂歇一日功课，我便来这儿练习前天早上学的新曲，你听着可好？"

"我不懂音乐，冥少主是在对牛吹笛。"我的回答超欠扁。

"嗯，不是人人都喜欢音乐，正如我不喜欢画画，每次上何先生的课都很头疼，"南宫冥不好意思地低下头，又飞快抬起眼角，窥了我一眼，有点害羞有点期待地问，"你叫什么名字？"

我是他家丫环，名字稍微打听一下便知道，我也没脑残到想编假名字骗自己主子，便老老实实将"林洛儿"三个字报了出去。

南宫冥有点惊诧："你住李家庄，不是姓李吗？"

"我娘姓李，我爹又不是入赘女婿，我自然跟爹姓，少主糊涂了。"我用藏在裙子里的脚尖在草地上偷画圈圈，只觉度日如年，偏偏还得回答禽兽。

常理中，这种不耐烦的说话态度，石头都得跳起来抓住我的腰，挠到我叫救命为止。偏偏南宫冥没半点脾气，不管我口气再恶劣，再不合规矩，也只是笑着回答："洛儿妹妹说得是，确实是我欢喜得糊涂了。"

"冥主子，你怎可随便管小丫头叫妹妹？太不自重了，别害我被管事教训。"我无计可施，终于豁出去了，说话越发惹人讨厌，只期待他拿出点主子样，直接叫人把我拖去打板子。

南宫冥仿佛窒了一下，久久没有回话。

我扬扬手里的盘子，继续道："少主没事的话，我要回去干活了。"

"等等，"南宫冥拦住我，"你现在负责扫台阶？小姑娘家做这个太辛苦了，不如让总管将你调来我房里侍候吧？"

"房里侍候？"我瞪大眼睛，看着他那张禽兽脸，想从上面找出心怀不轨的蛛丝马迹。

南宫冥大概察觉我想歪了，小脸瞬间涨得通红，不停地摇着手说："是负责喂鸟扫洒，整理书籍，工作会轻松很多。"

我回答："我很喜欢现在的工作，干得很快乐，少主费心了。"

南宫冥有些失望，又找其他话题搭讪。

忍无可忍，我终于忍不住了："不过在茶寮一面之缘，你怎会将我那么放在心上？"

莫非原著林洛儿和南宫冥是第一官配金手指难改？可我已将造型改成那个样子，若还一见钟情，实在太狗血了，除了他脑残，没什么可解释的。

"不只一面之缘，在茶寮相遇前我就见过你，只是那时你大概没留意到我……"南宫冥正想继续往下说，忽然临香阁门口跑来一个俏丽丫头，警惕看了我一眼，然后低头柔媚地对南宫冥说，"冥少主，焕主子有事召见。"

"洛儿，下次再说。"南宫冥不敢耽搁，匆匆往大禽兽住的挽风楼赶去了。

俏丽丫头跟不上他的步伐，留在原地，拿过我手里的空碗看了看，不屑道："小丫头要有自知自明，好好拿镜子照照自己长什么德性，少装狐媚子，和主子拉拉扯扯。顺便告诉黄大娘，今天下午做碗炖鸡蛋送去清心苑给彩凤姐姐，若是炖老了，可是不依的。"

我根本不想和主子拉拉扯扯，只得飞快应了，匆匆往安全区域撤退。

南宫冥临走时那句话，却一直在脑海里挥之不去。我怎么也想不起自己什么时候不小心被他遇见过，于是去问石头，请他帮忙回忆。

石头正欢快地拿着破树枝当剑舞，见了我十分激动："告诉你个事！"

我心急，没管他的闲事，先将自己的问题提出："冥少主是不是以前去过李家村，见过我？"

石头歪着脑袋想了很久，还是很迷惘："不可能吧，冥少主怎会没事跑去我们这种小地方？南宫世家的庄子快马过去才二十多里路，那天在茶寮停下歇脚都已经够奇怪了。"

我忽然产生了一个很恐怖的念头。

万事没有偶然，只有必然，南宫冥该不是故意停在那里找我吧？我离开茶寮，他就找借口让石头带到后院去，说是看什么纺车和蚕屋，可他一个习武的大少爷，又不是贾宝玉，怎会对那些有兴趣？

林洛儿这脑残的小萝莉，到底做了什么天杀的事情把他吸引来的？

在这秋凉气爽的好天气，我如坠冰窟。

"你老想着冥少主做什么？人家不会看上你的，想了也白想，"石头照例将我打击鄙视了一番，然后兴致勃勃宣布，"告诉你个好消息！"

"什么消息？"我对他的好消息深表怀疑，但刚刚已经经历了更糟糕的事情，所以心理抵抗能力不错，便挥手示意他说下去。

石头激动地抓着我高声大叫："今天南宫世家挑选新弟子！我被选上了！"

"等等！你不是仆役吗？哪有资格参选？"我也激动了。

石头得意地抬头："小王管事说我力气大，而且有习武之心，焕主子觉得不错，便召去试了一番，然后大为赞赏！所以免除了仆役杂事，将我收为弟子！"

我脸色发青，原来世界上还有更糟糕的事情！

石头素来不懂看人脸色，继续拉着我兴奋："以后我就是一代大侠了！哈哈！纵马江湖，横扫天下！笨丫头，你高兴吗？"

"高兴，我高兴得不得了！高兴得想咬人！"我咬牙切齿瞪着石头。

全盘计划统统被这傻瓜打破，辛苦养出来的种田文老公如煮熟的鸭子，飞了……

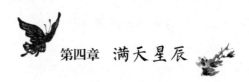

第四章　满天星辰

1

小禽兽已经靠近，大禽兽还远吗？

唯一同盟却被糖衣炮弹击中，通敌叛国，再也不能指望了……

可怜我搜肠刮肚想不出任何反对的理由，只好扭着手绢，倚着门栏，眼睁睁看着石头兴高采烈地走向练武场，种种心痛不舍难以形容，颇有"风萧萧易水寒，相公一去不复返"的意境。

送走石头，我回房坐在梳妆台侧，看菱花镜中，林洛儿的脸开始褪去婴儿肥，在重重伪装下，努力向倾国倾城的红颜祸水发展，那可恶的体质虽柔韧度极高，却一点也不耐劳！爬了几个月楼梯，石头挑水上楼已脸不红气不喘，我和最初没多大区别，还是会气喘呼呼。

更绝望的是上星期切菜的时候，我不小心在指头上割了个大口子，流了好多血。我懒得上药，只随便包扎了一下，顺其自然，没想到伤口过了三天就好了，现在更是连一点疤都没留下。

黄大娘赞道："你这孩子真是天赋异禀，不留疤的体质让人嫉妒。"

"是啊，真好，我太幸运了。"脑残文女主的恢复力比星矢还强，我笑得比哭还难看。

笑过后，我冷静下来，将长大、赚银子、赎身、嫁男人、喂猪、养儿子的目标进行修改。因南宫冥的执念如此之深，想快速赎身脱籍恐怕有难度，必须做好最坏的打算，就是逃跑。

虽然逃奴会被官方通缉，但这个世界没有互联网，也没有手机电话，信息联络有难度，只要我继续装丑装傻，争取不被大禽兽看上，乖乖巧巧地熬到十三四岁，在剧情发生前改头换面，逃离南宫世家远远的，找个穷乡僻壤山沟沟，幸运的话，可嫁个心地善良的男人过日子。不幸的话，就出家做尼姑！斩断红尘，天天敲木鱼念"色即是空，空即是色"！

计划很完美，唯一问题是易容，虽然我现在不会，但我知道去哪里学。

记得原著里林洛儿小时候和南宫冥在藏书阁玩，曾不小心碰掉一本古籍，里面夹着一份前人所留的易容术秘籍，她觉得有趣，就学了一些。没想到后来先被南宫焕强迫发生关系，又遭小侯爷绑架，日日蹂躏，弄得遍体鳞伤。花了好多日子，才找到机会，易容逃了出去……

后面发生的破事我就不想提了，反正我改了那么多剧情，总不至于像她一样倒霉吧？

现在的首要任务，是将那本易容术秘籍找出来！可是南宫世家的藏书阁是禁地，里面有很多珍贵藏书，除了几个专门负责打扫的仆役外，任何人都不得进入。可怜我想了三天三夜，想破了脑袋，也想不出混进去的好办法，只好自认愚蠢。

更脑残的是，我穿越前做惯穷人，见不得银子，如今不知脑子哪条筋不对，想体验在银堆里睡觉的感觉，所以在账房安排发放薪水的时候，选择了要现银，并坚持了好几个月。直到床板下满满当当地铺了一溜银块，睡在上面硬邦邦、冰凉凉，很有成就感。

等我美滋滋地睡够银子，过足了瘾，想将它换回银票，结果账房很不客气地把我踹了出去："工钱交付清楚，谁有耐心给你换来换去？自己去镇上解决！"

我看着那三百多两，二十多斤的银子，当场傻眼了。凭我这小细胳膊小细腿，怎么和那些荷包里装几百两银子都能满街追贼飞的姑奶奶相提并论？八成用扁担挑到半路就得栽沟里，把门牙再磕掉一次。

"石头大哥，你是好人啊，帮我抬银子吧……"我拉着石头的袖子死命扯，尽可能让眼神哀怨、无助一些。

练武归来，跑我房子里翻零食的石头给白糖糕呛着，碎屑冲到气管，咳嗽了老半天才回过气来问："你这白痴怎么会有那么多现银？怪不得这几个月大家收到的散碎银子都少了，原来都跑你这里了？"

我打死也不敢将睡银堆的理由说出来，便改口道："我平时没见过银票，以为现银可靠些，所以……"

石头惊讶，冲口而出："连银票都没见过？你什么猪脑子啊？"

我也知自己这件事做得太脑残，低头不敢反驳，任凭嘲笑。

石头见我难得老实认错，看起来可怜兮兮，很爽快地答应过几天和习武教头请假，帮我抬银子去镇上兑换，顺便回李家村看看他父亲。

我松了口气，发誓以后做事一定要三思而后行，又将在南宫世家得到的衣服首饰赏赐挑出两样，连同用整块布做的绣花新枕套和各色针线活一起打个小包，准备拿去孝顺外祖母。然后想了半天，觉得别人不仁，我不能不义。舅舅把我卖给南宫世家的事情，虽然以现代观念无法接受，但在古代乡下的观念里，他还是个好人，因为没将自家侄女卖去给钱更多的青楼酒馆，而是找了个体面的好去处。只是他不能预知未来，也不知南宫世家的本性。

我虽然讨厌他们，但做人要留三分转圜余地，所以还是包了些钱和一个大丫环赏下的戒指给舅母他们，当是照顾外祖母的人情费。还有送表弟表妹的糕点、糖果和用剩的布料，乱七八糟的东西整理起来也不少，足足装了一大筐。

2

我们先是托人带了话，确定请假回去的日期，等到出发的那天，石头郁闷地挑着扁担，一头是十八斤银子，一头是十斤食物和杂物出发了。我抱着装了七斤银子的小包裹，跟在后面，去南宫世家的庄子坐车回家。

楼梯才走一半，我就累得想把钱丢了。

石头黑着脸，将我这废柴手上的银子接过来，继续挑到肩上。

好不容易折腾到镇上，镇上有点乱糟糟的，好像是昨天有户人家，被灭了满门，大家都在议论此事。

我无暇多顾，兑了银票，很狗腿地给石头大爷揉了肩膀，请他吃了四碗豆腐脑，买了六串糖葫芦，承诺帮他洗一个星期衣服后，叫了马车回李家庄探亲。

石头很久没见父亲，开心得像只猴子，一路上蹦蹦跳跳，不停炫耀："我爹老说我没定性，这辈子绝对要败家，这回做了南宫世家的弟子，看他还敢不敢打我，骂我没出息！"

我忍不住反驳："你爹没骂错，你确实没定性，写字坐不定，学武贪功冒进，也不知道什么时候才长大。"

石头鄙视："你是小孩，不要不懂装懂。"

我反鄙视："我是小孩，起码我不买面泥人玩。"

石头："没办法，这面人长得和你一样丑，我怎忍心它卖不出？"

我："好吧，另一只猴子又是什么？"

石头怒了："这是二郎神！超厉害的！长得和我多像啊！就你这歪眼睛的笨蛋才会看成猴子！"

一路走一路争，吵闹不休，眼看近村，却见村口聚了几个村民，看见我们后，欲言欲止，眼神怪异。

我心里冒出不好的预感。

石头大大咧咧地走上前，拍拍对方肩膀问："明二叔，你们待在这儿做什么？我刚在镇上打了三斤酒，又买了猪头肉孝顺我爹，待会你也来我家，陪他喝两杯。告诉你们！我现在可是南宫家的弟子了！"

明二叔喉结上上下下动了好几下，终于低声道："石头，你爹……他出事了。"

石头摊摊手，满不在乎地笑了起来："那粗心大意的家伙，又给锤子砸伤腿了吧？"

"不……不是……"明二叔满脸不忍，欲言欲止。

"哎呀，这事儿总归是要说的，"明二嫂揉了他几把，见没反应，便快嘴道，"石头，你爹去了。"

石头愣了愣："去哪里了？"

当局者迷，谁也不知道如何和一个九岁孩子开口，残忍地告诉他父亲去世，从此要做孤儿。

石头见所有人都不说话，终于明白过来，不安地问："他去了？我爹壮得像头牛，你们该不会开玩笑吧？"

明二叔摇摇头，推着自己媳妇道："你平日不是能说会道吗？你来解释。"

明二嫂捶他："凭什么坏事都要我说？"

石头不信，回头抓着我当同盟，愤愤道："这群家伙，我都那么大了，还拿话骗我，想哄我急呢。"

"你快回家吧。"我扫视四周，见气氛沉重，知道事情假不了，急忙扯着他的衣袖，小声吩咐。

石头一急，肩上担子滑落，恰好砸到我脚上，还没等惊叫声起，他已像头蛮牛似的冲入村子，绝尘而去，只余阵阵鸡飞狗跳声。

我忍着痛，招呼舅舅将东西抬回去，然后往石头家跑去。

李记铁匠铺聚集了许多看热闹的村民，正厅内停着张门板，盖着块白布，白布下静静躺着个高大魁梧的人，不需揭开也知是谁。

石头在旁边站了很久，才颤抖伸出手，揭开白布看了一眼，然后化作木头桩子，瘫坐椅子上，再也不动了。

我见他的精神状态太差，便自作主张帮忙打听事情的经过。村民的回答七嘴八舌，各说各的，花了小半个时辰，才算将事情的经过全部整理出来：

铁头大叔昨天去镇上买东西，有大户人家想定做几件特殊铁器，他便去了。没想到那户人家竟是退隐多年的江湖人士，恰逢仇人上门，要灭其满门。铁头大叔身高体壮，长相凶狠，手中又有刀具，竟被当成武林中人顺手杀了。

"铁头是个好人，就是太倒霉了，好巧不巧就在那时候上门，或许也是命中注定有此劫啊。"

"听说他死的时候，身后还护着那家人三岁的幼子，或许是因此才被杀的吧？"

"他生是好汉，死也是好汉。"

"石头这娃，才九岁就无父无母，又没什么近亲可依靠，以后的日子也不知怎么过……"

"他们家也没留下多少家产吧？"

"好可怜啊……"

村民的议论声声入耳，有叹息的，有同情的，有虚伪的，有感叹的……说什么的都有。

可毕竟不是他们家的事，再多的安慰也抚平不了痛楚，说完后人们随即继续回家煮饭带孩子了。

我恍惚想起许多年前母亲离开的那个夜晚，我还是个六岁的孩子，只知道抱着玩偶兔子，乖乖地守在医院急救室外等妈妈，不明白亲友们为何用怜悯的眼神望着我，不停地念叨"真是个可怜的孩子"。

我开始害怕，一个劲地追问爸爸："妈妈什么时候醒来？她说要给我买新兔子的。"

"爸爸买给你。"爸爸不停地用宽厚的手掌抚摸我的额发，叹着气，一句话也不说。

很久以后，我才知道妈妈再也回不来了，她不会带我去迪斯尼了。

爸爸没有给我买新兔子，却带给我一个新妈妈。

新妈妈长得很美丽，说话总是客客气气，不会像童话里恶毒的继母般打骂我，只是等有了新弟弟后，他们欢喜地给我买了漂亮新裙子，新书包，然后送我去寄宿学校。

爸爸对我说"对不起"。

66

我能理解他，亦不怨恨，但从此很少回家，也不喜欢和人太亲近。

大家都说我孤僻，可是他们不知道，我不过是个胆小鬼，害怕失去喜欢的东西，更害怕再一次承受这样的痛楚。

看着石头站在那里一动不动，就像当年的我，那只被丢下的小猫，迷惘无助，却不知向谁求救。我心里梗得发慌，仿佛在重新经历这最不想经历的过去，想着想着，身子就沿着土砖外墙慢慢滑落，蹲在地上慢慢陪他难过。

家里没大人，铁头大叔的丧事就由村里同宗的长辈们安排，他们先说了一大堆安慰的好听话，然后熟练地派人去买棺木，选墓地，办各色用品，石头只机械似的胡乱点头。

舅舅和舅母来叫我回去吃饭，我不好拒绝，揉揉发红的眼睛，半拉半扯被回去了。外祖母身体好了些，可以在床上纳鞋底，做绣活，见我回来十分欢喜，拿着我孝顺她的东西看一回赞一回，舅母摆出的饭桌上不但鸡鸭鱼肉丰富，还给我碗里添了个大鸡腿。

我强颜欢笑，食之无味，脑子里只有石头的事情。

入夜，我陪外祖母说了会儿闲话，将南宫世家的待遇赞得和仙境似的。等回房后就熟练地爬窗翻墙，往石头家跑去。

3

周围静悄悄的，只有蟋蟀鸣叫声，这世界的丧事规矩繁多，而且七天后要连续守三天灵，所以长辈们都让石头去休息，留着体力做事。可是石头没有休息，也没有守在父亲旁边，而是独自坐在屋外的铁匠铺里，双眼通红，却没有流过一滴眼泪，只不停翻弄着打铁工具。

我走到他身边坐下，心里打了几次腹稿，还是无法决定要说什么。

石头先开口："你来了？"

我点头。

两人一起沉默了好久，石头拿过一把几十斤的大铁锤，低声说："我小时候觉得舞这个锤子敲铁块特别威风，老是想玩，但爹爹不准，说要等我长到十二岁才能教我打铁手艺，他的手艺真好……"

我附和："大家都说他是十里八乡最好的铁匠，我们家的农具和菜刀都是他做的。"

"是啊，爹可厉害了，"石头举起锤子，在空中轻轻松松舞了几下，模仿打铁姿势，忽然转头对我说，"洛儿，他们都叫我去休息，可我睡不着，闭上眼就听见铁匠铺里叮叮当当的打铁声依旧在响，爹爹还会半夜推门进来给我盖被子；睁开眼会看见他坐在铁铺外大口喝酒，喝多了，会笑着骂我是只猴崽子。你知道这种感觉吗？"

"我知道的。"这一切我都经历过。

石头继续说："他最大的愿望是看我有出息，继承他的铁匠铺。然后娶一个好媳妇进门，给他生个小孙子，可是我一样都没做到。"

"你总会做到的。"

"他那么高，那么壮，骑在他肩膀上可以看很远。我以为他就像山一样，可以永远挡在我面前，为我遮风避雨，可是从没想过他会离开得那么突然。我没有和他学到一丝手艺，也没来得及孝顺他。"每天烧得火红的铁炉如今已变得冰冷，石头放下锤子，声音极为难受，"他昨天去镇上是为了帮我买最爱吃的松子糖，路上遇到老顾客，所以……"

"这不是你的错。"我知道再沉默下去不行了，赶紧出声劝告，"要是你爹知道你这样胡思乱想，会生气的。"

石头自嘲地笑笑："我爹？我爹已经不在了。"

我说："胡说八道，人死有魂，他还在看着你呢！"

石头反问："魂在哪里？"

我不假思索地走出屋外，仰起头，伸出食指，高高指向满天繁星，肯定地说："我娘生前说过，灵魂在星星上！她走了后会在星星上看着我，保护我一生平安，快快乐乐。"

石头僵硬地撇撇嘴，反驳道："人死魂灭，我又不敬鬼神，而且你没死过，怎知星星上是什么模样？"

"油盐不进的笨石头，说你顽固还不信，"我骂了两句，然后坐在草地上，看着天上的星星，绘声绘色地说，"我娘走后，她见我难过，有天入梦带我去星星上玩。那里真是仙境。四季鲜花同时开放，房子巍峨高耸，层层叠层层上千尺，道路四通八达，上面跑的不是马，而是怪兽。怪兽是铁皮做的，力大无穷，刀枪不入，不吃肉食，只喝一种味道奇怪的液体，叫做汽油。天空中还有白色大鸟，载着人飞来飞去，人们穿得和神仙似的，可以相隔千里谈话，还有很多好玩的……"

"这不可能！世界上没有铁皮怪兽，而且有流星。"石头听得一愣一愣的。

"所以说是仙境啊，流星是装载重新堕入凡间灵魂的马车。"我怀念地描述起地球上的生活，甚至还将电话、MP3、电影、汽车、飞机等几个他特别感兴趣的东西说得详细无比，和真的一样。

最后，石头半信半疑地总结："不过是做梦罢了。"

"绝对不是梦！"我坚持，"就算天下所有人都说人死魂灭，拿科学……大道理来辩驳天宫地府不存在，我依旧相信我娘在星星上守着我！如果我难过的话，她也会伤心的。"

满天繁星熠熠，闪得让人迷醉，银河如玉带，优美划过暗色丝绸。

其实我们都不是迷信的人，有些东西理智上明白是什么回事，可是心里却宁愿糊涂：相信去世的亲人在星星上，终有一日可团聚；相信举头三尺有神明，善恶有报；相信轮回转世……

如果一切事情已经无法改变，为了得到快乐，不再哭泣，不再痛苦，不再畏惧，哪怕是自欺欺人也是好的。

谎话说一千遍也会变成真实，在我反反复复的描述下，石头静静地看着天空，绝望的眼神终于炽热起来。他也和我当年一样选择了相信。

我拉过他，温柔道："你爹还在身边，他会看着你长大，所以……不要难过。"

"你不要待这里。"石头忽然甩开我的手，转过身去，声音沙哑。

一滴水珠，悄悄划过掌心，滴落地面，是他迟到的泪。

这是我第一次见倔强的他掉眼泪。

小小男子汉的尊严不容受损，我赶紧起身，不去看他的脆弱。

院外围墙老旧，上面长满爬山虎。

我在这头，他在那头，两下无语，只有压抑的哭泣声断断续续在空中低低回绕，仿佛要泄尽伤痛。

不知过了多久，他绕过墙走来，找到正在发呆的我，忽然拉住我的手。

他手力太大，攥得很紧，让我的骨头有点隐隐作痛。我不安地轻轻抽了几下，他才后知后觉地缓缓放轻力道。

两人肩并肩坐在草地上，一块儿看星星。

他轻轻问："洛儿，你会一直陪着我吗？"

"嗯，我会陪着你。"我点头。

直到黎明破晓，直到雄鸡初啼，直到露水打湿花瓣，直到你不再难过为止，我都会在这里陪着你。

不管再悲伤，生活还是要继续。

南宫世家给的假只有一天，石头想为父亲办一个体面丧事最少需要十二三天，我也不愿铁头大叔草草入土，所以自告奋勇帮石头找总管请长假。

两人依依惜别后，舅舅赶上马车将我送回南宫家山脚下。我一口气爬上台阶，揉着酸疼的小腿肚，找到小王管事告明原因。小王管事困意未消，正打着哈欠对账本，听完来意后翻了个白眼："石头现在是我们这些人可以管的吗？找主子去。"

我大惊失色："这种事要找焕主子？"

"进来那么久，你究竟长了多少脑子？"小王管事一脸"孺子不可教也"的神情，耐着性子给我解释，"普通下等仆役的事情才报到我这里备案，上房丫环和姬妾们的事情由王总管管理，弟子们却是由主子亲自指点的。石头那孩子天赋极高，前途不可限量，特别得焕主子青睐，他要请那么久的假，肯定要告诉主子的。"

我苦苦哀求："我见了主子就腿发抖，说不出话来，叩合请小土管事代为转告一声？"

"你没看我这里有多少事吗？"小王管事有点不高兴，挥手随意打发了我。

"石头啊，你可害苦我了。"我拖着比铅还沉重的双腿，眺望远处挽风楼，内心天秤一头装着大禽兽，另一头装着新丧父的石头，摇摇摆摆平衡许久，终于一咬牙，迎头冲入雷区。

挽风楼楼高三层，一色淡雅装饰，地处山峰最高处。风很大，楼外有数株杨柳迎风摇摆，不远处是寒潭，有十来尺高的鸳鸯瀑布悬于上方，飞溅起的水花似雾，美不胜收。寒潭下又是一个宽短的小瀑布，水流缓了不少，两侧种着奇花异草，散发着阵阵清香，不少花瓣落入水中，随着十八弯的水道，缓缓流入临香阁。

我一步三回头，像做贼似的鬼鬼祟祟蹭到挽风楼外围，蹲在瀑布附近探头探脑，怀揣一百两银票，想找个认识的丫环替我去说这事。

等了又等，平时老来厨房叨扰的小丫头片子一个都没出现，倒是见到上次跟着南宫冥的那个俏丽丫环，手里拿着几本书匆匆而来。

我从草丛里跳出来，把她吓了一大跳。

匆匆说明来意，那丫环压根儿不愿意搭理我这个"狐媚子"，贿赂也不肯接，自顾自扭着腰走进临风阁，挂上满脸笑容去给她少主子送书，然后快步走了。

眼看日头越来越低，事情已无法再拖下去，我只好从怀里拿出小镜子，重新整理一下西瓜皮脑袋，准备去给南宫焕一个当头重击，赌运气让他不留意看我的脸。

南宫焕喜静不喜热闹，虽然山下护卫重重，但个人住的地方守卫都极少。我低头一路进去，只遇到几个陌生丫环，还有他的两个宠妾在赏花玩鸟。她们听说我是来讨恩典时，好心建议我别现在去触霉头，冥少主正在书房挨骂呢……

我侧耳静听，有低沉的男声混杂在水声中传来，口气极为严厉不满，很是恐怖。

听了大约三刻钟，最后一个气势汹汹的"滚"字传来，我去找大禽兽的勇气如戳爆的气球，一下全消失了。

石头啊石头，不是我不想帮你，只是这禽兽太凶猛，我怕走近被生吞活剥……

撤退时，身后传来轻轻的水花声，我回头看去，是南宫冥孤零零地坐在杨柳下，垂头丧气，宝剑放在身边不远处，手里拿着小石片在打水漂，看起来很不高兴。

山重水复疑无路，柳暗花明又一村！我眼前一亮，高兴起来。

主子和少主都是主，石头一个小弟子，请假找谁不是一样吗？目前小禽兽的变态和大禽兽相比还差几个级别，而且他已经见过我的脸，早就可以破罐子破摔，通过他来请假的风险小得多。

磨磨蹭蹭走过去，会内功的人耳朵灵，南宫冥一下子就发现了我的存在。他暗淡的眼睛一下子亮了，急忙跳起拍拍身上尘土和草叶，嘴角露出灿烂的微笑，冲着我挥挥手："洛儿，过来。"

他那么兴奋干什么？肯定不安好心！

我在五步距离外驻足，按规矩恭恭敬敬地行了个礼："我是来帮人求假的。"

"谁？什么假？"南宫冥迷惘了片刻，又笑了起来，"我这几天一直在找你，你躲哪儿去了？"

我惊了："找我干什么？"

他从怀里掏出一个尚有余温的精致木盒，塞入我手中，然后不好意思地揉揉鼻子道："前天我去了丰临城，见铺内的玩意有趣，便买回来赏人，这是特意给你留的。"

我错愕地看着他，想起南宫冥黑化后的虐待剧情，不太敢接。

小禽兽很期待地催促："打开看看，喜欢不喜欢？"

人在屋檐下，不得不低头，我紧张打开木盒。

盒里静静躺着一对兔子形状的玉耳环，玉色温润，小巧可爱，似乎不是奇怪的物品。

"我看别的女孩都带耳环，就你没有，便自作主张挑了个送你。"南宫冥轻轻拈起一只耳环，扳着我肩膀拉了过来，开心地说，"来，我帮你戴上。"

"不！"我急忙推开他的手，正想拒绝，却见他雀跃的神色一下子沉了下去，就像做了好事还被无故责备的孩子，满是委屈和失望。这让我觉得自己像欺负小孩的恶霸，不由迟疑起来。

未料，南宫冥趁我心软瞬间，忽然出手，撩起遮着脸的长发，对了对耳眼，迅速将耳环穿了过去，然后转身到后面，细心扣上金锁。

习武之人力大，挣脱不能，他暖暖的手蹭过我的颈部，有点痒痒的，带来危险的预感。

我转身想逃，又被他拉住，温柔地强迫戴上了另一只，然后缓缓将手移至额前，拨起厚厚刘海，看着我的双眼，似乎在痴迷着什么。

"你这样真好看。"他的脸越靠越近，沉重的呼吸声在我耳鬓缠绕。我怕得要命，也顾不上尊卑有别，伸手一把按到他脸上，死命往远处推，却不敢放声大叫，唯恐招来大禽兽。

南宫冥回过神来，急忙放手，讪讪道歉："对不起，你别恼，我没有恶意，只是……"

"只是什么？"我气愤地一边整理头发，一边后退，和禽兽保持安全距离。

"不……没什么。"南宫冥支支吾吾，不愿详说，然后又愣愣看着我发呆，好像在渴望什么东西似的。

我不愿意让他对自己的态度产生误解，立刻换成冷若冰霜的晚娘面孔，公事公办将为石头请假的理由说了一番。

南宫冥也恢复了常态，为难道："石头没有别的亲人，特例批假让他安葬父亲也是应该的。只是我爹平日最反感弟子偷懒请假，而且我最近功课进步不快，没达到要求，让他心情不好。如果由我去说，万一他余怒未消，可能不会批那么多天假。"

我上下打量了他一番，问："你偷懒了？"

南宫冥先摇摇头，又点点头道："他要求我三天内将一百零八招沾花擒拿学会，虽然我练得很认真，但最后一招始终不够流畅，中间顿了一下，也难怪他生气。"

我无语，大禽兽对儿子的要求实在太变态了……

南宫冥真诚建议道："父亲曾赞过石头，说他是棵习武的好苗子，想必不会为难。你自己去说，效果可能更好。"

有这个胆子找大禽兽，就不来找小禽兽了，所以我死命摇头，只一个劲地求南宫冥。

南宫冥困惑地问："石头和你关系很好？"

我赶紧回答："我们是同村的，一块儿长大的。"

南宫冥皱皱眉，犹豫了很久，终于答应帮我去试试。

我暂时抛却成见，装模作样对他千恩万谢。

南宫冥走了两步，又跑回来，调皮笑道："我帮了你，你就得答应我一件事。"

我警戒地问："什么事？"

他再次伸出双手将我的长发和额发统统撩到耳后，露出那对俏丽的玉兔耳环和光洁的额头，结结巴巴地请求："如……如果可以，我……我想抱抱你。"

"这种事当然不可以！"我只用半秒，便拒绝了他的请求，"就算你是主子，也不可以随便和丫头搂搂抱抱，如果传出去，我还要命不要？"

"我不是随便……"小禽兽匆忙放下手，红着脸不知在解释什么，可依旧不想放弃。

我"语重心长"地对他说："女孩子清白很重要，就算我身份低下，可以不要脸，你年纪轻轻，又是南宫世家的少主，武林新一代俊杰，如果调戏女孩子会玷污名声，传到你爹耳朵里，肯定会大怒，说你不务正业，贪图享乐，败坏家风。我是为你好啊……"

其实以大禽兽自己的不检点，未必会以此训斥儿子。但南宫冥年纪太小，如果这时就沉迷女色，他肯定会不高兴，所以事情还是往越严重说越好。

小禽兽果然被爹的威严吓住了，不再坚持，转身向挽风楼走去。慢慢走了约摸二十米，又依依不舍回过头来，朝我看了一眼，神情很是忧伤。大概是希望有人挽留，再说几句贴心话。

我拼命招手："快去，快去！"

小禽兽只好继续往前走，走了五十米，再次回头。

我转身赏花，什么都看不见。

小禽兽叹了口气，终于离开了。

我偷眼看去，蹒跚前进的小小背影格外寂寥……

5

石头的假很快就批下来了，共二十天。我托吴秀才写了封信，请出去办事的人送到李家村，让他安心办丧事，处理家务，暂时不必担心南宫世家的差事。石头的回信很简单，只有力透纸背的一个"好"字，写得和以往一样丑。

这段日子里，我继续低调过日子，能不出门就不出，就连厨房的活计都装病少去了，惹得黄大娘嘀咕了好久，说我身子瘦，病歪歪的，本来还想帮街角马二娘的小儿子说媒，这回可不能害了别人。

马二娘种菜为生，虽然家有点穷，但除了有点嘴碎爱说闲话外，为人和善，脾气极好，给大儿子和二儿子挑的媳妇，长相都不太好看，却是有口皆碑的贤惠人，婆媳关系和睦。她以前来南宫家送菜时，曾和我聊过几次，颇是喜欢我。

所以我有点后悔了……

后来扫台阶的时候，南宫冥有意无意经过了好几次，每次都惊讶地说："洛儿，好巧啊。"

"巧什么？我难道不是天天这个时辰在这儿干活吗？你别挡路。"我没好气地顶回去。因为他最近老出没，发现我不戴那对兔子耳环，就会撩我头发。因为他是主子，我又吃人手短，不好在石头没回来前和他闹太僵，只能暂时天天戴着应付，等晚点再找机会装作弄丢。

南宫冥只好站去旁边蹲着看，挂着心疼的眼神，开口帮忙几次都被顶回来，也不好吭声了。

大概每天经过的小王管事也恶心他那眼神，没过几天，我就被正式调去厨房了……

风言风语忽然多了不少，下层仆役们对我客气了，黄大娘也不敢太使唤我，上层丫环们则冷嘲热讽，说些山鸡也想变凤凰，癞蛤蟆想吃天鹅肉之类的话……

我辩过几次，可是越描越黑，最后干脆装听不见，寸步不离厨房范围，减少南宫冥见我的机会。每天努力工作，洗米切菜刷碗越做越熟练，还经常去照顾后院养的那十几只鸡。

其中有只雄赳赳气昂昂的大公鸡，我恶趣味地给它起名叫耽美大神。还有一只小公鸡，取名叫绝色小受。母鸡们叫穿越、小说、美剧、动漫、网游、薯片、可乐、香奈儿……什么都有，反正将我天天做梦都想重新拥有的东西都搬了进去，以免哪天说梦话漏了嘴，也可以找个掩饰。

公鸡很有领地意识，耽美大神霸道异常，天天啄得绝色小受到处逃，然后独霸穿越等一众母鸡，发挥种马本色，坐拥后宫三千，潇洒非凡。

美剧宠冠六宫，上个月孵出一窝小鸡，换毛后，我将其中两只小公鸡取名叫大禽兽和小禽兽，准备将来阉掉炖了吃。烦恼时就去看着它们哈哈笑。

无事献殷勤的南宫冥也装着逗小鸡，站在旁边很开心地陪我笑。

黄大娘说我疯了，没救了，然后她小心翼翼地问："少主好像是对你有意思，是不是将来会纳你为妾？他倒不似焕主子那样无情，跟着他有好日子过。"

我连这禽兽的正室都不做，还去做他小妾？我当下大怒，义正词严反驳道："宁做穷人妻，不为富人妾。"

黄大娘把我"呸"回来："你卖身契在人家手上，还敢给脸不要脸？也亏得少主性子好，换个狠心点的，早将你卖窑子了，到时候哭都没地哭去。"

卖身契？我的心一下子又凉了。

身为21世纪的人，人口买卖这玩意在我脑海里还是很淡薄的。加上家人在出发前唠唠叨叨反复了无数次南宫家肯定会放十八岁的大丫头，到时候就能回家。石头又是签的长工契，也经常在我耳边说十八岁要回家打铁娶媳妇的，感觉就像一份不能辞职的合同工。

进南宫家后，工作一直没什么油水，宅斗文里的争权夺势也轮不到这种烧火的小丫头身上，南宫焕只送过宠妾，没卖过仆人，而南宫冥的态度又一直和和气气，怎么顶撞都不生气。所以我潜意识认为做错事大概就是被打板子、扣月薪、顶多被赶出去（最好），从来没往被转手卖掉这方面想，却忘记主人要收奴婢，根本不需要奴婢同意。南宫冥不过是年纪小，怕父亲责怪，不敢惹风流事耽误学业，否则他强迫我去侍寝，我马上会被大家脱光洗干净，打包裹绑蝴蝶结送床上去。

虽然我在故意惹他讨厌，可是顶撞得太狠，说不准他真的忍无可忍，真将讨厌的我卖到不知什么地方去，那就哭都来不及了……

都是被蹂躏，南宫家大小禽兽好歹还有张不错的脸，接下来的剧情我比较知根知底，如果落到一个又肥又丑、经验更丰富的老禽兽手中，那就更没逃生的希望……

不行！绝不能被卖掉！反正在这里熬到十三四岁，等身体长开后，我就会逃跑离开！只要不惹到大禽兽，少年时期的小禽兽还是比较温和的，虽然有狼子野心，但只要我不松口，他还不至于做出强迫行为。

衡量清楚利弊后，我赶紧收敛晚娘脸，尽可能婉转拒绝，即使被吃豆腐也不敢顶撞得太过分了。

小禽兽觉得怀柔政策起了作用，高兴得不行，出去办事的时候，又替我带回来一只精致的瓷簪。他品味极好，瓷簪虽然不值钱，簪身却由白银掐丝缠绕出，配上五颗大小不一的青花瓷莲花纹大珠和琉璃小珠子做的流苏，非常漂亮风雅。但不太耐摔，估摸是富贵人家少女的玩物。如果不是送的人有问题，我定会爱不释手。

6

二十天后，石头也风尘仆仆地回来了，背着个大包裹，在门房喝了口水，就直冲冲来到我房间。

我赶紧起身相迎，他的身板依旧站得和白桦树一样直，似乎没有风可以折得弯。精神状态也没有想象中那么差，神情成熟稳重不少，像个大人了，只是那双总是带笑的眼里似乎多了些冷意和杀气，眯起来的时候莫名让人心寒。

我以为自己看错了。

"丑丫头！"他立刻冲着我笑起来，两颗虎牙尖尖，酒窝依旧。如春回大地，将冰雪一卷而空，暖暖的感觉和以前一模一样。

我想自己是看错了。

石头将包裹打开，从里面拿出一个小铁盒子递到我手上道："帮我收起来。"

我打开盒子，见是好几千两的银票，不由愕然："从哪里来的？"

石头淡淡地说："家没了，我在这里干活也回不去，所以将家当都卖了，等将来再置办。你女孩子心细些，屋里又有锁，帮我保管。"

我觉得责任重大："弄丢了怎么办？"

石头无所谓道："丢了也不怪你，反正这玩意放我自己身上丢得更快。"

他都说到这地步，我便不坚持了，数了一下银票道，"似乎卖贱了？"

石头道："卖得太急，被压了价。而且乡里乡亲在丧事上都出了大力，我也不想太计较这几个钱。"

我将银票统统装进新做的素色荷包，从怀里掏出小钥匙，打开箱子放了进去，然后从里面取出个小小的红布包。

石头见我收妥东西后，又从身上慎重地掏出一个木盒，推入我怀里道："我现在还没什么好东西可以送你，这个拿着。"

我困惑地打开盒子，里面静静躺着一支展翅凤凰金簪，粗粗重重，约摸四五两，款式有些老，颜色也有些旧，也不适合小女孩戴，便开口道："太贵重了，我不能收。不如也给你收起，将来重置家业时拿去换钱……"

"说给你就给你了，不要啰唆！快戴上给我看看。"石头不高兴地打断了话头，站起身，不由分说把我揽过来，拧过脑袋，粗手笨脚整理起发髻来。

双髻包子头不适合戴大型发簪，石头比划了半天觉得不对味，便将我头发全部打散了，挽上重盘。

"痛。"我揉着被拉扯的头皮，抱怨他的粗鲁。

石头拍开我的爪子，把动作放轻柔了些，可惜他连自己的脑袋都梳不好，平日都是在脑后松松散散绑根绳子，如今怎可能无师自通，完成为女性盘发这种高难度工作？

所以只凭强悍的直觉乱来，想怎么盘就怎么盘。

最后，我的脑袋变成了一个标准的鸡窝，有高高耸立之形，风中凌乱之态，上面气宇昂然地停着只金凤凰。

石头擦擦额上的细小汗珠，满意地给我端着镜子，衷心赞美道："真好看。"

"是啊……"我忽然有去知名论坛发帖子给他打小广告的冲动，标题就是《石头工作室，帮你成为下一个网络红人》，然后把我现在的销魂造型发出去，保证草泥马齐鸣，什么铜钱头大红花，什么乡村派非主流，通通都得下岗。

后天进修的装丑水平，和先天的就是没得比，真是可恨！

我默默拔下金簪。

石头急了，一把拦下："干什么？戴着不好吗？"

我再默默地看着这某方面没脑子的家伙，良久后，幽幽开口道："这种金簪多数用在出嫁时的凤冠装饰上，单髻发型是妇人才梳的。大哥啊……我今年才九岁，不堪重负，哪能天天在脑袋上顶个半斤重？饶了我吧。"

"哪有半斤？胡说八道。"石头的脸瞬间红了半分，他伸出手，主动帮我将金簪取下，重新装入盒中道，"你将来再戴吧，"然后又补充了一句，"如果有人娶的话。"

他为何那么笃定我嫁不出？

我狠狠瞪了他一眼，收起金簪："若是你将来因性格恶劣娶不到媳妇，我就将这玩意卖了给你说一个。"

"放屁！"石头骂了一声，然后纵身斜坐梳妆台上，帮我重新将发髻打散下来，轻轻梳匀，时不时又将头发抓一把过来揉几下玩，忽然撩起侧发，惊讶问道："你耳朵上什么时候多了这对玩意？是兔子吗？"

虽然耳环被我头发遮住，见过的人不多，我犹豫了一会，还是决定坦白："是冥少主赏的。"

"他怎么赏你这个？"石头更惊讶了，"南宫世家什么金的银的没有，就打赏你一对那么难看的白石头兔子？太不值钱了吧？你是不是事情没办好？"

真正的和田白玉价值连城，不是普通乡下孩子见得到的东西，但便宜的水白玉却不少，是穷人家少妇才带的玩意。石头平时连女人都不太留意，更别提留意女人身上的饰物的质地区别，只觉得金首饰才是值钱的硬道理，根本看不上玉石玩意。

我想明白这点后，觉得这孩子老实得太可爱了，便笑着附和："你说得对，是少主太小气了，他还赏了根簪子，居然是瓷的，我都不敢戴出去。"

"不耐摔的玩意，"石头同情地安慰我，"别郁闷，等过两个月，我存够月钱，给你买对金耳环和金花钿，保管戴出去人人羡慕！"

"嗯……嗯……"我笑趴在桌子上了。

"我去练武场找教头。"石头见我情绪好转，准备离开。

"等等！"我冲出院门，把他拉回来，"急什么？我还有东西要给你。"

我将手中一直攥着的红布包打开，里面是条闪闪发亮的金项链，上面挂着颗金色星星，是我最近托小王管事帮忙去镇上金铺找人打的，还刻了铁头大叔的名字在上面。

石头愣愣地看了半天链子，又看了半天我，满脸困惑。

我将链子递到他手上，不好意思地硬邦邦地说："这玩意给你，夜里想爹的时候就拿出来看看，睡觉的时候也挂着，说不准就能梦到铁头大叔了。反正……我以前就这样干过，效果挺好的。"

石头咧咧嘴，好像怕我反悔似的，匆忙接过项链，打开挂钩就往脖子上套。可惜没戴惯首饰，手指对这些小玩意不太敏感，挂了半天没挂上去，便弯腰道："你帮我。"

"再弯低点。"这孩子最近像竹笋似的，个子长得真快，我拿过项链，轻掂脚尖，才看仔细位置，勉强套了上去。

他的头发又细又软，给太阳晒得微微泛黄，摸起来手感很好，像猫毛。我坏心肠地摸了半天，才将碎发弄开，轻轻挂上银钩，然后重新将他自己乱梳的头发绑成一个低低的马尾，两侧挑几缕长长的刘海。

环臂绕颈时，他忽然抓住我的手腕，指尖轻轻拂过掌心，停留片刻，然后略略抬头，飞快地斜斜窥了我几眼，瞬间又放开了手。

外头有几个小男孩探头探脑地看向这边。

他不高兴地对我说："不要在大庭广众下拉拉扯扯。"

我赶紧松手，不拉扯了。

他貌似更不高兴了……

接下来的日子，石头忙得像个陀螺，除了每天跟吴秀才看一个时辰书，其他时间都泡在练武场上，经常累得走路都打颤，偶尔来我这里打个转，也是吃块糕点就走，说句话都没时间，有次还吃着吃着，拿着包子直接睡着了……

我觉得他太拼命，劝了好几次。石头口头上答应得蛮好，回去态度照旧，我很郁闷，只好做义工，帮他把那堆脏衣服都洗了。

又过了没几日，他悄悄地找到我说："丑丫头，我申请加入南宫家的黑卫了。"

78

我目瞪口呆了半晌。

他口气很轻松，以为我不知道黑卫是干什么的，可是我知道！那个部门只收无父无母的孤儿，精心栽培成死士。专门为南宫世家做一些暗地里杀人放火绑架灭门等危险事，死伤率极高。

我几乎是拍着桌子教训："这种只收孤儿的组织，摆明就是让你们去拼命不负责的！将来十个里面有七个能活着出来就不错了，你究竟是用什么猪脑子才想到去申请加入的？"

"只有加入黑卫，才能学到南宫世家一些不外传的武功。"石头无所谓地抱臂站在树下，悠闲看着空中飞鸟。

"想学武功有什么难的？将来弄个秘籍……算了，不提这个，你快快从黑卫退出来！"眼看辛苦种的白菜就要给猪拱了，我气得差点飙泪。

石头缓缓低头，仗着身高优势，哄小孩似的摸摸我的脑袋，安慰道："别担心，就算九死一生，我也是活着出来的那一个。"

我不信，好话歹话说了一箩筐。

他只是笑，眼里却是极度的桀骜不驯，就如换了羽的雏鹰，展开稚嫩的翅膀，准备冲上九霄。

可是，我呢？

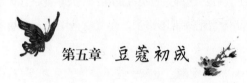

第五章　豆蔻初成

1

有些东西不是不懂，而是不敢去想，怕想了会更难过。

石头和他父亲很像，是个实诚的男人，在一起种田过日子是很好的，这辈子虽不会混得风生水起，也不会受什么煎熬。现在，我将他当未来夫婿候选培养的心愿，彻底死了。

黑卫那份会让妻子守寡的高风险工作，还在其次。更要命的是小禽兽已经注意上我，还展现出十二分兴趣。他手上捏着我的卖身契，拥有生杀大权，如果他不准我脱籍嫁人，就算我胆大包天，主动和石头两情相悦，互许终身，也一样逃不出他的五指山。他还可以将石头派去做最危险的工作，轻轻松松要他的命。

石头不是猫，小命只有一条，我可以不顾自己的安危去冒险，却不能故意害他。

别无选择，只剩逃亡一条路。

为了进藏书阁工作，我思前想后，最终咬着牙，忍辱负重主动去向小禽兽示好，没赔几次笑脸，冬天就到了。天下起雪来，又轻又软，白茫茫的一片，装裹整个山峰，屋檐下到处都是像利剑似的冰条，时不时要派人将它敲下来。

对工作的人来说，这不是美景，是煎熬。

泡在冰水里洗碗洗菜，我本来就比别人娇嫩的手脚，很快长出红色的冻疮，又痒又痛，肿得像十根胡萝卜，拎出去可以喂兔子。可是该干的活还必须继续，作为新人，还要承担老资格的大丫头和婆子们的一部分活计。

石头把我的手翻来覆去看了几遍，没说什么，只是第二天给我送来了一双厚厚的棉鞋，逼着我立刻换上。还拿来两小瓶烈酒，嘱咐我在每天睡前暖暖地喝一小杯下去，另一瓶用生姜泡三天，每天擦两次手脚，再涂上猪油消肿。过了两天又送来几十斤炭和一个小手炉，骂道："别总是小里小气地算计过日子，怕冷就在屋子里多烧一个火盆，没钱不会问我开口要吗？咱们一个村子出来，还会亏待你吗？真是蠢货！"

这孩子总算成熟了，会照顾人了。我穿着暖和的棉鞋，看着他急急忙忙赶去习武场的背影，心里也很暖和。

趁着冻疮严重，我找了个机会，去见南宫冥。

南宫冥穿着厚厚的白狐裘，头发束起，勒着同色护额，两侧各留下一小缕青丝编成细辫，坠着金色琉璃珠，腰佩宝剑，袖怀玉笛，脚下踏着云纹雪靴，立于积雪红梅下，神情却是不快乐的。

我踮着脚尖靠近，还没走几步，他已发现了我的存在，忽然展开眉头，顽皮地抽出玉笛，放到唇边轻轻吹起欢快曲子，带着几分调戏捉弄的味道，将原本的忧郁一扫而空。

我装作要嗅红梅，矫揉造作地拉低枝头，故意露出那双冻疮累累的手。

欢快的笛声忽然跑了一个调，发出刺耳的怪音。

南宫冥停下动作，盯着我的手，焦急地问："洛儿，你怎么被火烧伤了？"

没见过冻疮的大少爷啊……我满额黑线，少不得解释一二。

南宫冥很尴尬："这个，我也在书上见过的。待会儿我让人去厨房吩咐黄大娘别让你碰水，库房里似乎还有进贡的绵羊油，也给你送来，这样应该会好吧？"

果然是大少爷的做派啊……

我拼命摇头："洗碗洗菜是在厨房工作的本分，生冻疮的也不止我一个，怎么可以因为少主照顾我，就不守规矩偷懒呢？这是我厨房应做的工作，要认真完成，不能给大家添麻烦。反正冬天过去就好了，痛几天而已，不算什么大事。"

我特意将厨房的工作几个字重音重复了两次，希望大少爷能听明白弦外之意。

幸好南宫冥虽缺乏生活常识，脑子却很聪明，转了一下后再次提出："让王总管调你去我房里侍候吧，那里暖和。"

"不！"我拒绝得飞快，然后调出早想好的理由，"我才进南宫世家不久，一下子调去那么好的职位，恐怕会被大家说闲话。"

南宫冥皱眉："谁敢？"

我继续拒绝："虽然想侍候少主，但我年纪太小了，不合规矩，不如先去其他地方磨炼几年，等十四岁后再调职也不迟。"

南宫冥犹豫了一下："挽风楼的人要父亲亲自挑，临香阁我也不能插手，其他的地方多数是打扫或侍候客人的丫环，比较受气，工作也不轻松，而且我不喜欢你在那些地方……"

我赶紧小声给他提示："我喜欢看书。"

"藏书阁吗？那里倒不错，暖和通风，冬天工作很轻松，我和王总管说一声。"南宫冥反应很快，爽快答应，然后饶有趣味地看了我一眼，"还不知道你识字。"

我心虚地缩了缩："吴秀才教的。"

南宫冥不再追问。

我见目的达成，赶快撤退。

"书上说过，冻疮不能烤火，必须慢慢活血化瘀。"南宫冥忽然开口，他张望四周，见无人后便拉起我的手，慢慢放在嘴边，轻轻呵气，呼出一团团轻轻的白雾，然后握拳攥紧，用他温暖的手盖上我的冰凉，一点点捂至同温。

刚刚算计完人，我不好马上翻脸，心里一边默念"反正要逃跑"的口号打气，一边小心翼翼地陪着他。

两个人相对无言，只有细细的雪花在不停撒下，积上肩头。

他替我拂去积雪时，我趁机提出一直放在心里的疑问："我们才刚认识，你为什么那么照顾我？"

我真的不信他小小年纪能一眼看穿伪装，爱上乡下丫头。

"不，我上次说过，我们不是第一次见面，"南宫冥飞快地垂下长长的睫毛，犹豫道，"说了你可别生气。"

我说："好。"

"四年……不，三年多前的冬天，我去给母亲扫墓，正要走时，前方唢呐吹来哀乐，几片纸钱被风吹来，一群村民抬着口棺材往坟场去，我便往旁边让道。"南宫冥又在我手心呵了口气，搓了搓道，"你穿着麻布丧服，头上戴着朵小白花，不停伸手要抓棺材，哭得声音沙哑，鼻子通红。你发誓说自己会乖乖的，再也不淘气，求外祖母让娘亲醒过来，不要把她和爹爹一样埋入地下，地下很黑，娘亲比爹爹胆小，她会害怕……"

我一直没兴趣了解林洛儿的过去，如今听南宫冥绘声绘色描述起当时情景，不由愕然。

南宫冥看了我一眼，继续说："旁边很多人在议论纷纷，说你以前也是被娇养的掌上明珠，如今一下子父母双双逝去，以后的日子怕是要天翻地覆了。我有些同……触动，便在旁边看了许久……越看越觉得你的眼睛和妹妹很像，她也是个实心眼的傻孩子，在母亲去世的时候，伤心过度，七天不吃不喝，最终跟着母亲去了，走的时候才五岁多，和你差不多年纪。所以我有些为你担心，便派人去悄悄打听。"

"你有妹妹？为何没人提过？"我困扰地追问。

"嗯，母亲虽然不爱笑，却是武林公认的第一美人，小时候爹爹总说能娶到她是这辈子最大的福气，得捧着心来疼，她要星星，就给她摘星星，要月亮，就给她捞月亮。妹妹的眼睛像母亲，性格也乖巧，我和爹爹都非常喜欢她。后来发生了一些事，母亲和妹妹都死了，爹爹也变了……"南宫冥似乎有些难受，表示不想谈这事，将话题转了回去，"我派去看你的人回来，说你大病了一场，落了些病根，恐怕以后会体弱。我觉得很难受，就去求爹爹帮忙，想将你接回南宫世家养……可是求了很久，爹爹都不愿意，打了我一巴掌，将我骂了出去。"

生活永远充满一盆又一盆的狗血，你不知道什么时候泼下来……原来南宫冥的圣母体质是在这时候炼成的。

奇怪的是，南宫家后山有风水很好的坟场，为什么他母亲和妹妹要葬在外面不起眼的小坟场？

婉转询问，可南宫冥不肯说。

我只好抽回已经暖和的手，拍拍雪花道："我现在身子好多了，而且活泼开朗，少主不用担心了。"

"也是，后来再看见时你身子似乎好多了，就是总愁眉苦脸，小小年纪不知哪里来那么多烦恼。"南宫冥笑了起来。

我郁闷，我的烦恼根源不就是你们父子俩吗？

南宫冥微微弯下腰，温柔道："后来我爹爹给我布置了很多功课，我努力了好几年，好不容易让他稍微满意，同意去看看你。没想到你不知怎么弄伤了脸，跌掉了牙，还弄了个大红脸，气得他回来骂了我一顿，几晚没去小妾房间，说不想再看见胭脂。"

哦也！我在心里举手欢呼，猴屁股妆还是有点效果的，这点牺牲太值了！

南宫冥还说："既然你进了南宫世家，我也算了却一桩心愿，会好好看顾你的，有什么想要的尽管提，别害羞。"

哦也！再次举手欢呼，我要脱籍回家嫁人可以吗？！

脑子一时冲动，我装着半开玩笑的模样，试探着提出了不可能的要求。

未料，南宫冥居然爽快点头："好，等过几年，你长大后，我送你一套超体面的嫁妆回去备嫁！而且有我们家给你撑腰，嫁给谁都不怕受欺负。"

我惊呆了，过了好几秒后才结结巴巴地问："你……你不是开……开玩笑吧？"

南宫冥很有大人风范地摸摸我的头，肯定地说："绝无戏言！不过你得管我叫哥哥！否则哥哥不管你。"

"叫！我当然叫！"不管是冥哥哥还是好哥哥，再恶心我都叫！

妈呀，这小禽兽不是穿越的吧？怎么和原著里一点也不像，善良又可爱，是个十足的大好人！

希望的曙光重新被点亮，我觉得被五百万巨奖砸中脑袋，整个人高兴得晕乎乎的。

南宫冥顺势拉过我的手，猛地将我带入怀中，合上白狐裘，将头埋入我的颈窝，轻声恳求："别离开，让我像小时候一样抱抱她……"

我停下挣扎，静静站在雪地里，看着一片被冷风吹落的梅花花瓣，打着旋，悄然无声落在他柔软的黑发上。

不知过了多久，他终于放开手，替我整理一下头发，又试了一下我手上的温度，终于三步一回头地走了。

回去的路，我是兴奋地跳着走的。

走到屋里点炭火时，忽然想起原著里，好像林洛儿就是南宫冥的义妹啊？他们一样搞上了……

小禽兽说的话，是真心的吗？

我……我是不是上当了？

如果南宫冥说的话是真的，我就可以不用颠簸逃亡，而且一个单身女孩在外面流浪，危险性也很高。

如果南宫冥说的话是假的，最坏的结果还是逃亡，而且从小禽兽口中打听来的江湖情报，总比那些一辈子都没离开家乡百里外的仆役靠谱。

原著里，南宫冥早期对林洛儿还是不错的，只要我注意不做出带有性诱惑的暗示，他应该不至于在十八岁前开始禽兽化。

胆大的撑死，胆小的饿死，太过畏首畏尾也不是办法，哪怕这是盘危险的棋局，也要有一步走一步。

以上是我辗转反侧，失眠一晚上，做出的结论。

第二天早起，我打着哈欠，继续在冰水里洗米。约摸到中午时分，小王管事便匆匆从门外行来，将我叫了出去，吩咐收拾物件，调去藏书阁当差，还将住宿换去了附近的临香阁。

临香阁是南宫世家的主建筑之一，也是半个冷宫，责罚少，赏赐也少。待在这里的人，有野心的都会想办法调去其他位置，剩下的是身体不好混饭吃的、没野心等脱籍的、或者没办法调职的丫环。由于没主子，所以争权夺宠的龌龊事，在这里很难见到，顶多是大丫环欺负一下新来的小丫环，让她们多干活，自己偷偷懒。

丫环们的住处在院子角落，外面有葱笼翠竹遮掩，很是隐蔽。房间比原来的大不了多少，但梳妆台和床铺都更加精致，空气流通也更好。

小王管事一改平日爱理不理的面孔，笑容灿烂，殷勤地给我按二等丫环份例，配备了两个火盆，两床厚厚的棉被，各色熏香，一套精致漂亮的金头面，又叫人来裁剪冬装，精挑细选的料子虽然素色，却比其他人的更厚实。

我摸着逃跑的路费——金头面，满脸幸福。

小王管事在旁边唠叨："做新衣服起码要四五天，我让媳妇将以前的皮袄连夜改了，东西虽是旧的，却是狐狸皮，也很暖和，你别嫌弃，先将就对付了这几天吧。"

我急忙谢过："那么金贵的东西，我高兴都来不及，怎敢嫌弃？"

"这点东西不算什么，将来还有更好的等着你呢。我先告辞了，问冥少主好。"小王管事讨好地摆摆手，退出门外，又将这里住着的两个大丫环叫来，悄悄说了番话，往藏书阁方向去了。

我重新梳妆打扮，将刘海弄厚几分，衣服不敢再穿破烂，只将石头赞美的最佳配色方案拿出来，尽量让自己显得低俗没品一些。然后穿上石头送的棉鞋，小碎步跑向藏书阁。

负责这里的是陈管事，他看见我后，老脸笑得像朵花，立刻安排了最轻松的整理书籍工作给我，还吩咐手下要怜惜我年幼身弱，多关照一些。大家应得很欢乐，看着我的眼神像看金主。

我想了一会，明白了。

傍着大树好遮凉，这种清水衙门，他们照顾我，南宫冥照顾他们，无论升职还是打赏，都有好处。怪不得地球大企业特别喜欢录取官二代……

既然大家都不管我，找本易容秘籍是轻而易举的小事。我怀抱美好梦想，一边和大家客气，一边激动地踏入藏书阁，抬眼一望……

喵了个咪的！我要竖中指，骂粗话了！

幽暗的房间内，几十个三米宽、五米高的超大型书柜顶天立地，像巨人似的俯视着我，里面摆着最少数万本书，处处散发着书卷味。

林洛儿究竟是用什么运气，才能在里面一举得到夹书中的易容秘籍？

我的妈呀，她买彩票能中五百万吧？

陈管事见我震惊，笑着炫耀道："洛儿姑娘，这只是一层，二层的书更多呢。"

"靠！"我终于悲催地骂了粗话。

陈管事没听懂。

"唉，再乱麻的事情，也要从头做起。"我感叹完禽兽家居然是书香门第后，便和陈管事讨了清点书籍的工作，然后吃力地搬着小梯子，随便找了个书架，做上编号，开始一本本乱翻书，翻完还抖两下，检查是否有夹层。

众人都称赞我勤快。

我只想用头撞书柜。

忙了一个下午，肩膀都开始发酸，忽然梯子下传来石头惊讶的声音："你在这里做什么？"

我低下头，更惊讶地问："你怎么在这里？"

石头说："藏书阁第一层对焕主子的亲传弟子开放，我经常来借书看。喂……臭丫头，你还没回答我问题呢！"

我觉得解释起来很麻烦，便简单回答："换工作了，我在这里清理书单。"

"这么多书，就你一个人清理？"石头皱皱眉，不满地说，"他们也太欺负人了吧？我得去说说。"

"别啊！是我自愿的。"我赶紧跳起来拦他，结果脚蹲太久发麻，直接从梯子上栽了下来。

幸好石头反应快，伸手拦腰捞住我，又抱着发了会呆，然后不知抽什么风，将我像称小鸡似的掂了两下，扭头嘁道："每天吃那么多，居然又瘦了，真是养不肥的猪。"

我们最在近长个头，都瘦得和竹竿似的，他是五十步笑一百步，而且和猪计较的人才是猪！

我对这种挑衅口气不予理会，将话题转了回去："是我自己讨的差事，而且陈管事人很好，没要求做完的期限，可以慢慢做，做多久都行。"

"他人很好？"石头语气很慢地重复了一次，无奈道："你究竟有没有识人的本事？那种吃喝嫖赌样样都沾的家伙，以后离远点，免得被卖了都不知道。"

我郁闷："才进这里半天不到，你当我有神仙识人术啊？"

石头笑了起来，很坏心肠地伸手捏住我双颊，像捏面团似的揉来揉去，一个字一个字仔细嘱咐："被欺负了别憋在心里，记得告诉我，这里的人不敢得罪黑卫，陈管事有不少把柄在我们兄弟手里，想收拾他容易得很，听清楚了吗？"

"偶听清楚了，你'房'手……"回答的发声变得怪怪的，我死命打他的手，觉得脸都要给揉变形了。

石头满意地准备收手。

忽然，小禽兽的喝问声从门外传来："你在做什么？"

石头呆住了，我觉得气氛有点莫明的尴尬，像……捉奸在床？

呸呸，大家清清白白，哪里来的奸？

石头回过神来，戳戳我脑袋，笑嘻嘻地说："这小丫头和我同村，又同龄，从小在泥巴里打滚，玩惯了。她胆小又怕事，我爹去世前曾托过我照看她，如今见她来这里当差，有了出息，一时高兴便忘形了。"

南宫冥看看他坦坦荡荡的样子，又看看一直在点头附和的我，没有说话。

石头大大方方地挑了两本书，和少主告退，走前还对我喊了一声："以后不给我把好看的书留着，便别找我帮忙给家里捎东西。"

我气得脑门青筋直跳："你这白痴，在少主面前说这种事，活腻了吗？要找书自己去找，我才懒得帮你！"

石头冲我吐吐舌头，跑了。

南宫冥被我们这番坦率弄得不知说什么好，等他走远后问："他刚刚欺负你？"

我对小禽兽的人品不放心，既怕他吃醋，也怕他去恶整石头，便转转眼珠，笑道："他从小就是没脑子的，说话做事也是直心眼，没上没下，尽得罪人。我刚刚给他气得差点从楼梯上摔下来，幸好他接着了，如果再害我摔断牙齿，这事没完。"

南宫冥皱眉，心痛地问："你掉门牙是他害的？"

我拍拍从书上沾的灰尘，思索片刻，将当年的布老虎事件略微篡改事实，仇大苦深地说出，并表达自己对石头的深恶痛绝，还恨恨补充道："若非他爹用马鞭将他抽得三天下不了床，而且还赔礼道歉送了很多好吃的，让我出了这口气，我肯定要收拾他那顽皮劲！"

"别乱来，"南宫冥无奈地笑着摇头："这家伙学武甚有天赋，进步飞快，也没犯过什么大错，我爹不会准人随便动他的。"

"说说而已，"我看他态度放软，立刻换了口风，"反正那时候我还小，他也不算故意的。石头这混蛋也罢了，可他爹是个大好人！我没有爹，总是被坏小子们欺负得掉眼泪，舅舅又胆小，不敢管这些事，是铁头大叔可怜我，帮忙一家家上门教训他们父母，日子才好过起来。过年的时候，其他女孩都有花戴，可是舅母漏了给我买，是铁头大叔将石头娘留下的小银花送我，才没被嘲笑。现在他爹去了，我得报恩，帮他看着这个独苗苗，免得闯祸。"

南宫冥终于回转了过来，安慰我："报恩是应该的，但如果他做得太过分，你记得告诉我，我想办法收拾他。这里的仆役我都打点过，如果有难为你的，也告诉我。"

我拼命点头。

南宫冥替我整了一下被石头拨乱的头发往二楼走去，挑了一堆思想道德和文化艺术的相关书籍，走时悄悄靠近一个角落的书柜，警惕地看看门外没人，对我做了个嗫声手势，然后飞快从里面抽出本书藏入怀中，很正经地走了。

我觉得他躲躲藏藏的动作像是在藏春宫图，等他走后，赶紧跑去那个书柜研究。却发现里面摆的是《山河志》《海说》《异域风光记》《老汤游记》等地理风俗书籍。

这种书有什么好遮掩的？我捧着下巴在那里蹲了好久，仔细寻思。

莫非，小禽兽和我们以前中学的男孩一样，喜欢用课本的封面包装不良漫画，然后偷偷传阅？

禽兽做事真是普通人想不明白啊……

3

浩荡书海里找了几天，我终于摸出规律——易容秘籍那么多年都没被发现，必然是鲜有人阅读的冷门书籍，而且书是林洛儿不小心碰掉的，可以排除超过我身高的书架。这样一来，剩下的范围就少得多。

皇天不负有心人，三个月后，我在一本布满灰尘的《圣南经》里找到了那张薄绢，上面密密麻麻写满蝇头小楷，看得人眼花缭乱，经辨认，确是由欧阳子先生写的易容之术。

我自认不是文盲，但古代文学没有标点符号，需要靠语感和经验来断句，里面有大量引经据典之处，难以阅读。我只好找来草纸和炭笔，将上面的文字用简体一段段翻译在纸上，然后用标点给它划分出各种断句，选出最合理的文字排序，再去藏书阁里寻找相应的典籍解读。

幸好陈管事三天两头被南宫冥赏赐，五天三次被石头敲打威胁，几乎将我当姑奶奶供着，大事小事都不让沾手，只要每天拿着拂尘给东西掸掸灰后，就可以躲去二楼继续读书。

这样的日子又持续了三个月，终于全部研读完毕。

欧阳子先生果然妙人，他将易容之术分三等：下等换貌，中等换形，上等换神。

换貌则是普通武侠小说里写过的人皮面具，要从新鲜的尸体脸上采集研制，好处是可以瞬间易容，坏处是神情呆滞，不能持久。我没将死人皮肤戴在脸上的勇气，所以放弃。

改型是用各种道具和药物在小范围内调整容貌，可以掩饰疤痕、增添皱纹、更换肤色、微调五官轮廓，修饰体型，达到似是非是的效果。好处是持久自然，而且变化不太显眼。坏处是如女人化妆，每天都要琐碎麻烦一次，晚上还要卸妆。

换神是改型的升级版，欧阳子只用了两百字描述。大意是形神合一，才能让所有人都认不出自己，达到真正改头换面的目的。

给乞丐穿上官袍，依旧是乞丐。公主沦落民间，亦是公主。演技和骗术才是易容的真谛。地球上曾有明星去吃饭被粉丝识出，索要签名。他只摸摸头，像个乡下人一般敦厚笑道："我和他真的那么像吗？"由于他演得到位，粉丝便信以为真地赞美："是啊，你们可真像。"欧洲也曾有扮演东方公主的骗子，气态优雅，举手投足吻合大家对中国想象，即使她一句中文都不会，也让整个皇室信以为真，以礼相待。有去过中国的中国通来揭穿，却被骗子反咬一口，中国通倒成了真正的骗子。

我觉得很有道理，但换神需要长时间练习，只好先采取改型法，暂定伪装桃花藓方案。

将易容术全文牢牢背下，我在灯台上将所有手稿烧毁，原著放回原处，再分几次请石头去镇上时给我买了些易容工具，又找出《百草说》，一边观察上面绘出的植物图案，一边去后山寻找。几十种药物大约花了一个月才准备完成。

调配过程中，我怕不好使，先在手背上做实验。

第一次剂量太多，将皮肤烧了两个泡。第二次剂量太少，颜色染上去轻轻一洗就掉了……

实验了无数次，我终于掌握最佳调配方案。

这时林洛儿晒黑的皮肤已恢复白皙水润，越发漂亮的五官即将无法被伪装遮掩，小禽兽看着我发呆的时间也越来越长。

我赶紧开始实行计划，从双颊和下巴开始，让脸上长出数点小红斑，带着脱皮现象，慢慢扩散，一个月后蔓延至全脸，很是骇人。

闷热的额发撩起，睫毛不再剪去。

小禽兽看见我这张脸，急得不行。派出人到处寻觅良医，珍贵药品不要钱似的送给我，几乎堆满屋，还悄悄在江湖上悬赏，千金求方。

方圆百里的名医统统给带了过来，个个把脉把得直皱眉头，被再三逼问后讪讪说大概是"脾胃之热上蒸，外表风热而成"，除了禁止皮肤晒太阳，禁止吃部分食品外，还开了一堆名贵药材内服外敷，都是吃不死人的养生东西。

我自作孽，天天被小禽兽逼着喝药喝得苦死了，却也心甘。没事时就坐床边看书，性子越发沉静，不爱说话。

小禽兽折腾了一个多月，见没有好转，便托人从东海带来一个珍珠面纱送我，用正在换声的沙哑嗓子安慰道："洛儿妹妹别担心，只要遮住阳光，你的脸慢慢就会好了。"

我伏桌"抽泣"道："哥哥别说了，我的脸是这辈子都好不了的了。"

"不会的，"南宫冥拉着我发誓道，"若再治不好，我便带你去神医谷求医，白先生医术天下第一，必能让你恢复美貌。"

我给吓了一跳，赶紧摇头："白先生脾气怪异，用这种小病去劳烦他，会被一顿棍子赶出来的，回来还再得挨焕主子一顿棍子。反正桃花藓是小病，也不要紧，自己慢慢治几年，兴许就好了。"

南宫冥看了我许久，叹了口气："傻丫头，你年纪还小，不知道。女孩子容颜怎会不要紧。天下男子虽说娶妻好德不好色，但食色性也，圣人也有几分爱美之心。若女子相貌过于丑陋，怎入得了他们眼？不入眼，又怎长久相处，去发现你千般贤惠，万种好处？"

他说得很有道理，可惜我追求的就是没人要的境界，于是笑着说："姻缘天注定，嫁不出便嫁不出，我不强求。"

"尽说傻话，"南宫冥轻轻坐在我身边，用他带薄茧的手指绕过我的长发，迟疑片刻，抚上双颊的块块红斑，凝视许久，怜惜地安慰道，"洛儿不怕，若那些男人真没眼光，看不上你的好，哥哥便宠你一辈子。"

他诚恳的声音没有半丝勉强。我心里传来阵阵感动，低声问："你不嫌我丑？"

"你不丑。"南宫冥干脆回答，又见我仔细盯着他，急忙回身拿起桌面上那本被我精心用《道德经》封面包裹好的《列国风情》，肯定地说，"我知道你的好。"

我有点内疚："举手之劳罢了。"

"我爹讨厌我看乱七八糟的杂书，若是被人发现告上去，又得挨训。"南宫冥深深叹了口气，忽而又换了欢快表情，动员道，"我们都别想难过的事情了，来点有趣的，上次你给我找的那本《阿黎也海志》真的很好玩！里面说中土西边的大陆上有异兽，蹄似牛，头似鹿，步行似鹤，高达数十丈，身上灿烂金钱斑，性子温柔和善，有角不战万物，有蹄不伤众生。想必是传说中的麒麟！"

是长颈鹿吧……

南宫冥继续神往道："听说那里还有奇鸟，体高数丈，鸣声惊人有翅不飞，却可日行千里。你说会不会是大鹏？"

是鸵鸟吧……

我此时心情甚好，便顺着他的话说："小时候住镇上，有过一个海客告诉我，南方尽头有冰雪化成的小岛，里面住着黑白相间的大鸟，走路摇摇摆摆，不会飞翔，他们雌产卵，雄孵化，群居抗寒，可几个月不进食。我想大概是他编出来哄孩子的，书上的东西也未必一定能信，居然还说有脖子长达半丈的人，那不成了妖怪吗？"

南宫冥摇头道："不亲眼看过怎知真伪，或许真有脖子长半丈的人呢？"

我笑道："将来亲自去看看，就知道了。"

南宫冥的头又垂了下来，很快恢复原本的正经小大人模样，一板一眼地说："我是南宫世家的独子，爹爹在我身上寄予很大的希望，将来必须继承家业。书上的有趣东西笑笑就罢了，男人大丈夫责任最大，我应以家业为重，不应因自身任性而误事。否则……爹爹会更失望的……"

见他收拾书本，即将离开，我"无意"道："你是焕主子的独子，唯一血脉，他对你也太严格了吧？我们乡下人家似乎都不会这样啊。"

"他以前不是这样的。"南宫冥停住脚步，笑着回答，"是我还不够努力，做得不够好，不能达到他的期望，所以他才生气。只要我以后继续认真练武，将南宫世家发扬光大，他一定会重新喜欢我的。"

他善良得让我不知说什么好。

"还有，"南宫冥肯定地补充，"奶奶说过，只要用心对一个人好，滴水石穿，他一定会感受到这份心意的。"

说完后，他对我挥手告别，抱着书匆匆跑了，跑了一半又回头叮嘱："你一定要记得喝药，嫌药苦的话，旁边有酸枣糕。"

正午金色阳光满满，他穿白衣的身影腾空掠起，优雅地几个跳跃，很快消失在围墙那头。

我拿起酸枣糕轻轻咬了一口，眺望窗外碧波，有被剪去长羽的天鹅，锦衣玉食，长得丰润美貌，正在引颈抬首，永远哀鸣飞不上的蓝天。

4

前阵子，南宫焕将亲传弟子们统统关去后山石室，勒令他们清心寡欲，在里面修行内功，钻研招式。石头是年纪最小的一个，却也是最快学成出关的那一个。他出来后就匆匆来藏书阁看我，还抱着一堆破衣服要缝补。

我没戴面纱，只好捂着脸遮遮掩掩。

他拉着我的手，笑道："你这丫头，才两个多月没见，越来越古……"

后面的话没说完，衣服掉满一地。

我甩开他的手，往后退去阴暗处："这个……我病了。"

"你搞什么鬼？！"石头目瞪口呆了许久，终于爆发了，他一把将我拖到窗户，对着阳光，捏着脸左看右看，又搓了好几把，紧张地问，"看过大夫了吗？这病要紧吗？掉了那么多皮，将来……将来脸会不会烂掉？我这就去给你逮个大夫来！"

他匆忙转身就走，差点撞翻了桌子。

"没事！你别激动，冥少主已经请大夫给看过了，是桃花藓，不碍事的，就是丑了点！"我赶紧拉住他，将大夫的种种诊断背了一遍，然后说，"大夫也能用逮的吗？你以为抓犯人啊？真是块不开窍的笨石头。"

石头狐疑地摸了半天我的脸问："真没事？将来不会伤及内脏，咳血什么的吧？"

"我呸！你个乌鸦嘴，想到哪里去了！"我气得跳起来，在他脑袋上揍了好几下。

石头不躲不避，也不生气，只担心地看着我，然后走了。

我以为此事就这样揭过。

没想到，当天傍晚，那个被请来给我看过病的名医，又被押过来一次，看见是同一个病人，气得差点吐血，奈何敌不过南宫家家势逼人，石头拳头威胁厉害，只好耐着性子，将病情再度复述一次，千保证万保证此病与性命无碍，才被赏了五十两银子放走。

石头还是不放心，又将藏书阁的医书一扫而空，从头看到尾，对我毫无异常的脉相感到困扰，时不时问我脑袋痛不痛、脸上痒不痒之类的问题，非要刨根问底，查个究竟。

他记性太好，没花多少时间，二十余本医书就给背得滚瓜烂熟，除了没实践经验外，知识面广得都快可以去药铺坐堂了。

好不容易等石头确认名医不是庸医，此病是桃花藓无误后，已经过了一个月，我终于得到了解脱……

接下来等待我的是各种名方偏方，由于太难喝，我偷偷倒了几回，没想到药渣埋不好被发现，气得他大骂我是蠢货笨蛋，然后每天亲自坐镇，亲手抓药熬药，然后亲眼盯着喝下去。

喝得下就奖励糖葫芦，喝不下就暴力逼着喝……

我想倒药变得很难，喝得眼泪都快呛出来了，只好求饶："大哥……我不要治了好不好？"

石头板着脸，坐在桌子上，有一下没一下地敲着戒尺，盯着药碗，露出阴森森的牙齿吓唬道："不行，别以为我老心软，这次再给我发现你偷偷把药换成糖水，就真打你掌心！打烂为止！"

我悲愤叫道："不要这样！你嫌我难看，就转过头，不要看好了！"

"谁嫌你难看？"石头吼得比我还大声，戒尺在桌上重重一响。

我吓得缩了缩："大家都说我现在是丑丫头……"

"丑个屁！再丑能比你没门牙的时候丑吗？我那时候都没嫌你难看，他们敢嫌？"石头跳起来，勃然大怒，"别说你不丑，就算丑，他们也没资格和我一样骂你丑丫头！不想活了吗？报上名来！老子待会去一个个收拾！"

黑卫真是个不吉利的地方，这孩子越来越霸道了……

我怕再作孽，赶紧乖乖将药喝了下去，吃颗糖葫芦后说："他们嘴上没说，我猜的而已。"

石头气愤稍平，仗着身高，继续捏着我的脸说："别胡思乱想，不过脸上多几个红点，长了就长了，又不是烂了脸，有什么打紧？看久了还觉得红得挺顺眼，若不是怕这病会瘙痒难受，蔓延到全身，我才懒得灌你喝药呢。"

看着亲手制作出来的小红点，我无法面对他的关怀，只好转开视线小声说："喝了也好不了，大概一直就是这样了。"

"实在好不了再想办法，"石头忽然想起一事，低声问，"你那么难受，该不是因为怕毁容了嫁不出去吧？"

他怎么想到这上面了？我丈二和尚摸不着头脑，很愕然。

石头看了我一会，声音更小了："别担心，如果你真的一辈子好不了，我……我爹以前的承诺的还是有效的。"

他爹的什么承诺？我脑子一片迷糊，更愕然。

"我说话算话！"石头似乎有些窘，飞快地收起碗，头也不回地跑了。

我撑着双肘，沉思许久，终于想起他爹以前说过的"若是洛儿毁容嫁不出，便让我家石头娶她做媳妇儿。"

"噗——"想起他刚刚的别扭样，我笑得捧着肚子，趴在床上直打滚。约摸笑了小半个时辰后，捡一枚青梅蜜饯丢入口里。

忽然觉得，杯具的人生里认真追寻，也有快乐。

日复一日，年复一年，百花开了又谢，谢了又开，转眼流年过。

这一年，林洛儿十三岁，豆蔻初成。卸妆后的容颜如破茧的蝴蝶，终于展开美丽的翅膀，除柔软的身姿还略嫌单薄外，青铜镜中，手如柔荑，肤如凝脂，巧笑倩兮，美目盼兮，正是原著中风姿绝世、艳冠天下的倾城美人。

这一年，李石头十三岁，舞勺之年。奉南宫世家之命，随黑卫攻打天鹰堡，小小年纪竟一马当先，手持八十四斤重的九环大砍刀，七招后斩下堡主头颅，杀敌共二十四人，一战成名。

这一年，南宫冥十七岁，舞象之年。被南宫焕派遣掌管江南江北航运水道后，一年便将线路开拓至北疆。为人温润如玉，不卑不亢，又兼武艺高超，精通琴棋书画。无数江湖女儿芳心暗许，候在其经过路上，掷果盈车，却能洁身自好，无风流劣迹，公认世家公子第一人。

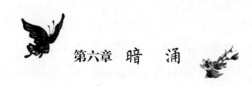

第六章　暗　涌

1

人家的桃花藓一年长两季，我的桃花藓一年长四季。

直到南宫冥的补药将我补出鼻血，石头的偏方将我逼至呕吐，这两个家伙才算消停，将我从药海地狱里解救出来。

夜半三更无人时，我经常对着镜子，捧着没有红斑的面孔，满脸懊悔，不停挠墙。而且小禽兽的寻医找药动静不小，纵使刻意隐瞒，也不可能逃过大禽兽的耳目，我为此提心吊胆了很久。幸好他为人规矩，并未因此耽误学习工作，只是午休的时候过来说几句闲话，约摸半个多时辰就走，这点时间实在太少，外面又有耳目，时不时有弟子来看书打扰，就算有心想做点坏事，也没有机会。

大禽兽也一直没来找我算账，就好像这件事根本不存在。我怀疑是因为上梁不正下梁歪——他自己不检点，没脸骂儿子。

藏书阁是躲避大禽兽最好的工作区域。

他喜清净，不喜热闹，偶尔来的时候都会命陈管事清退下人，我每次接到通知都逃得飞快，直接躲去地窟，和肮脏杂物待在一起，直到危险警报解除，才掸掸身上的灰尘，施施然走出地窟门，继续去二楼看书，偶尔除除尘。

唯一危险的一次是看书入迷，躲避不及时，远远和他擦身而过，幸好人家根本不留意小丫环，看都没看我一眼。

这种被当成空气的透明感真好，日子似乎很安全。

我欢欣鼓舞，专心应付小禽兽。

鉴于他当年的提议，我有事没事就在他耳边敲打提醒："别感激我给你隐瞒看杂书了，也别感激我给你偷补衣服，记得将来给我嫁妆就好！"

黄大娘知道后直翻白眼："有哪家姑娘那么不要脸啊？！才几岁就想男人？"

我不管，反正我早就不要这张脸了。

小禽兽如今身量长足，穿着半旧素蓝长袍，上面没有任何花纹，只用一根水绿锦纹腰带窄窄地束着腰，挂着块白玉佩，更显飘逸出尘。

他五官长得清俊，只是眉峰略低，映得双眸忧郁，但更多的是溺死人的温柔，仿佛半点脾气全无。就算听见我这番混账话，也只是赔着笑问："洛儿妹妹，你有喜欢的人吗？哥哥替你参详参详。"

我将十八岁可以脱籍的目标仆役在脑海里统统过了一番，不要脸地试探："阿初不错，长得清清秀秀，做事老实勤快，看起来不错。"

小禽兽毫不犹豫地拒绝："不行，那孩子我知道，做事没主见，优柔寡断，指一步才动一步，将来跟着他，你会很累的。"

我继续不要脸："翠墨也挺好的，识文断字，勤奋好学，文质彬彬，有君子之风。"

小禽兽继续拒绝："万万不可，此人花钱如流水，不宜持家。"

我更不要脸："吴时也可以，聪明伶俐，能说会道，做起生意来是一把好手。"

小禽兽皱皱眉："不行，他父亲好色，母亲泼辣，不好相与。"

我搜肠刮肚地又想了想："银子呢？"

小禽兽："名字太俗！"

我："云虎？"

小禽兽："长得太丑！"

我："潮生？"

小禽兽："太胖！"

我："天下哪有十全十美的男人……"

"怎会没有好男人？"小禽兽终于有点不高兴了，"你想想，你再努力想想。"

我像只仓鼠似的在房间里团团转了几个圈，还是死活想不出。

小禽兽给我斟了杯茶，语重心长道："你这傻丫头，怎老往下等仆役身上想？要往高处想啊，高门大户，你有谁嫁不得？"

我白了他一眼，不屑道："我是奴籍，小丫头怎可与贵公子匹配？于礼不合。"

小禽兽微愣，迅速辩驳："你从哪里听来的这种混话？什么时候有过这种规矩？金钱山庄的二公子不就娶了从小服侍他的贴身丫头吗？光是流水席就摆了十里长。咱们附近金水镇的知县，娶的还是勾栏院里的红粉头，大家也不过议论两声。"

靠！我就不应该和小白文讲常识！读书时的历史白学了！网上的种田文白看了！

让"门当户对，良贱不婚"去死吧！

我郁闷得不能自已，几乎要去黑暗角落种蘑菇。

小禽兽还在旁边，意味深长地说："别管对方是谁，放心地想，大胆地想。最重要是找个疼爱你，肯宠你一辈子的人，过日子才最稳妥。而且不要想太远，好好留意一下身边……"

说完后，他就匆匆走了。

我站在原地沉思：他暗示的应该不是石头吧？

不，绝对不可能，他们这几年都不太对盘。石头为人嚣张，但还算懂分寸，表面上对南宫冥还算恭敬，没做什么混账事，有些什么不满也只是私下和我说说闲话。而南宫冥为人随和，不会因言语之争而讨厌人。

他讨厌石头，是因为石头的天赋太高了。

就如我以前认识的一个从小学钢琴的朋友，她牺牲一切玩乐时间，辛辛苦苦地考了三次，终于过了九级，正开心时，忽然发现有个比自己小好几岁的孩子也过了级，而且满脸轻松，一副理所当然的样子。接触后，她又发现自己每天练七八个小时的琴，还不如对方周末随便练三四个小时的成绩好。最后那孩子被名师看中，开了个人演奏会，她被刺激得放弃了音乐。

成功，百分之一是天赋，百分之九十九是汗水。但那百分之一的天赋是最重要的，甚至比那百分之九十九的汗水都要重要。

南宫冥只好更刻苦，私下为自己加了许多练习量，可是两人之间的差距依旧越缩越小，父亲的目光也开始更久地盯着石头身上。

纵使再圣母的人，此时也无法淡定，只好努力装无视。

有时，他也会忍不住，沮丧地问："洛儿妹妹，是不是有些东西，怎么努力都改变不了？"

我想起悲催的命运，随意回答："不知道，但总要试试。"

南宫冥摇摇头，仿佛在安慰自己："不，努力一定会成功的。"

我也安慰自己："没错！努力一定能成功的！"

说这话的时候，两个人正很有默契地坐在落花满地的台阶上，托着下巴，愁容满面，虽然心思各异，却很有同病相怜的感觉……

思绪转回，百般无聊，我忽然想起小禽兽说大禽兽要外出半个月，胆子忽然肥了许多。便深入一级禁戒区域习武场，看望练武的石头。

2

十三岁的石头在飙着长个子，据说已有五尺八，我不太懂古代尺寸和现代尺寸的换算关系，只和其他东西比着估算了一下，目测大概一百七十公分到一百七十五公分间，比同龄人高大半个头，可惜依旧瘦得和猴子一样，拿着大刀的时候格外有喜感。

南宫世家的小孩们都喜欢看弟子练武，男的是羡慕，女的是花痴。虽然上等武学都在室内传授，外面只能看到些粗浅招式，但看弟子们出来过招切磋时，还是很有趣的。

偷窥者多数趴在练武场外的古树上，人多时，挂得像一串串果子，摇摇欲坠。

阿初见我过来，赶紧在树枝上打了个招呼，跳去旁边，给我留出个风水宝位。

我从小和石头野惯了，爬树下水不在话下，所以也没推辞，抱着树枝三步两蹿爬了上去，占据有利地势，用手掌搭个凉棚眺望。

阿初很恭敬客气地和我打招呼："洛姐好，请坐，请上坐，有事请吩咐。"

可恶，他年龄比我还大半岁，我想吐血。

阿初又往旁边退了两尺，目不斜视，保持距离，不再多嘴。

其他男孩也往远处挪了挪，眼中满是畏惧。

那瞬间，我觉得自己像个瘟神……

石头正在练武场教导新入门的侍卫，他穿着套黑色短打，腰间随意系着根红带，胡乱将长发挽在脑后，用蓝绳打了个活结。教官一样的石头神情冷酷，脸带杀气，目藏凶光，肩上依旧扛着那把九环大砍刀，正优哉游哉地监视新人们扎马步，看见动作不到位的就随手一敲，敲得他们哭爹喊娘，不敢乱动。

我低声叹息："白痴啊白痴，武侠小说里的高手都是用剑的，再不济也得使把圆月弯刀。这种九环大砍刀简直是山贼土匪的特种兵器，你怎么挑来挑去就挑了这破玩意呢？怪不得天生没有主角命！"

旁边小虎子和阿初则在议论江湖上赫赫有名的大侠绰号，说石头被人叫做什么什么刀……

我竖起耳朵听了会，还是没听清："是追魂刀吗？"

"不，"小虎子满脸羡慕地回答："是黑面太岁李七刀，超威风吧！"

"……"这惊天地泣鬼神的绰号，威风得我差点从树上掉下去。

石头啊石头！珍惜小命，远离大侠！

求求你，别往炮灰路上越走越远了！

黑面太岁李七刀在给新弟子们做示范，刀风过处，开碑裂石。

红斑点脸林洛儿在坐在大榕树上，跷着脚，吃花生，看热闹。

申时过后，大伙儿开始散去，我冲石头招招手，他看了一下四周，便跑了过来，紧张地问："你怎么会来？出事了？"

"没事，好奇来看看新出炉的李七刀。"我平时从不踏足这里半步，也难怪他有此疑问。

石头松了口气，然后"谦虚"道："不过是江湖兄弟抬举罢了。"

我恍惚见到他鼻子翘得比天高了，真是没脑子的炮灰……

"上次给你找的药涂了吗？"石头得意完毕，又开始看我的脸。

他还没完全放弃各种治疗偏方，出外每到一处总四处打听，什么古怪的东西都会弄回来，确认对皮肤无害后就逼我涂在脸上，有几样东西的味道实在让人恶心，我忍无可忍，只能将其好意偷偷毁尸灭迹，气得他每次见面，都盯着我脸蛋做侦察兵。

我身体不好，稍不注意就容易得风寒之类的小病，如果被他发现我又忽略饮食、身体、休息、上药之类的事情，就会变成一只暴走的猴子，张牙舞爪地吓唬我不好好吃饭，这辈子就一直是病恹恹的小猫，嫁不出去。

我怒，往他胸口重重一拳："我才不要做病猫！我要做母大虫！"

他就像被蚊子叮了一下似的，不躲不避，面不改色道："我还是打虎英雄呢。"

我更怒，逼问："你想打谁呢？"

他缩了一下，尴尬地摸摸鼻子后说："打公老虎……"

这还差不多，我满意了。

周围男童上前和他们老大一一告辞，石头朝我招招手，示意我去湖边草地，两人坐在柳树下，折下几片草叶，丢入湖中，然后口水滴答地盯着涌上来争食的肥鲤鱼，讨论怎么烤好吃。

我打开带来的小锦盒，里面有最近攒下来的各色甜点和零食。石头这个死要面子活受罪的家伙，又爱吃甜点又怕被人笑，当下大喜，环顾左右无人，便收起严肃面孔，眉开眼笑地捡起里面的绿豆糕、红豆饼、藕片、蜜饯，一个劲地往嘴里塞。

他不挑食，饭菜美味吃五大碗，饭菜难吃也吃五大碗，是很好养的天生饭桶，只有松子糖不吃。

我不爱吃甜食，只挑了些花生细细嚼，然后将碎屑继续丢去喂鱼。待他吃得差不多，才婉转地问："你江湖上的称号……就不能换个吗？我觉得一点红、百胜刀王什么的听着更威风些。"

石头思索片刻，摇摇头："绰号是江湖人给的，哪有自己随便起的道理。而且你想的绰号一点也不威风。"

我的傅红雪、胡逸之就这样被他残忍地鄙视了……

他继续摇头晃脑道："那么短的绰号，听着就不够味道！"

我想把他推下河喂鱼。

庆幸没将萧峰、杨过拿出来给猪糟蹋后，我郁闷地问："黑面太岁还能理解，可是为什么要叫李七刀？因为你七刀砍下了天鹰堡堡主黄虎君的脑袋？你真有那么厉害？"

"大家传得夸张了，"石头有点不好意思，谦虚道，"当时有兄弟拦住了周围救援的天鹰堡众，而且黄虎君年龄也老了，已是强弩之末，我又占了兵器的便宜，自然胜得轻松。"

"兵器，就这九环大砍刀？哎哟……"我摸了两把，触手冰凉，又试着提了提，差点闪了腰。只好嘟囔着自己揉了半天，建议道："不如试试用剑，用剑轻灵，高手大侠都用剑，大概比刀强……"

"看刀！"话音未落，九环大砍刀猛地拔地而起，夹杂着凌厉刀锋，朝我划出闪电，硬生生收在离脖子一寸处，寒意带着血气，如山峰似的迎面砸来。

我面不改色，很淡定地站着一动不动。

三十秒过后。

我面如土色，一声尖叫，往地上倒去。

"反应也太慢了吧。"石头无可奈何地一边收刀，一边伸手扶住我，轻轻放下，以免跌伤。然后解释，"看见了吧？剑重灵巧，刀重狠辣，也算各有优劣。但我天生力大，只要比对方更快更狠，不管他多少后招变化，我只管一刀横去，触剑则断，触身则残，谁敢招架？只能将万般变化统统抽去，处处回防。"

程咬金走江湖也只靠三板斧，我算了一会，觉得做人也不能太迷信，便将它搁开去，好奇问："如果力大为胜，那女子走江湖岂不吃亏？"

"女子体力比男人逊色，纵使少年成名，成婚以后会顾及家庭，不能全心研究武学，所以顶尖高手较少，目前江湖上成名的多数精于暗器、机关或毒药……"石头说起江湖往事，阵阵唏嘘，然后鄙视我，"你就更别想了，小胳膊小腿，半点力道都没有，天生就不是习武的料，半本佛经都读不懂，给你绝世武功秘籍你也能拿去垫桌子！"

他太看不起人了！我雄心万丈，发下重誓。从今天开始刻苦学习文言文！若是将来给我找到那富甲天下的宝藏，得了里面武功秘籍，必定绝情绝欲，刻苦钻研，回来再将众禽兽打得满地找牙！跪地上叫我姑奶奶！

石头又扯了两片草叶子，小声叹息道："可惜南宫家的内功与招式都偏灵巧多变，和我不算十分契合……"

我安慰："说不准以后还有机遇。"

当年金庸小说里的某炮灰，不是遇到袁承志后，做了独臂刀王吗？虽然听着不太吉利，但混江湖不死就算命大了，小问题最好别计较。

石头躺在草地上，望着天空又发了会呆，忽然跳起来，狐疑地问我："你怎么那么喜欢剑？"

我没反应过来："谁喜欢贱？"

"反正有人给你舞剑看，舞得落花到处飞，也怪不得你欢喜，也不嫌下人打扫得慌？！"石头气呼呼地转身，只留下一个背脊对着我。

南宫冥闲着的时候，确实会在藏书阁的院子练几轮落花剑法，可是和我有什么关系？武功这玩意我又不懂，我现在都还没看出街头耍把戏的和落花剑法有什么区别呢！感觉还是耍把戏的表演得精彩些。

石头在生闷气："我看你是稀罕上冥少主了吧？不要脸！"

"谁稀罕他了？谁不要脸了？！"我恨不得踹死这个用膝盖想问题的白痴。

"那你天天中午陪着他？"石头微微转回脸，瞪了我一眼，含糊地问。

"他是主子，我能赶吗？"我狠狠瞪回去！

"你们还真天天在一起，"石头狠狠扯了几片草叶子，握紧的拳头爆出几根青筋，久久后才憋出几句话，"大家都说少主稀罕你，将来是要娶你做侧室的。你这傻丫头，看着也不像贪图富贵的人，别犯糊涂去做什么侧室，小心被正房欺负死。还不如将来嫁个疼爱你的普通人家，腰里别着全部家当钥匙，抬头挺胸过一辈子呢！"

"谁要做侧室了？"我几乎暴走，"别说是南宫冥，就算天王老子的侧室我也不做！正室也不做！我最讨厌规矩多如牛毛的高门大户人家了！"

石头神色微缓："你真的不稀罕冥少主？"

"当然！"那么恐怖的事情我连想都不敢想，脑子里只要涉及到他的问题都会自动回避，像鸵鸟似的钻进地洞。就算别人说他再喜欢我，我也装不知道，而且尽可能拉开纯洁的兄妹距离。

石头转过身，嘴角露出一丝狐狸般的笑容，拳头捏紧又松，松了又捏，欢乐地问："你稀罕谁？说出来让我给你参详参详，也好去研究一下对方的人品问题，免得你将来受欺负。放心，我现在不会乱欺负人的，你尽管说，大胆地说。"

我问："上次阿黎脸上的黑眼圈是怎么回事？"

石头眼神无辜："不知道。"

我："……"

石头催促："快说啊，只要不是冥少主，我都能打听。"

我："其实……这个……"

杨柳轻拂，有道忧伤的视线穿过理不清的千头万绪，投向这边。

我抬头，看向石头身后，是南宫冥站在湖那头，手里还拿着个草编的蝈蝈，静静地看着我们，然后轻轻地靠向身旁柳树，闭上眼歇了一会儿，转身离去。

石头察觉我的异样，猛地回头。

南宫冥已转过花墙，消失不见。

藏书阁依旧静悄悄的，二楼的黄梨木桌上，静静地躺着一只手工蝈蝈，马蔺草编的身子，红豆镶的眼睛，远远看去，栩栩如生。

南宫冥不在。

我转去墙角，打开一个藤编的大箱子，将蝈蝈轻轻放进去，和他在外头发现有趣而买给我的泥娃娃、彩石、琉璃珠、竹根雕、草编动物、皮影、面具等小玩意放在一起。

南宫冥在家，破天荒地连续五天没来藏书阁取书。

我绝对不想念他，只是觉得怪怪的，就好像一种习惯被忽然改变，让人不太适应。

3

又过了三天，四月初四，是开始晒书的日子。陈管事一反往常的懒惰，每天率领藏书阁众人忙碌地将一本又一本的线装书从高架上按序取出，轮流放在院子里晒太阳，去霉气，等晚上再收回。

藏书阁的场地不够用，所以征用了临香阁的花园，我负责此处的看守工作，搬着小马扎，坐在院子的树阴下，一边绣荷包，一边左右四顾，警惕有没有顽皮的野小子，或者猫猫狗狗来捣乱。

笛声忽起，带着初夏的暖风，带着淡淡橘子花香，带着无尽的思念，从水榭那边幽幽传了过来，拨乱心湖。

我知道是谁，几欲起身，最终还是没有起身去看。只低下头，继续和手上的墨梅荷包作斗争。

我的绣活怎么练都不行，虽然每一片花瓣，每一片叶子都能绣得工工整整，可是太呆板，缺了几分灵气，实在不能算上等活计。

没关系，反正用荷包的那家伙也分不出好歹，脾气又坏，在女孩子里人缘不好，练武三天两头弄坏衣服，有人肯给他缝缝补补做针线，就该感激涕零，哪有资格嫌三嫌四？

腹诽中，笛声停，荷包也快完成了，我正准备在角落绣上石头的名字。

一个穿着桃红色裙子的三等小丫头探头探脑地从树丛后走过来，站在我身旁歪着脑袋看，赞美道："姐姐绣得真……真细致。"

我认出她是在临香阁当差的小尤，刚满十二岁，长得清清秀秀，嘴巴甜，性格活泼开朗，没什么心眼，很受大家疼爱。不过她母亲是南宫世家的上等绣娘，小尤自幼习针，绣活在丫头里是排得上号的好，如今听她努力想词赞美自己的绣活，我格外惭愧。

"姐姐在晒书？"小尤笑眯眯地坐在我旁边，对着满花园的书，没话找话。

我随口应了，收起手中的荷包，不敢班门弄斧。

由于我平时沉默寡言，小尤也不知如何搭讪，她犹豫片刻，干脆地问："洛儿姐姐，你和石头哥是同乡吗？你们平日关系好吗？"

"还好吧，就是天天吵架，你知道那家伙的脾气，问这个做什么？"我不确定她的来意，谨慎回答。

"不会不会，石头哥的人挺好的……我没什么别的意思。"小尤的脸忽然红了，用力扭着衣角，小心问，"洛儿姐姐，你是不是喜欢石头哥？"

"谁喜欢那惹人生气的傻猴子了？我们就是同乡而已。"我想起那个一头撞向炮灰之路不回头的家伙，气愤不已。

小尤抬起眼角，悄悄看了下我的脸色，略微松口气，又问："洛儿姐姐，你是不是喜欢冥少主？"

"不是！"我回绝得更果断。

小尤迷惘了，很快又赔笑奉承道："可是，大家都说冥少主喜欢你，你将来会给他做侧室。"

"我不过是个小丫头，和他八字都没一撇，你别胡说，小心被主子罚。"谣言传得比我想象中还厉害，我也不知如何是好，只能尽力制止。

小尤胆小，赶紧打住话题，从怀里拿出个绿色棉布做的小荷包，上面绣着几丛墨竹和两块奇石，颜色搭配素雅，构图巧妙，手工更是精湛，深深浅浅的墨色仿佛用国画印上去一般。她羞答答地将荷包递给我，脸红得像火烧，结结巴巴地说："洛……洛儿姐姐，你帮我将这个捎给石头哥好吗？上……上次见他荷包破了……叨念着没人帮他做一个，我……我真的没什么意思，只是最近闲着没事，所以随便做了做……"

我看着手中尚有余温的荷包，有些惊诧：那头凶巴巴的野猴子居然也到了有人要的年龄？

小尤还在低头扭衣角，似乎想将上面绣着的粉色桃花扭碎。

别人看上我曾打过主意的未来夫婿候选，让我心里有点别扭。但转念一想，若小禽兽忽然兽化，怀疑我和石头有不清不白的关系，说不定会借身份拿他开刀，派他去送死。既然小尤是个好姑娘，她又真喜欢石头，我将两人配对成功，除了可以把缝补针线等麻烦事统统移交出去，还可以让她照顾石头的生活，免除我逃跑的后顾之忧。

于是，我收好荷包，将事情一口应了下来，并提醒："石头干的是刀子上舔血的活，你不介意？"

小尤摇着头，红着脸跑了。

真是个懂事的好姑娘，石头你赚大了。

待小尤跑远后，头上传来轻微响动，是南宫冥忽然从大树跳下，悄然落在我面前，把我吓了一跳。

他又偷听？

还没回过神来，南宫冥已一把拉着我，有些焦急，有些喜悦地问："洛儿妹妹，你不是喜欢石头吗？怎能替别人给他送荷包？"

"为什么不能替他送？若不是他不认识别的女孩，我才懒得帮他做。"我拿出两个荷包对比一下，沮丧地承认，"确实是小尤做得比我好，这竹子绣得和真的似的，我做的该烧了。"

南宫冥不高兴地重重咳了两声，提示道："烧什么？难道你没别人可送了？"

我的脑筋转过弯来，又看看南宫冥身上的精致华服和珍贵佩饰，赶紧端正态度，汇报道："哥哥身上东西都是上好的，我绣得太难看，配不上。"

南宫冥脸色缓和下来，随手解下自己怀里精致荷包，连同里面的金元宝一块儿塞给我："谁说配不上？我不喜欢仙鹤，就喜欢梅花，咱们换换。"

他都说到这份上了，我只好应了。

小禽兽愣愣地看着我，嘴角挂着三分笑，眼里是淡淡情意。

若是普通女孩子，见到这一幕，必会心动。

若是南宫冥一直保持现状，也是天赐佳偶。

可惜，我一想起他那恐怖的禽兽爹，就忍不住打哆嗦。

大禽兽最近更年期可能到了，脾气越来越暴躁，挑选的姬妾都和他去世的妻子相似，对待她们的手段也越发强硬暴虐。可是他还是不满足，不知在找寻什么。

如果我真和他儿子发生什么事情，这张脸还瞒得下去吗？

南宫冥见我发呆，便拉起我的手，期待地问："你可不可以在上面绣上我的名字？"

反正都是送他的东西，我无所谓地点点头问："绣个'冥'字？"

"不，我想你给我悄悄绣上别的名字。"南宫冥摇摇头，热切地看着我，又沉默着不说话，似乎在犹豫什么。

除了冥，他还想叫什么？我忍不住抽了两下眉毛，暗自发誓，如果他想我绣什么"卿卿吾爱"之类的恶心称呼，就立刻拒绝他！

直到等了仿佛有一个世纪之遥，南宫冥四处张望无人，才俯下身，在我耳边低声道："很久很久以前，我的名字不是南宫冥，应是南宫明，日月之明……"

他的呼吸让人痒痒的，我往旁边躲了半步，疑惑地问："明字很好，为何要改成冥？"

"那是母亲起的名字，父亲不喜欢，五岁时便改了。"南宫冥漂亮的长睫毛，又低垂了下去，笑得很苦涩，"我那时还小，不能拒绝。"

我不好追问，只低下头，替他一针一线将"明"字仔细绣在墨梅暗处，不迎着光看，便不显眼。

南宫冥在旁边看了很久，忽然很严肃地对我说："少听那些人胡说八道，我若有喜欢的姑娘，不管身份高低贵贱，定用八抬大轿将她抬进门来！决不会娶侧室让她受委屈！"

他暗示得很明显，我想装都装不下去，只好打击道："你爹不会准的，他希望你娶的是门当户对的大家闺秀。"

南宫冥神色冷了一下，很快又笑起来："再过几年，我会让他答应的。而且媳妇已经过了门，他不喜欢又能怎么样？我好歹也是他的儿子，迟早要继承南宫世家，他还能杀了我不成？大不了到时分开过，断不会让妻子受委屈的。"

大禽兽不喜欢媳妇倒是好办。

可是，大禽兽要喜欢媳妇呢？！

他是不要儿子不要脸的家伙啊！

我决定不再贪图安逸生活，回去就将东西收拾好，做好随时跑路的准备！

满脑子胡思乱想地绣完最后一针，临香阁外有侍卫匆匆赶来报告："少主！主子说三日后有贵客拜访，请你去挽风楼商讨接待事宜。"

南宫冥急忙将荷包抢过，贴身藏好，大步离去。

虽然南宫冥现在的人很好，我并不讨厌。

可是，如果结局还是和他在一起，那我这么多年辛辛苦苦逃避原著做的工作究竟是为什么？！

不，必须拒绝！

可惜我的保持距离，婉转拒绝，言语敲打，装疯卖傻统统无效。如果真找个愿意娶我的"意中人"回来，迅速成亲，也不知是会打消他的痴心念头，还是会导致他直接兽化。

4

我考虑做个实验，到处找男人，条件放低到是个公的就行。可惜，没男人肯靠近我三步范围内，还差点博了个花痴之名！窘得我恨不得掩面泪奔三千里。

虽然看在从小一起长大的情分，我祸害谁也不能去祸害石头。没想到他听到风声，很够胆子，先是跑来莫名其妙地冲着我傻笑了几声，然后抬起头，摆出傲慢神色："虽然我不太稀罕你这丑八怪，若是你好好求我，发誓一辈子对我言听计从，以后不勾三搭四，不拈花惹草，不顶嘴，不对少主打主意，保证以夫为天，我倒可以勉勉强强考虑娶你回去，好歹你也会洗衣缝补，烧的菜对我胃口，省得以后嫁不出去给别人添麻烦。"

"滚！老娘不耐烦侍候你这大爷！没准三天就给气死了！"我一脚踹去他屁股上。

石头拍拍屁股上的灰，没滚，只对我伸出手："拿来。"

"拿什么？"我余怒未消。

石头瞪了我一眼，提醒道："上次我不是说弄坏了荷包，托你给做个新的吗？现在都过去十几天了，我天天用破布片装银子，丢脸丢得……喂，你这笨蛋该不是忘了吧？"

我想起小尤，越发觉得石头脾气刚硬，大男人主义十足，而小尤温婉贤淑，低眉顺眼，很会为人着想，从不争吵，两人性格倒是天造地设的一对。便赶紧从怀里拿出她做的墨竹荷包，笑眯眯地递了过去。

石头飞快地一把夺过，开心地翻来覆去看了又看："你不是说要做梅花的吗？怎么变成了竹子？竹子也好，我更喜欢。"

"你什么眼神？连绣活好坏都分不出？我能绣出那么好的竹子吗？自然是别人做了给你的。就是临香阁的那个叫小尤的丫头，长得清清秀秀，脾气很好，总是喜欢笑，你应该见过的。她的手艺可是一等一的好，院子里男孩个个都抢着要，她能帮你做，简直是上辈子修来的福气。"我无奈地揉揉额头，思考怎么婉转暗示他，找机会和小尤多接触一下。

"你这丫头怎么那么懒？我好不容易央你做一次东西，也推给别人做？"石头不太记人，想了半天也没想起谁是小尤，只是不满地对我说，"你明知道自己手艺不行，就该多练练，回头再做一个给我吧。"

我辩白道："不是我求她做的，是这孩子善良心细，看你荷包坏了，特意做给你的。而且她做得比我好，自然是能者为之，你真当我天天吃饱了撑着没事干练绣花啊？"

"真不贤惠……"石头郁闷地嘟囔了两句，皱眉问，"那个叫小尤的，没事做荷包给我做什么？"

我斟酌一下言语，含蓄地提醒这个感情神经比电缆粗的家伙："她本来就是个好女孩，你别问太多，下次直接提盒点心去谢谢人家，聊聊天，记得说话客气点，别惹人讨厌了。"

"别提她了，我又不是傻子，自会处理，"石头的眉头皱得更深，又问，"你把她做的给我，你自己做的呢？记得上次见到时，你已经开始绣花瓣了。"

"这个……你什么时候看见的？"我有点心虚了。

"不告诉你，"石头继续对我摊开手掌，大喇喇地说，"懒丫头，快点拿来，管你绣得再难看，好歹也比破布片强。"

"你那么坚持做什么？"我眼珠子乱转，不敢看他，"那个……那个……已经没有了。"

"丢了？你还能不能再笨点？"石头眼神儿有点心疼。

我越发心虚，不敢应声，只好低着头听他数落。

不远处传来轻轻的咳嗽声，我们一块儿回过头去，是南宫冥练习完毕，正站在练武场门口，随手赏了递毛巾的侍从一个金锞子，其他人更是冲上来拿剑的拿剑，送水的送水，殷勤万分，然后都眼巴巴地盼着打赏。

南宫冥似乎心情大好，他慢悠悠地在怀里翻了翻，慢悠悠地拿出一个墨梅荷包，慢悠悠地转了转荷包，慢悠悠地从里面翻出几个金瓜子，慢悠悠地分赏下去，又慢悠悠地将荷包收了回来，然后慢悠悠地走了。

石头眼睛都看直了。

我觉得气氛不妙，悄悄踮着脚尖想撤退……

还没走几步，领子就被扯住，拖了回去，然后对上石头像锅底似的一张脸，只好讪讪道："我觉得自己做得不好，想搁一边去，正好给少主看见，他说丢了可惜，就讨去了……"

"他要，你就给了？"石头也到了变声年龄，平时说话和鸭子似的难听，再加上咬牙切齿从喉咙憋出来的发音，格外阴森恐怖。

我缩了缩肩，低声道："主子要东西，我能不给吗？"

"你不会说是给我的吗？"石头细长的眼角更弯了，看起来依旧在笑，可是嘴角没有酒窝，这是他要暴走打人的前兆。

我没见他那么凶过，有点害怕，还是壮着胆子解释："当时小尤姑娘下了十二分心思给你做了个好的，比我胡乱做的玩意强多了……所以……"

话音未落，墨竹荷包便摔了过来，砸中我脑门，落在地上。他还仿佛不解恨，居然踩了两脚。

"你混账！"我急了，赶紧将荷包抢起，心疼地拍拍上面灰尘，斥道，"小尤姑娘人很好，你不喜欢也就罢了，怎能这样糟蹋别人一番心意？"

石头冷冷地说："我就是个混账，玩不得好言好语，半推半就这一套！你珍惜别人心意，自个儿珍惜去，别扯上我。"

我也气了："是啊！我学着你这脾气，待少主来找我，或跟我讨东西，我就严词拒绝，拒之不成，直接大耳刮子往他脸上抽，然后被管事的几顿棍子打断腿卖掉，才合了你心意！"

石头给呛住了，过了很久后才说："你明知道他喜欢你。"

我委屈："他又怎可能不知道我不喜欢他？"

换一个男人被女人这样对待，多数也放弃。只可惜原著作者金手指威武，原著官配难逆，他硬是要死死缠着，磨着耐心等着，不到黄河不死心，什么办法都没用，我都觉得自己像恶毒女，伤他的一片好心都快伤得不好意思了。

石头气呼呼地问："你就不会说你喜欢别人吗？"

"我和个瘟疫似的，说喜欢谁就祸害谁！管事们一个比一个会猜主子心意，翠墨已经被送去劈柴，阿初都给调去刷马桶了，男人见了我只差没掉头跑，我还能喜欢谁？你倒是可以说说你最近和谁结仇，我去喜欢他一下，帮你报复回去！"我气得口不择言。

"给我坦白点，你真没喜欢的人？"石头又问。

"没有。"我想了想，摇摇头。

我从小孤僻自私，理智大于情感，虽然对石头有好感，对南宫冥不反感，但骨子里最珍惜的还是自己，每到生死关头就会暴露本性。只要能好好活着过日子，我可以抛弃一切男女感情，在所不惜。

或许，这叫冷血？

"不知道你究竟在怕什么。"石头看了我半晌，愤愤然拂袖而去。

我只好偷偷将墨竹荷包洗干净，还给了小尤，帮忙婉转道歉。

小尤大概知道了什么，脸色惨白，却没说什么，只默默接了回去，转身抹了两滴眼泪，从此和我更加疏远。

没过两天，就传来石头被远远派去江西地区剿匪的消息。

我很担心。

南宫冥说不是他安排的，而且那里不危险，叫我放心。

我不敢完全信任他，决定尽早做逃跑的准备。

南宫世家进难出易，这些年来我研究过好几条离开线路，想什么时候撤退都不成问题。

行李收拾了大小两个包裹，斟酌情况使用。

大包裹是回家探亲时候用的，里面包着几件不起眼的旧衣服、两双厚实布鞋，还有大量碎银子和常用药物，各种远门旅行用品一应俱全。

小包裹是紧急情况下逃跑用的，里面是外祖母送我的空心银簪，里面藏着易容药粉，可兑水使用。我这些年来的积蓄则换成金票，用薄油纸和蜡包好，分别缝入一套半旧的衣服、靴子、内衣、腰带里，小荷包里装几十两银票，零用方便，遇到贼的时候也可丢出去保命。还有一把石头送我的弯刀，锋利小巧，可藏入靴中，一张南宫冥画坏丢掉的手绘地图，上面有附近几个省的详细地貌和交通线路。

准备妥当后，我一边继续研究各地风俗物产，一边在圈定的几个隐居地点犹豫不决。

又过了三天，南宫世家中门开，怒马鲜衣侯爷来，带着美姬艳妾，娈童姹女数十人，侍女随从近千人。

南宫焕为招待贵客，也加强了戒备。

我打听了一下这位侯爷荒淫无耻的事迹，立刻确认了他的禽兽身份，吓得头皮发麻。

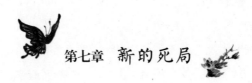

第七章 新的死局

1

安乐侯叫龙昭堂，这充满奸情的名字让人怀疑原著作者是《七侠五义》中的"猫鼠侯爷"控。她还用了许多华丽丽的词汇来描述这位侯爷的长相：邪魅、俊俏、勾魂……请原谅我才疏学浅，无法一一表达。侯爷最大的兴趣就是奢侈无度，夜夜笙歌，还有点暴虐倾向。据说什么事都做，就是不做好事，最大的特点是不把人当人看。

其余众禽兽虽然混账，但好歹还对林洛儿还算有几分情意，唯独这家伙是彻底将她当玩具，高兴时百般讨好，烦闷时随意惩罚。林洛儿第一次逃跑被抓回的时候，就惨遭刑罚，差点被折腾掉了半条命。

我真的很害怕……

我抱着被子发抖的时候，身边还有个安乐侯的侍女在说梦话。

她说："啊！侯爷，不要！"

我用脚尖将她踹开了些，继续抱着被子发抖。

她翻了个身："侯爷——你好坏——"

我用被子把头盖上了。

安乐侯喜欢排场，出行素来是劳民伤财，随行动则上千，浩浩荡荡。

幸好南宫世家建筑众多，分配一些下等仆役去山脚的庄子，又分配一些低等侍女和自家丫环们挤挤屋子，护卫们去后山搭几个帐篷，倒也容得下这些人。派来和我们同住的是侯爷宠妾的侍女们，都长得颇有几分姿色，有些可能爬过主子的床，自觉身份高贵，性子非常傲慢，眼角里颇有些看不起我们这些二等丫环的神色，总喜欢呼呼喝喝，吩咐我们做事。

考虑到来者是客，过不了几天就要滚蛋，大家都很好脾气的没和她们计较，只在背后悄悄咒骂。当然，也有思春的小仆役发誓："自从侯爷家的姑娘们进来，每日梳妆打扮，这临香阁的水都香了三分。"

感情那群姑娘们脸上擦的不是胭脂，是墙灰？

八卦归八卦，南宫世家的工作量因此增加几倍。

我原本想装病来躲避这头龙禽兽。没想到南宫冥听闻我卧床不起，心下大急，问都不问就要派人去给我请名医抓药，还要找小丫头来侍候煎药。

管事们看我的眼神像杀人，旁边还时不时有美人飘来飘去，带着满眼的心心，问我："哪朵花插头上侯爷会更喜欢？去什么地方勾搭侯爷会更合适？晚上勾引他来临香阁好不好？这里够僻静吗？叫起来有没人听见？你可不可以帮忙把风？"

我想了想问题的答案，还没等大夫到来，立刻跳下床，拍着胸脯和陈管事保证自己已经康复，壮得像头牛，可以跳下河参加冬泳比赛，必须回藏书阁继续干活！而且要勤奋刻苦，加班加点，最好直接住在里面不回房了！

陈管事老怀甚慰。

2

安乐侯过来是和南宫焕谈官商勾结的各种事宜，顺便交流御女心经，约摸要住上七八天。我在藏书阁平平安安躲了三天后，听闻噩耗：河东漕运发生动乱，南宫冥被父亲派去处理了。

小禽兽离开，我连不太靠得住的靠山都没了，孤身陷入邪恶的大禽兽包围圈，满心惶恐。

南宫冥临行前来找我告别，他看着我紧张的样子，很是感动，安慰道："洛儿妹妹，我不过是去半个月，河东靠近夏国，首饰别有异域风味，要不要给你捎两件？"

我摇摇头，哀怨地望着窗外一片花红柳绿，人头涌涌，尽是美人香帕。

南宫冥很会察颜观色："你在担心侯爷？"

我叹气："听说他很好女色……"

南宫冥看了我半晌，犹豫很久，极婉转地说："侯爷是重色轻德之人，所以我父亲新送了他五个美人。"

我愣了半天，才明白他是在含蓄地暗示：像你这种脸上长红斑的丑丫头，丢到色狼面前，色狼也没兴趣啊……

没兴趣就好，我略微放下心来，拿起镜子，摸摸满脸桃花藓，决定回去再把药量加重些。

南宫冥再三告辞，见我没打算起身送他，只好独自下山去了。

夜晚，南宫世家处处琉璃彩灯，莺歌燕语，藏书阁这种正儿八经的场合，倒显得格外清净。我觉得那么早回去面对那个想爬侯爷床的室友太危险，便主动留下来加班，整理最近收上来的三百多卷杂书。

慢腾腾地整理到半夜三更，肚子饿了，我打着小小的黄色灯笼，躲躲闪闪溜去小厨房，偷了两个大包子，准备回房休息的时候，陈管事忽然走来，叫住我："一楼的窗户似乎没关严，我要去宴会厅帮王总管看管烛火，你回藏书阁帮忙检查一下。"

我只好又躲躲闪闪地溜回去。

路上的美人们似乎也少了许多，周围变得很安静。我将一楼的窗户关严，忽然发现二楼的烛火也忘了熄灭，只好踏着咯吱咯吱的木楼梯，走了上去。

掀开珠帘，我发现亮着的烛火不是原来的那几盏小油灯，而是十余盏琉璃灯，照得整间屋子仿若白昼。琉璃灯下，贵妃榻间，懒洋洋地半卧着一个年轻男子，正低头看书。他穿着手工繁复的黑龙纹刺绣红袍，黄金带间镶嵌着数颗拇指大小的满绿满水翡翠扣，墨色长发随意披散，脑后辫几根小辫，上面缠着八颗大珍珠，越发显得肤色如玉。

我瞬间想到他是谁，脸色大变，赶紧悄悄往楼下逃去。

"你来了？"年轻男人抬起头来，直直看向我，他声音略沙哑，低沉中却带着些说不清的滑腻和诱惑。

我跑得更快了。

可是，一楼的大门却不知被谁锁上了。

侯爷拎着盏琉璃灯，不紧不慢地步下台阶，昏黄烛火映出他的容貌，剑眉星眸，挺鼻薄唇，是副极致的好皮相。只是他的神情给人的感觉有些像猫—— 一头优雅美丽的好猎手，为了好奇而捕猎。它们有耐心，有好奇心，唯独没有怜悯心，会不择手段地将看中的猎物弄到手，然后天真无邪地玩弄致死。

我，就是他眼里的猎物。

可是，他为什么会在这里？

大……大概是他想在这里和谁幽会，被我误闯了吧？

抱着一丝侥幸，推完门，我又想去推窗，侯爷已三步两步拦到面前。

我低头，垂死挣扎："奴婢误闯，请侯爷恕罪。"

"你没有误闯，我在等你。"侯爷伸出他白皙而冰冷的手指，轻轻搭上我的肩，慢慢滑至颈窝，轻轻抚摸。

"侯……侯爷……侯爷找奴婢有事吗？"我开始瑟瑟发抖。

他似乎觉得很有趣，见我想逃，便搁下琉璃灯，右手紧紧抓住我下巴，强迫拉近，抬起头来，左手则顺势勾住我的腰，将整个人揽入怀中端详："听南宫焕说，他的儿子迷恋上一个藏书阁的丑陋丫头，还在私下声称要娶为正妻，让他很是烦恼。我感到很好奇，究竟是什么样的丑丫头，才能让武林里的世家公子第一人——眼高于顶的南宫冥放在心里？总该有一点过人之处吧？所以过来看看。"

他的目的真是我。

我的心一点点沉下去。

龙禽兽的脸越靠越近，越端详越仔细，仿佛看破脸上一切伪装，直直深入内心。腰间的手也在上下游动，四处抚摸。

我拼命挣扎，却挣不过他的强大手劲，下颚差点被捏碎，痛得眼泪都快掉下来。

他终于斜斜勾起右嘴角笑了起来："南宫冥的眼光比其父亲可强得多。"

我害怕至极，终于忍不住亮出小牙，"嗷呜"一口咬在他手背上，然后疯狂叫"救命"！

龙禽兽吃痛动怒，便将想逃跑的我拦腰抱起，狠狠搁在桌上，死死按住双肩，对着灯火，俯身在耳边呼气道："爷看上你了怎么办？"

"不……我不要！侯爷请自重！外面美女好多！都在找你呢！"明明附近有人声，可我叫得嗓子都快哑了，却没有人应。

情况太不妙了。

"何必装贞洁？"龙禽兽饶有趣味地看着我呼救，手指轻轻滑过我的五官，恶毒无比地评论道，"忽略古怪的桃花藓，你这丫头浑身上下无可挑剔，不但长相绝色，双眸含情，更难得是有万中无一的天生媚骨，注定的桃花命格。"

他的表情不是在开玩笑，也不是在调戏，更像一个收藏爱好者，发现一件罕见艺术品的狂喜。

他的手轻轻地抚，细细地揉，滑过肌肤，时不时用力地捏上几把，带来的诡异感觉，让我的灵魂恐惧颤抖。

"不，我不是这种女人。"我沙哑地解释。

"试试便知。"龙禽兽粗暴地一把按住我，解开腰带。挥挥手，琉璃灯灭，他端详片刻后，又道，"月色下看你，倒真是绝色美人。"

他冰凉的手侵入衣内，带来阵阵寒意。

我尖叫起来，挣扎着要跳起。

龙禽兽却顺势按上肩后蝴蝶骨，将我翻过来，后背式牢牢固定在桌上，解开肚兜的活结。用嘲讽的语气笑道："你叫得可真销魂，再大声点，我怕别人听得不够真切。"

"你禽兽！你不要脸！"我急得忘了他本质，竟说出了众所皆知的傻话。

龙禽兽果然很高兴，而且更兴奋了，"乖乖的，别让爷拿鞭子抽你。"他大概觉得我挣扎得厉害，想找根绳子或布条将我双手绑起来。

兔子急了也是要咬人的，我的恐惧到了极致，终于化作无边怒火，趁他找东西绑人之际，伸手到案上四处乱摸，寻找可用凶器。

万幸我命不当绝，案上不远处是供奉着文神的香炉，我拖了拖炉身，觉得沉重非常，凭自己的力气也未必能打得晕禽兽，便抓了把香炉灰在手，待禽兽将我再次翻转过来准备入港时，狠狠向他眼睛撒去。

龙禽兽未料我有胆子反抗，没有提防，被撒了一头一脸的炉灰，不由松了手去揉眼。

我赶紧披衣跳下桌，用尽全身力气撞开窗户，飞身跃入湖中。凭借小时候练出来的好水性，像鱼儿一般迅速潜入水底，飞快地向远岸游去。

龙禽兽大概是自觉狼狈，不好意思叫人，他的身份也不可能亲自下水追我，所以我逃得很顺利，到岸边无人处，急急套上衣服，疯狂冲回自己房中，见同屋的美人赴宴未归，赶紧胡乱换两件干衣服，拿起小包裹就要跑路。

每天夜里，胡大叔都会送垃圾去山下，只要我动作快，在东窗事发前甜言蜜语哄住胡大叔，随便编个要去山下找驿站给少主送东西的借口，就可以跟着一块儿离开，等半路上再神不知鬼不觉地混走，按原定线路，连夜赶赴红叶镇，利用易容术化妆成老妇，明日一早便雇船离开，中途下船换马，易容多变几次。

毕竟南宫世家对我的最大形容词就是满脸红斑的小丫头，五官形容则不太明朗，只要我去掉红斑，换成其他易容，他们就算想画肖像来通缉，也不是那么容易的事情。等肖像都画好了，我已经又换了一张脸，人在几百里之外。

走，赶快走，什么都别管了！

正准备出门时，我看见屋角的那个带锁铁箱，不由停住了脚步。

铁箱里是石头卖房买地的钱，父母的遗物，还有他在南宫世家做工、做黑卫挣回来的全部工钱……

钥匙也在我这里。

如果我一走了之，逃奴留下的物品，不是被管事的抄走，便是被南宫世家没收掉。

若这里只是石头的部分家当，我倒是可以狠下心抛弃。可这里是石头的全部家当，是他辛辛苦苦那么多年存下的卖命钱、媳妇本，我难道真的可以不管不顾地背叛他对我的这份信赖，把他所有的钱都坑了？

做人可以没有良心，但不能太没有良心。

我最终还是咬咬牙，打开箱子，将里面的东西都取出，打了一个小包裹，匆匆跑去交给他黑卫的兄弟。

他兄弟们很好奇，坏笑着问："洛儿妹妹，你是来送嫁妆的？可有口信给石头大哥（小弟）？"

我知道时间无多，懒得理他们的贫嘴，匆匆往门房而去，却发现胡大叔已经刚刚走了，我急忙和门房套话想追过去。

未料，园子里忽然灯火通明，"戒严"呼声四起，大队侍卫蜂拥而出，四处搜索，并包围了所有出口。

3

我知道来不及了，瘫软在地，瑟瑟发抖。

仆役们在议论纷纷，没多久，王总管就皮笑肉不笑地来到我面前，淡淡地说了声："洛儿姑娘，跟我去见焕主子吧。"

我看看那群如狼似虎的侍卫，只能被两个粗大的婆子夹着，往挽风楼而去。

挽风楼内一片平和，靡靡丝竹混合着阵阵笑声，空气中带有醉人的酒气，几颗夜明珠高悬，淡淡柔光下有红纱美人翩翩起舞。龙禽兽已换了身衣饰，在众美环绕间，与大禽兽饮酒作乐，看见我被押进来，只微微一笑。

大禽兽连头也没抬，只玩了会儿手上的碧玉扳指，然后冷笑道："你便是叫洛儿的丫头？好大的胆子，竟敢得罪安乐侯？如此不长眼的畜生，还带进来做什么？直接拖出去打死了事！"

权力的世界里，畜生想侵犯我，我就应该乖乖躺好等侵犯，若有反抗，便是畜生眼里该死的畜生。

我心里冷得没有害怕，只想狂笑。

"不过是个不懂事的小丫头，"安乐侯慢慢地开口求情道，"这孩子我甚喜欢，不如向好友求个情，将她割爱送我吧。"

南宫焕也不在意，随便点头："侯爷说的什么客气话？这种丑丫头蒙你青睐，是她三生修来的福气，你喜欢便拿去吧。"然后又吩咐我以后要好好侍奉侯爷，不得淘气惹他生气。

总管将卖身契一交，我便被两禽兽转了手。

被押上挽风楼，被押出挽风楼，被押去收拾私人物品，最后被押上马车离开，从头到尾就没人让我说过一句话。

安乐侯向南宫焕告辞，浩浩荡荡的车队再次启动。

由于是主人赠送的礼物，又是新人，我的身份似乎比普通丫头高了一点点，同车的只有两个监视的婆子，和一个侍候我的小丫头，但车队外面围着几层侍卫。

我抱着小包裹，缩在角落里，眼睛死死地盯着摇摇晃晃的木质地板，一动不动，努力思考逃脱的办法。

有个面目慈善的婆子好心安慰："洛儿姑娘，咱们主子不难服侍，只要你乖乖顺着他，他让你做什么就做什么，别学那些贞洁烈妇要皮要脸要死要活的，自有大把好日子过。就算被抛弃了，也有厚厚的赏金，比平常人家小姐过得还好呢。"

另一个凶巴巴的婆子则冷笑道："就算你非要和主子对着干，一口薄棺材还是舍得赏你的。"

我弱弱地从角落举手发问："如果不对着干，他什么时候才会抛弃我？"

好心婆子和坏婆子异口同声道："玩腻后。"

我弱弱地缩回去，继续沮丧。

车队行了一日，不知到了哪个城镇，官员富豪让出最好的园林房舍，供安乐侯入住。丫环仆役们蜂拥而上，用自带的物件装饰房舍。我则被押下车，送去一间小绣楼，里面一盆撒着花瓣的热水，四五个粗大婆子一块儿动手将我剥光丢入水中，狠狠洗刷了一通，差点把皮都洗掉了。

"别洗太久，我给蒸得难受。"脸上的桃花薛易容虽不怕水，但泡在热水中半个时辰也会慢慢脱落，所以我一直想快点结束，好上去穿衣。

"忍忍，侯爷喜洁，你又是第一次来我们这边，非得按规矩好好打理一番，以后就不用那么辛苦了。"好心婆子一边洗刷一边赞，"洛儿姑娘的身子真细腻，比红鸾姑娘的皮肤手感更好，怪不得侯爷舍不得你，待会儿我再给你上些花露。只可惜脸上这些红斑了。哎？怎么这斑颜色还能变淡？我再搓搓。"

其他婆子埋头过来看了半天，戳戳我的脸蛋，然后同心协力，一起奋斗，誓要把锅底刷白。

我像只溺水的小鸡，不停挣扎，弄得到处都是水花，奈何双拳难敌众手，不但没有挣脱，还喝了好几口洗澡水，差点呛死。

过了大半个时辰，婆子们缓缓停下手，一起看着我的脸发呆。直到我偷偷摸摸披上衣服想溜的时候，又一起尖叫着将我拖了回来，手忙脚乱地梳妆打扮。

"首饰不用了，头发简单挽一下即可，侯爷喜欢亲自打扮美人。"

"现在这脸色哪用得着红来衬？给她换身白裙，选薄一点，透一点的月影纱。"

"月影纱？那……那个数量已经很少了，绣云姑娘要了几次都没得。"

"绣云能和她比吗？你怎么不用屁股和脸比？"

"主子的收藏又要多了一幅。"

"洛儿姑娘，你是不是平时没洗干净脸，才会弄上那么多红印子？"

"胡说，她肯定是长得太漂亮，遭那些争风吃醋的狐媚子陷害，给下了药！"

"是……是啊，是被陷害了。"我欲哭无泪。

千层白纱重重包裹，风吹时隐约可见肌肤，全身上下只有一根细带松松垮垮系在腰间，将衣服固定。脚上是双珍珠鞋，带着四寸木底，做金莲图案，走路就像穿着高跟鞋般摇摇晃晃，若非有人搀扶，根本无法站稳。

半拖半拉着，被送去安乐侯的卧室，脚步未近便听见里面一片淫声浪语，七八个身着清凉的美人儿，长得和狐狸般媚人，统统围着龙禽兽奉承，不停用酥胸大腿擦过他的身子诱惑。龙禽兽挂着抹无所谓的笑容，只专心致志地赏着一株绿牡丹，手里拿着纸笔，飞速地描画着什么。

丫环婆子们将我一把推入屋内。

屋里忽然静了，错愕过后，美人们的眼神化作怨毒，似乎想将我生吞活剥，挫骨扬灰。

龙禽兽缓缓从绿牡丹上抬过头来，缓缓将我从头扫到脚，再从脚扫到头，最后定格在我脸上，欣赏许久后，勾勾手指："过来。"

我每走一步，都觉得汗流浃背。

挨到三步远，便不敢再靠近。龙禽兽伸手一拉，将我整个人拉倒过去，拥入怀中，然后伸手抚上脸颊，细细抚摸五官，沉思许久，忽然爆发出大笑声："这次南宫焕怕是要悔青了肠子。"

身旁穿绿纱的美人哆声笑了两下，想转移注意力："侯爷，王总督也是有心人，这株罕见的绿牡丹是天下仙品，独一无二。据说种植不易，开花更难，要用露水灌溉，药物为肥……侯爷既然喜欢，画完后便让黄猫儿拿去琉璃暖屋内好好侍候……"

龙禽兽将视线从我脸上移开，看了一眼绿牡丹，笑道："不必了。"

他放开我，随手拿起把金剪刀，轻轻一剪，在一片惊呼声中，这朵价值万金的绿牡丹就这样被采了下来。他又简单修了修花枝，竟将这朵天下无双的名花，斜斜插上我的鬓间，然后抱肩鉴赏许久，又将花移了移位置，终于满意地点点头，将那群目瞪口呆的美人们统统轰了出去。

我以为他要发情，可是他没有。他就这样看着我，好像在欣赏珍贵的艺术品，然后勒令我不准动，又拿起纸笔在上面飞快地涂涂画画起来。

我坐得端端正正，像座石雕，唯恐乱动会引禽兽发情。

坐到半夜后，他依依不舍地在我身上捏了几把，让人将我带走了，然后换了几个美人来侍寝，寝室很快又传来浪语声。

我不明白禽兽究竟是怎么了，或许是还有残余良心，怜我年纪幼小，暂时隐忍，等养肥再杀？

抱着一丝侥幸心理，我跟着小丫环回了自己房间，在重重监视下卸妆休息，并装作无意对她提起此事。

小丫环掩嘴吃吃笑起来："洛儿姑娘不必担心，侯爷现在不碰你，将来才是真正有大把恩宠等着呢。"

我更加不明白了。

小丫环解释道："侯爷平生最爱画画，画中最爱春宫。若遇喜欢的美人，必在宠幸前先亲笔绘春宫数幅收藏。如今姑娘绝色，他却迟迟未动笔，想必是要留着回宫再慢慢细绘。姑娘真是好福气，日后恩宠不愁……"

"春……春宫？就是脱光了那种？"我吓得眼珠子都快瞪出来了。

"没错，咱们侯爷比起京城的其他大官，已经算好相处了。反正你人都是侯爷的，别说要你脱光了给他画画，就算打杀了你也没人敢说半个'不'字。"小丫环同情地看了我一会，很快又开心地劝说，"虽然姑娘脸皮子薄，但进了府也要放厚点，你只要顺着侯爷这点，任他画去，不管画得好不好都不要乱指责，要多多赞美。侯爷的脾气就会变得很好，会什么都依你，要什么给什么，就算以后失宠了也会养着你一辈子。否则……"

不……不要……

龙禽兽变态得超常规了！

4

怕到极点，就不怕了。

伸头一刀，缩头一刀，大不了一个死字，我也豁出去了。

第二天，管事娘子们将我安排去侯爷车里侍候时，我的脚居然没发抖，身子站得笔直，颇有几分断头台上烈士们的英勇气概。

龙禽兽的车很大，保守估计，最少三四十个平方，用玲珑格做的屏风分成一房一厅，摆着各色玩物，旁边是落地窗户，还带观景走廊。拉车的是十六匹白马，固定服侍的有七八人，连倒夜壶的都是天仙。他喜欢奇珍古玩，车里很多东西都不是中土产物，刚进去的时候我被黄金自鸣钟里跳出来的鸟儿吓了一跳。还有几尊小雕像、油画和蝌蚪文书籍，都是文艺复兴时期的风格，所以我怀疑这个世界的时代背景应该是地球上的明朝末期，可是想想众多不合常理……还是放弃了这个不靠谱的判断。

异域风情的地毯上，懒洋洋地锁着只黑豹。龙禽兽一边摸着它油光水滑的皮毛，一边半眯着眼睛欣赏我，视线片刻也不离开，就好像在欣赏宝石、名画或是古玩。

我坐在地毯上，坐得全身骨头都痛了，也不敢乱动。导致后来站起时，双脚血液不循环，慢慢往后倒了下去。

龙禽兽没亲自接我，因为这事太掉架子，他后知后觉地"咦"了一声，让人将我扶过来，用摸过黑豹脑袋的手摸摸我脑袋，表示安慰。然后批准我换个姿势坐，他继续鉴赏。

我的屁股好痛……

车停，美人卷起珠帘，规规矩矩地捧来一个木制的精巧盒子，然后垂手下去，车子又继续走了。

龙禽兽打开那个芳香扑鼻的盒盖，然后向我勾勾手指。

我百般不情愿地皱着眉头挪过去。

龙禽兽一把抓住我的脚，脱去锦袜，捧起，揉捏赏玩片刻，坏笑道："香、小、软俱全的一双美足，待爷再给你加点东西。"

他还有恋足癖！我惊恐地想缩脚！

龙禽兽漫不经心地往旁边架子上窥了一眼，架上静静躺着条金玉为柄的乌梢长鞭。

我不缩了，我闭上眼睛等死。

一阵清脆铃响，脚腕处传来阵阵冰凉。

我睁开眼，见左脚上多了串精致的黄金脚链，分两层，密密地缀着十二个铃铛，约拇指大小，雕刻着不同的珍禽异兽，中间镶嵌着猫儿眼、绿松石、红宝石、黄玉，挪动时，声音悦耳动听。

龙禽兽拿起我的脚，摇了摇铃铛，然后很享用地放在自己腿上，用凤仙花汁一点点给我染起红指甲来。

我僵硬地趴在桌边任他折腾，觉得自己一点也不理解禽兽的大脑回路……

旁边黑豹吼了一声，站起来，摇摇脑袋。它脖子也挂着个精致的黄金铃铛，响个不停。

我大概懂了……

一路大概走了七八天，龙禽兽除了天天对着我看，时不时动手剪剪头发、换换衣服、佩戴首饰外，真的没干什么坏事，他忍不住想干坏事的时候，自有其他美女侍寝。我就坐在客厅，隔着道纱帘，和黑豹一起听他们翻云覆雨，感觉很不自在……

大家都说侯爷是真对我上心了，很是嫉妒。

我越发对未来感到担忧，于是默默打开上帝视角，温习原著剧情……

5

好不容易到达安乐侯府，龙禽兽被众人蜂拥着去更衣，并随口叫人将我带去他号称"淫窟""魔窖"的后花园。服侍我的小丫环害怕主子不得脸，自己也没好处，所以重复提醒了几次："虽然花园里春宫图和雕塑甚多，但姑娘千万别露出惊恐神色，这是侯爷的大忌，会惹他动怒。请务必要坦然面对，谨记自己全身心都已是侯爷的人，把贞洁什么的统统抛之脑后，万万别学那些不懂事的寻死寻活。只要侍候得侯爷心里舒坦，你一辈子都可以吃香的喝辣的，就算将来失宠也可以住去别院，过好日子。"

这番话已经把我说得想寻死寻活了……

一路上，花枝招展的美人们纷纷对我侧目。

龙禽兽收集范围甚广，除了传统的中原美人，还有不少西域和少数民族的美人，环肥燕瘦，泼辣温柔，应有尽有，甚至我还看见个肤色黝黑的蛮族女人，头发剃光大半，只剩顶发，编成根长辫，脖上戴着七八串黄金项圈，披着兽皮，露着大片肌肤，懒洋洋地卧在白玉栏杆处，调弄狮子。

做禽兽做到这份上，他也算古往今来第一人了。

我走进"淫窟",瞬间被迎面而来的雕塑震撼了。

我大学时的好友是西方美术狂热爱好者,受她影响,我也跟着看过不少画展,陶冶过一些这方面的情操,虽然搞不懂抽象派和印象派的区别,却很喜欢写实唯美派作品,也能背得出几个文艺复兴时代画家的名字。

东方艺术追求含蓄、留白,引人遐想。

西方艺术追求结构美学的极致。

这座雕塑便是西方大师的作品,类似古希腊写实风格,三个女神都雕得栩栩如生,披着薄薄轻纱,露着高挺的胸脯,带着月桂花环,在浪花里嬉戏,五官和手足处略有残缺,但无损其艺术价值。就如同罗浮宫里断臂的维纳斯,美得让人屏息。

他是从哪里弄来的?

一幅幅"春宫"慢慢看下去,我越看越惊讶。

这些统统都是写实派油画,多数是海外进来的,画中裸女们或坐或立,神色端庄或天真,毫无猥琐之意,而且格调极高,都是顶尖的大师作品。

最里面放着的是侯爷自己的作品,成熟的黑发妇人裸身卧在草地上,神色安详,旁边环绕着大丛大丛的杜鹃花,淡淡正午阳光从树阴里投下,给她戴上几分神圣的光辉。

他画得真好,真的很好……我几乎可以感受到画中人的呼吸。

这种感觉,只有上次参观欧洲大师的古典与唯美艺术展时,才可相媲美。

"从小,我就是个怪胎。"身后传来侯爷慵懒的声音,"从五岁时,有海外使者送来第一尊雕像和油画开始,我就迷上了这些'荒淫无耻'的玩意,不择手段地求着皇兄送给我后,还千方百计派人出海,四处收集,自己也学着画。"

他伸出手,无限痴迷地抚上那尊裸女雕像,忽而又轻笑了几声,自嘲道:"大家都说我'春宫'画得好,洛儿,你觉得呢?"

西方艺术和东方艺术,是两个极端。就连素描在中国古代也被称为阴阳脸,不受好评,更别提这些追求人体美学极致的油画和雕塑作品了。

龙昭堂是个绘画天才,却生错了时代,生错了地点,注定不被理解,而且遭到排挤,只能永远孤独地画着自己喜欢的画。

我虽然能明白,却不打算附和这头禽兽,于是随众人口风,中规中矩道:"侯爷'春宫'画得确实好。"

龙禽兽回头,看了我良久,伸出手指轻轻勾上下巴,忽然凑到耳边,暧昧笑道:"别装模作样了,别的女人看见不是红着脸扭过头去,就是强撑着陪我欣赏,而你的眼睛却在说，你是喜欢它们的，你懂它们。"

"其……其实我也不太懂，只觉得画得挺像的，颜色也很漂亮。"我本想死活不认，又想起小丫环对我的苦心嘱咐，改口道，"大概……也挺喜欢的。"

龙禽兽放开手，玩味地看了我一会，没有为这个问题纠缠下去，而是快步走回他的画板前，拿出笔，冲着我抬抬下巴，兴致勃勃道："脱。"

我站着发呆，一时没理解话中含义。

龙禽兽再次命令："把衣服都脱了！站在那里。"

我理解过来了，继续抱着衣服一动不动。

别管我有多喜欢西方绘画！我骨子里还是保守的纯粹中国人，没有西方美女们为艺术献身的伟大精神！实在做不了裸模啊！更别提给禽兽做裸模！

龙禽兽皱皱眉，随手从旁边抽屉里拿出根细鞭，甩了甩，驯兽似的狠狠一鞭抽来。

鞭稍入肉，痛感入骨。

我老实了……

后花园、清泉、树林。

我脱光光被禽兽上上下下看了个遍，换了无数造型。最后裸着身子，趴在岸上，右腿轻轻搁入水中，左腿放在岸上，每次有风吹过，摇得铃铛微响，人也冷得瑟瑟发抖。

黑豹卧在旁边监视，它脖子上挂着金锁，獠牙尖尖，时不时往我这边扫上一眼，仿佛在说："主人啊，这块肉已经脱光上碟了，什么时候拿来做晚餐？"

龙禽兽还在画板处一个劲地安慰："不要紧张，拿镜子看看你的表情，都僵硬了！放松点！再放松点！来，给大爷笑一个。"

第一次做裸模，我能不紧张吗？我笑得出吗？

我今天想哭的次数比一辈子加起来还多！

龙禽兽郁闷，嫌我不够敬业，不够给力，想用鞭子再加把劲。可表情这玩意实在不能用驯兽方式调教出来，他只好作罢，先开始动手画身子。

炭条开始在布上飞速舞动，龙昭堂的脸从吊儿郎当渐渐变得严肃，他看着我的眼慢慢变得清澈，没有猥琐，没有情欲，只有源源不断的痴迷。就好像得到心爱玩具的孩子，再也舍不得离开半步。

从早上到中午到傍晚，时间一点一滴地流逝，没有人来打扰我们，周围很安静，龙昭堂在不停地疯狂画画，仿佛除了手中画笔和眼前的我，没有任何东西可以入他心里。他甚至忘记了吃饭，忘记了休息，忘记了一切……

肚子好饿……

我的身子终于渐渐放松下来，只是趴得难受，便时不时用水中的脚丫玩玩水消遣，微微挪动一下僵硬的肢体。

最后，我因太久没休息，眼皮打了很久的架，终于撑不住睡着了……

6

再次睁开眼时，已繁星密布，身上盖着件黑狐皮裘，龙昭堂坐在旁边，身上大部分的华丽装饰已取下，只随意披着件素白锦袍，散着湿漉漉的长发，正在喂黑豹吃鲜嫩多汁的肉块。他见我醒来，又从身边拿出个三层的金丝楠木食盒，里面是精致的江南糕点和各色肉脯，还有一碗甜甜燕窝粥，很温和地命令："吃。"

我看看他，又看看他随身携带的鞭子，急忙拉紧狐裘，扑上去端起粥，拼命喝起来。

喝粥太快会呛到，我又倒霉了。

龙昭堂皱了皱漂亮的眉毛，终于纡尊降贵地伸出白皙的手指，在我背上笨拙地拍了拍。然后他牵着我的手，带着黑豹，默默回了寝宫。

禽兽寝宫有的是千娇百媚的美人儿，总管殷勤地送上花牌，又别有深意地看了我一眼，然后问："侯爷，今夜召谁侍寝？"

我抖了一下。

龙昭堂看着花牌想了很久，久到总管额上冒冷汗后，才慢慢松开我的手，随意点了两个。然后让人将我安置去旁边的小暖阁，好生侍候。没过一会，他又让总管来将我带回去，重新安置在他寝室内的贵妃榻上，不准离开视线范围。

一对双胞胎美女被带来，身软骨酥，媚功了得，让禽兽帐内春色连绵，浪语不绝。

龙禽兽的眼睛只盯着我。

我缩在被子里尽可能装什么都看不到，听不到。

约摸过了一个多时辰，少女终于被送走了，房间恢复安静。

我估摸着龙禽兽已经睡着，便蹑手蹑脚地爬起来，用布条包着脚上的铃铛，小心翼翼在寝室内东翻西找。我知道龙禽兽屋里有好东西，而且床下有密道，却不记得机关究竟在何方。

好像玩 RPG 游戏似的找了一会，那头死豹子醒了，很不给面子的低低吼了一声，扯得金铃作响。我怕龙禽兽要醒，只好蹑手蹑脚地重新爬回床上装睡。

第二天早饭时，龙禽兽漫不经心地对我说："洛儿，以前我也有几个脑子不清醒的姬妾，你知道她们现在怎样了吗？"

我满脸纯良，拼命摇头。

"黑儿乖乖，"龙禽兽低头，撕了一大块生肉给黑豹，嘴角挂着温柔笑容，眼睛里却没有任何感情，"身为宠物，就要守宠物的本分，好好跟着喂自己的主子，不要心生二意，否则是要吃鞭子的。"

这男人的恐怖之处是，他根本不在乎任何人，也不在乎任何感情。他只在乎那样东西是不是属于他。

我打了个哆嗦。

饭后，总管大人将我找去，美其名曰是做姬妾上岗培训，除了讲述各种侯爷的禁忌和注意事项外，还特别强调地将过去一些不懂事犯错的女人的下场，绘声绘色地和我描述了一番。

我忽然觉得林洛儿逃跑回来被刑拷还有命在，简直是不幸中的大幸了……

总管点头，欣慰地做出结论："侯爷对你还是用心了，没舍得下什么狠手，你也算乖巧，居然只挨一鞭子就听话了。有些蠢女孩，不死到临头，都不肯脱衣服呢。"

"是啊，识时务是我最大的美德。"我苦着脸回答。

"好好服侍爷，放开点，会有前途的。"总管最后安抚了两句，背着手，喂鸟去了。

我在朝阳下勇敢地握着拳头，坚定了要逃跑必须一次性成功，如果失败就立刻上吊自尽的决心！

侯爷没有把所有时间都拿来画画，他也要干活。我很惊讶地发现此禽兽不是游手好闲的浪荡子，他虽私生活糜烂，风评不佳，却精通好几国外语，英语说得比我还溜，还利用权力和外商勾结，垄断了整个王国的海运和对外贸易事务，是朝廷的聚宝盆、摇钱树。他也趁此便利从外面运来大量自己喜欢的画具和"淫秽"作品，偷偷收藏。

我坐在他书房旁边，努力和黑豹同学打好关系，拼命喂它肉吃，给它顺毛，以免逃跑的时候被咬一口。

侯爷接见完最后一批来使，揉揉眼睛，走到我们面前，蹲下身，很欣慰地看了会，抛下黑豹，将我一把揽入怀中，小心翼翼地捧着去饭厅，招人送上珍馐美食。

吃饱了我继续脱，他继续画。

这次是修细节，他也放松了些，只画了两个多时辰便停下笔，批准我休息，去凉亭处吃果子。

休息时又是一群人侍候。

只要不违抗他的命令，龙禽兽对身边美人们都很纵容，再加上异族美人众多，她们不懂什么中原规矩，所以大家说话也挺大胆，各种荤段子不断，夹杂着赞美侯爷春宫画得妙，什么时候给自己也画一幅的蠢话。

龙禽兽但笑不语。

有个穿短裙的苗疆女孩指着我，笑嘻嘻地问："侯爷，这是你从南宫世家带回来的人吗？月儿姐姐说她漂亮，我还不信，今日一见名不虚传，这么可爱的姑娘，南宫焕怎么舍得送人了？"

龙禽兽吃了颗葡萄，搂着我的腰的手，又紧了紧："那家伙有眼无珠，托我帮忙要人，我也只好勉为其难了，倒是没想到捡了个大宝贝回来。"

我忍不住问："帮忙要人？"

"傻丫头，你恐怕还在梦里吧？"龙禽兽托起我下巴，捏了几把，笑道，"你以为你和南宫冥私下做的事情，南宫焕真的什么都不知道吗？若不是怕父子反目，他也不会暗示我闯藏书阁，开口要人，然后顺水推舟将你送出去，断了儿子的后路。"

"我对南宫冥没有兴趣，已经拒绝了他！"我有些惊讶。

"你若是对南宫冥有兴趣，他还未必会下狠手，"龙禽兽摇头，"虽然南宫焕希望自己儿子娶的是门当户对的大家闺秀，但如果你们俩真的痴心一片，生死相许，先做个侧室观察几年，生了儿子再扶正，他倒未必不肯。可现在明摆着是他儿子犯单相思，你油盐不进，只想脱籍嫁人，他就容不得你了。南宫焕很疼自己儿子，不会让他走上自己的老路的。"

"他疼自己的儿子？疼自己的儿子要天天骂？"我更惊讶了。

旁边有美人一边给龙禽兽捶着肩，一边插嘴道："谁知道是不是他亲儿子。"

又是一阵哄笑。

我很迷惘。

安乐侯府位高权重，对别人家的事毫无顾忌，美人们津津乐道地将南宫世家的丑事七嘴八舌地一一道来。

"南宫焕当年娶的是武林第一美人萧玉儿，他爱妻爱得出了名，不但立誓终生不纳妾，还为她要星星摘星星，要月亮摘月亮，是武林上人人称慕的一对佳偶。"

"可惜萧玉儿水性杨花，也不知脑子抽了什么筋，放着才貌具备的南宫焕不要，放着一对可爱的儿女不要，成亲五年后，居然跟南宫家的一个马夫私奔了。"

"马夫啊！真是笑死人了，堂堂南宫世家家主，若是给什么风流才子、江湖大侠夺爱倒罢了，居然是被个普普通通的马夫夺了妻子，差点被江湖上的兄弟们笑疯了。"

"听说南宫焕杀了那个马夫，求妻子回头，他妻子却吓得一病不起，没多久死了。他女儿只以为是爹爹杀了娘亲，天天不吃不喝地哭闹，最后也跟着去了。"

"很长一段时间，大家都说南宫冥不是南宫焕的种，迟早要被杀掉。没想到南宫焕居然把这绿帽子忍了下来，没有找继室，后面的姬妾也统统被服了避子汤，他对外坚称南宫冥是自己亲儿子，是继承人，没有再要第二个。"

"萧玉儿真是身在福中不知福，那么爱她的男人不要，非要跟个下贱的人。那个下贱的人死时，又不敢殉死，还想回头，只可惜福分用完了！就算南宫焕不杀她，天都要劈了她！"

"就是就是，像我们就知福常乐，跟着侯爷多好啊，天天有疼惜。"

"南宫焕对萧玉儿是爱疯了，也恨惨了，怪不得要天天折磨那些姬妾。他天天对着那女人的儿子也够难受的，说不准还不是自己的种……哈哈……"

"应该是的，他们父子俩越长越像，大家都说南宫冥和他父亲小时候是一个模子出来的。"

"够了，别胡说。"一直笑着在听的龙禽兽打断了美人的八卦，然后问我，"如果你是南宫焕，你会眼睁睁地看着自己的儿子陷入单相思拔不出来，会看着他和自己一样爱上不爱自己的人，受打击和折磨吗？"

我忽然不知如何回答。

"无论如何，他都要趁早处理你。"龙禽兽总结，"我开口要你，他就装什么也不知道顺水推舟，将来南宫冥问起，也可以将责任推卸。如果我不开口要你，你就得出意外，香消玉陨。小洛儿，别愁眉苦脸了，我可是你的救命恩人。"

美人们急忙拍马屁。

"侯爷最是心地仁慈了！"

"洛儿姑娘跟着你，最有福气。"

"侯爷你可别只顾新人，不要旧人了啊。"

"……"

我一直沉默。

我发现自己站在一个很奇妙的棋局中。

我装丑，会进南宫世家，被南宫冥喜欢。

我不装丑，也进南宫世家，被南宫冥喜欢。

我接受南宫冥的喜欢，是死。

我不接受南宫冥的喜欢，也是死。

做什么都没有用，原著的命运就像一个挂在空中摇摆的金属球，无论我飞得有多高，最终都会回归原点。

接下来的路呢？

如果真的逃出安乐侯府，会不会又是一盘新的死局？

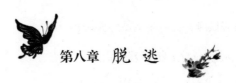

第八章 脱 逃

1

入侯府第三十七天，龙禽兽的画快完成了，他的忍耐也快到了尽头，对我非礼的尺度越来越大。

我急得如热锅上的蚂蚁，每天晚上不睡觉，拼命寻找密道机关，虽然有些收获，可龙禽兽每次带我回寝室的时候，总会有两三个侍寝的美人在侧，我没把握将她们同时搁倒，所以逃亡计划一再拖延。

难道……真的要等那个危险时刻再行动？

我一边用脚丫轻轻拨着水，一边百般不情愿地想着。

或许是老天见我可怜得没法过了，竟大发慈悲了一把。

"侯爷。"静谧的花园被怯生生的声音打破，一个低眉顺眼的美人儿发着抖，给龙禽兽行礼道，"有……有圣……"

龙禽兽画画时全神贯注，被任何小事打断都会暴怒，当下连话都没听完，就给了那可怜美人儿一脚，骂道："没眼色的狗奴才！滚出去！"

安乐侯府所有人都知他这古怪脾性，美人儿也有预备，虽不敢直接抵挡自家主子的窝心脚，但早已微微移了半分，提前侧了侧身，便只伤了肋骨，没殃及内脏。然后跪下继续说："是宫里来了使者，请侯爷立刻接圣旨。"

龙禽兽对圣旨还算有三分顾忌，总算硬生生压下怒气，丢下画笔，黑着脸匆匆赶去接旨。走了几步，又回过头，用手中鞭梢指着我和黑豹道："老实待在这里，等我回来！"

128

黑豹摇摇铃铛，我点点头。

龙禽兽满意地快步走了。

我起身披上衣服，去看那倒霉的美人儿，她的肋骨大概骨裂了，满额冷汗，瘫在地上起不来。我好心把她扶出后花园，交给管事的人。她对我千恩万谢，一瘸一拐地走了，不久后传来她们的小声议论——

"管事姐姐，我今天好惨，明明刚刚还有几个姐妹在陪我当值，为何就剩我一个了？"

"因为大家刚好有事。"

"管事姐姐，我怎么那么倒霉？上次海务的事情急找侯爷，大家也是有事不在，我去通报，挨了好几鞭呢。"

"乖孩子，因为你命犯太岁，要多去拜佛拜观音！千万别怨天尤人。"

"管事姐姐，你说得很有道理，哪里的庙灵啊？"

"……"

我为这天然呆美女默哀了三秒钟，然后飞快地冲回后花园干活，以免将来人家为我默哀。

龙禽兽走得匆忙，手上因绘画不便而摘下的几个戒指还放在原地，没有带走。

我兴奋地拿起其中一个龙头戒指，回忆原著，然后用拇指在两颗龙眼处同时用力按下，待听见一声清脆的机关响声后，又扭了扭戒身，龙口处便吐出了三颗小小的黑色药丸。

这是龙昭堂随身暗藏的杀着和秘密之一，药丸入水即溶，会麻痹人的身体。他的腰带上还有两根涂了同样迷药的飞针，可惜我弄不到手，也不敢弄。

做人不要太贪心，有这个已经够了。

我如捧奥斯卡小金人似的捧着迷药，激动得差点泪流满面了。

远处传来脚步声，我飞快地将戒指扭回原样，把迷药藏进自己的小荷包里，一时来不及撤离原地，干脆留在原地，欣赏龙禽兽为自己画的肖像画。

平日来去匆匆，我又羞于在禽兽面前看自己的裸体画，如今这幅画就快完工，只剩最后的修饰，我也有几分好奇，想知道他究竟将我画成什么模样。

这一看，就没挪开眼。

画中裸身少女体态婀娜，肌肤似玉，她头插桂叶，身披薜荔腰束女萝，卧于泉水之侧，正是神话中美丽绝艳的山鬼女神，带着黑豹，静静地躺在林间等待着情人到来。山风吹过她的长发，撩动脚上铃铛，仿佛能听见响声。她被风吹草动惊醒，微微抬首，凝眸眺望远处，天真的脸上带着万般期盼，似欲语还休，结果又是发现情人未至，而备感悲伤。

千言万语付笔端，若将这幅画送入美术馆与西方古典大师的作品挂在一起，亦不逊色分毫。

我再一次为龙昭堂的生不逢时而扼腕遗憾。

或许如梵高般，在误解和嘲笑中度过一生，在不被理解的痛苦中死去。直到很多很多年后，大家才能认识到他作品里的真正美丽和价值。那时他已看不到属于自己的荣光了。

我看着眼前美丽的油画，叹息着，移不开视线，直到一双强而有力的手，从背后轻轻揽上了我的腰。

龙昭堂低下头，伏在我颈间，一边轻轻呼气，一边静静地看着我，看了很久很久，忽然有些期盼，有些小心翼翼地问：“你喜欢这幅画，是不是？”

我不能再昧着良心诋毁一个天才的作品，一幅打心里喜欢的作品，于是诚实地点了点头。

耳边，龙昭堂的呼吸好像停了两拍。

我心生不妙，想推开他。

他的手抱得很紧，纹丝不动。少顷，手指便抚上我的下巴，忽然往上一提，强迫我仰起头，然后狠狠吻上双唇。

这是他第一次吻我，是我第一次看见他吻人，也是我的第一个吻。

他的吻就像凶猛的野兽，粗鲁而生涩，霸道而简单，只是狂野地撬开门扉，贪婪地不停地掠夺。

我很难受，我想挣扎，不停用手去推他。

他却越抱越紧，直至箍得我身子发痛。

唇被咬破，舌头交缠，我越后退，他越前进，我越忍让，他越侵略。无论躲去任何一个角落，都会被揪出来，被迫重新投入这场缠绵舞会。

我想咬他，可是我不敢，只能默默承受。

他顺势将我转过来抱在腿上，换了个更方便的姿势，继续用力地吻，深深地吻。

我忽然有种可怕的错觉，他只是想将我的灵魂吸尽，锁入自己身体的牢笼中，从此据为己有。

度日如年，我在苟延残喘。

不知过了多久，他依依不舍地放开了我，用指尖抚过我的唇，然后皱眉，惋惜地说："肿了。"

我赶紧扭头，甩开他，用手背装作摸嘴巴的伤破处，实则在悄悄擦去对方留下的痕迹。

龙昭堂根本不在意我的举动和态度，他只对我勾了勾手指，命令："过来。"

他的态度堂而皇之，仿佛主人呼唤小狗，一切都是那么的理所应当。可悲的是无论如何不情愿，无论如何逃避，从法律上来说，我确实是属于他的奴隶，地位比小狗高不了多少，所以必须服从他的呼唤。

无可奈何，我颤抖地走了回去。

龙昭堂坦荡无比地将我重新揽入怀中，舔了舔唇，摸了会身子，估量半晌，不容置疑地下令："画已经差不多了，从今天起，你可以侍寝了。"

再不逃，就要杯具了！

死到临头，我也顾不上那么多，幸好当初进侯府，总管搜查随身物品时，只拿走了地图和一个小宝石戒指，没有没收其他的私人财产，我的易容粉末和钱都得以保存。

回去寝宫后，我找出逃亡用品，想往身上藏。

门外传来呼唤声："洛美人，侯爷让你梳洗更衣！"

我探出头，盯着那件轻飘飘的白色薄纱，怎么看也找不到可以藏东西的部位。回头想了半天，干脆将粉末倒出来，混点水，均匀地撒在块漂亮的深色手帕上，然后放到炉子上烤干。再捡了三块金锞子和一张大额银票塞进荷包。

这点钱远远不够逃亡路费，我犹豫地看了半天鼓鼓的小荷包，觉得太显眼，只好忍痛将金锞子拿出来一块。待出去让美人们梳妆打扮时，我想挑款式普通的金首饰，又被总管打了回来，说侍候侯爷不可那么俗气，给我选的都是名贵宝石首饰，上面还打着侯府的印记。

这种玩意虽值钱，可我敢拿去卖吗？

最后，我穿着飘飘欲仙的白色轻纱，踏着锦鞋，头上斜斜插一支八宝牡丹簪，被送去侯爷寝室，临行前，我趁人不注意，偷偷抓了一把金戒指，拢入袖中。可惜偷太多了，袖子太鼓，被总管搜身发现，没收……

寝宫内有酒气，侯爷已有三分醉意，画好的油画被放在他面前细细鉴赏，失宠的黑豹在他脚边直呜呜，打着滚撒娇，最后还是被栓去了链子上。我老老实实地坐下，先是往外面挪挪，想想不对，又往他身边挪挪，手心尽是冷汗。

龙禽兽举止比较大方、豪迈、有经验，直接一把将闪闪缩缩的我抓过来，搁在腿上，又贪婪地开始啃起嘴唇来。

狂风暴雨中，我将眼睛偷偷睁开一条缝，摸索着拿出早准备好的迷药，悄悄丢一颗到他的青铜酒杯中，唯恐不够给力，思索片刻，又丢了一颗。

黑豹发出一声惊天动地的吼声，扯得铁链哗啦作响，打断了悠长的吻。我内心有鬼，吓得往龙禽兽怀里一缩，瑟瑟发抖。龙禽兽看看凶悍的黑豹，又看看"柔弱"的我，最终拿起鞭子往黑豹身前甩了一鞭，喝道："黑儿坐下！不得胡闹！"

我紧紧抱着他的腰，花容失色，越发"楚楚可怜"。

"我以前不喜欢碰人的嘴唇。"龙禽兽摸摸我的唇，不知在解释什么，"大概黑儿觉得奇怪吧……"

他的手伸入我裙中，顺着大腿往上摸去。我越发害怕，又知侯府的禽兽规矩，这个时候是万万不能躲的，只好僵着肌肉，继续赔笑，心里不停祈祷他快点喝酒。

龙禽兽不想喝酒，只想上床。不，他现在似乎连床都不想上，想直接在椅子上把我就地正法。

犹豫中，我的尾椎骨位置被他的指甲轻轻刮了一下，全身传来触电般的酥麻感。腰带已被解开，全身的衣服就如同被打开的卷心菜，一层层全散了。

我急忙跳下他的大腿。

龙禽兽的连贯动作被打断，神色不太高兴，不过他今天心情好，没有立刻找鞭子发作，而是向我伸手命令道："回来。"

"等等。"我见禽兽越发不耐烦，急得要死，后来想到他看也看过，摸也摸过，顾不得这些小节了。于是在脑子里将各种女王诱受的手段飞速过了一次，然后狠狠心，咬咬牙，将自己想象成爱情动作片女主角，露出满脸媚笑，端起酒，尽可能无耻地像条蛇似的用大腿缠上他的腰讨好。

龙禽兽果然受用。

我撒着娇敬酒。

黑豹继续呜呜。

龙禽兽用指尖轻推杯口，暧昧地在我耳边吹气道："爷想看你喝。"

完……完蛋了……他该不是发现了什么吧？

我苦着脸，试图推脱："我不会喝酒。"

"喝吧，"龙禽兽紧紧抱着我，劝道，"虽然爷很喜欢你，会小心些行事，但毕竟是第一次，你喝醉了没那么疼。"

他的声音平时在夜里总是有点轻浮低哑，像靡靡之乐，可是今天却格外温柔，像低吟浅拨的瑶琴，划过湖心，荡开一圈又一圈的水波，藏着难以言喻的快乐。

我错愕片刻，恢复冷静。冲着他咬咬自己的唇，抛几个媚眼，然后扭着身子撒娇道："你喂我喝。"

龙昭堂宠溺地摇摇头，然后接过酒杯，欲放我唇边。

"不，"我再度摇摇头，继续撒娇，"不要这种喂法。"

龙昭堂停下动作，看着我。

我用小指点了点自己的唇。

龙昭堂明白了，他笑起来，迟迟未动。

我放荡地分腿跪在椅子上，抬起头，吻了吻他下巴，然后缓缓往上滑去，最后轻轻咬了一下他的唇，停下所有动作，期待地笑着看他。

龙昭堂终于将酒杯放在自己唇边，慢慢灌了一口，然后低头抱起我。我迅速用吻封住了他的唇，然后伸手，用力把他鼻子捏紧！

龙昭堂没有想到这个变故，整口酒便硬生生吞了下去，并猛烈咳嗽起来。

我飞速从他身上跳起，往旁边退了几步，等待药力发作。

龙昭堂咳了半天才顺过气来，怒气冲冲地看着我，顺手抄起鞭子，喝道："放肆的丫头！过来！"

我见要挨打，赶紧抱头鼠窜，跑了几步，动作麻利往地上一滚，一溜烟钻床底下去了。

"出来！"龙昭堂大概没看过这么不要脸的，提着鞭子在外头怒骂。

我全身蜷缩成一个球，像小白兔似的抖着回答："不出！出来会挨打！"

"明知道我生气会打人，还做蠢事？你这丫头到底在打什么鬼主意？"龙昭堂怒得要命，却没法搬动这张重木雕成的大床，也没脸钻进去抓我，而且他早吩咐过管事们，不管这房间发生什么事，都不准进来打扰，如今想出去叫人进来给他搬床逮美人也丢不起面子，便在外头激将道，"有种就出来！"

我在里头小声回答："我是女人……没种！"

龙昭堂给气笑了，很快又恢复了禽兽本性，阴森森地说："我数到三，你不出来，我便开锁放黑儿进去。待会别怪爷不怜香惜玉！"

黑豹很懂事地顺势抓了抓地板，摇头晃脑地表示它是乖孩子，愿意为主子效劳，不能让我这只以下犯上的狐狸精夺了全部宠去。

"一。"龙禽兽冷冷地说。

我死死抱着脑袋。

"二。"龙禽兽越发不耐烦。

我誓与床底共存亡。

"三!"龙禽兽跺跺脚,转身往黑豹走去。

我想我大概要完蛋了……

未料,龙禽兽走了三四步,忽然身子一斜,软软瘫下,他强扶着地面苦苦支撑了一会,想大声叫人,可是喉咙肌肉也开始麻痹,喊叫声变得微弱,只能低声问:"你给我吃了什么?这……这是我的七步软骨散?你如何得到?"

"原来这迷药叫七步软骨散啊?名字起得不好,算上你刚刚来床头抓人,足足走了十几步才发作。"我在床下小声嘀咕。

龙昭堂愤怒的神色变成迷惘,最后化作恐惧。大概他打死也想不到,为什么自己私藏的秘密,会被一个没背景又没本事的丫头知晓。

我观察半天,觉得他的无力状态不像是装的,便大喇喇地从床底爬出来,用凳子戳了他好几下。

龙禽兽全身肌肉彻底麻痹,不能动弹,只能狠狠地瞪我,愤怒地瞪我,很给力地瞪我。

一不做二不休,我饿虎扑食般地扑到龙禽兽身上,解起他的腰带来。黑豹在旁边团团转,不停发出阵阵咆嚎声,惊动了侍立在外的总管。他大概心下存疑,又不敢未经传召入内,只将脚步放重了两步。

心急手乱,我解半天腰带解不下,急得满额是汗,猛然听见脚步声和窗外人影,差点吓得魂不附体,赶紧坐在龙禽兽身上,回忆这些日子听房学习经验,放嗲嗓子,呻吟着叫道:"侯爷,不要!侯爷,你太坏了!啊——啊——侯爷,人家不行了!啊——侯爷,饶了奴吧——"

身下,龙禽兽的脸色精彩得难以描绘。

我好不容易将他的腰带解下,气势汹汹地冲到黑豹面前,按动机括,两枚飞针射出,黑豹老实倒下,不再乱吼了。我大摇大摆地从它脖子上解下一个黄金挂饰,插入床旁烛台上的凹槽,然后用力将烛台往下扳倒,床板缓缓移开,露出一个黑沉沉的大洞。

"你……你是谁派来的?"龙禽兽拼命活动喉部肌肉,终于挤出微弱如蚊鸣的一句问话。

我冷笑,抽下墙上弯刀,搁上他的脖子,含糊地反问:"你说呢?"

龙禽兽褪去了最初的惊恐，不知想到什么，忽然笑了起来，可是脸上表情不受控制，英俊的面孔扭曲得很是难看。

他现在是只毫无抵抗力的待宰羔羊，只要稍稍用三分力道，就能划破他的脖子，夺去他性命，免除后顾之忧。否则将来逃跑若被这禽兽抓回，下场肯定非一般凄惨。

我应该杀了他。

弯刀在手，生死在握，我却迟迟砍不下这关键的一刀。

他不敬畏生命的可贵，我却是敬畏的。所以他能成为心狠手辣的禽兽，我只是个没用的胆小鬼、窝囊废。而且从小生长在红旗下，接受人人平等的思想品德教育熏陶长大的我，平时看小说叫嚷两句将坏人千刀万剐还行，真给把刀让我去杀人，我没种。

龙禽兽没有看我，也没有看我手中的刀，他的视线跃过我的肩膀，看向后方，依依不舍。

我抬头，顺着他的视线看过去，正是那张还没修饰完的山鬼图，静静地立在烛光下，少女容颜依旧温柔安详。

罗马士兵杀掉了推算中的数学天才阿基米德，成为千年遗憾。如果我今天杀掉了龙昭堂，这幅未完成的美丽画作会不会成为另一个遗憾？

"我不杀你，是因为你的才华，"我将弯刀慢慢地，慢慢地从他颈侧移开，重新入鞘，为自己的懦弱找到一个理由，也忍不住轻轻告诉他，"现在所有人都不懂你的作品，都说是春宫图，可是你不要放弃自己的艺术坚持……当然，也不要强迫暴力地对待别人。将来，再过几百年，他们必会将你的画请入绘画圣殿，供万人欣赏，奉为传世名作。"

龙昭堂的嗓子里挣扎着发出阵阵嘶鸣，可是谁也无法听清他在说什么。

我低下头，默默走开，准备逃跑。可是刚走了两步，就摔了个狗啃泥，回头看去，是龙昭堂的手，不知何时死死抓住了我的裙角。

我用力扯了几下，扯不开他的手，于是再度抽出刀，斩断了裙角。然后解下脚腕上的金铃，丢去他身上道："这个还你，我不是你养的豹子，也不是你养的宠物。纵使我害怕你的鞭子，欣赏你的才华，却不喜欢你这个人，更不喜欢被粗暴地当成没意志的物品。你能用暴力迫使每一个人听话，可是你不能操纵人心，我的心每时每刻都在告诉自己，我是不愿意和你在一起的，所以我要走了。"

龙昭堂依旧看着我，喉咙不停微微颤动，说着谁也听不见的话，有点祈求，有点绝望。

我没再理他，决然从床边拿起一件他的黑色斗篷给自己披上，提过一盏水晶灯笼，跳入密道离开。

2

密道不知建成多久没有使用过，散发着阵阵霉味，我深一步浅一步地走，中间差点滑倒不知多少次，好不容易摸索到尽头，在墙壁上东敲敲，西找找，摸索了半天才将出口打开。眼前是一片瀑布水帘，我谨慎地拉着布置好的绳子，沿着瀑布边缘小心移动，然后爬到岸上，急忙从怀里拿出沾满易容药粉的手帕往脸上涂了几把，沿着原著中林洛儿第二次成功逃跑时采取的线路，一头钻入树林。

虽然她会在这片林子里遇上禽兽杀手，可那件事纯属巧合偶遇，如今时间未到，杀手根本没来，我又换了容貌，估摸对方也不会对丑八怪一见钟情，走这条线路还是比其他线路安全得多。

乌云遮蔽了月光，树影中混合着狼啸，猫头鹰拍着翅膀，发出恐怖哀鸣。

我在李家村时也走过夜路，可是没有一次比现在恐怖。我终于发现没有地图是自己逃亡计划中的最大缺陷，身为逃奴也不敢随便去问路，整个人就像一只被放出生天的盲头苍蝇，晕头转向，不知逃向何方。

风吹草动，没有月亮指路，我的神经末梢绷紧到极致，在陌生的环境中无法分清方向，夜行小动物逃窜时发出阵阵细微响声，每一声都能将我吓得半死，以为是追兵赶到，只好不停地跑啊跑，尽可能走远些。

在树林里像鬼打墙似的转了三个圈，我好不容易找到另一条脱离的道路，来到一个城镇附近，爬上大树偷看，却惊恐地发现回到了安乐侯府所处的上京城。城内灯火辉煌，传来阵阵搜查的声音，无数的士兵列队，匆匆赶往城外各个方向，还不停和人打听"穿白衣、披黑袍、肤白貌美，可能脸上有红斑"的姑娘下落。

我期望他们是在捉反贼的愿望落空了，他们主力部队前进的目的地是城郊瀑布，也是我刚刚过来的方向，所幸的是他们大概没想到会有傻瓜自投罗网，所以暂未在城内进行搜查，但我也没办法离开了。

我开始绝望，思考是自刎好还是上吊好。

忽而，身后悄悄伸来一双大手，猛地按住了我的嘴，将我狠狠拉了过去。有锋利的金属触感带着阵阵寒意，冷冷贴上脖子。

是……是杀手？！

我惊恐地瞪着眼珠子，连叫都叫不出了。

天空下起绵绵细雨，带着春寒料峭，打湿衣襟，冰冷入骨，脖上贴着的光洁刀背反射出熟悉的人影。

"石头？"我不确定地轻声叫道。

幸好这家伙反应快，赶紧收刀，先愣愣看了我一会，然后狠狠抓过来揉着脸仔仔细细看了番，确认是红斑脸无误，终于松了口气，赶紧放手，低声笑道："侯府在大举追捕逃妾，我见有人鬼鬼祟祟爬上树，打算抓来问问详情，没想到居然是你。"

"石头……"我激动地伸手，紧紧抓住他的衣襟，双手因用力过度导致指尖发白。仿佛溺水之人抓到最后一根救命稻草，怎么也不肯放开。

"没事了，过去了就好了。"石头似乎松了口气，他看看周围巡捕的人，又拍拍我肩膀，表示安慰，"我们走吧……洛儿，你怎么哭了？哎？等等再哭啊！"

"石头，救我……"一个多月来紧绷的神经一下子放松下来，恐惧消散，我一直忍得死死的眼泪再不受控制，稀里哗啦地掉下来，五官全部皱成一团，哭得要多难看有多难看。

我知道，石头是不会不管我的。

或许穿越以来就没真正掉过眼泪，结果石头给我这推金山倒玉柱的一哭吓着了，手忙脚乱地拉起自己的衣摆胡乱给我擦眼泪抹鼻涕，嘴里乱七八糟地安慰道："我这不是来救你了吗？洛儿乖，乖孩子，别哭了……咱们要逃命。"

周围传来军队出城搜查的阵阵喧哗声，我鼻子给他的笨拙和粗鲁擦得发疼，赶紧重新镇定下来，呜咽着点头附和："对，要逃命。"

于是，石头脱下衣服把我包起来，又嫌我跑路动作慢，便像扛麻包袋似的将我放在肩膀上扛走了。

他似乎早有准备，对周围的大街小巷都很熟悉，时不时又跃上屋檐和树梢，拐进不知名的弄堂小巷，转过无人空屋，用很诡异的线路轻轻松松地避开军队。除了把我背得难受外，一切顺利。没想到走去城郊处，还是发生了意外，有几个正在搜查周围农户的士兵看见了他，走过来要盘查，喝问："你扛的是什么？"

石头拍拍我，很"老实敦厚"地说："是生猪，要送去周屠户那里。"

我紧张得要死，正考虑要不要学声猪叫，士兵已经开口了："唬谁？哪里有那么小的猪？还用布包着？快快打开检查！"

"唉——军爷就是不信。"石头莫名其妙地叹了口气，又拍拍我，低声吩咐，"小猪，闭眼。"

我还没明白过来，忽然身子失了重心，好像坐过山车似的天旋地转起来。刀风卷起，兵刃发出锐利的交碰声，惨叫声四起，阵阵浓厚的血腥味扑鼻而来。我吓得紧紧抓住石头的肩膀，闭上眼不敢乱动。

每一秒都好像有一个时辰那么长，我牙关抖得格格作响。

不知过了多久，我悄悄将眼睛睁开一条缝，周围没有看见尸体，石头的刀却是血淋淋的，还没来得及擦拭。他脸上挂着和年龄不相符的冷静和成熟，嘴角还有一抹残忍的笑容。

"没事了。"他简单一句话带过，没有继续说。

我还算拎得清是非轻重，知道有些事情虽然可怕，但无可奈何。而且别人不想给你看见，最好不要再提。只是空空的胃被血腥味一冲，加上颠簸便更加难受，阵阵想呕的感觉袭来，我忍了又忍，终于忍不住开口道："石头……我想吐，你能不能换个姿势？比如把我背在后面。"

"好！"石头干净利索地应下，又斜斜窥了我一眼，阴森森地提议道，"有暗箭射来，你正好可以给我挡着！"

我知道他在对我的麻烦要求表示不满，不敢吭声，直到忍得实在不行了，又弱弱地建议："换公主抱也成，我真的要吐出来了……"

"放屁！老子又不是太监公公，怎知皇宫里的嬷嬷怎么抱公主？"石头板着脸，很不给面子地驳斥了回去，然后冲去旁边偏僻小巷，小心翼翼看了看外头没有追兵，才把我放下来，拉拉斗篷柔声道，"要吐快点吐，你跑不快，我单手扛着你是为容易赶路，遇敌也容易抽刀，你把自己裹紧点！抱牢我脖子，别给人看到了！再忍一会就到了。"

"嗯。"我擦擦红肿的眼睛，蹲在墙角干呕了好一会，胃才舒服了些。

"帮我注意背后的追兵。"石头重新将我抱起，继续跑路，不再看后方。

我搂着他瘦削的肩膀，嗅着熟悉的味道，睁大眼睛，尽忠尽职地为他做后视镜，只觉有人陪着，纵使天塌下来，也没那么可怕。

最后，我们跑到了郊外河边，河上停着一艘运油的货船，几个精干的汉子正懒洋洋地喝着小酒侃大山，见我们过来，忽然精神一振，纷纷跳起。

石头跳上船，将我放下，解开系岸上的绳索，开船出河，然后解释道："他们是南宫冥的部下，会把我们送离这里。"

他为何改口不叫冥少主了？我觉得有些奇怪，但在别人面前，不好多问。

换了衣服，烧毁显眼的一切物品。小船扬帆，沿着江水，越过两岸新柳，悠悠向东行去。

未料，前方又传来吵嚷喧哗声，是安乐侯在河道上设下关口，派兵仔细盘查每条过往的船只。

"怎么办？"我不安地看向石头。

石头胸有成足地将我带下货仓，里面放着几只巨大的油桶，他将其中一只桶内的桐油抽干，然后打开底部，里面是个制作巧妙的空心夹层，高约三十公分，直径七十公分，有几个隐蔽的通气口，刚好够我蜷缩着身子缩进去。然后在外面关闭夹层，重新倒入桐油，除非有人通风报信，很难发现里面别有洞天。

踏着凳子，爬入油桶，我挪动几下身子，怎么都不舒服。石头又递给我一颗小小的黑色药丸，吩咐："这是安神药，你心里害怕，桶里黑暗，可能会憋得难受，不如吃了它好好睡一觉，睡着了就什么都不知道了。"

我犹犹豫豫地接过药丸，总觉得在这种时候，吃药睡觉是很可怕的事。

"睡吧，你不是常说过，天塌下来有高个的顶着吗？"石头冲着我笑了笑，满脸杀气褪去，虎牙和酒窝依旧和儿时一样可爱，"所以你这矮子安心地睡吧，就算出事，也有我先顶着。"

我忽然觉得不怕了，将药丢入口中，任凭油桶盖上，在黑暗里陷入迷迷糊糊的梦乡。

3

船只摇摇晃晃，再次昏沉沉醒来时已是次日清晨，外头有断断续续的敲砧声。我发现自己睡在陌生的客舱内，身上还披着块半旧的棉被，旁边有个烧炭的小火炉，上面煮着一锅姜汤，外面是船橹轻摇，拍击水面的声音。

发了一会起床呆，我赶紧跳起来，蹑手蹑脚地往船舱外看去，见石头正在亲自撑着小船，他手臂上缠着几圈绷带，透着丝血迹，不知何时受的伤。

"石头！石头！"我冲着他招手。

"你醒了？"石头丢下橹，兴冲冲地跑入船舱，拿出只破碗擦了擦，给我倒了满满一碗姜汤，递上道："咱们已经离开了安乐侯的领地，往河东去了。"

我接过姜汤，盯着他的手臂，又看看四周船舱内的一些刀剑痕迹问："你怎么受伤了？侯爷的人追上了发生恶战了吗？其他人呢？好像这不是原来的油船啊！"

"嗯……差不多吧，手上的伤没什么大碍。昨夜小船走了三十多里水路时，不知哪里出了破绽，侯爷派了快船追上来，大家火拼了一场，幸好我义兄来帮忙，否则怕是逃不脱了。"石头有些庆幸地说，"好不容易杀退了人，我就带着你伪装走陆路，引开追踪视线，然后偷偷换了船。南宫冥的那些部下，他们……他们回去和主子复命了。"

"你什么时候有义兄的？"我很诧异。

"三个月前，出去做任务时结识的，我和他性格相投，一见如故，然后又因缘际会，有了出生入死的情义，便结拜为义兄弟，这次你的事多得他大力帮忙。现在他在岸上引开追兵，待会过来和我们会合。"石头解释完后，又犹豫了一会，低声说，"我们不回南宫世家了。"

"当然！如果侯爷找南宫焕要人，我还得被送回去！"我斩钉截铁地说。

石头大大地松了口气："也是，现在的南宫冥纵使有心，也护不了你的，千万别找他，以免被盯上。"

我问："你怎么不管他叫少主了？"

石头摊摊手，无所谓地说："我在江西剿匪的任务没完成，又去劫了你，算是叛逃了。估摸着南宫焕为了不得罪安乐侯，早已下命逐我出师门了。"

我放下手中姜汤，内疚道："对不起，是我连累你了。"

"胡扯！少不要脸了！"石头冲着我脑袋轻轻敲了一下，鄙视道，"就算没有你，南宫世家的武功不适合我的路子，而且我也有别的事要做，迟早要叛逃的。"

我问："什么事？"

他很装模作样地说："小女孩家家的，不要问东问西！"

我差点被他呛死。

"喂……"石头见我不说话，又敲了我脑袋一记，很困惑地问，"就冲你这模样，安乐侯怎么就看上你了呢？"

我喝了口姜汤，哀怨答道："他和你一样，审美异常。"

"放屁！我才不会把你这丑八怪当天仙看！"石头很自信地否决了我对他审美的"污蔑"，然后敲了我脑袋第三记，"你被送走的时候，自己的东西还没收拾完，怎么还记得把我的东西送来？真够蠢，我的东西是那些抄房的家伙敢吞的吗？你走前说一声就是。"

我摊摊手，无奈地说："那时候我要逃跑，哪有机会见人？"

"逃跑？"石头的细长眼瞪大了些，不敢置信地看着我。

我点点头，抱怨道："要不是怕弄丢你父母的遗物，我早就跑出门了。"

"白痴！胡闹！"石头重重敲了我第四记，愤怒地骂道，"南宫世家的地盘有多大？半夜三更没马没车的，就凭你这双没用的小细腿，跑出门口又能跑多远？只要随便派人带上一头猎犬去追，要抓回来还不容易？到时候还得安上个逃奴的名头，怕是没送到安乐侯府，已经给整死了……"

我早知自己的逃亡计划错漏百出，如今被骂得无话可说，只好抱着脑袋不停叫"唉哟"和"大爷饶命"。

石头恨得牙痒痒，像打地鼠似的敲了我半天脑袋，才顺了气。他升起一个小手炉，让我抱好，乖乖蹲到船舱内喝姜汤，吃烙饼，再喝两口黄酒压惊。走前他犹豫道："你在安乐侯府……算了，别提那畜生。当我没问，你也别想了，过去了就过去了，现在人平安就行。"

我猜他是怕勾起我伤心事，不敢乱问，想起那段做裸模的日子……确实挺伤心的，还是别回忆的好。

石头继续出去摇船。

一碗姜汤，两口小酒下肚，全身都是暖洋洋的，我将软绵绵的被子竖在墙上，斜斜靠着，烤着火，半眯着眼睛看窗外缓缓升起的朝阳，觉得整颗心都放了下去，好像什么事都不会再发生。

如果可以每天都过这样惬意的生活，不用为禽兽的事担惊受怕，该有多好。

我知足常乐。

忽而，一根飞索从岸上袭来，绕上船桅，转了三圈。还没来得及害怕，石头就冲着我喊："别怕，是我义兄来了。"

话音刚落，一条高大的身影，手里提着个锦布包裹，如矫捷灵豹般踏飞索而行，如履平地，走到近处，双足轻轻一点，腾空而起，整个人便站到了船栏上，然后在晃悠悠的狭长护栏上慢慢走了几步，蹲在石头旁边。

他的头发微微卷曲，在脑后绑成一个马尾。五官分明立体，下巴比较尖，带点混血儿的感觉，长长睫毛下的一双眼睛似乎不是普通的黑，在清晨阳光下看去，带点暗金的色彩。耳上挂着一对骨头做的粗犷耳环，兽皮腰带上缠着对飞索弯刀，一身黑色紧身装箍得身材修长结实，看起来很有异域色彩。

他见我在看他，不好意思地笑了笑，薄薄的唇勾起来，有种坏坏的感觉。

帅！真他喵的帅！我发誓我两辈子加起来都没见过长得这么帅的雄性！

大概是心闲多杂念，饱暖思淫欲，面对众多英俊禽兽都能保持面不改色的我，这瞬间硬是心跳加速，很小白地看呆了好几秒。

石头在旁边一个劲地咳嗽。

我发现自己在帅哥面前丢脸了，赶紧低头，保持端庄神态，痛骂自己花痴。

石头郁闷地冲我翻了好几个白眼，介绍道："这是我结拜义兄，叫拓跋绝命。"

"拓？跋？绝？命？你说他叫拓跋绝命？"我猛地睁大眼，一字一顿地问了两次。

帅哥笑着点点头，揉揉鼻子，不说话。

我傻眼了，像个木头似的站在那里一动不动。

4

石头将船橹交给帅哥摇，凑过来好奇地问："你听过我义兄的名头？不可能吧？"

废话！我当然听过！拓跋绝命就是那个对林洛儿一见钟情后，发挥心动不如行动的精神，立刻推倒强暴了她的杀手禽兽！

恐怖片里，不是最喜欢在人稍微放松的时候，忽然跳个大怪物出来吗？

我错了。

我再也不敢花痴了。

石头啊，你就是那传说中为男女主角牵媒拉线的炮灰路人甲吧？

这厢无语中，那厢石头还在和帅哥禽兽介绍："那个花脸丫头叫林洛儿，是……是我妹子，远房表亲。"

日头渐渐高升，光线越发灿烂，帅哥禽兽背着光，挪了挪身子，流线般完美的肌肉和淡蜜色肤色充满野生动物的动感，他再次笑了笑，冲着我露出八颗洁白整齐的牙齿，略微挥挥手。

我无法制止地再次心跳加速，掩面低头，脑子里很诡异地浮现出唐伯虎三笑点秋香的电影……

老天啊，你是不是喜欢恶趣味地专门塑造出一种完美人物，只用外表就能让人惊叹得挪不开视线，不得不动心？比如拓跋绝命，比如林洛儿……

拓跋绝命喜欢上林洛儿是很莫名其妙的，原文那段雷死人的描写大概是：他看见她在树下的睡容，瓷娃娃般的肌肤，长长墨发纠缠在草叶间，如蝴蝶翅膀的长长睫毛在微微颤抖，她为何能如此天真无邪，纯洁美丽，如仙女一般？他的心跳开始加速，仿佛如猎人发现了最好的猎物，再也挪不开视线，终于情不自禁地吻了上去……然后就是儿童不宜的画面了

可是，如果心动了就上，人和畜生有什么区别？所以帅哥长得再好看也是禽兽，他干的是杀手活，发现对方好看，竟不顾对方心意，用强盗手段侵犯欺负无助女孩，

想把她绑架走，无论从哪个角度来看，都是不可救药的烂人。

强烈的反感打败了初时的心动，我关门掩窗，在船舱里四处翻找，没找到剪刀，却发现了一把以前船工剃须用的小刀，我便用它来重削出以前的西瓜皮刘海，打厚侧发，顺便剃掉眉毛，又将手帕上沾染的易容药粉混上清水，多涂了两次脸，在身上缠了几圈布加粗腰围，以防不测。

石头敲门进来的时候，我正在削睫毛，被惊了一下，不小心划伤指头，涌出细碎血珠子。他急忙抓过我的手，吮去血迹，从怀里翻出金创药一边往上涂一边抱怨："你究竟在搞什么？"

帅哥禽兽在外头，一边摇船一边好奇地看。

我赶紧转头，满脑子是近朱者赤，近墨者黑，不能让石头和人品有问题的家伙在一起的念头，忽然很想做破坏他们兄弟感情的贱女人，开口将真相统统说出来。可转念一想，帅哥禽兽现在还没有发情，我没有任何诋毁他的证据，如果将穿越小说的事情说出来，石头是不会相信的，就算我拿出证据让他相信我，相信自己是虚构的小说人物……他大概会伤心吧？

于是，我硬生生将满肚子话压了下来，忍着不安，改口道："我们最好改头换面，用易容来躲过侯爷追捕。"

石头皱眉问："你会易容？"

我翻出一张草纸和秃头毛笔，往砚台里随便磨了点淡墨，在上面飞快列出几十种易容用的药物和器材，然后让他想办法弄回来。

"倒是普通的东西，我很快回来。"石头看了半晌，丢下九环大砍刀，换了把普通单刀，然后带上斗笠遮掩容貌，不待船靠岸，便双足轻点水面，飞身离开，匆匆往附近城镇而去，走前又回头叫了声，"义兄，麻烦你帮我看着那丑八怪。"

"好，你顺路去听雨楼看看，给我带几份最新的悬赏单。"拓跋绝命应道。他的声音很悦耳，但平仄音咬得不太准，就好像外国人学说中国话，纵使流利，依旧有点含糊，可轻易听出不是中原人。

我琢磨了好一会他的出身来历，直到周围变安静后，猛然惊醒。

石头走了，那不是……只剩下我和禽兽两个人了吗？把小白兔和大尾巴狼一起关在船上，真的不要紧吗？

我后怕了，继续缩回船舱不露面，并悄悄观察大尾巴狼的一举一动，试图从中找出禽兽因素，好向石头挑拨离间。

由于原著里的美貌不在，帅哥禽兽没太留意我。而且他个性沉默，似乎不喜欢和人说话，跟我打了个招呼后，便自顾自地跑去船尾处，从江中打了桶水，擦起身来。

水珠四溅，赤裸的上身肌肉紧实，构成完美倒三角，有八块结实腹肌……

"卿本佳人，奈何禽兽？"我一边观察，一边扼腕叹息。

帅哥禽兽打了个喷嚏，回头看向我所处的方向，暗金色眸子里满是困惑。

我赶紧缩回偷窥视线，觉得自己这种行为举止也挺禽兽的，于是再度深刻反省，默背"色即是空空即是色"一百次以提高定力修为……

幸好帅哥禽兽没有计较，他将换下来的紧身衣服丢入桶里，用水泡着，去隔壁船舱找了件粗布衣，胡乱套上，然后找了油脂、软布和磨刀石，坐在角落沉默地擦起武器来。

他身上藏的武器真多，合计有两把带着飞索的弯刀，两把长短不一的匕首，一把藏于腰间的软剑，几十把各式各样的暗器，还有些不知道干什么用的机关。他对这些武器就好像对待情人般温柔，全神贯注地一样样打油擦拭。

我没事干，便找出石头的衣服，往里头缝垫肩，用来增加身材宽度，改变形体。

小白兔和大尾巴狼各干各的，没有交谈，也没有互动。这种感觉，很好，很安全。

安静中，船尾一沉，船身轻摇，是石头回来了。他手里提着一个大包裹，里面装着我托他准备的易容用品，还有烤鸡烧肉等各色食物，甚至有女孩子用的头油胭脂和几套二手旧衣。然后变戏法似的从怀里掏出一包绿豆糕给我，无所谓地说："路过顺手买的。"

绿豆糕是我最喜欢吃的零食，亏他记得清楚。我忍不住笑了起来，然后抬头看看石头平凡却不禽兽的路人甲脸，倍感舒适安全，简直可以治愈心灵！

刚吃下一块绿豆糕，石头又从怀里拿出一大叠画着头像的资料，冲着拓跋绝命道："大哥，你要的江湖悬赏单。"

拓跋绝命收起正在擦的暗器，拿出一把银子打的小算盘，头也不抬问道："最高的是谁？"

石头想吃烤鸡，便将悬赏单统统丢给我，一边大嚼一边含糊道："我也没来得及看，丑丫头，你来念。"

我只好接过，一张张念道："江北剑客陈惊雷，杀扬武镖局妇孺十七人，扬武镖局总镖头武贯天悬赏金额七十万两白银要其人头……真是禽兽啊！连小孩都杀！"

拓跋绝命将算盘拨了两下："继续。"

我再念："采花贼田中飞，在苏江地区奸、杀妇女五十七人，苏江大户共同悬赏一万两黄金捉拿，这家伙更禽兽！"

拓跋绝命又拨拨算盘："继续。"

我继续念："西疆毒王红苏雪，蛇蝎心肠，为炼蛊毒残害幼童七十八人，不知名侠士悬赏五万两黄金要她性命，有提供线索者亦可得赏金千两。这家伙丧心病狂，简直是禽兽中的禽兽啊！"

拓跋绝命似乎对这些价钱都挺满意，打完算盘问："还有更高的吗？"

"应该不会有比这个红苏雪更禽兽的吧？我再找找，"我义愤填膺地在那堆禽兽悬赏单翻来翻去，忽然眼前亮过一个恐怖数字，不由惊叫道，"还真有个更禽兽的家伙！悬赏一百万两黄金啊！"

拓跋绝命猛地抬头，急切地问："是谁？"

不管悬赏再高，不会武功的人也没法抓人，我的兴奋转瞬而逝，意兴阑珊地念道："是安乐侯悬赏黄金百万两活捉叛主私逃宠妾林洛儿，提供线索者赏金万两，真有钱。"

石头停下咀嚼，惊讶地看着我："安乐侯？林洛儿？不是你吗？"

我后知后觉地再看一次，眼珠子都快凸出来了。

为什么？为什么我清清白白一个好人，赏金却比毒害幼童的禽兽还高？

"这……这太过分了……"我指着悬赏单，气得说不出话来。

拓跋绝命猛地跳起身，丢下算盘扑过来，双眼放出无比热忱的光彩，死死盯着我的脸，就像看着一座巨大的金山，再也挪不开视线，他充满期待地建议："石头啊，卖了她，咱们可以一人娶十个老婆了！"

石头："……"

我："……"

周围陷入一片扭曲的沉默，过了好久后，石头终于开口，淡定而专业地纠正了拓跋绝命的错误："大哥，一百万两黄金最少可以一人娶一百个……"

"是！没错！"拓跋绝命舔舔嘴唇，兴奋地噼里啪啦拨起算盘来，一边拨一边点头赞道，"还是义弟算术好。"

我拉着石头的衣角，彻底傻眼了。

石头拍拍我的脑袋表示安慰，然后更专业地问拓跋绝命："就算娶一百个老婆，你还不是一次只能抱一个？"

"说得也是，"拓跋绝命停下打算盘的手，看着我犹豫片刻，很快改变决定，"老婆价钱贵，而且是烧钱的麻烦货，养一个就够。有钱不如买牛好，放养在草原上，大牛生小牛，小牛变大牛，统统可以卖钱，现在牛价是二百两黄金一头，一百万两能买四千头……"

石头再次纠正："大哥，又算错了，是五千头。"

拓跋绝命咽了咽口水，看我的眼神都开始冒绿光了，就好像一头三天没吃饭的饿狼忽然发现了一只肥美的兔子，恨不得把它一口吞下去。

我就是那只被饿狼盯上的倒霉兔子，缩在角落里瑟瑟发抖。

"安乐侯那禽兽真是大手笔，"幸好石头够义气，没有出卖我，还打断了饿狼的美梦，"大哥，别忘了，她是我和你说过的妹子。"

拓跋绝命的狼脸瞬间呆滞了一下，又依依不舍地用力看了肥兔子几眼，终于心不甘情不愿地收回视线，怨念无比地说："知道了，兄弟的女人是动不得的。"

石头的黑脸忽然变红了，他不好意思地摆着手："说什么女人不女人的，是妹子……远房表妹……"

"不是远房！大哥啊！"我见事有转机，立刻从角落里飞扑而出，不管不顾地紧紧抱住石头大腿，含泪叫道，"我把你当亲哥的啊！千万别卖了我，呜——"

石头的红脸重新转黑了。

5

小船改变线路，沿着河道，徐徐向东北行去，安乐侯的地盘越来越远。大约七天后，河道开始收窄，两岸出现许多高山峻岭，农人们种植的水稻越发稀少，取而代之的是大片旱地和梯田，大部分种植的是玉米，还有少量的小麦。

风景如画，我这只被吓坏的惊弓之鸟却无心欣赏，只忙着每天不停给石头做预防洗脑工作，希望他离拓跋绝命这头贪财的禽兽远点，以免受不住糖衣炮弹的诱惑，将我抓去卖了。

石头鄙视道："你放一百个心，拓跋大哥不过是说几句玩笑话罢了，他是很有原则的人，不会做出这种事的。"

石头的眼光不太靠谱，我也不太信。而且这些日子里，无论我在配制易容药粉，还是烧饭做菜洗衣时，拓跋禽兽总会悄无声息地出现在旁边，充满深情地盯着我的脸，看得入神，就如同守财奴在护着自己的宝藏———一座会走路的金山。

我把新发现告诉石头，加上十二分血泪控诉。

石头正忙着摇船和警戒，随便解释道："没事的，拓跋大哥很够义气，而且说话算话。他八成是怕你笨手笨脚出意外，所以想保护你。"

我感慨："他确实有保护我，我昨天切菜时不小心切伤了手指，他就急得不得了，立刻找了金创药给我包扎，而且摔跤的时候也会接着我，唯恐我受伤。"

石头欣慰地说："这不是挺好的吗？"

我掩面："是不错，可是为什么他包扎完，还会在我手上摸半天，嘀咕着说留疤卖不出好价钱？"

"他在你手上摸半天？"石头终于紧张起来，点头同意，"这可不行，晚点我去说说他。"

我哀怨地看着这个没抓住谈话重点的家伙。

石头后知后觉地反应过来，拍着胸脯保证道："放心，拓跋大哥不会卖掉你的，你这个人就是爱疑神疑鬼，想太多！小心脑子出问题！"

见他说得如此肯定，我觉得自己可能真是以小人之心度君子之腹，便半信半疑地走了。

路上，经过他们两人共用的小船舱，拓跋绝命正在睡觉，没有掩门。他的睡姿比龙禽兽更糟糕，原本是打竖铺的床，已被睡成横的了。而且上衣掀开，淡蜜色的平坦小腹整个露出，身体扭成一个奇怪的形状，双手像树袋熊紧紧抱着被子，还时不时梦游似的在上面用脸蹭两下，发出傻笑声。

我站在门口看了好一会，觉得这禽兽睡容像个孩子，挺天真可爱的，而且他平日里为人处世，也没有杀手的暴戾，虽然不爱说话，但脾气甚好，就算和岸上人家买东西被坑几个钱，也只是努力和对方重新谈价钱、讲道理，讲不成功也是闷闷掉头离去，从不随便动武。

说不准有些事正如石头所说，是我想太多了。

自我安慰中，拓跋绝命忽然翻了个身，抱着被子亲了两口，含糊地说："洛儿宝贝……"

我立刻紧张起来。

拓跋绝命又傻笑了几声，继续梦话："我的两千五百头牛啊……"

我："……"

拓跋绝命再翻身，睡得很香。

"他只是做梦罢了，不要想太多，不要想太多……"我浑身冷汗，飘忽着走去船尾小厨房。

厨房里面放了一个黑色锦布包，带着血的味道，八成又是拓跋绝命在附近赶集买回来的猪头，也是石头和他最喜欢的食物。我看看天时，决定用做饭来转移乱七八糟的思绪，便熟练地卷起袖子，烧了盆开水，准备褪毛切片，想为大家做香喷喷的红烧猪头肉和凉拌猪耳朵。

水很快沸腾了，泡泡在锅里欢快地唱个不停。

我哼着流行曲，操起剔骨尖刀，潇洒地挽两个刀花，然后打开锦布包。

包里没有猪头，只有个似曾相识的人头，头发凌乱，五官扭曲，正睁大圆溜溜的眼睛，满脸恐惧地看着我，上面还洒满了腌制用的盐巴，以防腐坏。

剔骨尖刀落地，擦过鞋尖，差点把我的脚插个对串。

我瞪着人头，人头瞪着我。

我果断地掩上包裹，冲出船舱，对着河呕吐。

吐完慢慢回忆，终于想起此人就是前天卖武器和食物坑了我们五百两的江湖人士……石头说要回去找他算账，拓跋绝命说算了，原来他的脑袋一直和我们一起在船上啊。

我是不是又想太多了？

我是不是有小心眼和被害妄想症？

石头啊，我可能快得精神分裂症了……

6

连日来几番折腾，内忧外患，担惊受怕，杀手禽兽上演的恐怖片终于压断了骆驼背上最后一根稻草。女主金手指死机，我病了，发烧发得全身滚烫，神智也有些糊涂。

罪魁祸首被石头拉着，在我床前进行深刻检讨："洛儿小妹，我也不是故意吓你的。那家伙是前阵子出名的江洋大盗，人头能卖八千两黄金，很值钱，所以要注意保管。石头小弟又不准我放到自己舱房，我只好放去厨房，忘了和你说……"

拓跋绝命的口气非常不满，眼珠子还时不时转向石头，表示这一切都是他的错。

石头坐不住了，急忙站起来解释："你的舱房和我是共用的，而且和洛儿就隔一道木板，天气又开始渐渐热起来，你放在房间不怕臭死大家？以后放船尾吧。"

"不行！"拓跋绝命急了，音量也开始放大，"我怕被人偷！"

石头郁闷："谁稀罕偷一个破人头？"

拓跋绝命摇头道："那不是破人头，是五百头牛！"

石头沉默片刻后说："大哥，是四百头……"

"对对！四百头牛啊！"拓跋绝命痛心疾首道，"放在外头风吹日晒的，弄坏了怎么办？要不咱俩住船尾？把人头放房间如何？"

石头："……"

他们讨价还价许久，采取了一个折中的法子，在船尾给人头建了个可移动的小箱子，外表简陋如鸡窝，里面却很豪华地附带几层防水油布，还塞满稻草防震。以后保证不让任何人头出现在我视线范围内，以免给"胆小没用的女人"造成不必要的惊吓。

两个男人和平解决了问题，结局是我要继续和死人头待在一只船上，将来还会出现更多的死人头。

我觉得自己烧得更严重了。

身为重金悬赏的通缉犯，我抛头露面会惹来麻烦，所以找大夫不便，石头将船停在一片芦苇丛中，亲自动手为我看病，他读过几十本医术，理论知识挺充足。可就算是名牌医科大学毕业生，也不能捧着课本给病人看病啊！

只懂纸上谈兵，没有实践经验的石头是赤脚大夫！号称懂得采药，却只认识草原上药材的拓跋绝命更是个杀人大夫！他们俩庸医加庸医的合作不止增强了一个等级，一碗药下去，我的烧没退，肚子又拉起来了！不到两天，我就被折腾得不似人形……

两人更加内疚，照顾我照顾得更加周到。石头更是十二个时辰都守在我身边不合眼，殷勤地用凉水给我敷额头降温。

我清醒的时候，先从枕头下掏出易容药粉，重新擦擦额头。

石头见我醒了，过来把把脉，叹了口气，皱着眉头飞快跑了，说要去城镇里抓个真正的大夫来看病，临行前吩咐拓跋绝命好好照顾我。

拓跋绝命应得爽快，然后忙得团团转，一边粗手笨脚地煮药扇火，一边时不时低声安慰，关心病情，神情满是忧色，极为担心。

我迷迷糊糊地翻了个身。

拓跋绝命急忙捧着肉粥过来，拖过枕头，扶起我，然后试试粥的温度，很有耐心地一口口吹凉了喂我吃。第一口他舀得太满，我咽得困难，第二口他就只舀了半勺，慢慢等我吞下去，再慢慢地舀，慢慢地吹。

虽然粥里的盐放多了，肉有点糊，不算美味，可他的这份细心却让我有些感动，暗自寻思这帅哥禽兽可能没有原著中那么坏，他做人挺讲义气，和石头又是兄弟，将来未必会对林洛儿那么残忍，说不准还能算个好人。

半碗粥下肚，我停止进食。拓跋绝命将我轻轻扶了下去，然后收起碗，在床前徘徊半天，有些不好意思地问："洛儿小妹……有个问题我想问问你。"

我轻轻点了点头。

拓跋绝命立刻俯下身，心疼无比地看看我虚弱的身子，小声问："如果你死了……还能卖五千头牛吗？"

我目瞪口呆看着他，怀疑自己病糊涂产生了幻听。

拓跋绝命见我不回话，慌了，赶紧伸出三根手指再问："打个折，卖三千头呢？要不……一千头也可以啊，安乐侯富可敌国，应该不会小气吧……"

我："……"

我发誓，这辈子绝不能比他早死！

大概傍晚时分，石头绑着个蒙眼的白胡子老头回来了，他狠狠一把将老头推入我房间，勒令其开始给我看病。

这年纪大、阅历多的老大夫可能常遇这种山大王，所以并未很慌张，他先镇定地整整衣襟，打开药箱，然后替我把脉。

石头的手按着刀，盯着大夫的动作，拓跋绝命则扣着把暗器，似乎无所谓地靠着墙，却有意无意地看着窗外的风吹草动。

老大夫把完脉，愤怒骂道："风寒种类多变，她是表实症状，上个大夫却当了表虚治疗，煮的药里面居然还有马黄草，这玩意和枳实长得相似，却是大大的泻药……究竟是哪里来的庸医给她看的病？简直害人啊！"

我看看石头和拓跋绝命，两人视线飘忽转移，不敢看我，也不敢看大夫。

很敬业的老大夫骂骂咧咧了半天，开了副药，然后被石头继续蒙着眼送走了。拓跋绝命重新煎药，这次的药很有效果，一副下去，我就开始出汗，半夜时分脑子便清醒了许多，蒙眬中，似乎听见舱外两人在小声议论着什么。

拓跋绝命："两寸宽的细剑，柔软易折，江湖上用的人只有三个，五年前胡老头子腿脚受伤，不可能去金水镇，剩下的是……都很凶险，你不如放弃吧。"

石头："父仇不共戴天，机会转瞬而逝，我已经等了太久。"

拓跋绝命："她怎么办？"

石头："她最危险的时候也未放下过我，我也不能丢下她……"

拓跋绝命："如果你死了呢？"

石头沉默了一会："大哥，你帮我照顾她好吗？"

拓跋绝命："可以。"

石头："别卖了她，安乐侯不是好东西。"

拓跋绝命沉默得更久，最后还是应道："好……"

石头："谢谢了。"

拓跋绝命："你救过我的命，咱们兄弟不需见外……"

外头不再说话，我不知石头究竟要做什么危险事情，越想越心惊。

辗转反侧间，一支带着火的箭从窗户外飞射进来，牢牢钉在我头上三尺处，随后又有无数箭射来，船狠狠摇了一下，烧了起来，几条黑衣人影从芦苇丛中翻了进来。

刀刃声四起。

火越烧越烈，浓烟卷着红蝴蝶飞满天，仿佛炽热的修罗地狱。

这是我第一次见到血淋淋的厮杀，刀剑的碰撞声，入肉碎骨的沉闷声混合着人的惨叫……每一声都在耳边残忍地说，它们告诉我这世界早已不再是小说虚构，而是残酷的现实世界，要面对接踵而来的江湖险恶和死亡威胁。

船舱狭小，薄薄墙壁传来沉重碰撞声，有条人的胳膊穿破纸糊的窗户，掉了进来，来不及涌出的鲜血慢悠悠地在空中洒出数点红色小花，染得地上一片血迹，滚了两下就不动了。

发抖的我牢牢盯着地上断臂，然后看看自己的手，忽然不再害怕，蹑手蹑脚地从枕头边摸出从龙禽兽处偷来的弯刀，猛拔出鞘，然后双手紧握，强撑着病弱身子站起，踮着脚站去门边，暗暗戒备。

来吧！兔子也不是好惹的！

来吧！谁敢伤害我，我便先砍死他！

不知是谁的暗器破空，不知是谁的长剑被砍断，不知是谁的头颅被削去……我的刀柄上缠着的布带已被手心汗水浸湿，指关节用力至发白。船上战况越演越烈，间中夹杂着几声石头和拓跋绝命的怒叫声，船开始缓缓往下沉。

染血的粗大手指抓住门框，一个负伤的黑衣人摇摇晃晃走入房间。

我用尽全身气力，闭着眼睛往他身上砍去！

砍人的感觉和砍猪肉果然不同，有点恶心，又有点快意。

可惜我现在的体力实在太差了，黑衣人听到风声，微微侧身，这刀只砍到肩上，而且入肉三分，便被骨头挡住，无法寸进分毫。他闷哼一声，劈手夺刀，然后一脚踹在我肚子上，我随着船只倾斜，翻滚着飞了好几丈，撞在床上，肋骨痛得差点爬不起来。

"她在这里！"黑衣人迟疑地看了我两秒，惊喜地冲着外头叫了声，然后大步走过来想活抓我。

"石头救命！"我尖叫着连滚带爬，操起小板凳往他脑袋上砸去。这一下攻击更糟糕，黑衣人连避都没避，伸手就把"暗器"接下丢开，然后单手抓住我的胳膊将我抱过来，伸指欲点穴。

我狠狠咬了一口，他手背上留下六个小牙印，皆沁出血来。

"该死的贱货！"黑衣人吃痛，抓着我的衣襟提起往下一摔，然后赏了我一个大耳光。

我被打得措手不及，还很倒霉地咬破了自己嘴唇，来不及叫痛，眼看对方又要抓人，急忙到处找东西抵抗，可是船舱空荡，连个花瓶都没有。我到处乱摸，结果在地上摸到一包粉状物体，便想也不想地打开，铺头盖脸朝他眼睛撒去。

黑衣人错愕片刻，抱着眼睛惨叫起来，皮肤也起了点点红斑。

我这才发现丢出去的是桃花藓易容药粉，有辣椒粉般的刺激性，入眼剧痛。

黑衣人睁不开眼睛，持刀乱砍，我不敢惹疯子，便沿着墙角爬到门口，捡回弯刀，然后鬼鬼祟祟地想跳船逃跑。未料，门外又闪进一条人影，我想也不想便再度举刀劈去。

金属剧烈撞击，震得我虎口发麻，差点握不住刀柄。有只温暖的手臂紧紧揽住我摇摇欲倒的腰。我绝望睁开眼，却发现是石头带着一身血迹站在面前，他提着大刀，紧张地斥道："蠢货！想砍死我吗？受伤了吗？"

一枚甩手箭悄悄从他肩上飞过，准确扎入屋内盲头苍蝇似的黑衣人心窝处，同样染满血污的拓跋绝命手持双飞索，走入屋内愣了愣，然后摸摸地上死人，又狠狠补了一刀，冲我们招手道："快走，船要沉了。"

"等等！"我匆忙抱起辛苦配制的易容工具箱，还习惯性地抓了两把钱。

"好女人。"拓跋绝命夸了我，然后把剩下的值钱物品都打了个大包裹，连放在外面的死人头都没漏下。

"别拿了！闭气！"石头对我们的所作所为很无语。他冲过来抓过我，跳入水中，往岸上游去。

7

芦苇火光，背后是缓缓沉下的小船，一片凄然。

没有前路，没有退路。

我浸在冰冷的水中，对未来无比迷惘。

游到岸上，两个有江湖经验的男人带着我东拐西绕地走了半天，消除了行踪痕迹后，来到一个荒废的山洞。我抱着湿漉漉的身子，看着一包裹不能吃不能穿的值钱货色，瑟瑟发抖。拓跋绝命有点不好意思，便自告奋勇，冒险出去给我们寻找替换衣服、药品和食物。

"不能生火，烟会引来追兵。"石头带着解释，他大腿和腰上都有几处刀剑伤，所幸砍得不深，只将拓跋绝命路上采回来的药草嚼烂了敷上，很快便止了血。

"没……没事……我……我不冷……"牙齿打着颤，我强撑着回答，尽可能让自己蜷缩成一团，靠摩擦身子温暖，可还是觉得冷，便往石头身边靠了靠，低声问："你呢……你……你痛吗？"

"小事。"石头满不在乎地用撕破的衣服缠紧伤口，然后伸手抓着我的肩膀，担心地问，"看你走路姿势怪怪的，伤了哪里？让我看看。"

我死命摇头，一手捂屁股一手捂肋骨，打死也不给他看……

石头不敢勉强，只将几棵活血化瘀的草药细细嚼碎，敷在我肿得跟猪头似的半边脸上，我也拾起几颗草药，准备有样学样地嚼烂了涂到肚子上……可是才咬了第一口，又腥又臭的味道冲鼻而来，呛得我眼泪都差点出了了。石头急忙一把抢下，丢到自己口里，一边嚼一边骂："白痴！这味道是你能受得了的？小心又吐个半天！"

草药带来阵阵凉意，让火辣辣的伤处舒服了不少，可是我的鼻子忽然有点酸。

石头不解："你又怎么了？"

我摇摇头："大概是被药味冲到了。"

"笨蛋。"石头给了我一个习惯性鄙视的眼神，然后拉过我，将我抱入怀里，轻轻说，"累的话，便躺这儿休息会吧，别睡着，睡着会更冷。"

他的体温比常人高一些，很暖和，就像个大火炉，舒服又安心。我半闭着眼，侧身躺在他身上，烧得越发厉害，整个人昏昏欲睡。石头便在我耳边细细碎碎地说着以前鸡毛蒜皮的往事，上树摘野果、下河抓鱼、背书、烤鸡、抓兔子……最后，他问我："洛儿，你想要过什么样的日子？"

我迷迷糊糊地说："种一院子的花，养一院子的毛茸茸的小鸡，屋前要栽两棵桃花，屋后开半亩菜地，种上油菜花和丝瓜，菜地旁边是牛棚和猪栏，里面养着一头大水牛和几头猪，过年的时候宰猪吃肉，还要炸麻花……不远处是肥沃水田，种的稻子卖一部分，留一部分自己吃，每月随乡里妇人一块儿去庙里给菩萨上三炷香，不求大富，不求大贵，只求平平安安活到九十九。"

"不求大富，不求大贵，只求平平安安活到九十九？"石头重复了一遍我的话，忽而笑道，"似乎也不错……"

我急忙拉住石头的手，抚过他手上与年龄不相称的厚厚老茧，迟疑片刻，恳求道："你不要去报仇了好不好？江湖不好玩，咱们一起去隐居。"

石头反手攥住我的手心，露出一个灿烂无比的笑容，低声应道："好，隐居不错，种田养猪，自给自足……"

听见他同意，让我大大松了一口气，脑子也越发昏沉，所以他后面还有一句感觉不太重要的话，没听太清楚。只觉身上暖暖的，心也暖暖的，恍惚间，我甚至产生了一种时空错觉，或许两个人可以这样依偎着到地久天长。

不知什么时候，拓跋绝命回来了，带来替换衣服和食物、药品，又和石头耳语了几句那个老大夫的什么事，石头皱眉冷笑两声，没说什么。

我们重整好行装，再次上路。到了略微平安的地方可以生火后，我喝了药，打开易容工具箱，大展身手，先用胶水将自己的眼角稍微拉下了一点，变成倒三角，眉毛画粗，桃花藓的脸上敷了一层黄褐色的泥粉，看起来更加暗淡无光，加高颧骨，额上添两条抬头纹，嘴角也用画笔拉大，还点了颗大痣，再把腰缠起，肩弯低，配上朴素服装和包头，看起来就是一幅刻薄尖酸的少妇模样。

石头和拓跋绝命对我的变脸技术佩服得五体投地，纷纷要求帮忙化妆。

我帮石头将肩部加宽，让他看起来高大许多，然后穿上一套青衣长衫，将黝黑肤色改白，眉毛略微修平，再剪下他几缕头发，一点点细心用胶水贴出两撇小胡子，打了个四方巾，将九环大砍刀放入琴盒，然后手里持一把铁制折扇，看起来就像个不得志的书生。

"易容最重神韵，说话的时候记得加上些'子曰子不曰'，'茴'字四种写法什么的，多掉点书袋。"我叮嘱。

"放心，背书我最在行。"石头玩着手上折扇，然后迈着八字，走了几步，和拓跋绝命挤眉弄眼笑个不停。

拓跋绝命长得太具异族风情，我易容了半天，才将他的脸型一点点弄成方脸，又在眉角添了处疤痕，将他美色遮掩，可是那对眼睛的颜色始终不能更改，只好弄了满脸大胡子转移视线，再把他身材加宽几寸，配上一身破衣服，看起来像个赶车的关东大汉。

三个人的名字也改了。石头叫赵小虎，我叫崔玉凤，是投奔亲戚的小两口子，拓跋绝命叫钱大用，是我们雇佣的车夫。

一路上，我看见自己的通缉肖像贴得到处都是，一百万两黄金的巨赏引得很多江湖人士驻足观看，纷纷心动不已。我冒险凑近一点做实验，见大家都没认出自己的易容，便放心再靠近一点观看，结果发现墙上还贴着石头和拓跋绝命的悬赏单，价钱也不算便宜，一个是苦主悬赏三万两黄金抓杀人凶手，一个是南宫世家悬赏五万两清叛徒，都是要人头的价。

我们三个通缉犯沉默了很久，决定走人，走前石头将对着我的悬赏单眼冒金光的拓跋绝命抓回，然后塞给他几张便宜货色。

入住旅馆后的上半夜，拓跋绝命出门转了一趟，回来后人头就没有了，然后继续看着我的脑袋发呆。下半夜，石头拿着刀出门转了一趟，不知干了什么，还提了几包药材回来。

我又喝了两碗药，退了烧，继续上路。一直走了七八天，走到一个鸟不生蛋的大山里，由于庄稼连年欠收，年轻人都出去逃荒或找活干了，只剩下几户走不动的老人家和小孩居住，石头便换了身打扮，装作挖药人，出钱租了两间废弃的草房，买了几袋米，算是暂时安定下来。

石头说这只是暂时居住的地方，我还是很勤劳地策划整荒地，修猪圈。

拓跋绝命对种植没兴趣，只想养牛羊，还建议在田里也种上牧草……

大概过了五六天，我终于彻底恢复了健康。

晚上，石头悄悄地走到我床边，看了许久。

我吓了一跳，揉着眼睛，沙哑地问他："怎么了？"

石头摇摇头，笑着说："没事，有点睡不着，想找你聊天。"

"你有毛病啊？也不看看什么时辰，有话明天再说……"我睡意正酣，便骂了这白痴两句，翻身继续睡了。

迷糊中，石头似乎伸出手，在我脸上轻轻摸了一下，又站了一会，悄然离去。

第二天早上，我起床梳洗后，立刻去找石头谈话。

可是……他已经不在了。

第九章　主动出击
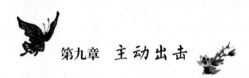

1

我以为石头只是有事离开，并不是很担忧，还优哉游哉地做了稀饭和荷包蛋做早餐，招呼拓跋绝命来一起吃。

拓跋绝命抱着只雪白的小羊羔，脑袋上顶着只毛茸茸的小鸡，身边跟着三只猫，四只狗，两头猪，还满是爱心地一路给动物们打招呼喂食，真是花见花开，兽见兽爱，活生生的极品万兽迷。

我眼睁睁看着他将动物们领入厨房，一块儿共入早饭，小猫还在打扫干净的地板上给我留了点纪念品，才竖着尾巴姗姗离去。刚想开口抗议，拓跋绝命电眼扫来，我立刻默念"禽兽不可惹"五字真言，埋头打扫去了。

"要是有两千五百头牛就可以做牧场主了……"拓跋绝命趴在桌上，一边用飞针钉苍蝇，一边盯着"百万金山"，问道，"为什么安乐侯会出高价悬赏你？你是杀了他爹娘，还是害他断子绝孙了？"

我看着这只不太像禽兽的禽兽，思索许久，回答道："大概是他钱多，烧得慌。"

"为什么他家不再逃个姬妾呢？"拓跋绝命叹息道，"不管海角天涯我都去给他抓回来！"

我忍不住了："你就那么缺钱？做杀手很危险啊。"

"你以为我喜欢干这种刀口子舔血的买卖吗？"拓跋绝命闻言，钉苍蝇的力道立刻重了五分，仇大苦深地咬着牙关说，"是中原人太狡猾了！老是骗我们外地人，部落里

156

的三百头上品的山羊在他们口里就变成了两百五十头劣等货，还少付账，我干了一年的买卖，给坑的连饭都吃不上，最后只好做这种没本钱买卖了，好歹人头买卖，赖账的少。"

我小声道："是你算术差的关系吧……"

拓跋绝命很愤怒地反驳："算术差又怎么了？咱们草原人说话做生意都是一口唾沫一个钉钉！从来没有骗人赖账的事情！是那些中原人用劣等的铁器换走我们的上等皮革和马匹，从来不讲信用！"

我见他有些激动，吓得往后退了两步，用碟子护身："你讨厌中原人？"

"也不会……"拓跋绝命见我受惊，赶紧坐回原位，收起手上的飞针，抓抓脑袋，不好意思笑道，"我师父就是中原人，我兄弟也是中原人，我不讨厌他们……而且，而且我还想娶个中原媳妇回家。"

这个话题有点敏感，我趁机旁敲侧听："你喜欢怎样的中原姑娘？"

无论他喜欢怎样的，我都要反着做！定不能成为他的梦中情人！

"这个……"拓跋绝命更加不好意思了，他红着脸支吾了半天才说，"师娘要我找个天下第一美人，但我更喜欢像小羊羔似的女孩，软软的，白白的，眼睛大大的……"

瞬间，动画片《喜羊羊和灰太狼》里的美羊羊唱着山歌，在我脑海里欢快跃过栏杆，跃过了一只又一只，但是……无论前路有多么囧，我都要克服万难，去抓只美羊羊给他做媳妇！

拓跋绝命不能理解我的好心，他挂着天真无邪的表情，恩将仇报给了我致命一击："洛儿，你为什么故意在脸上弄红斑？"

我给打击得傻了，看着他说不出话来。

拓跋绝命伸出手，露出数点红斑，继续追问："在船上，你将药粉撒向敌人眼睛，他脸上还起了许多红斑，我用手摸了两把，也染上一些，明显是刺激性易容药物。虽然我不明白你为什么要使用，可是我们现在处于安全地区，你就卸下来吧，免得让皮肤受伤。"

石头不在，我不敢冒险，便以安乐侯随时会追来为理由，拼命摇头拒绝他的好意。

拓跋绝命更好奇了，他冲着我左左右右看了几大圈，发表最终结论："第一次见你的时候就觉得，你的模样长得真好看，手上皮肤白白嫩嫩的，想必脸上也白，而且眉毛弯弯，嘴巴小小，眼睛大大的，怪不得石头小弟宁可不要命也放不下你。若是去掉脸上的红斑，给我做媳妇也是够标准的……对了，你还有漂亮的姐妹吗？"

"有！有！"我点头如捣蒜，"我家没出阁的表妹们一个赛一个标致！"

"那就好，其实我也挺为难的，我和石头是拜了把子的兄弟，"拓跋绝命大大地松了口气，"按咱们部落的风俗，兄弟最好都娶同一家的闺女，如果石头要娶你，我就得娶你家姐妹。你姐妹们要的聘礼多吗？我去准备准备再抢。"

"抢？"我给他的剽悍言论搅得头昏脑胀。

"对，"拓跋绝命解释道，"咱们部落娶媳妇都是看中了就抢亲，结成夫妻后再补聘礼。"

我满脑子黑线："你就没考虑过人权问题吗？"

拓跋绝命迷惘："人权是什么？"

我解释："就是人家不愿意给你抢怎么办？"

拓跋绝命自信满满地说："怎么会？我长得好看，又存了那么多钱，部落里的人说，全草原的女孩都在等着我抢呢，叫我别挑花了眼。"

我算是彻底理解了原著里他看到林洛儿的本能反应的来由……然后看看他那张好看得让人想倒贴的脸，心里很纠结，既觉得他有这种想法很正常，又觉得这种事情很过分，便试图纠正："中原女子很刚烈，如果被强抢，是不依的，若是上吊自尽，你可怎么办？"

"有那么厉害？"拓跋绝命似乎没想过这个问题，陷入沉思。

我见事有转机，想将这只还不算太坏的禽兽扳回正途，循循善诱道："你这样粗鲁冲动地办事，是绝对娶不到中原媳妇的！到时候闹出人命不好，不如还是回部落娶一个吧。"

"不！"拓跋绝命考虑了半天，终于憋出来一句，"如果……如果中原女子都宁可自尽也不给我做媳妇的话，那就没办法了……"

我忽然又有了点不好的预感。

拓跋绝命飞快地看了我一眼，垂下长长的睫毛，手指不停转着三根飞针，过了一会又自信无比地昂首，再度出言绝杀："咱们部落是可以兄弟共妻的！石头的媳妇便是我媳妇！我媳妇也是他媳妇！洛儿，你介意吗？"

我一口血喷出三千丈，随后想起原著内容简介上标的结局是该天杀的 NP……

这种风俗"好"，实在太他喵的"好"了。

我这辈子打死也不敢嫁石头了！

我要找石头投诉拓跋绝命的禽兽行为！要让他们兄弟俩早点分桃断袖……不，是割袍绝义！可转念一想，如果他们俩不是兄弟，那贪财的家伙不就会光明正大地将我拖去卖给龙禽兽了吗？

趴在桌子边想了又想，小黑猫欢快地在我裙角上蹭了又蹭，然后打了两个滚，我发现自己的生活就好像被诅咒了一般，每次出现希望，就有一个又一个的死胡同等着我，绝望的阴影永不停息。

不！不能想下去了！否则会疯的。

石头那死要面子活受罪的家伙怎会同意别人共妻？！而且十三岁的小屁孩能懂多少男女之间的感情？他长大后也未必会娶我。可是想到他婆别人我又会郁闷，古代找个经济适用的好男人不容易，就算自己种的白菜给偷了也很亏……

总而言之，还是先和他谈谈，再做打算吧。

2

我坐在堂屋的窗边，一边缝补拓跋绝命被太依依不舍的小狗咬破的衣服，一边等石头归来。

太阳从大山的东边徐徐往西边走，然后徐徐地没入另一座大山深处，蔚蓝的天空出现无数火烧云，染得大地片片金红，随后红色渐暗，化作浓紫，勾出夜色帘幕。夜虫鸣声四起，竹影摇动，星星点起灯火，我也点起灯火……

石头没有回来。

我想他大概事忙，强撑睡意等到三更天才睡。迷糊到第二天天蒙蒙亮，雄鸡初啼，唤得人睡不着，我去将早饭做上，继续坐在台阶上等。

等到中午时分，石头还是没有回来，我等得气闷，就去附近走了走，却见拓跋绝命手里抱着五六个鸡蛋，衣服里包着七八个山薯，腰间还别着条腊肉，脑袋上乱七八糟插着几朵野花，兴致勃勃地回来了。

他一见我，就把吃的塞了过来，拔下野花，笑着交代道："鸡蛋是王大嫂子送的，山薯是马大娘给的，腊肉是邻居马寡妇送的，野花是小英娃娃乱插的，你应该见过她们。"

当然见过，我昨天上马寡妇家借点酱油，她穿得像黑寡妇，板着张晚娘脸，站得像个圆规，冷冷看了我半晌，硬邦邦的一句"用完了"就甩上了门，我差点被门板撞伤了鼻子，回来还偷偷腹诽了半天人情冷暖，没想到她送腊肉倒大方，莫非是我借错了东西？

"拓跋小哥！"远处传来娇滴滴的呼声，听得人一身鸡皮疙瘩，是马寡妇穿着身莲青色袄裙，裙角还暗绣着几朵并蒂花，踏着小碎步，挽着个篮子追了过来，她的头梳得整整齐齐，插着两朵别致金花，脸上挂着红晕，看起来竟也有几分颜色……走到近处，她从篮子里拿出两个韭菜盒子，塞给拓跋绝命，然后扭头冲着我问："这是你妹子？"

"是！"我怕某人再度语出惊人，便抢着回答。

"好漂……好标……好可爱的丫头……"马寡妇盯着我的桃花脸和西瓜头，努力许久，终于找到赞美词汇，然后挂着十二分笑容，也给我一个韭菜盒子道，"你们以后缺些什么，只管来姐姐家拿。"

二十多岁灵魂的人管三十多岁的女人叫姐姐很正常，所以我点头应了，拓跋绝命虽然只有十八九岁，但他不太懂中原风俗，见我应了也跟着应。

马寡妇扭扭腰，羞答答地冲拓跋绝命抛了两个媚眼，掐了他一把，笑着跑了。

拓跋绝命一边吃韭菜盒子，一边赞道："中原人心地真好，每次出去都送东西给我，可就是喜欢乱摸。"

我僵硬地问："你总是给女人摸？"

"不，"拓跋绝命皱起漂亮的眉头道，"男人也会乱摸，我不喜欢。"

我更僵硬地问："你知道他们……这种行为是什么吗？"

拓跋绝命重重地点了两下头："他们说是中原某些地方的风俗，表示亲热的意思，幸好石头小弟家不兴这套。"

我同情这被人吃豆腐的单细胞家伙之余，琢磨他是不是被人禽兽多了才变成禽兽的？

"妹子，妹子，"拓跋绝命吃完韭菜盒子，擦擦嘴，搓搓手，傻笑道，"洛儿啊，其实在我们部落，妹子的意思是未过门的媳妇，嘿嘿……值百万两黄金的媳妇，比公主还贵重，就算什么都不干，丢屋子里摆着看都觉得舒坦……"

"这里不是你们部落！"我崩溃地将手里韭菜盒子丢给他，转身走人，不同情蠢货了。

"别乱跑！小心走丢了！"拓跋绝命步步紧跟百万黄金，担心不已，只恨不得在我脖子上系根绳子，放牛似的看管起来，以免丢失。

我给他缠得发慌，抬头看看天时，又快傍晚，便问："石头去哪里了？怎么还不回来？"

拓跋绝命的表情忽然不自然起来，他看看天，看看地，转了好几圈眼珠，然后支支吾吾道："他……他去办点事，很……很快回来……那个，不要担心……"

我不信，盯着他猛看。

他谎话还没说完，脸先红了，急忙转头装作逗猫，不敢正视我。

我在他背后轻咳两声，追问道："石头去哪里办事？办什么事？"

"这个……这个……我不知道。"拓跋绝命的脸越来越红。

"你们是兄弟，怎可能不知道？"我心里更加狐疑，继续逼问道，"你不是说草原上的男人从不骗人吗？"

"可……可是石头兄弟不让我说，"拓跋绝命跺跺脚，郁闷道，"他让我随便找个理由搪塞你，去松山买花粉，去南门镇吃烧猪，去红桥念书考状元，你随便挑个喜欢的理由套进去，别问我了！"

哪有不懂撒谎就让别人自己决定谎言的道理？我气得鼻子都要歪了，扯着他的衣襟问："他是不是去做什么危险事了？"

"我不知道。"拓跋绝命宁死不招。

我心知肯定有问题，急得半死："你快说！你不说，我就……我就……"

拓跋绝命紧张地回头看着我："你要干什么？告诉你，哭鼻子我也不管！"

我略微想了三秒，立刻揉揉发红的眼眶，"哇"地一声干号起来，然后伏案不停捶桌，往眼角沾了些口水，哭得"肝肠寸断"，凄凄惨惨学着电视剧女主角道："你们骗我，石头一定是嫌我拖后腿，不想要我了才不告而别，我活着还有什么意思？不如去死了算了……"

"你是有点拖后腿，但也没到这地步……"拓跋绝命果然慌了手脚，一边安慰一边道，"别哭，如果一切顺利的话，石头可能不会有事……"

"可能出事就是会出事，既然他会出事，那我无依无靠的，日子也过不下去了，不如跳井去陪他算了！"我直挺挺站起身，擦擦眼泪，撩起裙子，往屋外几十米处的井口，慢慢地冲过去。

还没冲到门口，拓跋绝命就把我抱住了，他急得满头大汗，拼命解释："你别激动啊，石头兄弟……就是报仇去了！他不是不要你，走前还千叮万嘱过，如果自己死了，就让我照顾你下半辈子。你放心吧，我拓跋绝命一言九鼎，答应过的事情一定会做到的。"

"报仇？报什么仇？"我不号了，瞪大眼睛看着他。

拓跋绝命脸上的神情转了几番，大概是从"你怎么可能不知道？"到"你这些年白混到哪里去了？"再到"俺兄弟找你这没心肝的女人真亏大了"……

在他强烈的眼神暗示下，我终于想起铁头大叔因串错了门子，被人顺手劈了的事可算天下第一奇冤，石头当时将此事报给官府，但是官府说江湖仇杀，侠士魔头们行踪无定，案件只能尽量破，努力破。这个努力一拖就是大半年，没有下文，我们去镇上办事时催过几次，还塞了银子，可是他们接了银子也只是笑，口头上应得好听，懒散态度照旧。

法律是纸空文，欠债必须还钱，杀人不用填命。

后来石头也死心了，我以为他已放弃此事，很是劝慰了几次，石头满脸不在乎的样子，似乎不想再提。所以我这只遵纪守法的乖宝宝，从没想过他要白刀子进红刀子出的亲手复仇。

"他，他，他，他，他找谁报仇了？"我开始后怕，说话音调都是抖的。

拓跋绝命见我终于想起此事，很是欣慰，他看看窗外，确认没人偷听，才附耳过来细细说明："杀死铁头大叔的江湖人士用的是一柄两寸宽的细剑，轻灵软薄，难以驾驭，江湖上用的人不多。我们四处打听多时，终于探出两个用这类剑的人当年有可能经过金水镇。一个是极具盛名的正人君子，为人光明磊落，断断做不出灭人满门的事。另一个却是前年进入魔鬼山庄避难的阴阳先生杜三声，我们认为是他干的……"

阴阳先生？这外号一听就得全身起鸡皮疙瘩，八成坏事做绝，劈了他就算劈错了也不算劈错好人！

拓跋绝命见话题说开了，也不再隐瞒，将所有事情一五一十道来："我收到风声，杜三声生平最爱美食，美食中最爱食蟹，天下蟹美在澄湖，活蟹离水三天即死，所以他每年九月十五都会出庄去澄湖旁的无常馆吃最肥美的秋蟹，风雨不改，雷打不动。石头提前去那里潜伏，势必将其一举击杀。"

我听得晕乎乎，瘫坐在长凳上不动了。

拓跋绝命说完真话一身轻松，再三叮嘱我："到时候石头相问，我就说是你以死相逼，不算违约！"

我见他要走，赶紧拉住："石头有胜算吗？"

拓跋绝命倒是个实诚人，他想了想，答得很直接："杜三声武功不弱，如果我要和石头联手，大概有七八分胜算。如今石头孤身前往，大概只剩四分胜算了吧……"

"那你不去？"我急得想跳脚。

拓跋绝命走到门槛处，回头斜斜窥了我一眼，沉默许久，反问："如果我们都去了，事败了，两人都回不来，谁护着你？"

"我……"我哑言。

拓跋绝命飞身跃上有几片叶子转红的枫树，静静眺望远方路口，不再答话。

天色再度转暗，屋里没再点起油灯，我伏在床上，睁大眼看着黑乎乎的天花板，静静沉思。

父仇不共戴天，我没有解开石头心结的口才，没有可以帮他报仇的武功，甚至没有为他放弃自己平静生活的勇气……最少我可以将四分生存的希望还给他，不成为他的负累。

思及此处，我爬起身，出门找到拓跋绝命，结结巴巴说明来意。

拓跋绝命低头看着我，忽而笑了，他伸手轻轻抚过我的长发，又赶紧松手，然后用沙哑低沉的声音说："你不知道他多在意你。"

我说："我知道。"

他说："你若知道，就不会说出这种话了。"

"不过十几天光景，只要我小心行事，不会被人发现的。"我很固执。

"不会发现？"拓跋绝命冷笑两声，没有作答，只对我扬扬手，示意我跟上。

我跟着他转过不远处的小树林，那里有一片长着荆棘的荒地，里面有几个新松过土的地方，正在困惑间，脚下忽然踢到一块新鲜猪骨，便将其捡起来，却见上面血淋淋的都是野兽咬过痕迹。

拓跋绝命劈手夺过，掏出腰间飞索，用尖锐的那头在地上刨了个坑，将骨头丢回去，填土盖上后抱怨道："秋天野兽的猎食范围越来越广了，老是刨出来，害我重新埋了好几次。"

我看看摸过骨头的手，忽然脑中有了很不好的预感，全身血液都开始转凉，结结巴巴地问："这些不会是……"

"这些是最近找上门来想要一百万两黄金的家伙和几个搜寻你的士兵，石头不让说，所以我们就静静料理掉了。"拓跋绝命站起身，四周巡视，口中还叨念着，"我再找找，周围可能还有被刨出来的尸体……"

我在树叶上狠狠擦了两把手，抖着问："前天晚上听见的嚎叫，是人的叫声，不是杀猪的声音？"

拓跋绝命："嗯。"

我："上次明明没有下雨，院子里却有很多水，是你们在洗血迹？"

拓跋绝命："嗯。"

我："上次见石头扛着个布袋经过，是在搬尸体，不……不是在抬稻米？"

拓跋绝命："嗯。"

我："上次你满身都是血回来，是在杀人，不是帮王大娘杀羊？"

拓跋绝命："嗯。"

我："上次……半夜在我隔壁房间剁骨头和争吵的声音呢？"

拓跋绝命："那个家伙身上有赏金，我将他脑袋砍下来腌起拿去卖，石头不愿，我们争了许久他才勉强同意。"

我："人头呢？"

"在我床底下，"拓跋绝命到处翻找，忽然伸手往荆棘丛里摸去，一边摸一边抱怨，"这里果然还有半截肠子，这群畜生藏东西真是厉害。"

他徒手拿着条血淋淋的人肠，继续挖坑深埋。

就算我比普通女孩子胆大那么一点点，也不带这样拍恐怖片的啊！

我双脚发软，脑子空白，毫无知觉地走回自己住的地方，总觉得依山傍水、有花有田、青瓦白墙的漂亮屋子变得阴风阵阵，墙上斑驳青苔形状如人脸，残破窗纸摇动似有人走过，乌鸦尖叫如厉鬼啼鸣，就像进入鬼屋一般……

我壮起胆子，想将窗户关紧。未料，窗外出现一张脸，正直勾勾地看着我，吓得我杀猪般尖叫起来，定睛看去，才发现来人是拓跋绝命。

他皱皱眉头，笑道："石头说你胆大，如今怎么这么胆小？"

我忽然发现他人畜无害的笑容和某部电影里的变态杀人狂几乎一模一样，顿时头皮发麻，只能僵硬地不停傻笑。

拓跋绝命抓抓脑袋，更灿烂地笑道："若是害怕，不如我进来陪你睡？"

4

我严词拒绝了这个不知是暴露了狼子野心还是不小心说错话的禽兽。

拓跋绝命瞅了我几眼，继续蹲去屋外的大树上，怀里还抱着只软绵绵、娇滴滴的大白猫，不停给它顺毛。

我觉得屋子黑得可怕，下床点起油灯，昏暗的光线照亮了半个房间，淡淡投影在窗纸上，映得屋外树枝像鬼爪般动来动去，就好像随时会有怪物出没的鬼片。我躺在硬邦邦的竹枕上，用牙齿磨咬着蓝碎花被子，听着外头时不时传来的几声凄厉的乌鸦啼鸣，想到漂浮无定的前路，心里更觉孤独和不安。

如果石头死了怎么办？

听拓跋绝命的口气是，他帮兄弟照顾我一辈子的诺言是娶我进门，可就算扣除原著的禽兽阴影，我还是不喜欢他没脑子的性格，更不喜欢在煮饭做菜的时候总发现身边有具尸体或者床下有个死人头。若我不嫁给他，他就不需和我讲任何情谊关系，八成会兴高采烈地捆起我，送去侯府给龙禽兽换五千头牛……

自行逃跑的话，正如石头所说，就算我能用易容遮住美貌，世界上也有很多连老太婆和丑八怪都不放过的穷光棍和恶汉，而我的力气连个老头都打不过……

难，在治安不好的古代做女人太难了，没有男人在身边简直寸步难行。

石头万万死不得！

深思熟虑后，第二天早上我搬着梯子，将在树上和猫一起打盹的拓跋绝命唤醒，沉重地宣布：“我们一块儿去帮石头报仇吧。”

“你？”拓跋绝命惊讶地问。

我握着拳头，大义凛然道：“四成的成功把握几率太低了，我和他从小一块儿长大，不能看着他送命，你得去帮他。既然你答应了他照顾我，那么我们一起上路，就不算违约了。等你们出手杀人的时候，我在不远处易容等着，如果出事我就尖叫几声做通报……反正南宫家和侯爷府都没打算那么快要我命，你们可以完事后再来救我。”

“这救来救去的，你当我是杀手还是奶妈？”拓跋绝命嘴巴上虽在抱怨，可看起来很高兴，他飞身从树上跳起，想了想又颓然道，“不行，刀剑无眼，侯爷府也不知会如何处置逃妾，你这笨手笨脚的家伙受伤倒罢了，万一没命了怎么办？石头兄弟就是担心这点，所以才再三嘱咐我得好好看着你。”

我想到没有石头后自己的处境，很壮烈地宣布：“如果他死了，我也不活了！”

拓跋绝命好像第一次认识我似的，将我上上下下打量了好几番。

我英勇得可以被送去公园里做烈士石雕。

“好，”拓跋绝命的眼神忽然柔和下来，他伸手轻轻抚过我的头顶，我急忙偏头避开，他讪讪缩回手道，“你去收拾一下，我……我去牵马，待会就出发。”

我急急转身奔向房间收拾包裹，他却久久站在原地没动，冲到门口时，我似乎听见风中轻飘飘传来一句赞美：“果然好女人。”大概是听错了。

易容道具、金银票、首饰、衣服、油灯、蜡烛、火折子、食物、药物、被褥……我想想这个想想那个，觉得路途遥远，东西一样也不能少，于是越收拾越多，在院落里整整堆出了三个大包裹。

拓跋绝命牵着两匹马，脸色黑了黑，自作主张地去检查，剔除了蜡烛、被褥和杯子茶具后，将包裹数量缩减成两个，再加上他装人头的小木箱，一并放在高大的枣红马背上，然后潇洒翻身跃上，再冲着对我扬扬手，指着旁边那匹同样高大的白鼻子黑马道："阿白性格温顺，你骑着它跟在我后头。"

我呆住了，抬头看看比自己高大半个身子的阿白，犹豫伸手试图抓住缰绳爬上去，却因为初次骑马，技术差劲，爬了几次都没爬上去。

阿白冲我鄙视地打了个响鼻，喷了几口粗气，然后讨好地迈着小碎步，重新回到拓跋绝命身边，蹭蹭它的老相好，似乎在说不愿意。

拓跋绝命摸摸它，喂了块糖安抚，然后问我："你没骑过马？"

我知道自己又拖后腿了，羞愧地点头答道："以前都是给人做丫头，干的是针线活，很少机会出门，就算出去也是坐车，要不我们将后院拉草的大车给套出来吧。"

"来不及了，无常馆的蟹肉宴仅九月十三到十五日有，杜三声不确定在哪天到，我们必须在十二号前赶到，只剩三天……"拓跋绝命忽然停下说话，左手一挥飞索，尖锐镰刀带着寒冷的光芒，如旋风般卷断屋后碗口粗的小树，另一把飞索也随之而出，扑向树后人影。

"啊！"一声女子尖叫，马寡妇跌坐地上，手中篮子里的白白胖胖大包子滚了一地，她青白着脸看着头上三寸处绞断树枝的飞索，浑身哆嗦，"我……我是来送吃的。"

"看错。"拓跋绝命不好意思地手一抖，飞索比大象鼻子更灵巧地在地上卷起两个包子收回，然后想了想，另一手飞弹出几块重重的银子，落入篮子里道，"抱歉了。"

马寡妇胆子也不小，很快回过神来，她从地上爬起，拍拍衣服尘土问："你们是要去镇上赶集？"

"不是，"我摇摇手答道，"我们要搬家了。"

马寡妇连看都不看我一眼，只痴痴地看着拓跋绝命问："你什么时候回来？"

拓跋绝命皱紧皱眉："我们不回来了。"

马寡妇的脸色变成死白，她死死地看着拓跋绝命，重复问："你真不回来？既……既然你无心，为何平日又……"

拓跋绝命是丈二和尚摸不着头脑："我平日怎么了？"

我见场面快变成狗血大戏，赶紧拖拖他衣袖，让他弯腰，然后小声道："你若对人家没意思，就不要总是白吃白拿别人的东西，会让人误会的……"

拓跋绝命更是不解："我们部落里所有人都会互赠食物和东西，连钱都不收，这点破事有什么可误会的？我还算过账，给了她银子，难道又算错数给少了？中原人真小气……"

他从怀里掏出小算盘，一五一十地重新算起来，我赶紧抓回去，哭丧着脸对这没脑子的小祖宗，用最直接的语言描述道："在中原，你老是收人家东西，人家会以为你喜欢她。"

"胡说！我们又不是互赠腰刀和手帕！也没有抢亲，哪里来的喜欢不喜欢？"拓跋绝命急了，他窥了眼傻站着的马寡妇，将声音再压低了几分，"现在怎么办？我不懂应付这些事，远走高飞如何？"

"好不负责，不如……算了，还是溜吧。"我还想找几句婉转好听点的借口来帮拓跋绝命安抚可怜的马寡妇，可是回头看见她恨不得将我千刀万剐的怨毒目光，顿时失了勇气。

拓跋绝命尴尬地又丢了两块金子，忽而一把揽住我的腰，丢上自己的马背，然后冲着阿白打了个口哨，趁着对方还没冲上来找自己算账前，落荒而逃。

5

山林里风很大，也很冷。

他很温柔地拉过自己的衣襟将我包起来。

我推开了他的好意，从马背上悄悄探头出去，见山脚下马寡妇的身影越来越小，却依旧站在那里一动不动，不由轻轻叹了口气。

"别想了，她不是我要娶的女人……"拓跋绝命说完这句话后，一路沉默，赶路到中午休息时，他劈着柴，忽然问我，"洛儿，你的姐妹是不是和你一样好？"

我迟疑地停下了生火的动作。

三年前，外祖母去世，我就不太回那个家了，只逢年过节托人送点银钱东西聊表心意。乡下人成亲早，二表姐早已嫁了，最后一次见小表妹时她才七岁，只记得是个胆小木讷的孩子，人长得瘦瘦小小，皮肤比较黄，五官虽不算十分出色，就是眼睛有点小，鼻子有点塌，但说不准女大十八变，长开后也是个美人。

拓跋绝命在旁边满是期待地看着我，那双暗金色瞳子里似乎转着说不出的复杂情绪。

我不再犹豫，拍着胸脯学媒婆推销："说起小表妹，可是十里挑一的好！老实本分又听话。不像得那些嘴碎的三姑六婆，从不会妄语多言，三从四德。她身材苗条，细腰盈盈一握，头发又浓又黑，而且是标准的瓜子脸樱桃嘴！还有一双巧手，女红、针线、纺织每样拿出来都是顶呱呱的，至少比我强上一百倍！你若不快点定下来，怕是要给人抢破了头！"

我没撒谎，外祖母年轻时据说也算是出挑的美人，所以家里的所有女孩都不丑，我虽然勤勉，但天赋有限，心思太杂，只有厨艺是拿得出手，其他的女红针线都比不过专注于此的表姐表妹，而且她们长得没那么娇滴滴，一看就是干活的好手，在乡下格外受欢迎，怕是不到十二就得给定下。

石头云：娶妻好德不好色。

拓跋绝命没兄弟有觉悟，他只在乎："你们长得像吗？"

鸡蛋都没两个一模一样的货色，何况是人？他这话有居心叵测的嫌疑。

我满腹狐疑地低头想了半晌，露出灿烂笑容，含糊答复："像！特别是嘴巴像，大家都说我们一看就是姐妹。"

拓跋绝命"哦"了一声没继续追问，他过来抢了我烧火的工作，坐在旁边，一边恍惚一边干活，时不时又偷瞄我一眼，看得我心慌意乱，不停整理西瓜皮刘海，做事频频出错。

出错的后果是，吃烤山猪的时候手乱摸，油弄到了头发上，加柴的时候又没留神，火星忽然蹿上来，拓跋绝命空有一身武功，却在为我表妹的事发呆，一时没来得及救场，我抱着着火的脑袋跳起来，扑了好几下才扑熄，额头还烫伤了一小块，痛得直叫"哎哟"。

空气中有头发烧焦的臭味。

拓跋绝命很羞愧，急急拿药油给我涂额头，然后吩咐："把脸上的妆洗掉，免得弄坏伤口，好得慢。"

"不要！这点小伤不严重，很快就好了。"我惊恐地抱着额头连连后退，抵死不依。

"这里没外人，荒山野岭还得赶两天天的路，你易容做什么？"拓跋绝命很坚持。

就是荒山野岭没人，我才不要卸掉易容妆啊！

拓跋绝命急了，他皱皱漂亮的眉头，半威胁半强迫地哄道："以前我养的小羊生病了，不肯吃药，我都是用管子给它灌下去。你又不是羊，总该懂事点，若是弄伤了容貌，将来石头兄弟怪罪我可怎么办？而且你也不能顶着烧焦的头发进城，这样看起来太古怪了，非剪不可。侯爷追捕你的画像贴得满街都是，上面写着此女可能长着红斑，你必须趁早换个易容妆容才能蒙混过去。"

他说的也是道理，但大部分的易容药物都需要时间来精心熬制，现在快速配置的

ACGE inc.
漫城文化

即将上市

E伯爵 作品
天幕之涯

两色风景 作品
封印师

少年夜不语系列5(下)
伤心涂鸦

蔡骏 作品
蔡骏随笔集

好漫画·单行本
《怪物大师》第1册
《烈火青春》第1册
《天才J》第1册

* 即将上市系列皆为示意封面，以最终出版物为准

新品上市

少年夜不语系列5(上)
奇迹森林

定价：29.80元

信任没有理由，人生不讲道理，不受操控的剧本里，我要诅咒命运！
夜不语又回来了！ 第5季开启，冒险全新升级！

橘花散里 作品
美人难做

定价：35.00元

美人一现误终生，无尽相思滚滚来。
继《芥子》之后，百变大神橘花散里倾情打造经典华丽古言力作

微不二 作品
天使街9号店

定价：35.00元

最神秘莫测店主，最匪夷所思案件，最惊心动魄冒险！
2015最好看动漫幻想悬疑小说！

春十三少 作品
怪客书店2

定价：32.00元

这不只是发生在书店的故事，这是朋友间的剧集，它告诉你何为人生的救赎。
我很庆幸，与你相遇在这个美丽世界。

几种易容材料都不能长久使用，要经常更换，而且容易洗去，对身边带着禽兽的我来说，很不安全。

如今快要进城，事情迫在眉睫，我不能讲究，只好拿出自己的易容箱子远远躲入树丛，叮嘱道："你不可以偷看。"

拓跋绝命不解："又不是更衣，有什么看不得的？"

"我就是要更衣！所以不准看！"我凶得像头张牙舞爪的野猫。

"我不会做什么的。"拓跋绝命耸耸肩，还后退了几步。

我谨慎地探出头，检查了好几次他真的没靠近，迅速拿出小铜镜，夹起刘海，剪去烧焦的头发，将药物和上水，软布轻拭，将脸上的红斑洗了下来，然后包扎好额头上的伤口，再从包裹里翻出蓝布缠上，侧边打个花结。再飞快地倒出另一瓶子里的姜黄色药粉，混了水涂在脸上，让肤色变得焦黄，又拉低眼角，在双颊处打了些阴影，看起来整个人病快快的。外面披一身宽松藏青长衣，脚穿黑鞋，鬓边别一朵白色小花，看起来和马寡妇很相似。

"这种造型，他一定不会喜欢的。"我满意点点头。

未料，外面传来一声重物坠地的声音，我急忙收拾好东西，探出头去。

却见拓跋绝命在地上摸着脑袋，脸色通红，看见我后变得很紧张，一个劲地说："好了吗？好了就快走。"然后饭也不吃，包裹行李也不拿就跳上马，朝我伸出手。

"你怎么了？"我问。

"没事没事。"拓跋绝命的神情怪怪的，眼珠子就和木头似的看着我。

我给看得浑身发毛，犹豫问："你偷看了？"

"没有没有，啊！我忘了行李……"拓跋绝命拼命摇头，脸色更红了几分，从腰里抽出飞索去勾地上的东西，勾了好几次才勾回马上。

完蛋了，他肯定偷看了。我心里直打鼓，不确定他还会不会做出和原著里一样的行为。这里周围百里荒无人烟，叫破嗓子也没人听见。

拓跋绝命没等我多想，他骑着马走过来，俯身一捞，就将我整个人拉了上去，揽入怀里，臂弯比平时抱得更紧了三分。

我的脊椎骨紧张得发硬，身子不停想往前探，尽可能离他胸膛远一些。

"别乱动，小心掉下去。"他的声音也有点怪异。

马蹄踏着小路，颠簸起尘沙，可是我觉得马的速度，似乎比平时慢了许多……

腰被勒得有些发痛，动弹不得。头上忽然传来拓跋绝命干涩的笑声，随后他仿佛自言自语，又仿佛再问我："小时候，我有个亲弟弟，我经常和他一起去打猎。有一天，他盯上了一头特别漂亮的红狐狸，追踪了好几天，才把它抓了回来。那头狐狸可真美，火焰一样的皮毛，水灵灵的眼睛，我一看也爱煞了它，朝思暮想，想要得不得了，便开口讨了几次，可是弟弟也很喜欢，怎么也不肯让。那时候我很恨，为什么不是我先发现的猎物，为什么抓到猎物的是他？"

我知道他话中有话，紧张地问："后来呢？"

拓跋绝命沉默了许久才回答："弟弟被我害死了……"

听到这里，我的脑袋轰一下就爆炸了，抓马鞍的手心里满是冷汗。

拓跋绝命低头看着我，说了几句听不懂的草原话，忽然踢踢马刺，马开始加速，向前路奔去。

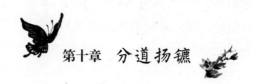

第十章 分道扬镳

1

我曾看过南宫冥画的地图，隐隐约约知道澄湖在东南边，却无法断定具体方位。如今肉在狼口，不管拓跋绝命要对我做什么，我都无力制止，而且晚上露宿郊外，他就坐在我旁边点起篝火，寸步不离地守着，封锁了所有逃跑的退路。

拓跋绝命的话越来越少，大部分的时候都在看我，看着看着会忽然问些"你和石头是什么时候认识的？你们感情很好？"之类的话。

我摆出最情深意切的模样来回答他。

他听完后又是羡慕又是沮丧，愣愣地坐在大树上，看着皎洁明月，手里拿着根吃剩的骨头削着玩，不知道在干什么。

夜虫声声，吵得人心烦意乱，寒鸦呜呜，叫得人毛骨悚然。

我骑马骑得屁股疼痛不已，走路得像鸭子般迈八字。如今躺在被火烤暖的地面上，侧着身子，更是怎么也睡不着。脑子里小禽兽、大禽兽、龙禽兽、杀手禽兽一个个如走马灯不停转过，再加上没见过的大侠禽兽、神医禽兽、魔教禽兽，他们在书中的种种酷刑接踵而来，每想一分，就害怕一分，可是越害怕又越忍不住去想。

最后我强迫自己只想石头，想着想着，耳边传来阵阵低沉乐声，音调简单，像孤狼呜咽，像折翼大雁，像被风吹化了的古城……带着无尽苍凉和孤寂，如冰冷细雨，缓缓落下，仿佛来到空旷无人的草原和沙漠。

我从厚衣服里探出头，往树上望去，却和拓跋绝命的视线对了个正着。

穿梭在繁枝密叶间，他像一头休息的黑豹，一腿挂靠在树干上，一腿轻垂晃荡，唇边骨头做出的笛子声音古怪却悦耳，一双美丽的眼睛在夜色里化作漆黑，让人感觉神色莫测。

我先转移了视线，像只鸵鸟似的钻回衣服窝里，在骨笛重重叠叠的节奏伴随下，迷迷糊糊地合上眼，强迫自己艰难地入睡，保持第二天的体力。

天明了，醒来时，我觉得有只冰凉的手在摸自己的脸。我心里一个激灵，猛地睁开眼，却见拓跋绝命的俊脸就在正前方不到十厘米处，他随着我醒来急忙跳起，牵过马儿继续出发。

战战栗栗中走了三天，我们比预计时间晚了半天才到达了澄湖。

拓跋绝命易容后，带我去找石头。

他走得很慢，脸色不太好，总觉得有点不太情愿的样子，兜兜转转了一个多时辰，看过社戏，喝了茶，买了糖果糕点，终究还是在他们俩私下做的记号处，找到了石头。

石头正在磨刀，看见我很惊讶。

我缩缩脑袋，打招呼："嗨……"

可惜还是缩慢了点，石头丢下刀，在我脑袋上结结实实敲了一记，怒骂："你个蠢货！来这里干什么？"然后又瞪着拓跋绝命，无奈道，"大哥，我是怎么拜托你的？"

拓跋绝命摊摊手，眯了眯眼，嘴角轻轻斜勾了一下："妹子有情谊，要和你同生共死。"

石头缓缓转过身继续看我。

我的脸发烧了，支支吾吾道："我怕你这白痴死了，我日子没法过。"

石头沉默。

拓跋绝命笑着插嘴："他死了还有我呢。"

我打了个寒战。

"谁会死了？女人就是见识短！"石头脸色微微发红，又在我脑袋敲了一记，自信地说，"早说过，就算九死一生，我必定是活着回来的那个！"

这种事是他说了算的吗？也要问问人家杜三声先生愿不愿意啊！

我被打得很冤，拓跋绝命在旁边装若无其事，眼角却时不时看我。我满心害怕，想起以前看过的阴谋文、狗血剧中的卑鄙小人，唯恐此禽兽本性发作，行动中算计了石头去，又不敢在这个关头出声提醒，怕两人还没动手就反目成仇，互拖后腿。

石头虽然恼怒，却无法将我一脚踢回去。他生了好大一场气，给了我一把防身用的小短刀放在靴子里，然后千叮咛万嘱咐，遇到坏人一定要大声尖叫。

我则偷偷和拓跋绝命再次表了几番"石头死我也不活"的决心，让他死了接管兄弟老婆的心。

拓跋绝命整顿暗器，不予作答，只是看我的眼神又怪异了几分……

易容的时候忽然想起，石头没说过让我做他老婆……

我思前想后，最后决定不管了。反正咱脸皮厚，随时可以改姓赖，赖皮的赖！

为方便跑路，我打扮成一个衣着寻常的小男孩，坐在澄湖燕子桥旁的小茶寮，说是要等爹爹，然后要了一壶茶，一碟花生米，一碟干笋，眺望两百米外的无常楼楼顶，轻轻练了两声叫救命用的嗓子，等那两个家伙杀完人后把自己带走，或者收到信号自己溜走。

2

澄湖果然是个大地方，贩夫走卒特别多，左一群，右一群，若不是赶早来霸位置，想找个坐的地方都难。

天公不作美，又下起了小雨，雨点打在青石板上，洒落在残荷上，让桥上水上皆成一片烟雨蒙眬。行人们纷纷进入茶寮避雨，更显拥挤。

我等了又等，等了三个时辰，菊花茶续了三壶，花生米添了一碟，店小二看我这个吃得少还霸着好位子的家伙神色越发不好。我为了符合现在的身份特征，装聋做傻，就是不给他赏钱。

雨渐渐大了起来，长着青苔的白墙，布满杂草的黑瓦，被南北行人踩得光滑的石道，在雨中格外美丽。

忽然，有把青色油伞不急不慢从桥那边行来，伞下人穿着素色蓝衣，修长的身形，优雅的步伐，和周围匆忙赶路的行人格格不入，似乎有一种特殊的美感。他在桥边顿了顿，卖花的少女羞红了脸，纷纷偷笑。

伞又继续前行，走到茶寮楼下，再度停住了。

我的心也忽然停住了。

撑伞人缓缓抬起头，在雨中冲着我低唤："洛儿。"

"南宫冥……"他悦耳的声音如惊雷，吓得我叫都叫不出。

来人正是南宫冥，他束着白玉冠，风采依旧，连眉梢里都透着温柔，仿佛两人就是约好了在此见面，一切都是那么自然。

他见我迟迟不下楼，便收起伞，轻点足尖，飞身上楼，落在栏杆上，冲着我伸出手，宠溺地说："洛儿，随我回家去。"

他是怎么找到我的？又是怎么识破伪装的？

惊疑中，远处马鞭起，繁忙琐碎的马蹄声伴随着一辆精致华丽的小车，飞快地从巷子那头赶来，赶车的壮汉随手几鞭打散躲避不及的行人，引发阵阵骚乱。几队手持宝刀利剑的官兵赶来，很快堵住了巷道口。带头的下马，恭恭敬敬地为小车掀起珍珠帘。

南宫冥不高兴地皱了皱眉，我开始发抖。

果然，珍珠帘后，露出脸色难看的龙昭堂，他墨色长发随意辫起，结着珍珠环，穿着和排场比往日似乎简单了几分，倒有些像便服，身边也没带那群花枝招展的美人儿和黑豹。手里玩着根长鞭，斜倚软榻，脸上挂着几分恨意几分不知名情绪，直盯向我，口里却对南宫冥笑道："南宫少主好忘性，这奴才似乎是我的人吧？"

事情变化得好像做梦一样。

楼下，龙昭堂端坐车中，沉默得像座活火山，随时会爆发吞噬所有一切。

楼上，南宫冥居高而立，如漂浮在惊涛骇浪上的一片落叶，任凭沉浮，毫不退缩。

双方对峙，剑拔弩张，时间每一秒都如一年般漫长。

寒风飒飒，茶寮中一片寂静，空气化作凝固的冰块，冷得没有任何变化，只余沙沙雨声笼罩在天地间。偶尔传来一两声咳嗽和打翻杯子的细小响声，都如霹雳般让人心惊胆战。

我这只夹在中间的肥兔子，狠狠眨巴两下眼皮，然后睁大眼睛，看看左边的南宫饿狼，瞧瞧右边的安乐猛虎，再掐几把自己的兔子腿，终于醒悟过来，吓得瘫软在桌，下意识想尖叫石头救命。

可是，他一个初入江湖的菜鸟，一个十三岁的孩子，真的能像金甲勇士般威风凛凛地打退千军万马，将我救出来吗？

不能。

所谓奇迹，所谓英雄，是电影里骗人的玩意，现实中的英雄是牺牲后才追封的称号！

在危险的暗杀目标面前，在想置他于死地的两人面前，在数百军士组成的包围圈中，只会送了石头性命。

留得青山在，不怕没柴烧。

石头爱干什么都好，他要逞英雄要报仇要送死我也管不着，我只是不想看见他因我而死。而且死一个比死两个好……

还是我来做英雄吧。

174

硬生生将差点喊出喉咙的叫声咽了回去，我压下心跳，挺直脊背，站起身，抬起头，瞪着两头离兽，尽可能让自己看起来自然些。

龙昭堂修长的手指有一下没一下玩着马鞭，良久，终于慢慢起身，跟车管事殷勤上前搀扶，马夫俯身做脚垫，随侍小童匆匆为他披上黑狐裘，递上小暖炉，然后小心地用锦缎盖去地上污水，撑开碧镶珠嵌宝名家作画的纸伞，数名将士开路，前呼后拥地护着他缓步往简陋茶寮走去。

上到二楼，他傲慢扫视四周，略一沉吟，直接无视了南宫冥的存在，只冲着我勾勾手指，眼中带着杀气，口里却温柔哄道："小洛儿，乖乖回来，才有好果子给你吃！"

原著里林洛儿的好果子就是被丢给将士们轮了。

我吓得魂飞魄散，忍不住退后两步，往南宫冥身边靠近了一点点。

南宫冥忽然伸手勾上我的指尖，顺势缠绕，轻轻包住我的手，同时侧身隔开龙昭堂的视线，紧紧护着。

龙昭堂不悦，说话的速度越发缓慢，他几乎是一字一顿地说："南宫少主，别忘了此女是你父亲赠予我的礼物。"

"安乐侯爷此言差矣，"南宫冥不紧不慢地开口了，"洛儿当年卖身南宫世家，卖身契上签的主人是我，而且是活契，依大楚律法，奴仆活契可十倍赎回，我愿为洛儿姑娘赎身，望侯爷成全。"

龙昭堂冷笑道："她明明卖的是死契，何来赎身之说？"

"是这样吗？莫非我记错了？"南宫冥皱皱眉，想了许久，忽而笑道，"既然如此，请侯爷将契书拿出来对对吧。"

龙昭堂冷哼一声道："放肆！难道本侯还会在一个小小丫头身上撒谎吗？"

南宫冥"恍然大悟"道："听闻前阵子侯府书房失火，莫非烧了契约？侯爷别生气，金水镇王知县处还有备份，找他要来一看便知。"

龙昭堂的脸色忽然变得阴沉难看，身边管事连忙吩咐随从骂道："金水镇是哪头不长眼的蠢狗在管？让他速速将契约连乌纱帽一同送来，迟了要他狗命！"

南宫冥但笑不语。

"不必了，大火能烧了侯府书房，自然也能烧了县衙门的书房，真是虎父无犬子，佩服佩服，"龙昭堂忽然笑了起来，脸上神色也好了许多，他走过去随和地拍拍南宫冥的肩膀，笑道，"本侯与南宫世家相交多年，这丫头是你父亲送本侯的一份心意，本侯甚是喜欢，不会亏待她的，何不割爱？"

南宫冥叹了口气道："侯爷待人自是宽厚仁慈，若洛儿是个普通丫环，在侯府干活也是天大的福气。偏偏她和我自幼相识，两情相悦，早已互定终生，实在不能转赠，请侯爷见谅，他日定从大江南北挑能歌善舞的美人十名，送上侯府赔罪。"

龙昭堂愣了一下，狐疑问："南宫焕真同意你娶个丫头入门？"

南宫冥谦虚道："父亲自是同意的。"

龙昭堂笑道："本侯应去南宫世家恭贺一番。"

南宫冥道："侯爷厚爱，父亲是高兴的。只是他最近得了重病，便将南宫世家事务交卸与我，去了别院静养，不再管这些凡尘俗事。"

龙昭堂惊疑问："上次见南宫焕身子还好好的，怎会忽然重病？"

南宫冥叹气道："天有不测风云，世事难料，父亲已经病糊涂了，不宜见客，我身为独子，自应服侍在病榻侧，并早早娶妻生子，传宗接代，以慰父心。"

南宫焕是习武之人，平日骂起人来中气十足，怎可能轻易重病？更不可能病得没法见人！

莫非……弑父？

这是南宫冥兽化的先兆！

我牙关开始打颤，下意识往旁边一挣，挣脱了他的手，往窗台跌跌撞撞退了两步。将士们趁势举起长矛隔开南宫冥，龙昭堂旁有武艺高强的侍卫甩出长鞭，卷住我的腰，狠狠一拉。

我身不由己地往前扑去，连滚带摔地落到龙昭堂面前。

龙昭堂纡尊降贵地弯下腰，将我扶起，拍拍尘土，然后揽入怀中，伸手在腰上毫不客气地揉了两把，笑道："骨头还是那么软。"

南宫冥不悦道："侯爷，请放尊重些，她是我的未婚妻，不喜欢你。"

"是吗？她看起来似乎也不喜欢你，"龙昭堂拉长了音调，嬉笑道，"何况我不知南宫少主心意，小洛儿入侯府以来，身子给了本侯，怎能嫁你？不如本侯替南宫少主说个好媒来赔罪，据说洛王爷家的三郡主美貌贤淑，知书达理，与少主也算佳偶天成了。"

南宫冥的脸色变了，我也傻了，急忙推开他问："我身子什么时候是你的了？"

龙昭堂却把我揽得更紧了，他勾着我下巴，轻轻吻了吻，轻浮笑道："别忘了那天晚上，你在我身下热情承欢，一直叫着'侯爷，不要！侯爷，你太坏了！啊——啊——侯爷，你太猛了，人家不行了！啊——侯爷，饶了奴吧——'，那个声音可是惊天动地，全府都听得一清二楚。"

侯府所有人都暧昧地笑了起来，纷纷作证。

我……我确实叫过……我无法否认……我真的囧了……

"小洛儿就别恼了，回去爷不宠幸别人，专门疼你，还不成吗？"龙昭堂伸出手指，轻轻摸着我的脸，揉搓掉粘在眼角的易容药物，见我乱踢乱蹿，又阴森森地笑着强调道，"别急，今晚爷一定好好疼你。"

比地位，长期掌管海事大权的侯爷比武林世家刚刚接任的小少爷要高。

比人数，侯府调来的兵马几乎包围了整个茶寮，占绝对优势。

比不要脸，龙禽兽和小禽兽更是天地之别。

所以大老虎意气风发地抱着肥兔子，从头到尾摸了一次，从靴子里搜出把匕首，往地上一丢，然后作胜利者姿态，转身离去。

肥兔子不敢叫，只红着眼，拼命蹬腿，却被鞭子捆了个结结实实。

南宫冥站在原地，脸色阴晴难辨。

3

我整个人被打包丢进车内，甩到软榻上。

马车轻微晃了两下，开始行驶。

龙昭堂揉揉额头，看着我的脸色沉了下来，我像只蚯蚓似的挪着想找洞钻，还没跑多远，就被他抓回来，死死按倒在软榻上，很恐怖地问："你如何知道我房内机关的？"

我尖叫道："有……有人说的！"

"是谁说的？"夜明珠的淡淡光辉中，他的脸越靠越近，温热的呼吸喷到脸上，我仿佛可以看到他要用阴森森的牙齿，将我的脑袋撕成两半。

"南宫焕！"我毫不犹豫地将罪责推给那个老年痴呆被囚禁的家伙，反正死无对证！

龙昭堂的脸又靠近了三分："他想要什么？"

我来不及细思，飞快回答："南宫家也想插手海运……"

龙昭堂没有再问，陷入沉思。

我不知自己是否蒙混过关，惊疑不定中，腰被猛地一抬，炽热的吻覆了上来，龙昭堂的舌尖粗鲁地撞击着我的牙关，撞了几次都没有撞开，便失去了耐心，伸手抓住我的下颚，用巧劲卸开牙关，在里头胡乱搅动着。

我吃痛，狠狠一咬，咬破了他的舌头。

龙昭堂却像头野兽般亢奋起来，他也狠狠咬上了我的唇。

唇破了，鲜血交融。甜甜的、咸咸的，像铁锈般的味道充斥口腔，混合着彼此的唾液吞入彼此的身子里。

这种魔鬼似的交缠让人害怕，我呜咽着试图用膝盖推开他。

不知过了多久，他才依依不舍地放开我的唇，一边舔着上面沁出的血珠，一边温柔地命令："说，你以后会听我话。"

"不！"我鼓起全身的勇气去拒绝。

龙昭堂很有耐心地继续："说你会留在我身边。"

"不！"

"说你愿意和我在一起。"

"不！"

"说你爱我。"

"不！"

我的拒绝一声比一声倔强。

龙昭堂长长地叹了口气，他忽然抽开软榻旁边的珍宝阁下的两个小抽屉，第一格是三条质材各异的长鞭，有粗有细，做工精良；第二格是珠宝花钿，每样都价值连城，然后他问："你说想要自由，所以你可以选择，想让我怎样对你。"

鞭子是暴力屈服，珠宝是温柔收服。

他的神情是这么的自然，正如行刑官在宣布你有足够的人权，你可以自由地选择要绞死、斩首还是电椅，反正就是得死。

我一样都不想要，拼命摇着头往后缩。

龙昭堂看了我许久，冷笑道："你告诉我，既然无论温柔还是残暴，你都不想和我在一起，我又何须费这个心思呢？"

我壮着胆子回答："在一起彼此伤害，彼此痛苦，还不如分开好。"

"不！"这次轮到龙昭堂断然拒绝，"不可能会更痛苦。"

我不是很明白他这句话里的含义。

龙昭堂笑了，他喜怒无常地再次将我抱入怀里，轻轻地摇啊摇，在耳边自言自语："你喜不喜欢有什么关系？你讨厌不讨厌有什么关系？你的心在哪里又有什么关系？你的人属于我，会永远站在旁边陪着我画画就好了，其他的有什么所谓？小洛儿，想到你背叛我，离开和别的男人在一起，我就忍不住想杀了你……"

从没有爱，何来背叛？

他是疯子！搞艺术的人都是疯子！

"我在忍耐，不要让我真的杀了你。"龙昭堂的手探入我衣襟，盖上肌肤，轻轻抚摸，带来阵阵凉意，他哄小孩似的问，"以后陪着我，爱上我，永远待在我身边，好不好？"

"好……"我浑身毛骨悚然，知道再不答应真的要完蛋，而且会完蛋得很惨。

"你在撒谎，"龙昭堂温柔吻过我的脸颊，笑道，"没关系，回去后，我不会再给你任何逃跑的机会。"

他解开了捆着我的鞭子，将我上半身放置在榻上，俯下身，低声问："你会反抗吗？"

我惊恐地看了一眼旁边第三格那些乱七八糟的小玩意，再找了一下周围没有适合寻死的道具，然后拼命摇头。

热锅上的蚂蚁也没我此刻煎熬。

龙昭堂很满意，开始熟练地进行色狼工作。

他在慢慢地玩，时而温柔时而粗暴，就像凌迟，只是凌迟的不是身子，是自尊，都是拖着要死不活，却迟迟不砍下致命一刀。

我闭上眼，咬紧牙关，浑身僵硬，开始想象被狗咬的滋味。

一直摇晃着前进中的马车，忽然，顿了一下，停了。

侯府的车夫什么时候那么不专业了？

龙昭堂脸色一变，正欲发作。

车厢又重重摇摆了几下，外面传来杂乱的脚步声、刀刃碰撞声、暗器破空声，龙昭堂匆忙掀帘看去，见高大白马已被砍翻在地，血染碧草，发出嘶嘶哀鸣。数十名手持奇形怪状各式武器的怪人，将车队团团包围，与守卫将士们浴血搏斗。

我赶紧和衣起身，左看看右看看，寻找趁乱逃跑的机会。

"侯爷，大事不妙，是魔教邪人攻来，还请侯爷速速躲避。"龙昭堂的随身侍卫冲进来，擦两把脸上血迹，拱手道。

"那些下三滥的江湖人怎敢冒犯官府？他们为何不用火攻？"龙昭堂见惯大场面，短暂的慌乱过后恢复镇定，他观察场外形势片刻，斜斜看了我一眼，狰狞笑道，"幕后必有人主使。"

"和我没关系！"我连忙摆手否认，心里却怀疑是林洛儿的女主体质提前将魔教禽兽给吸引来了！可是伸头看了一通，众兽都蒙着脸，分不清哪只是禽兽头子，干脆按原著描述，只要见到高大英俊霸气的帅哥统统躲开就没错了……

"谅你也没这本事，自是别人。笔墨伺候。"龙昭堂命令。

被吓得直发抖的侍童赶紧拿出纸墨，细细研磨，尚未磨得几下，便被龙昭堂狠狠一把推开，还摔了个跟斗。龙昭堂在满天厮杀声中，卷袖沾了沾没磨好的墨，在纸上飞速写了几个字，盖印火封，交予一个沉默寡言的侍卫，命令道："传我手谕，调平阳县军士三千前来平匪！其余人拼死抵抗，退敌者赏金千两，受伤者赏金五千两，战死给抚恤金万两，斩贼首一具赏五千两，擒得贼首赏金十万。"

侯府养的护院将士本就是军中精挑细选的勇士，如今重赏之下，士气大升，都和打了鸡血似的，不怕死不怕伤和魔教邪人们死磕，邪人虽武功高强，却没那么拼命，而且似有顾及，只不停和众人周转，寻找进攻马车的机会。

双方打了个势均力敌，传令侍卫在众人掩护下，挥一根重戟，奋力杀出血路而去。

龙昭堂拔出剑，和我在车里互瞪，静待消息。

车外惨叫声不绝耳，我终于忍不住了："为何魔教会盯上你？"

"盯上我？"龙昭堂忍不住笑了，"若盯上我为何不用箭支远攻，用火烧逼降？他们是在顾及什么？怕伤害车中之人。而且本侯此次出行决定匆忙，连侯府众人都没有全部得知，这群魔人平时分布天南地北，怎会短时间集中在此？他们应该是早就安排在附近等待指令行动，目标必定是你。"

"我真没和魔教中人见过面！"我绝望地哀号了，"总不会路上给了两个馒头的乞丐是魔教教主易容吧？"

龙昭堂被我剽悍的想象力震到了，他沉默好一会才说："不可能，若是魔教教主抢人，来的就不会只是这些喽啰了，护法长老等管事的总会出来一两个，指示他们的另有其人。"

"是谁？"我问。

"探子前阵子来报，最近南宫世家和魔教频有接触，你的小情人可真是情深意重啊，怪不得在茶寮时没有力争，原来是将人手安排在半路上了，可惜他还嫩了点，"龙昭堂拍拍我脑袋，冷静地抿了口茶，忽然狠狠砸碎杯子，神情越发狰狞，"既然他想撕破脸面，本侯便陪他好好玩下去。"

碎片溅洒一地，茶水污了裙角。

龙昭堂一把将我抱过去，像玩弄猫咪似的玩弄我的长发，静静地不知在想什么，我却想起温文尔雅的南宫冥，他真的变了吗？

一个穿着铠甲的侍卫从外面重重砸入车内，他满脸是血，浑身是伤，睁大眼望着我们，在地上抽搐几下，终于不动了。

侍童在龙昭堂威胁的眼神下，慢吞吞将尸体踢了出去。

我坐着没动，就好像回到上辈子和朋友们一起对电视屏幕看杀人恐怖片的时候，每当刀子落下，受害人哀号声起，血淋淋的肢体到处乱飞，大家都喜欢用十指捂着眼，微微露出条缝，一边害怕一边看。如今身边就是残肢断臂，四处充斥着浓浓血腥味，听着真正临死前的惨叫，反而觉得不真实，宛若梦魇。

"你镇定得可怕。"龙昭堂说，"认为他一定能将你救出去吗？"

"不，"我摇摇头，"只是觉得……和谁在一起都差不多，凌迟和砍头最终没有区别。"

龙昭堂斜了斜头，笑道："在你心里，我大概是凌迟吧？"

恰恰相反，龙昭堂能伤害我的身体，让我痛苦，却伤不了我的心。我对他只有深恶痛绝，如果有机会甩他耳刮子，决不会手软，可是我从不想甩南宫冥耳刮子。

犹记得，同坐藏书阁的屋檐下，桃花初放，有个说自己相信水滴石穿的吹笛少年。

林洛儿爱他。

我没有爱他。

我们都不想看见他变。

他最终还是走上了同一条路。

4

车子的华盖被飞斧掀翻，木板夹杂着架子上的玩物纷纷倒下，龙昭堂伸手，替我挡开了砸向脑袋的琉璃香炉。随后车身四壁被铁钩刺入，狠狠拉开，整辆华车立刻散了架。一支袖箭射来，侍童被龙昭堂拉来做挡箭牌，连尖叫声都没得及发出就送了命。

"保护侯爷！"残余将士们纷纷涌上，举起盾牌。

龙昭堂死死拖着我不放手。

月光柔柔，一如往昔，照得修罗场格外阴森。我抬起头，看见百米外柳树下，有个瘦削身影扛着刀，混在魔教人群中，杀红了双眼。

他看见我，叫了声："洛儿！"

我低头，张开嘴，狠狠一口咬在龙昭堂的手背上，连皮带肉撕下了一块。

龙昭堂终于松了手。

我从地上捡起一把泥沙，洒向面前侍卫和龙昭堂的眼睛，侍卫举刀欲砍，龙昭堂急忙大叫："杀不得！"

我趁机从看准的一个防守薄弱处，像小狗似的连滚带爬，冲了出去。

"追！"龙昭堂气急败坏地叫。

侍卫也纷纷急叫："侯爷危险！使不得！"

我不管不顾，拼命地往前冲，比高中升学时的五十米考试冲得更快，冲入世界上最安全的怀抱。

石头抱着我，往肩上一扛，咬着牙飞快地跑了。

身后魔教的人在追，侯府的人在追。

他左手是体重八九十斤的我，右手是重达上百斤的九环大砍刀，负担实在太重。

眼见追兵渐近，石头衡量片刻，出道以来从不离身的武器终被主人遗弃，重重落在地上。

他改用双手抱起了我，加速奔入树丛，借着黑暗的掩护，甩开追兵。

约摸跑了七八里路，后面追声渐息，他稍微停下来喘了口气。一把温润的声音在树上响起："石头师弟，辛苦你了。"

我抬起头，见南宫冥穿着青衣，静静站在树枝上微笑。树枝在足尖下摇晃，他身形一动不动。清风微微吹起几缕未梳拢的发丝，长剑如镜，在月光下熠熠生辉，映得那双眼是一如既往的温柔，可是这份温柔里有说不出的冰冷。

他变了？

我抓紧石头的衣襟，向他怀里缩去。

石头退了两步，转身想跑。

南宫冥专长是轻功，速度更快，转身间已抢在前面，他回头看了石头一眼，淡淡地说："自小父亲就说你学得比我好，比我强，我不是很信。难得今天有机会，不如来试一试吧。"

石头单臂抱着我，下意识伸手抽刀，可是刀已经不在了。

这种两男争一女的戏码会不会太狗血了？

"冷静啊冷静！大家都是文明人，打打杀杀多不好，有什么事情可以坐下来慢慢谈，咱们再商量商量，不要动刀枪……"我鼓起勇气，硬着头皮，试图劝解。可是面对笑容保持不变的南宫冥，我越劝越没自信，越劝越心虚。

南宫冥将我仔细打量了一番，视线停在肩膀处，盯了许久，最终低下头，长长地叹了口气，平淡地说："洛儿妹妹，你先整整衣服，然后跟我回去。"

我低下头，这才发现刚刚被龙禽兽吃豆腐，衣服解开了大半，重新穿上时匆匆忙忙，带子没系稳，如今已经松开，露出半个肩膀，上面是星星点点的红色吻痕和啃噬痕迹，脚上的鞋子在被石头抱着逃亡的时候丢了一只，裸着雪白脚丫，上面还垂着条亵裤上的细带。头上鬟环早已凌乱，细密长发松松散散披在肩上，加上急出来的一头冷汗，这种感觉，似乎……有点不妙……

石头飞快地扫了一眼我肩上的吻痕，没吭声，只是沉着脸，磨了磨牙。

南宫冥的脸色也不好看。

这种奇妙诡异的气氛，我惊悟，他们该不会认为我和龙禽兽刚刚在翻云覆雨了吧！

我当机立断，迅速把上衣拉回去，想把系错的腰带打开重系，却发现站在旁边的两人眼神更怪了，石头还咽了两下口水，迅速脸红了。

我忽然想起，这种当着男人面解腰带的行为，等于现代站在大庭广众下脱皮带解裤扣，极具勾引意味，更何况是某方面相对保守的古代……

石头抓着我没放手。

我尴尬地抓着松垮垮的腰带站在那里，解也不是，不解也不是。

夜风吹过，好冷……

约摸过了半刻钟，石头瞪了南宫冥一眼，迅速抽下刀鞘上的长布条，慌慌张张将我里三圈外三圈地裹起来，狠狠打两个死结，力道之猛，差点勒断我的腰。

"妈呀！笨蛋，轻点，唉哟唉哟，你以为在扎麻袋啊……"我痛得眼泪都快飚出来了，低头看看自己的腰，起码细了两寸下去。

"总比被人看了好！"石头没脑子地再次伸手到我腰间，想解开重系，我赶紧一巴掌拍开他的笨爪子。

南宫冥冷冷看着我们，轻轻咳了一声："你们感情真不错。"

石头咧开嘴，露出小虎牙，示威似的说："那是。"

我偷偷在他后背上用力捏了一把，让他闭嘴——怎能在这个时候刺激禽兽？

石头微微扭了下身子，回头看我，满是控诉。

我没空和他"眉目传情"，只盯着南宫冥的一举一动。

南宫冥第二次叹了口气："洛儿妹妹，我以前一直认为，只要比别人更努力，总能把铁石心肠给捂化，可是我最近发现自己错了。纵使能滴水穿石，人心还是变不了，讨厌一个人始终是讨厌。"

"我不讨厌你！"我急忙解释。

南宫冥偏偏头，想了想，笑了："可是我想要的不止是不讨厌。"

"那是你贪心。"石头毫无顾忌地刺激对方。

南宫冥将视线慢慢转向了他。

我再次打了石头一巴掌，气急败坏道："你少说两句好不好？"

"哈，那又如何？"石头松开我的腰，冷笑道，"他为今天蓄谋已久，甚至勾结魔教，难道少说两句就会饶我一命吗？"

南宫冥回答得斯斯文文："洛儿妹妹，南宫世家追杀叛徒不遗余力，将来再和你赔罪。"

我给气得眼角直抽搐，若石头死了，要他赔罪有什么用？

石头的手缓缓移向腰间，口中再问："你是如何知道我会去无常楼的？"

"百万重赏，必有勇夫，"南宫冥回答得很诚恳坦率，"但安乐侯少混江湖，武艺不精，出门必须带上车马护卫，所以队伍庞大，行动缓慢，我收到消息后便走了水路，可惜没有抢到先手。"

南宫世家和安乐侯府都有互相安插的探子，得到消息也不足为奇。

可是，安乐侯的消息又是从哪里得来的呢？

没来得及细思，石头双手一翻，各亮出一把三寸长的漆黑匕首，野狼似的朝南宫冥突袭而去，他说自己不擅长短兵刃，如今匕首翻舞，一寸短一寸险，贴身搏击下来，竟也是熟练异常。

南宫冥第三次叹了口气，身形微动，手中秋水剑出，黑暗中是星星点点的剑气，如漫天落花在空中翩翩飞舞，美丽中暗藏杀机。

我的眼睛看不清他们的动作，只见一黑一蓝两条身影短兵相接，石头似乎在尽力贴近，南宫冥却轻巧拉开距离，刀刃在空中时不时撞出几朵灿烂的火花，还没看清，便转瞬而逝，随后又在十几米外的另一处出现。

以己短博其长的争斗，终究是石头落了下风，我竟渐渐看到了他左右躲闪的动作，似乎有些吃力。而南宫冥的剑还是那么快，那么疾，没有任何留情的余地。

心跳到了嗓子眼，呼吸已经屏蔽。我伸手探向袖中，从夹缝里摸出一个装着粉末的小纸包，那是我易容桃花藓用的药，自从发现它与辣椒水有类似功效后，我就藏了几包放在身上做防狼喷雾使用。

反正逃不掉，要死便一起死吧。

"住手！"眼看石头越退越后，动作更加清晰易见。我知他必败，便顾不上性命，低下头，大叫一声，像头发狂的蛮牛似的冲向刀光剑影中，赌一把自己的运气。

我的运气不错，石头听见呼声，匕首轨道转得飞快，只划破了我的袖角，南宫冥先是愣了一愣，然后急忙收招，手中连绵不断的剑光运转不灵，顿时停滞下来，就好像华丽的乐曲弹出一个尖锐走调的音符。

我不及细思，手中纸包飞掷而出，劈头盖脑地洒向南宫冥。

南宫冥对我并未提防，脸上沾到粉末，痛得他低呼一声，再也张不开眼睛。

"快跑！"我拉起石头就逃。

石头却没有动，他像杀红眼的猎人，手中匕首一转，往南宫冥飞扑而去，狠狠一刀往他心窝扎下！

南宫冥看不见周围，却闻得风声，急忙伸手格挡。

锋利的匕首狠狠擦过他的右手，刺入肩膀。

南宫冥负伤后退，石头拔刀再补。

"不要！"眼看从小一起长大的孩子要命丧当场，我的动作比理智转得更快，死死抱住了石头的腰。

"走开！"石头红着眼瞪我。

我惊悟自己在生死搏斗中这样做是不对的，可就是放不了手，只因我骨子深处对南宫冥的处境，总有一份深深的自责和内疚。作为原著的第一男主角，如果没有我，最少他能得到林洛儿的心。如今那个曾经纯洁、痴情的少年什么都没有了，却依旧为避免伤我而停下杀死对手的机会。

我不停盘算要如何逃离他，却从未想过要他死。

"洛儿……"南宫冥的声音像头负伤的孤狼，只有无尽的痛楚，刺得我心都在不安颤抖。

我祈求地看着石头，不停摇头。

石头犹豫了片刻。

南宫冥捂着伤口，强撑着睁开眼，迅速隐入树林，消失在夜色中。

"妇人之仁！尽拖后腿！"石头呼吸有点急促，他斜斜靠着大树，顺了好一会气，才恨恨地教训我，"知不知放虎归山，后患无穷？"

我自知做错，局促不安地道歉："对不起……"

"算了，我不承女人的情，更不想承这江湖不入流手段的情，下次有了武器，便光明正大地干掉那混球！你别再碍手碍脚！"石头又顺了口气，忽然又暴怒起来，一巴掌拍我脑袋上再骂，"没头没脑的家伙！冲到战局里找死吗？真他妈的蠢货！再有下次，老子……老子就……把你按凳子上狠狠抽一顿！抽得你三天下不了床！"

我低眉顺眼，任凭责骂，并乖乖举爪发誓，下次不敢。

"走。"石头缓够了气，命令道。

他没有再背我，只拉住我的手，走的速度并不快。

我想他可能生气了。

忽然眼前黑影闪过，是拓跋绝命从树丛里钻了出来，身上染了不少鲜血，头发也乱了许多。他看见我们，非常欣喜："洛儿，石头，你们没事吧？"

我心里忽然莫名不安，警觉问道："你去哪里了？"

"侯府的援军到达，我被拖住了。"拓跋绝命将视线从石头转到我身上，又变得有些呆呆的。

想起龙禽兽的忽然出现，想到不知名的通风报信人，想到南宫冥的回答，想到他对自己的心思，我不敢完全信任他。

想开口再问时，石头狠狠掐了我一把，轻松笑着说："大哥回来得正好，趁侯府和魔教中人打得混乱，我们趁机离开吧。"

拓跋绝命急忙点点头，不敢再看我，前头开路。

我为石头对兄弟无条件的信任感到郁闷非常，也不好明目张胆地开口反驳，便推了他的后背一把，想用悄悄话告状。

未料，石头稳若磐石的身子竟微微摇了两下，我手心传来一片黏糊糊的湿润感觉，急忙抽掌回来闻了闻，那是血的味道……

"你？！"我大惊。

石头看看我，看看拓跋绝命，伸出食指在唇边轻轻点了一下，摇摇头，表示沉默。

5

人在江湖飘，必不能少的两样东西，一是金创药，二是退路。

澄湖附近水路四通八达，客船货船无数，所以石头早早为杀杜三声准备的撤退方案，依旧是艘停在芦苇丛中的乌篷小船，船上放着我们的行李工具。在奔腾的水流推动下，飞快沿着小河道匆匆离去。

拓跋绝命不喜欢水路，他是骑术高手，水性只会狗刨，上次跳水逃亡若不是石头和我水性高，时不时拉他一把，八成还没到岸就得抱着那堆财宝沉了下去。

因为上次的心理阴影，他对这个撤退方案安排并不那么满意，却也无可奈何，只能一边摇船一边嘀咕着："不要又沉了。"

深色衣服看不清伤势，我把石头拉入客舱，点起油灯，生火烧了壶热水，要帮他包扎。

他见我伸手乱摸，还有点不好意思，说要自己来。我不管三七二十一，扑过去，粗鲁地抓住他衣服一统乱撕，剥得只剩条亵裤。

最近一直逃亡，他平时是靠肩宽勉强撑着衣服，才显得强壮些。脱掉衣服后我才发现他更瘦了，太阳晒黑的肌肤紧紧贴着肋骨和肩胛骨，腰只比我粗两寸，除了手臂上肌肉特别发达，搁在现代就是一竹竿，我送他的那颗星星还挂在胸前，却换了条粗粗大大的金链子，显得有些不太平衡，像个暴发户……

我戳戳肋骨，小声嘀咕："这么瘦……"

"丑八怪，你找死？！"石头恼羞成怒。

眼看他要自己动手，我赶紧拿出拓跋绝命的烈酒，先自己喝一口壮胆，再给他喝几口，然后用剩下的一点点清洗伤口。

他伤得不算重，就是看起来恐怖。背上是两道长长剑伤，腰侧一处，腿上一处，手臂一处，割得很整齐，皆不是要害，鲜血凝结在衣服上，糊成了一块块，有些碎布还沁入了伤口深处，撕的时候，有些像揭皮，再加上烈酒的刺激，碰到伤处是锥心刺骨的痛。石头五官全皱起来了，牙关在咯咯作响，却硬撑着一声不吭，手中抓着的床板一下给捏成了碎片，发出阵阵破裂的响声。

拓跋绝命在外头问："怎么了？"

我说："有老鼠！"

拓跋绝命："水上也有老鼠？"

我："吱吱——"

拓跋绝命："别怕，让石头小弟淹死它！"

石头："……"

老鼠不叫了，我将盆子里的水、带血污的衣服从窗口丢掉，给石头把剩下的伤口用细密白布一卷卷缠好，还打了一个漂亮的蝴蝶结。等收拾好剩下的东西后，我才低声问他是怎样追上我的。

石头站起来，活动一下身子，鄙视我道："我站在高处，看见龙昭堂的车队徐徐而来，包围了茶寮，不知道你出事了，还真当我是傻的不成？"

"杜三声呢？"我再问。

提起这个问题，石头变得很沮丧，他原地转了两圈，摇摇头道："不是杜三声，杀死我爹的人是用右手剑的，杜三声却是用的左手，而且他身材娇小，甚至还没你高……没理由会大开空门，选择一个艰难的姿势去刺我爹的咽喉部位。所以我发现龙昭堂后，就放弃了刺杀计划，和拓跋绝命折返，分头营救。"

武学上的事我不太懂，我指指窗外拓跋绝命的影子，含蓄地问："怎么办？"

石头披上衣服摇摇头："再看看。"

他的江湖经验比我深，对拓跋绝命的认识也比我深，男人间的兄弟感情也不是那么容易放得下。我只能将自己的怀疑说出来，让他去做决定。

"你们一路走来真没遇到过人？"石头问。

我拼命点头。

"我始终不愿相信他会做这种事，你先别急，瞒下受伤的事，他水性不好，有所顾忌，不可能在船上和我动手，我们可以晚点再试探一下。"石头很快作出决定，继而他困惑地看着我的脸，"其实……我这几天一直想问，你的桃花癣呢？"

我后知后觉地摸摸脸上被龙禽兽卸了大半的妆，眼神飘忽地回答："生活好，营养好，所以好了。"

石头没追究，指指剩下的热水道："洗了吧，易容药水脱落了不少，一道黄一道白的，真难看。"他自动自觉走开，留下空间给我更衣。

我照照镜子，觉得石头不是禽兽，大家从小长大，而且将来还要在一起走江湖，总瞒着他很不好，不如趁此机会，开诚布公。我便重新烧了些热水，混入卸妆药物，对着镜子，将脸上妆容一点点卸下去，梳开额发，露出整张脸蛋，松松地在耳侧编了一条长辫子，用红绳系上。然后用剪刀剪开他在我腰上打的死结，狠狠松了口气，重新换上一身粗布女装，没有裹腰，更显得镜中人亭亭玉立，倾国倾城。

如果没有原著，我也会爱煞了这张漂亮脸蛋和婀娜身材，何况禽兽？

可如今我只想念上辈子柯小绿那张额头上带小痘痘的圆脸和大象腿。

可是那张脸在我记忆中，已经越来越模糊了。

阵阵船身破水声中，甲板上石头和拓跋绝命的对话，透过薄薄墙板，传了过来。

拓跋绝命问："你受了伤？"

石头："南宫那家伙也没什么大不了的本事，不过刮伤了手臂，不碍事。可惜那家伙轻功不错，我带着洛儿，围堵不上，让他逃了。若是大哥早一步赶到，肯定能将他人头砍了！"

"没办法，"拓跋绝命遗憾地说，"你带着洛儿突围的时候，龙昭堂的援军到了，包围了所有魔教中人，他们认定我是同党，我费了好一番工夫才和其他魔教中人一起突围而出，又不敢把他们往你那边带，只好逃跑乱转圈子，差点以为遇不到你们了。"

石头问："大哥，南宫冥和龙昭堂是怎么知道我们在澄湖的？"

拓跋绝命："不知道，莫非是这些日子有人看见了你？"

石头："如果只是南宫冥的话，可能是冲着我来的，但龙昭堂不可能为了我这种小人物亲自追出来。"

拓跋绝命："我也觉得奇怪。"

石头沉默片刻，苦恼道："我更奇怪的是……洛儿这个丑八怪，还没村里王二嫂长得好，究竟是怎么惹来那么多混账男人的？难道大家眼睛都瞎了不成？"

拓跋绝命："不，她很好……真的很好……石头小弟，你真的很喜欢她？"

"她就脾气还可以，但性格古古怪怪，又不是天下女人都死绝了！谁稀罕她？"石头习惯性地一口否认，然后又问，"大哥，你说她该不是在我看不见的时候乱抛媚眼勾三搭四了吧？"

我靠！他不怀疑我的容貌有问题，居然怀疑我的人品有问题？！

还想和拓跋绝命这个疑似禽兽的家伙撇清我们俩的关系？！

做梦！咱们关系大着呢！他爹可是说过要他娶我的！别想赖账！

我敲着船板怒吼："石头，你给我进来！"

石头一溜烟钻了进来，撇撇嘴，不耐烦地问："喊那么大声做什么？没半点斯文模样！"

"放屁！"我气急败坏地叉着腰，瞪着他质问，"你刚在外面胡说我勾三搭四？你哪只眼睛长斜了看见我抛媚眼的？"

"我也就随便说说，随便猜猜，"石头摸摸鼻子，心虚了，随后他又死鸭子嘴硬道，"你平日还不是总说我四肢发达头脑简单，谁嫁我了谁倒霉？"

他不头脑简单能勾搭那么多禽兽，还和他们称兄道弟吗？我气得直掐他胳膊："我也就是私下骂你，你不能在别人面前乱说话啊！真是没脑子的笨石头。"

"横竖你又不嫁我大哥，紧张什么？"石头翻了个白眼，"我一直奇怪，你没勾三搭四是怎么惹上那群男人的？你外祖母临终前可是让我看着你，不准胡闹的。快解释一下，不准用狡辩混过去！"

他眼睛不止是斜了，还瞎了！

我赶紧指着自己的脸蛋冲着他说："你看看，你认真看看！难道还不明白吗？"

"明白什么？"石头弯下腰，仔仔细细看了半晌，最后伸出手指戳戳我的右脸颊，"这里还有块黄迹没洗干净。"

我重新拿起铜镜照照，用手巾搓搓脸，露出一个八颗牙齿的灿烂笑容，再问："现在呢？"

石头检查后，点点头："干净了。"

"还有呢？"我见石头没反应，提示道，"你看见我没易容的脸，难道没别的感想了？"

石头抱着肩膀，盯着我的脸，努力找不同："看着比以前白净了许多，睫毛也长回来了……"

我问："还有呢？"

石头恍然大悟："你嘴唇破了。"

我："就这样？"

石头眨巴眨巴眼睛，忽然暴怒道："你还想怎样？对了，你还没解释你勾三搭四的问题呢！又想打混？"

我气得暴走，急忙扑到他面前，踮起脚尖，指着自己问："你难道没觉得我倾国倾城貌美如花楚楚动人沉鱼落雁闭月羞花？"

石头目瞪口呆半晌，才小声回答："我觉得……你越来越不要脸了……"

我给堵得说不出话，他回身在船舱的包裹里翻出一张包杏仁饼的旧年画，拍拍饼屑，指着上面油乎乎的天女散花，痛心疾首道："这才是美人，你顶多是皮肤白点，五官没长歪，模样还凑合，哪来那么大自信做绝世美女的？真当世人都瞎了眼？说出去也不怕人笑话？"

我伸手接过那张大红大绿的旧年画，上面的散花仙女极具乡土风味，长得白白胖胖，脸圆得像满月，小嘴巴双下巴，眼睛细得像条缝，胸部大得像木瓜，腰粗臀肥，浑身环佩叮当，花枝招展……

石头很有耐心地教育我："知道什么是美人了吧？"

我比量一下画中美女的胸部，再低头看看自己尚在发育中的小平板，恍惚了……

石头满意地将画丢去旁边，继续审问："说吧，为什么龙昭堂和南宫冥会看上你？"

"我冤啊，我什么也不知道，大概他们脑抽了……"

"你是不是总是用眼睛乱瞄人？"

"应该没有……"有那么一两次也是为看清楚禽兽长啥样。

"对了，我记得你以前连倒夜壶的阿初都不放过！还收过他送的花？"

"我……我……"我浑身是嘴也解释不清了。

"看！就是你惹的事！"石头怒气冲冲地拍着桌子，替我做了决定，"以后不准随便乱看男人！眼睛放老实点，老子可没那么多力气替你收拾烂摊子！"

我欲哭无泪，只能点头答应。

"女人啊女人，不盯着就是不行……"石头感慨两句，摇头晃脑地转身离去。

我不死心地最后追问："我真的不好看？"

石头一脚踏在甲板上，回头又看了两眼，恨铁不成钢地说："女人重德不重色，长得好看不好看有什么打紧的？你老想这干什么？"

我没理他，重新拿起镜子左看右看，镜中人美貌依旧，我心里却开始怀疑，莫非一切都是错觉，林洛儿长得没自己想象中那么祸国殃民？那群禽兽喜欢上自己不过是原著金手指的力量？

然后我又捡起年画出来对比观察，忽然发现那散花天女长得和柯小绿上辈子的容貌挺像，两人的脸都一样圆，说不准我原身穿越过来，才是真正的美女……

我是不是真的太自恋，太不要脸了？

恍惚中，门外传来掉下东西的声音。

抬头看去，是拓跋绝命保持推门卷帘的姿势，像座石雕，一动不动地盯着我看，就连手中捧着的碗筷掉到地上都不知道。

我也愣愣地看着他，不知要作何反应。

"大哥，你怎么了？"石头端着一锅粥进来，扯了他两把，"吃饭啊。"

"是,吃饭吃饭……"拓跋绝命痴痴地看着我,应声虫似的回答,被石头再三催促后,手忙脚乱地捡碗筷,连洗都不洗就摆上桌,然后分我三支筷子,石头两支,自己一支……

我慌乱片刻，忽然产生一个恶毒的念头。反正拓跋绝命早就偷看过一次，已知道我的真面目，我不如大大方方地露出脸，让他看个够，甚至故意在他面前多转转。若他真是个好人也罢了，若他按捺不住露出禽兽本性，石头必然大怒，会和他断绝兄弟情义，从此分道扬镳。如果他要杀人，我们在船上也能占尽优势。

想到这里，我将自己多出的筷子递回去，不再遮掩容貌，还微微笑了一笑。

拓跋绝命更痴了。

石头狐疑地看了兄弟两眼，又看看我。

我"贤良淑德"地低头吃饭，还给他夹了块最好的鱼肚子。

拓跋绝命连菜都不要，看着我下饭。直到石头用力地"咳"了两声，他才回过神来，讪讪说："妹子长得真俊，待你更是真情实意，小弟你太有福气了……"

石头听见赞美就翘尾巴，他很大爷地摆摆手说："福气什么，她这丑八怪有什么好？

谁稀罕啊！"

我狠狠一脚踩在他脚背上！

拓跋绝命干笑两声，再问："那小弟你喜欢怎样的女人？"

我竖起耳朵听。

石头想了想："长相是其次，性子一定得好，要会持家，会做饭绣花打扫种菜。"

我都会！

石头又说："不能勾三搭四水性杨花，要懂得知冷知热。"

我也会！

石头："要会孝顺长辈，教育孩子……"

我会！

石头："要三从四德，以夫为纲。"

先应着，将来再赖账……

石头最后窥了我两眼，"傲慢"地说："不听话的女人，我是不要的。"

我给这白痴气得要命，还要低眉顺眼装小白兔样，又给他夹了两块鱼。

"是这样吗？"拓跋绝命看着我，放下碗筷，不知在想什么。

饭毕，我去收拾碗筷，石头忽然凑到我身边，懒洋洋侧身坐下，先是扯了扯我的辫子，然后拉了拉我的衣角，待我转过头去，他却移开视线，看着远处碧水青山，盘着双手，仿佛不经意地说："若是稀罕上谁，我便一辈子只待她好。"

我的心，猛地动了一下。

6

潺潺流水，波光粼粼，可见水底游鱼矫捷地甩着尾巴在水草中穿行，两岸是青山绿柳，炊烟人家，那三五棵枫树尤爱招摇，掉下一两片红叶，慢慢从游船身边浮过。

我俯身伸手，从水中捞起一片美丽红叶，想叫石头来看。回头却见他已枕着缆绳沉沉入睡，

我揉揉酸痛的双脚，慢步到他面前，坏笑着伸指轻戳他软绵绵的双颊，他没有醒来；我揉揉他柔软泛黄的长发，他没醒；我又捏了捏他鼻子，他依旧没醒——这场连夜负伤苦战，带着我数十里奔波，已超出体力负荷，他太累了。

我慢慢蹲下身，将他乱七八糟垂下的额发统统撩去耳后，然后凑近细看。

平日里因他笑我是丑八怪、没脑子、蠢丫头，所以我也笑他是晾衣竿、莽夫、尖

192

嘴猴腮、眯眯眼、傻高个……两人针锋相对，嘴巴上谁也不让谁，而且一块儿长大，也没太留意对方长相变化。

今天却忽然发现，虽然他总被太阳晒得黝黑的脸，因受伤缺了几分血色，五官却端端正正，鼻梁线条笔直柔和，浓而短的睫毛随着呼吸微微颤抖，发白的嘴唇上有几道干裂，额上还有块撞出来的乌青……只要不受伤，不乱穿衣，不和拓跋绝命这种妖孽比的话，其实也是个清清秀秀的小帅哥，怪不得在南宫世家的时候那么多小姑娘看上他，暗地给我使绊子。

"洛儿……"石头在梦里低声叫唤我的名字。

我仿佛被电触到，惊得赶紧后退。

石头扁扁嘴唇，抽抽鼻子，含糊道："好，好吃……"

我的脸开始发烧起来。

石头再道："爹……松子糖……"

代表着悲伤的金色星星从衣襟里溜了出来，在阳光下闪耀着璀璨光辉。

我猛然想起他爹死后，他再没吃过最爱的松子糖。他用稚嫩双肩挑起千斤重担，再将我这副沉重负担挑上，强迫自己离开童年，快速成熟长大，小小年纪陪着我一起亡命江湖，走看不见前方的险路……

如果这不是情深意重，这不是喜欢，还有什么是呢?

血微微沁出包扎的纱布，几点猩红。我小小的青梅竹马，已伤痕累累。

我轻轻低下头，凑近，再凑近，轻轻吻上他光滑的额头，如蜻蜓点水，一掠而过，快得尚感不到彼此体温，然后偷眼四处无人，按着慌乱心跳，再悄悄吻上他的鼻尖，在温热呼吸声中，缓缓往下蠕动些许，犹豫迟疑，顿了片刻，最终还是不好意思地离开了。只坐在他旁边，傍着船篷，暗自窃笑。

小艇快行，莫负了，一路好风光。

何处是岸?

忽然，我感觉有道视线在看自己，猛地回头，是拓跋绝命踏着比猫还轻柔的脚步一溜而过。他似乎已经痴了，时不时如鬼魅似的在角落出现，非要往这边看上两眼。待石头醒了，又时不时看着他，满是乞求。

石头终于给看觉悟了，私下来问我。

我赶紧将他们部落共妻的风俗告诉石头，石头听完脸都黑了，立刻让我蹲在船舱里，他去找拓跋绝命谈判。

船身不大，没处周转，我见事关重大，便踮着脚尖，悄悄跟去，在窗纸上戳了个洞，贴着船板偷听。

无论石头怎么追问，如何赌咒发誓中原女孩绝不会遵循草原规矩，拓跋绝命都沉默着不作答，我听墙角听得倒是紧张万分。

石头终于怒了："我当你是兄弟，你又不是不知道我的意思，怎能对她打主意？而且那丫头又笨又懒，惹的麻烦又多，你是不知道她本性而已，若是知道了，怎会喜欢上她？来来，我给你说几件，大冬天她就赖床，洗澡水都要我给她挑到房里，天下哪有这种懒婆娘？你去外头随便挑个也比她强……"

我怒！他也不想想冬天我给他洗衣服洗得手长冻疮！

拓跋绝命终于缓缓开口道："草原上花开千万朵，我就喜欢她这类型，像太阳出来，天空下雨，有什么办法？喜欢上一个人，还能拿刀将我的心剜了去？"

石头皱皱眉："大哥，你们认识才几天。"

拓跋绝命："我就像看中猎物般，一眼喜欢上了。"

石头摇头，不屑道："胡扯，这世上哪有一见钟情？"

"当然有！"拓跋绝命一把抓住他，急急求道，"石头小弟，我存了钱，存了很多钱。我去给你买个媳妇，白白胖胖，最好的，会持家煮饭女红针线，会孝顺父母长辈，会三从四德，会以夫为纲，会规矩听话的好媳妇，你把洛儿让给我吧，反正她不是你喜欢的类型，大哥……大哥会谢你一辈子。"

石头给惊住，愣在当场。

我急得差点拍墙跳脚，石头啊石头，虽然都姓李，你可不能学李寻欢那白痴。

幸好石头不白痴，他急急摇头道："荒唐，人是可以买的吗？"

"当然可以！天下没有什么是不可以买的！"拓跋绝命理直气壮道，"当年南宫世家不是买了洛儿吗？若你把洛儿给了我，我会给你很多很多钱，一百万两黄金，两百万两黄金，无论你想要多少，我都会去努力挣来给你，然后带她一起去草原上放牧，我会买很多很多牛，很多很多奴隶，让她每天有牛羊肉吃，有花露洗澡，过得比可汗妃子还好，她会慢慢喜欢上我的……"

天苍苍野茫茫，风吹草低见牛羊，那是他梦想中的生活，不是我的。

"够了！"我气得脸颊发烫，急忙从船舱里跳出来，指着他鼻子骂道："你愚蠢也要有个限度！天底下不是什么东西都有价值可估，不要把女人当牛羊！你父母的恩情能买吗？你兄弟的感情可以买吗？教养可以买吗？品德可以买吗？人心可以买吗？我不是放在商店里估价的货物！"

"你红着脸儿，更美……"拓跋绝命愣愣地看着我，似乎将所有指责都当耳边风，他好像克制不住自己的冲动，忽然抓住我伸到他面前的手，从手指到手背，再到手心，忘形地烙下无数个疯狂的吻。

我吓得尖叫一声，拼命抽手。

石头像头被激怒的老虎，狠狠一拳打了过去。

小船重重摇晃了一下。

是拓跋绝命未曾提防，被打得重重摔倒在地，半边脸渐渐红肿起来，嘴角破损，若再偏上两分，便要断了鼻梁。他坐在地上，吐出两口带血的唾液，用袖口擦擦脸，然后撑着船板，吃力地重新站起，迅速按上腰间的飞索和短刃。

我也跟跄两步才站稳身形，怕拓跋绝命恼羞成怒，当场开打，急急躲去石头背后做缩头乌龟，却见他背后伤口再次迸裂，血浸湿了衣服，慢慢渗透出来，只是染在深蓝色衣服不太显眼，看着像水迹，不知瞒不瞒得过人。

拓跋绝命看看胆怯的我，看看暴怒的石头，仿佛从梦里回过神来，他松开武器，讪讪道："对不起，我……"

此时石头手里早抓过一把烧火的铁钳做武器，见他没有开战意图，便将钳口微微垂下，护着我往后退了几步，然后一把将我推进舱内，自己堵住门口。

"石头小弟，我……我只是太喜欢洛儿了，一时忘形……"拓跋绝命想解释，却发现理由很烂，站不住脚，急得满额是汗，眼角却不停往门缝里瞄，对我说，"洛儿，就算你值一万头牛，十万头牛，我也不会拿你去算钱了，你别恼了好不好？"

我不恼，我害怕！

曾听说游牧民族将女人当私人财产，和牛羊一般算，而且拓跋绝命这种头脑简单，想做就做的家伙，变数太快，反而捉摸不定，不知道他下一步会做出什么出乎意料的行动，今天可以忘形地来亲我的手，明天说不准就忘形做出和原著同样的禽兽事情来。

"洛儿，洛儿，对不起，其实我……"拓跋绝命还在手足无措，不停呼唤我的名字，试图把我从屋里抓出来解释。

"够了！"石头大喝一声，打断了他的话头，冰冷又客气地说，"大哥，这些日子辛苦你了，小弟很过意不去。"

拓跋绝命擦擦脸，低下头："没什么。"

石头继续道："送君千里终有一别，天下无不散之筵席，大哥你还要悬赏挣钱，小弟要护送洛儿找安全地方，恐怕耗时甚久，咱们三个人在一起行动目标显眼，不如暂且别过，待风平浪静后再聚首吧。"

拓跋绝命黯然道："你们要去哪里？前路太危险了，不如我再送你们一程吧。"

我赶紧冲着石头杀鸡抹脖子地使手势，表示绝对不能说。

石头略一迟疑，回答："一边走一边找落脚处。"

拓跋绝命不太会看人脸色，热情而急切地说："我可以再给你寻几个隐蔽的落脚点。"

石头摇摇头，狠心道："大哥，上次去澄湖有人告密给安乐侯府，引来重重追兵，小弟是再也不放心了，洛儿胆子小，经不得几次吓，所以还是我们自己来吧。"

"若让我知道是谁告密的，非砍了他脑袋不可，"拓跋绝命附和几句，忽然顿悟，看着石头小心地问，"你怀疑是我走漏了风声？"

石头沉默不语。

拓跋绝命愤怒地大声道："我没有！"

我怕他怒极不知会干什么，也怕石头不是对手，赶紧舱内弱弱地小声帮腔："拓跋大哥你长得太惹眼了，那双有色的眸子易容也遮不住，或许是这样才被人盯上的。"

拓跋绝命强辩道："绝对不可能！"

石头道："大哥，你若真当我是兄弟，就别打洛儿主意。你现在在兴头上，心心念念都是她，人一糊涂，难免会做出傻事，咱们……还是先分开各走各的吧，待过两年，等你冷静下来不再想她，小弟自会带着她一块儿去找你赔罪。"

拓跋绝命手上青筋暴起，唇也咬得发白，他瞪了石头半晌，不甘地问："我们是结拜兄弟，你居然怀疑我出卖你？"

石头犹豫了一下。

拓跋绝命终于怒了，重重还了他一拳："你他妈的混蛋！"

我心惊胆战，石头死撑着门框不放手，满肚子忍了又忍的脾气终于发作了："我们是结拜兄弟，你居然想把洛儿估价？好，你说人都是有价的，那洛儿在你心里价值几许？"

"很贵，"拓跋绝命毫不犹豫地回答，"价值连城！"

石头冷笑道："龙昭堂富可敌国，他出得起一百万两黄金，自然也出得起两百万，三百万，四百万……他有的是钱，买得下一座城！我怎知你会不会卖了她？"

"我……"拓跋绝命给呛得哑口无言。

石头握紧手中铁钳，护着身后："我不能冒险。"

196

我探出半个脑袋，低声劝道："大家别动粗，好合好散，再见不难……"

拓跋绝命像受了伤的苍狼，他一会儿看看石头，一会儿看看我："原来你们谁也不信我？"

我和石头都没回答这个敏感问题。

"很好，很好，很好！"他仰天狂笑，像疯子似的连说三个"很好"，大步走向船尾，左手拿起竹篙奋力一点，船身狠狠晃了两下，迅速向岸靠近了七八米，然后右手飞索甩出，挂上石壁一块突出的岩石，人同时纵起，飞身上岸。

他回过头来，又看了我一眼，脸上是说不清道不明的神色，或许是恨，或许是爱，可他最终还是狠下心，远远地走了，消失不见。

我不知道这样的结果究竟对不对……

石头在拓跋绝命离开后，他拿了顶渔翁戴的斗笠让我罩在头上，然后将小船重新撑开，顺水行舟，划了三四个时辰后，改变航路，其间一句话都没有说。

我强迫他换了伤处白布，然后试图接他的班，学着撑船，只是技术不精，双臂无力，撑得小船乱晃，速度却快不了多少，于是被石头逮了回来，直接让船只顺流而下。

拓跋绝命留下两瓶烧酒，石头整瓶喝了下去。

我认为未成年人不能饮酒，又怕他养成习惯，和他爹一样经常酗酒，于是去拦下第二瓶。

他闷闷地说："洛儿，我很担心。"

看见他沮丧，我心里也跟着难过起来，安慰道："你大哥……呃……头脑是简单了点，或许未必是他做的，感情这些东西过几年可能淡了，总会有真相大白的一天。"

"我担心的不是大哥，他就算一个人闯江湖，也出不了大事，我担心的是你，"石头带着两分醉意，抓过我的手，拉着我在旁边坐下，映着烛光看了半晌，忽然在我脸上揉了揉，黯然笑道，"以前在南宫家当黑卫，大家都笑我没有看女人的眼光，只要五官端正，就分不出好歹。可我见大哥对你那么痴迷，南宫冥和龙昭堂又不惜余力地追捕你，或许你真的很好看，而且大家都发现了你的好……"

想起龙昭堂的鞭子，想起南宫冥弑父的狠辣，想到拓跋绝命的冲动，我恐惧地摇头道："我不喜欢他们。"

"不求大富，不求大贵，只求平平安安活到九十九，"石头的声音越来越低，"洛儿，你若真是个没人要的丑八怪，该多好？"

我轻轻点头。

石头抱着我肩膀，第一次坦白："虽然大家说我有天赋，但我毕竟年幼，不是顶尖高手，只有一个脑袋一双手，江湖险恶，人心复杂，我不知道我们能走多远，可我会用自己的脑袋来护着你，不让任何人勉强你做讨厌的事……"

　　我喉头有些硬，低声骂道："傻瓜！如果要丢命，当然是立刻把我交出去逃跑要紧！"

　　石头笑着摇头："不，只有我才能欺负你！"

　　我骂道："笨蛋！"

　　他笑嘻嘻地没有还口，只愣愣地看着船外流水，脸上是掩不住的担忧。

　　这一刻，我下定了决心。

　　若只有顶尖高手才能护我周全，那我便让石头变成天下第一高手！

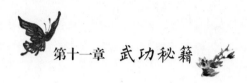

第十一章　武功秘籍

1

"你疯了？"

"我没疯！"

我穿越至今已七年零四个月，纵使防来躲去，七大禽兽已遇其四，更和南宫世家与安乐侯府结下梁子，所以我不再相信自己倒霉催的运气，提前为遇上未出场的三大禽兽做最坏的心理准备。

神医禽兽久居深山，不轻易见客。我就算病得要死，也不会把兔子肉往老虎口里送。而且他武功不高，就算不幸在其他地方相遇，石头也能轻松制服，所以不足为惧。

麻烦的是大侠禽兽和魔教教主禽兽，前者是江湖威望极高的顶尖高手，是个擅长装模作样的伪君子，也是武林领袖人物，若得罪他，可能会引起公愤。魔教教主在原著小说里刚出场，只知其冷漠无情，嗜血好杀，手段残酷，让人闻风丧胆。林洛儿刚开始落在他手上时嘴硬骂了他两句，结果被他二话不说就挑了左脚脚筋……

女主角金手指开得很"妙"，我只有床上天赋，没有武学天赋，爬个楼梯都能喘半天气。想做白发女魔头横扫八方的可能性很低，凭石头手头上那点功夫，遇到大BOSS，只能和我一起做同命鸳鸯，想死多惨就有多惨。

现在唯一的指望是文中记载的世外高人留下的宝藏，据说里面有武学秘籍，金钱武器什么的，是拓跋绝命心心念念的地方，却因剧情的时间点提前，导致蝴蝶效应，他似乎失去了藏宝图线索，并没有出发去寻找，倒便宜了我。

林洛儿被杀手带着去过宝藏地点，所以我不需要藏宝图，也记得大概位置，而且知道得比任何人都准确。

我指着远方，描绘着美好前景："来吧，石头，咱们去找宝藏，然后向一代宗师进军！我下半辈子的人身安全全靠你了！"

石头压根儿没看我，他一边吃大饼一边问："你疯够没有？"

"我没疯！"难得有人将宝藏双手供上，他居然还怀疑？这小子太不上道了，我气急败坏地打下他手中大饼，揪着耳朵，一个字一个字地发誓道，"宝藏就在岐连山脉，若是假的，我就不是人！"

"哈哈，若发誓有用，你早不知道是什么了，"石头给笑呛到了，一边咳嗽一边问，"你从哪里得到的消息？"

"龙昭堂的书房！是他偷偷藏起来的图纸，我看了几眼，不会有假！"我娴熟地将问题推卸给禽兽，飞快回答。

"那么机密的东西他会让姬妾看见？"石头不屑地反驳，"就算看见了，凭你这烂记性，两眼能记住？"

从小一起长大的最大坏处是，大家太熟了，撒谎很难过关。

我迅速趴在桌子上，"眼泪汪汪"地胡扯蛮缠："你觉得我没用，你觉得我是拖油瓶、废物……咱们认识那么久，我每次说话你都不信，太伤我自尊了！"

"少来这套！你再揉眼睛也揉不出一滴眼泪来，小心揉坏了。"石头被我缠烦了，用指头敲着桌子想了许久，终于应道，"反正我们也没地方可去，这里离岐连山也近，在深山老林里躲躲是不错的主意，不过龙昭堂生性狡猾，我怕是圈套。"

"万岁！"我欢呼着去打包爬山行李了。

石头抓抓脑袋，看着我的眼神里满是狐疑。

我不在乎，等他成了绝世高手后，再来谢我也不迟。

岐连山脉很大，宝藏藏在悬崖某处，徒步不知要走几天，所以出门准备要做足，反正有苦力搬东西，我干脆找了个山民用的大竹筐来装东西。

几十米的粗绳索是必备的，干粮要带足，天气越发寒冷，被铺和御寒衣物也得准备，还要带上蛇药、刀伤药等常用药品，吃饭用的碗带两个，装水用的葫芦，再加一个装菜用的碟子，煮饭的锅铲更是不能少，再加上火折子三个，沐浴用的手巾，刷牙的青盐……

石头问："你要不要连桌椅床铺都带上？"

我顶着他愤怒的视线，默默将烧水用的大铜壶拿出来。

石头重新检查一下装备，拿出把剔骨尖刀和粗重柴刀插在腰上，筐里丢了把普通单刀，然后背上。

我也想要把刀防身。

石头将我上上下下打量几番，顺手给了把剪刀，还是王二麻子的名牌产品，拍拍我脑袋，哄道："乖，小心别扎到手。"

我当场暴走，拿起名牌剪刀追杀他好几百米。

石头背着巨大的竹筐，慢悠悠地逃，时不时还退着走两步，停下来等我追杀。

我跑不过他，晚饭时血淋淋地杀了两只山鸡，狠狠拔了一地鸡毛，展示刽子手的残忍本色！

石头吃得直抹嘴。

南宫世家和安乐侯府正式反目，逃亡时多了不少空隙。我们也做了很多易容和反潜行工作来消除痕迹，轻松潜入岐连山后，一路挑着荒僻无人处停停走走。两人野餐很有经验，也很有默契，石头的武功应付山鸡、野兔、野猪、鱼、狼这些小家伙不在话下，逮着什么我们就吃什么，还有各色野果做餐后水果，偶尔摘到鲜嫩蘑菇，晚上就有汤喝。若不是怕吃不完被我逼着打包，他还想打只狗熊来尝尝熊掌味道。

大约走了七八天，两人终于站在了悬崖边上。猛烈的风吹乱了头发，白云在脚下环绕，苍翠松树如仙人般立在崖壁上，几朵鲜红的小花在旁边轻轻摇晃。

石头："……是这里？"

我肯定地点了点头。

石头："我去跳崖？"

我安慰道："绑着绳子很安全。"

石头呆滞地环顾四周，悬崖两岸长达十余里，看不到尽头。

我自信地看着脚下，指点江山："宝藏就在下面某一处！"

石头呆滞地看着我。

我握着拳头给他打气鼓劲："你慢慢跳，每天跳个两三次，四五次，总有一天会跳完的！世上无难事只怕……"

石头呆滞地跳了下去。

我："等等！你还没绑安全带呢！"

在普通悬崖上往下跳，会有许多树木会拦住坠下的身体，死亡率只有百分之六十到七十，是所有自杀方式里最低的一种，绝不推荐。

石头对安全带不屑一顾，他抓着崖上的草叶树枝，在突出石壁上跳来跳去，时不时还来个金鸡独立，倒挂金钩什么的吓唬我，用炫耀自己的轻功的口气道："厉害吧？"

我嗤之以鼻："你不去做猴王真是猴群的损失，快看，崖壁那头有母猴子在羞答答地看你呢！"

石头发誓："找不到宝藏就把你绑起来卖给公猴子做压寨夫人。"

我："……"

林间寒冷，石头在悬崖下面满头大汗地蹦跶，我穿着几层厚衣服，包得像个粽子，时不时走到崖边探头看看石头有没有掉下去，更多的时候是坐在附近树丛边上烤火打盹。

这样的日子很闷。

我躺着睡，侧着睡，趴着睡，倒着睡，打着滚睡……睡到再也睡不下去时，就睁大眼睛数草叶的片数，等石头上来后，再为宝藏是否存在进行一番大争论。

我："宝藏有那么容易找到早就给人找了！书上写着大侠们都是跳崖后才成为一代高手的！"

石头："哪本书？谁写的？"

我拍拍胸脯："正是不才在下！"

石头："滚！"

我转着圈儿，跳着舞，圆润地滚了。

他凶神恶煞地追上来要将我吊去悬崖上吹风。

森林里动物众多，时不时在附近好奇地看几眼。石头给我一个竹笛，说遇到凶暴的动物就吹响它求救，可是凶暴动物一直没出现，所以我吹竹笛，都是看见了好吃的动物让他上来打猎给我烧BBQ……

枯干的树枝在火堆中噼里啪啦作响，一只倒霉的野兔子已经烤得油汪汪香喷喷了。我发现柴不够，便站起身，伸伸懒腰，在附近搜索枯枝。森林广阔，枯叶干枝处处都是，我挑干燥易烧的捡，很容易就抱了一大捆，像蚂蚁搬家似的一点点抬回去。走到悬崖附近，我忽然感到一道锐利的视线从身后来，急忙回身寻找，只见风吹树梢，草丛摇摆，偶尔几声虫鸣鸟叫刺耳，却没有发现任何人的踪迹，可是被人盯住的感觉却越发强烈。

是错觉吗？我摸摸脸上涂好的妆容，提起菜刀，警觉地往那边走了几步，一边走一边问："有人在吗？"

草丛又发出一阵剧烈的响动。

我直觉不妙，赶紧往后退。

没走几步，就见一头又黑又壮的黑熊带着熊宝宝，从草丛里钻了出来，踏着稳稳的步伐，向我走来。

有危险！我拼命吹竹笛。

石头的声音弱弱从崖底传来："今天不吃兔子，等我上来再去打野猪吃！"

踌躇中，巨大的黑熊步步紧逼，结实的肌肉在黑乎乎的毛皮下微微颤动，浑身都展示着一巴掌可以把我拍去外太空的恐怖力量。

我见呼救已经来不及，立刻做出一个很聪明的决定——趴下装死！

黑熊迈着稳重的方步，围着我绕了两圈，伸出毛茸茸的大爪子戳了戳，又用鼻子闻了闻，似乎在犹豫要不要开餐。

湿润腥臭气息扑面而来，我的心像打了鸡血似的，随时可以跳出胸腔。

忽然，林间传来几声微响，黑熊像受了什么刺激似的，仰天长啸了一声，转身疯狂地向林间冲去。熊宝宝依依不舍地看了我一眼，也跟着妈妈跑了。

我死里逃生，挣扎着爬起身，大口大口喘气。

石头听见熊啸，迅速从悬崖下爬了上来，冲到我面前，一把抱住，紧张地问："熊呢？"

我指着树林："跑了。"

石头一手持刀一手抓住我，左右翻着看："没事吧？"

我："有事。"

石头愣了一下。

我哭丧着脸回答："那头小熊跑的时候在我屁股上踩了一脚！"

石头把我翻过来看看，点头认可："好大一个爪印。"

我捂着屁股，眼泪汪汪，好痛……

幸好没开花。

2

我们沿着悬崖壁一点点移动，细细搜索，约摸过了大半个月，石头在崖底惊喜地大叫，说在草丛中发现了一个洞窟，里面似乎有东西。我从打瞌睡中跳起，急忙用安全带挂着大树，让他小心翼翼地将自己吊下去，一同爬进洞窟，点起火折子。门口被惊扰的蝙蝠们纷纷拍着翅膀抗议，到处都是物品腐坏的味道。

石头用刀斩开门口的藤蔓和树叶，让阳光透入，映入我们眼帘的是个精致的房间，桌椅书架床铺等皆用石头雕刻而成，放着各式各样的生活用品，桌上瓶内还有几朵干枯的鲜花，摆放着一副玉石棋盘，仿佛主人还住在里面一般。

我碰了一下床上青布做的帐幕，帐幕立刻风化，变成了片片碎片，床上坐着一具穿着布衣的风干骸骨，白发白须，就像知道大限已到，坐化飞升的仙人。

我感慨道："肯定是退隐避世的武林前辈。"

"不，他是三百年前消失的巨盗司徒雷鸣，听说他洗劫了武林四大世家，七大门派的奇珍异宝而后被全天下通缉，然后消失不见。你知道他的藏宝处却不知他的名字？"石头兴奋地举起蜡烛，四周巡视一番，对我招手道，"你看屋子后面。"

屋后是个深不见底的大坑，阴风阵阵。

石头吓唬我道："这屋子里有女人钗环，却没有尸体，肯定是他把杀了的女人统统丢进去，里面肯定很多冤鬼！"

我懒得理这个傻瓜，继续撬锈坏的锁。

石头急忙阻止："小心机关！"

"你去找书，我去找钱。"我白了他一眼，直接打开箱子。箱中是满满的金银珠宝，在火把下熠熠生辉，华丽得不可方物。

石头见没机关，也去四处翻书，一边翻一边两眼放光："《无上心经》、《追风刀》、《伏虎功》……都是失传的武功啊，咱们这次可是大丰收了，你是走了什么狗屎运，才得知这大盗的藏宝处？"

"我给后娘作者坑害了那么久，总得收点好处吧？"我一边嘀咕一边继续开箱子，发挥女人天性，见了金子丢银子，见了宝石丢金子，把漂亮的宝石珠翠分门别类，打了个大大的包裹装起来。

石头顾不上听我说话，专心致志地看起书来。

我收拾完宝物后凑到他身边，挑了本看起来适合女孩子练的武功《素女经》看，瞪着第一页的文言文，翻来覆去就是看不明白，便问石头："什么是阴阳交汇之处？是穴位吗？在哪里？"

石头抬头看了两眼我手上的书，脸色微红，一把抢过来丢了："这是房中术。"

我靠之，拿起第二本《麻姑秘药》研究，问石头："冰山火蟾在哪里捉？是不是有剧毒？"

石头再看了一眼，继续抢了："这是春药配方。"

石头抱怨道："你别在旁边蹦跶了，安安静静坐着，尽阻碍我看书！"

我老实了一会，又忍不住凑过去拍马屁道："李大侠啊，练完这些秘籍后，你就天下无敌了吧？小的跟着你混可以平平安安了吧？"

石头像小猪似的哼哼了几声，就是不理我。

我继续拍马屁："李大侠啊，什么时候才能练完啊？"

石头抄起一本春宫图砸向我脑袋，骂道："你以为练武是买菜？一天两天就能成吗？起码得下个几十年苦功！"

"南宫世家和安乐侯府怎能等你几十年！大禽兽不是说你是百年难得一遇的天才吗？总得比别人快个十倍吧？"我揉揉脑袋，原地转了几个圈圈后，忽发奇想，四处翻找起来，"既然有宝藏，说不准还有什么灵丹秘药，吃了就能增进功力几十年！"

"你癔症又发作了。"石头觉得女子和小人都不可理喻，自己拿着书坐去洞口，从葫芦里喝了两口水润润嗓子，再度威胁道，"你再吵闹我就把你丢进无底洞和小鬼做伴！"

"有了！"他话音未落，我就像捧奥运火炬般高高举起一个玉石做的小瓷瓶，大声宣布，"我找到秘药了！"

石头一口水喷出三尺远。

瓷瓶是在司徒雷鸣的怀里找到的，里面只有两颗红色药丸，没写保质期，也没标签，旁边有个破破烂烂的说明书，手指略微一戳，就破了几个洞，上面写着服用后什么功力大增的。

我们将两个脑袋凑在一起研究了很久。

石头问："会不会是毒药？"

我："胡扯，这深山老林里连个人影都没有，他随身带着毒药做什么？自尽吗？"

石头："试吃看看？"

我："万一过期了，你拉肚子怎么办？"

"为什么是我试吃？"石头愤怒地瞪了我两眼，去抓了只猴子，硬灌了一颗药下去，然后观察状态。约摸过了大半天，猴子只是特别烦躁，不停挣扎着想抓我，还差点勾破了我的裙子，我们觉得它看起来不像要死的样子，也没拉肚子，便放它走了。

它一头冲入猴群，再也不回来了。

石头还是不放心："若是慢性毒药怎么办？"

药只剩一颗，我犹犹豫豫了半个时辰，好不容易痛下决心道："算了，都到这地步了，为了将来能做武林高手，就算有毒，我也认了！万一出了什么事……正好给你减负……"

石头一把将药丸从我手里抢来，丢到自己口里吞下："就凭你这德性，还想做高手？笑话！"

我目瞪口呆片刻，气得咬了他好几口。

石头开始没什么反应，后来说身子有些发热，很难受。

我从葫芦里倒了些凉水在手帕上，给他降温。

又过了片刻，他说越来越热，弯腰驼背，整个人蜷缩起来，咬着牙硬撑。

洞外，刚刚被抓的那头猴子在追着其他猴子疯狂求偶，猴群吵闹得厉害。

原来红色药丸是床上功夫的功力大增法？

我低估了原著的猥琐，这不是普通脑残言情小说，是不和谐脑残言情小说！

石头倒霉了，我怎么办？

献身解药，干柴烈火什么的……多狗血啊？我才不干这种蠢事！

别说刚动心就爬床，这种心理准备我还没做好。就算我干，石头也不干，他人如其名，脑子就和茅坑里的石头一般又臭又硬，坚持他父亲灌输的真理——正经人家女孩子未出闺前是不可以上男人床的，否则就是有辱清誉，是淫荡好色，是不正经！

我问他："咱俩孤男寡女在大山里蹲了那么多天，难道还有清誉吗？"

石头支支吾吾了许久，坚持他父亲没说不能孤男寡女。

我继续刨根究底："所谓的淫荡好色和不正经，是指你还是我？"

石头的脸色变得红里透黑，非常精彩，他对着我咆哮道："当然是你！"

我怒："关我屁事？"

石头受不住激，终于说出了真心话："在这种地方成事的话，你让我洞房花烛干什么？"

礼物是要最后拆的，男人也会期待挑开她的红盖头，看见里面是朝思暮想美娇娘的那一刻。

可是他现在不要我，要谁？母猴子吗？

我看看外面疯狂的猴群，觉得很不安，可是看着他一盆又一盆地给自己浇冷水，又怕他按捺不住上了猴子，便犹豫道："咱们去镇上吧？"

石头欢快地应了，他让我把武功秘籍统统收起，金银珠宝先放着，摸几件装在小荷包里就好。然后丢下那堆野营工具，把我和秘籍一起放到竹筐里，运起轻功，背着往山下跑，速度比来时快了几倍，由于方向正确，约摸半天就到了一个名叫老虎坑的小镇。

镇上唯一的客栈叫老虎客栈，又破又小，石头满额冷汗，甩了十两银子就要了间上等客房，抓着我冲了进去，然后坐在床边，看着我舔舔舌头，两眼放光，指关节格格作响，忍了又忍，然后冲着我招招手，忍不住说："我快不行了，我要女人……"

"女人……女人……我立刻想办法！你等等！"我知道他运功跑了半天路，秘药效力压制不住，快忍到极限了，急忙站起身，对着铜镜快速重整易容，冲出去找掌柜帮忙。

老虎客栈的掌柜姓黄，是个白面团似的胖子，绿豆眼睛有点猥琐，视线在我胸上转了好几圈，最后落在被白布裹得像怀孕六个月的腰身上，才讪讪收回去，装出和气样子问道："这位娘子，可是要吃点什么吗？小店有上好的肥羊肉，烧鸡更是出了名的香。"

我摸摸自己的肚子，低声问："这附近哪里有青楼？"

"什么？"黄掌柜的绿豆眼瞪大了几分。

我唯恐他听不明白，详细说明道："就是妓院，正规经营的那种。"

黄掌柜结结巴巴地问："这……这位娘子，你……你想做什么？"

我不好意思地左右看看，见没别人，又将声音放低了几分："我要给相公找个姑娘去去火……"

黄掌柜的眼珠子都快凸出来了："找姑娘？是拔火罐吗？"

"哎，不是，就是那档子事，你知道的，要找个熟练的哦，"我丢出一百两银票，怕秘药效力太强，又追加了两百两，"一定要经验丰富的，有多的钱都是给你的辛苦费，这事千万别声张。"

秘药效力不知道有多大，也不知难不难解。

既然我没勇气爬上床摊平了叫他上，出钱雇佣经验丰富的专业人士来处理专业问题，给钱完事，一了百了，总比找个女配强。

宅斗文看得多了，我原本对古代男人的贞操也没多大指望，等彻底解决此事后，我不提他今天这事，就如他从来不问我在龙禽兽家遭遇了什么，大家扯平，以后继续和和气气地过日子。

黄掌柜看着我的眼神充满敬佩，他不停顿足叹息道："这才是好女人啊，你相公真是好福气，我怎么娶了只掂酸吃醋的母老虎……"

"谁是母老虎？"窗外传来一声暴喝，是个颧骨很高的瘦削女人，手里拿着捣衣棒，像抓住偷鸡黄鼠狼似的看着我和黄掌柜，眼珠子转了好几圈，最后叉手问道，"你这老不修的，又想对客人干什么？也不怕被人打死！"

黄掌柜壮起胆气，回身骂道："你这泼妇，也不学学人家娘子贤惠！身怀六甲行事不便，主动为相公纳妾找女人！"

我赶紧摇手："没纳妾！"

黄掌柜夫人没听我解释，大步流星走入屋内，扯过黄掌柜的猪耳朵，当头就是一棒，一边打一边痛骂："老娘嫁你二十多年，生儿育女，没功劳也有苦劳！你这色心不死的猪！眼睛天天就知道往女人身上瞄，早知道上次挨打的时候我就不保你，由得你被打死拖去埋了省心！"

黄掌柜也暴怒，拿起算盘还手道："自从娶你这泼妇入门，我就没过上好日子！不过买个略年轻点的灶上丫头，也能被你疑神疑鬼，一顿棍子打走！"

掌柜夫人打架功夫了得，连抓带咬，十指过处，葡萄架倒了一片，她一边哭一边骂："就知道你这色鬼还想着小桃红，嫌我颜色老了，要换新的！我无错处，若你敢休，我便让娘家哥哥带人来好好评评理，看看你脸皮究竟有多厚！"

黄掌柜听见她哥哥名号，顿时蔫了半截，一边退让一边道："你以为你哥哥是镇上捕快我就怕了吗？这等不贤不惠的妇人，早就该休了！"

他们吵得激烈，打得热闹。

我在旁边急得直跳脚："先去找姑娘啊！我相公等不得了！"

墙角传来一声男人的轻笑。

我这才发现柱子后面的阴影处，有个穿蓝衣的男人侧着头，正对着窗外芭蕉，独自喝酒发呆。他身边放着一柄长剑，似乎是江湖人士。

身为史上最重赏金通缉犯，我不敢抛头露面，便和被打得鼻青面肿的黄掌柜叮嘱了几番要找经验最丰富的姑娘，又和掌柜夫人要了毛巾热水，然后匆匆回房。

石头躺在床上，脸色发青，抱着被子直发抖。

我拍拍他的背表示安慰，发现他肌肉都是发硬的。

石头像炸毛的猫似的跳起来，看着我牙齿磨了又磨，满是控诉。

我急忙告诉他这个天大的好消息："掌柜去给你找姑娘了，马上就来！再忍忍。"

石头更僵硬地看着我，原本像鸭子般难听的声音更沙哑了："你出去，是给我……找女人？"

"你不是说要女人吗？"我得意地伸出手指扬了扬，"放心！是漂亮的青楼美人，

208

什么招式都会，保管让你心满意足！"

石头目瞪口呆地看着我。

我想到自家种的白菜要送给人，心里还是有些不快，却强颜欢笑道："事有从权，你也别太挑剔了，就当是婚前学习，过后就忘记吧。我不介意……我真的不介意……我就算介意也会装不介意的……放心吧……"

石头石化了。

我唠唠叨叨地和这只从没去过青楼的小雏哥做了好一会儿心理建设，黄掌柜终于回来了，他很暧昧地在窗外对我说："姑娘都安排在隔壁房间了，让你相公过去吧，你也可以一起过去，保证技术丰富，包君满意……"

我在龙禽兽那里看够了真人Ａ片，所以没有兴趣，便连拖带扯地将石头拉走了。

石头弯着腰，流着冷汗，恶狠狠地问我："你真不后悔？"

我郁闷："后悔有什么用？你让我去哪里找女人？"

石头扶着门框，再问："我去了，我真去了！你还有什么要说的吗？"

我想了想，叮嘱："男人第一次逛窑子是有红包拿的，你别忘了拿。"

石头愤而摔门，差点把门给砸坏了。

我倚着走廊栏杆，眺望天空，替他把门，想到待会儿会发生的事情，心里忽然又有些后悔，寻思着要不要把他拖出来，亲身上阵。可是又怕自己没技术，不但泄不了火，还坏了事，而且我对床榻之事有点天生恐惧……

房间里没有动静，不知他们是开始宽衣解带还是狂吻乱亲……

我越想越不对味，心里直冒酸水，正琢磨要不要鼓起勇气，冲进去喊"咔！我愿意献身"时，房门忽然又开了。

石头黑着脸，挂着一头冷汗，直挺挺往院子走去。

"才一刻钟？太快了吧？"我大惊，回头看向屋内，却见三个年龄约摸四五十岁的"姑娘"，擦着厚厚的粉，猩红的唇，衣衫半解，搔首弄姿地追了出去。

很快，院子传来里"扑通"一声……

石头跳井了。

黄掌柜讨好地对我说："收了夫人那么多钱，挺过意不去的，我特意找了三个，让你相公慢慢挑。"

我："……"

待我匆忙赶走三个老"姑娘"，石头湿漉漉地自己从井里跳回来后，忽然开了窍，气呼呼地一头冲入房间，狠狠关上门，任凭我在外头怎么挠门都不肯放我进去。

"外面很多人，你不要这样，先让我进去，咱们有话好好说，要打要罚随意……"眼看有几个好事者在围观，我唯恐两人被揭穿身份，紧张得要命。

石头回我一声："滚！"

"哈——"又是那个蓝衣江湖人，笑着从隔壁房间走了出来，冲我摇头道，"姑娘的所作所为实在太不应该了。"

他长得不算非常帅，但剑眉星目，自有一股英气，看起来很正派。

我急忙解释道："我是他夫人。"

蓝衣人显然不信，却没有揭穿，好心劝道："你待会儿再进去吧。"

"待会？啊……"我恍惚了片刻，听见房间内有轻微喘息声，忽然大悟，窘得恨不得也去跳井。

站在门口听他办事，很不像话，蹲在楼梯上等他完事，也很不像话，冲进去看他做事，更不像话，我手足无措。

蓝衣人抱臂在旁边看着我，笑吟吟地相邀："姑娘……不，夫人，不如去大堂坐坐，待会再回来。"

我对任何陌生人都不信任，下意识摇头拒绝了他的好意。没想到蓝衣人遭拒后很爽快地自行离开了，我便放下心来，鬼鬼祟祟地继续蹲在门外又等了一会，见秘药效力惊人，一时半会不能完事，干脆跑去原本安排给青楼姑娘的那个房间继续等。

约摸过了大半个时辰，石头拿着块小木板，风风火火地冲进来。

我还没来得及扑上去道歉，就被抓住，然后按在床上，他抄起小木板，冲着我屁股就狠狠揍了一下。

"啊！我前几天才被熊踩过屁股，没消肿啊！"我叫得比杀猪还惨。

石头第二下似乎轻了些。

我心中有愧，知他气得厉害，不敢求饶，只可怜兮兮地看着他。

石头的手举在空中半晌，最终丢下木板，气冲冲地又跑回房，狠狠甩上门。

我赶紧追上去，继续敲着门，不停地道歉，还骂自己是猪，赔尽好话。

石头死活就是不开门，不理我，不说话。

蓝衣人不知道什么时候又回来了，端着壶酒，站在门外看看我，笑道："姑娘，你先让他消消气吧。"

我摸摸肚子，再次强调："我是他夫人！"

蓝衣人摇头："若你真是他夫人，便不会做出这般蠢事了。"

我正想反驳，门忽然又开了，石头狠狠一把将我拖了进去，往床上一推，自己走了。我乖乖地收拾好床铺，坐在上面，忐忑不安地等他回来。这一等就是华灯初上，他在下面喝了点小酒，和那个莫名其妙的蓝衣人一块儿回来了。

石头告别蓝衣人，掩上门，我有些担心地上去扶着他，关切询问："那个家伙不知道什么来路，你还好吧？"

石头静静地看了我一会儿，气势汹汹地问："我很好，你是第二次推我去其他女人的怀里。你这自以为是的家伙，他妈的把我当什么人？"

"第二次？"我困惑了好一会，终于想起往事，手忙脚乱地解释，"小尤的荷包那次？对不起，我当时……"

他没有等我解释完，便弯下腰，笨拙而粗鲁地封上了我的唇。

酒气带着狂乱呼吸猛然袭来，当柔软碰撞时，我下意识地往后一缩，很快又知道自己做错了，慌乱道歉："对不起，咱们重来。"

他停下了动作，愣愣地看着我。昏暗油灯下，眼里流泻出的失望，看得人心里发疼。

我大概是全世界最糟糕的情人了吧？

我觉得应该做一些事情证明自己的决心。于是我扯下了腰带，伪装用的几卷白布打着旋，优雅垂下，落在脚面，衣襟打开，裸露出的大片肌肤在深秋的微寒中瑟瑟发抖。我主动拉下他，坐在他大腿上，艰难地笑了一下，然后壮着全身胆子，重新吻上他的唇，笨笨地撬开齿间，努力缠绵。

石头抓住我伸向他腰间的手，放在唇间吻了吻指尖，低头笑道："你的手很冷。"

我抽回手，紧张地回答："是天气太冷。"

"不要勉强自己了，"石头轻轻推开了我，冷静地说，"你在害怕。"

"没事！"我解开头发，用双臂重新缠上他的脖子，极豪迈地宣布，"来吧！只要你想要，我都奉陪到底！"

石头再次推开了我："你在发抖。"

那瞬间，我无比痛恨自己的身子，明明眼前是喜欢的男人，明明心里有了觉悟，可为什么要在关键时刻抖个不停？这样的恐惧和拒绝有什么区别？

我怕他讨厌，死命摇头否认："胡说，是天气太冷而已。"

石头缓缓将手挪到我胸前，试探着温柔抚过锁骨。

这种带着情欲味道的触摸，让我抖得更厉害了。灵魂带着强烈的抗拒，自发抵制所有想侵犯我身子的男人。不管是南宫冥的拥抱、龙昭堂的爱抚、还是拓跋绝命的亲吻，所有会造成林洛儿身体敏感反应的事情，每一样都让我恐惧。

石头沙哑难听的声音在暗夜里越发清晰："为什么？为什么你连我都害怕？"

"不……"我害怕的不是石头，而是自己心中的感情。

穿越后的七年多时间里，每一天我都在反复告诉自己，这个世界是恶心的，禽兽是恶心的，林洛儿的身体是恶心的。所以我厌恶自己，厌恶得无法自拔，以为只有深深地躲在安全的地方，才不会受伤。

我发誓要像最淡定的种田文女主一样，盲婚哑嫁，不去谈什么感情，只要对方是个好人，不会伤害自己，纳妾什么都无所谓，夫妻双方不过是责任所在，大家尽忠尽职，相敬如宾，彼此平平安安过日子就行。

逃避成了习惯，恐惧成了习惯，年年月月，累积下来，每一样都深入骨髓。

最终，我像一只疯狂的章鱼，找到空罐子就钻进去，在里面过着安逸的生活，以为这样就不会受伤。结果藏太久了，想要离开的时候，却发现自己身子变得太大，已经没办法出来了。

认为不爱就不会受伤的白痴。

想爱的时候，已不懂如何去爱了。

"或许，我是有一点点害怕，我也不知道如何表达感情……"我死命地搓着石头的衣角，鼻子酸酸的，有点想哭的感觉，觉得每坦白一个字都要耗尽全身的气力，我还是丢下所有尊严，艰难地说，"不要讨厌我，我会很努力地去喜欢你的……"

石头僵了一下。

"喜欢"怎能用"努力"做前缀词？我知道自己又说错话了……

空气变得很凝重，时间静止，仿佛不会流动。黄铜帐钩松脱，半旧的帐帘垂下了一半，遮住毫无旖旎风情的两人。

"我是知道的，"石头终于缓缓开口，每一个字都在刺我内疚的心，"我从小就知道你是个戒心很强的人，只将我当朋友……或许是亲人，反正没有特别的稀罕，你和我在一起，格外照顾，不过是因为我们同病相怜，都没有可以依靠的人。"

我觉得自己接到了死刑判决书。

"可是没关系，我很早以前就不在乎了……"石头吻上了我的额头，他的声音放得很低很低，仿佛在耳边盘绕，"你终究还是只信任我，在乎我。这世上多的是婚后才相厌的男女，也多的是婚后才互相喜欢的夫妻。你可以天天对着我，慢慢地喜欢……"

我喜欢这个幸福的吻，里面有着暖暖的关怀，带给我勇气。

石头往下碰了碰我的唇。

我虽没逃避，却还是有点不自觉的拘谨。

石头松开了我，笑着说："好歹你也是我爹选中的媳妇儿。就算笨一点，丑一点，差劲一点，也是没办法的。既然你和我孤男寡女没清誉了，我会负责娶你过门的。"

我感动得当场举爪发誓："我一定会知冷知热，持家有道，做饭绣花打扫喂猪养娃样样都做！"

石头问："还有呢？"

我想了想，继续发誓："尽量三从四德，以夫为纲……"

石头再次问："尽量？算了，还有呢？"

我结结巴巴道："要……要听话。"

石头不高兴地敲着我的脑袋问："最重要的是什么？"

我给打懵了。

石头怒道："是不能水性杨花！见异思迁！红杏出墙！"

我赶紧否认："这种事情我连想都没敢想。"

"谅你也不敢，"石头冷冷"哼"了一声，命令道，"你发誓，以后只准努力喜欢我一个人！"

"我发誓，这辈子除了你谁也不要。"

他说什么我就应什么，都快变成应声虫了。后来我觉得有点不对味，顿悟道："你呢？"

石头大爷正跷着二郎腿，享受翻身农奴的待遇，指使我做这个做那个，闻言犹豫了许久，才缓缓回答："这个嘛，我……"

他忽然停住话语，直直盯着窗外，手迅速按住柴刀。

我顺着他的视线看去，吓得差点尖叫起来。

有一个黑糊糊的人影，正隔着破烂的窗户，透过缝隙，看向里面。

石头动了杀机，拔出刀，蹑手蹑脚地往门口走去，欲将那鬼鬼祟祟之人擒下。屋外却传来呵斥声和砖瓦落地声，人影转瞬而逝。他推开门，见隔壁那个蓝衣人披着件白色单衣，散着头发，提剑站在走廊上，迟疑地对我们说："似乎有宵小窥探，我一时犹豫，便被他迅速逃跑。"

石头将蓝衣人细细打量了番，换上无所谓的笑容，大大咧咧地说："是啊，想不到老虎坑的毛贼还真多，幸好有大侠出手搭救，否则非得吃个大亏，这年头官府只收钱，不理事，被偷了东西也没处说理去。"

"在下也帮上什么忙，那家伙身手不弱，恐怕不是普通毛贼，丢了财物倒是小事，最怕谋财害命的家伙。出门在外，还望小兄弟小心行事。"蓝衣人客气了几句，举止落落大方，很有风度，然后回了自己房中。

石头站在门口犹豫片刻，高声唤来店小二，塞了两块赏银后吩咐："我肚子饿，夫人畏寒怕冷，脚凉便睡不着，你找厨房给做碗肉粥，再送个火盆来。"

店小二掂掂手中银子分量，眉开眼笑地应了，约摸半个时辰后送来一大锅肉末熬的粥，和一个黄铜火盆加几斤粗炭。石头将粥先递给我，我没吃宵夜的习惯，只吃了小半碗，他将碗中剩下的稀里哗啦全部送进自己肚子里，然后抹抹嘴，从布包里取出那堆武功秘籍，从中拣出看过的那一本，重新快速翻了次，然后撕开，一页页丢入火盆中。

火星遇上纸，迅速卷起来，瞬间将其吞噬，将我骇了一跳，急忙扑救，喝问："你在干什么？"

石头警惕地窥了眼窗外，打开我不安分的爪子，继续撕书："若是被人知晓我们得了司徒雷鸣的宝藏，整个江湖都会不安生，与其被人惦记，不如彻底毁了，抹去证据。"

他说得很有道理，我心痛地不再强辩，眼睁睁看着他在书堆里挑挑拣拣，选出特别重要的几本，对着昏暗烛火默默背诵，背一页撕一页，世人垂涎的绝世武功秘籍就此化作片片黑灰，永诀人世。

我红袖添粥，陪他读了半宿书，终于撑不住，顺手抽几本武功秘籍垫高枕头，昏昏入睡。梦里，大禽兽和龙禽兽齐齐出现，旁边还有一个放着烙铁的火盆，他们一个拿着鞭子，一个拿着火钳，同心协力把我用粗麻绳绑在柱子上，意欲欺凌。

我像蚯蚓一般扭动着身子，疯狂挣扎呼救，可是嗓子就像哑了似的，怎么也使不上气力。

大禽兽客气地说："龙兄你先请。"

龙禽兽更客气地说："还是南宫兄弟你先来吧。"

志同道合，感情深厚的两只禽兽，很有绅士风度地互相谦让了许久，迟迟做不出谁先动手的决定。忽然，小禽兽不知从何处跳出来，嘴角挂着灿烂的笑容，很真诚地建议："你们可以一起上。"

两禽兽大悟，拱手相邀："阿冥，你也可以一起来。"

"石头救命！我不要他们！不要！"我哭得眼泪鼻涕都出来了。

小禽兽温柔地说，"石头不会来救你了，他如今考了举人，娶了个乡下妹子，长得面如满月，唇若朱砂，丰乳肥臀，和天仙一般，又在乡下置办了几百亩良田，现在儿子都抱俩了。"

我听得恍恍惚惚，一会见到石头在我面前指着鼻子骂："你这个麻烦货，拖油瓶！还嫌害得我不够吗？以后卖给禽兽，不要来扯我加官晋爵的后腿。"一会又见到石头浑身是血地倒在地上，挣扎着爬过来道："丑八怪，我不会丢下你的。"

拓跋绝命从暗处转出，狰狞地笑着从火盆里拿出烙铁，在空中转了几条火龙，冷冷道："你们抢走了我的宝藏，快快交回来！否则我就把你的小情人全身肌肤一块块烫下来。"

石头急忙叫道："武功秘籍都给烧了！没了！"

龙禽兽也狰狞起来："你从我这里偷的藏宝图，快快交出来。"

我哭着摇头："我没偷！我是撒谎的！"

龙禽兽残忍地抓着我下巴，对石头威胁道："如果不交出来，我便让黑儿好好陪她玩。"

黑豹咆哮着点点头，脖子上金铃发出阵阵清脆响声，表示乐意为主人效劳，狠狠收拾狐狸精。

石头依旧摇着头，没心没肺地叹气道："没办法了，我有漂亮的乡下妹子就够了，这个丑八怪就送你们吧。"

龙禽兽竟给黑豹喂了颗红色小药丸，黑豹立刻发情，以万雌莫敌的气势，竖起尾巴往我身上扑了过来。我吓到疯狂，亮出小獠牙，不顾一切张口就咬。

被咬的黑豹同学"哇"地一声，竟说起人话："你这笨蛋，快松口！"

我睁开眼，口里牢牢咬住的是石头的手指，我在半梦半醒间恍惚片刻，含着热泪，嘴上力道又加了两分——这家伙居然要乡下美人不要我！

石头用力抽回手，揉了揉上面的血印子，哭笑不得地说："好牙口。"

我彻底从梦中醒来，骨碌一下爬起身，发现身上多了床厚被子，脚边火盆里没有烙铁，满是黑乎乎的废纸屑，烤得整个人暖乎乎的，石头身边没有美人，书却少了三四本。我终于定下心来，擦擦额上冷汗，长长出了口气。

"你做噩梦了？"

"嗯。"

"经常做？"

"一直都没有醒过。"

随着雄鸡破晓，薄薄晨曦升起，妇人们在井边捣衣，发出阵阵喧哗，黄狗对挑担出门的小贩疯狂乱吠。我推窗深呼吸一口新鲜空气，却见客栈门口，几枝早熟的腊梅已打出了黄色的花骨朵，上面挂着露珠。

"天快亮了。"我重新掩窗，让黑暗隔绝美丽秋色，然后走到阴暗的房间角落，推推刻苦用功了一晚上的石头，"有些事情是急不得的。"

石头揉揉被烟熏出血丝的眼睛，伸了个懒腰："你这几天蹲在房间里不要露脸，更不要接近那个蓝衣人。"

我好奇地问："他是什么人？"

"无论什么人都好，总归是江湖人。"石头低头笑了很久，男孩进化成男人时未蜕变的鸭子嗓音，在寂静中特别阴险恐怖，有点像动画片里面那个要抓蓝精灵煮汤的格格巫，他低低地说，"两寸宽的细剑……"

我有不好的预感，急忙劝他别乱来。

"放心吧。"他笑着拍拍我的头表示安慰，那对带着杀意的冰冷眸子却让人不寒而栗。

长期互相玩耍打闹的生活，经常让我忘记，他从来不是一条听从命令的狗，而是一头长着獠牙的狼。

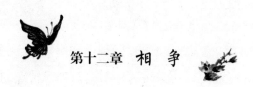

第十二章　相　争

1

两寸细剑，杀父之仇。

石头提起就咬牙切齿，眼冒红光，只恨不得将对方抽筋剥皮，噬骨吃肉。他再三叮嘱我不要乱跑被人看到，拿了几百两银子出门，说去贿赂镇上的铁匠偷偷帮忙，用上等精钢打一把五十多斤重的厚背钢刀，约定后天取货。

我孤身一人，在屋子里草木皆兵，看窗外人影晃动，觉得个个都是昨夜窥探之人，就这样心惊胆战地过了半晌，门外传来急促的敲门声，连着响了三下，我条件反射从床上跳起，从枕头下摸出菜刀，蹑手蹑脚地走到门边，喝问："是谁？"

店小二不耐烦的催促声传来："黄家娘子，小的送水来了，你动作麻利点。"

我愣了片刻，方想起石头投宿时报的名字是黄大虎，便隔着门缝看了眼，确认对方身份无误后，将菜刀插去腰后，做出低眉顺眼的小妇人表情，打开门接过一大铜壶热水和手巾，谢了又谢，还打赏了半两银子。

店小二的表情立刻丰富起来，冲着我鞠了几次躬，露着缺一颗门牙的笑容讨好道："黄家娘子还未用早膳吧？小店有热腾腾的包子馒头油条，附近吕家店子里的香酥卷也是极好的，小的去给你买两个？"

我帮石头要了十根油条和三碗豆浆，给自己要了白粥和咸菜，正要关门时，那个蓝衣人如赛车漂移似的忽然从转弯角出现，走了过来，站在我门口笑道："姑娘，早啊。"

他穿着半旧蓝色窄袖布袍，头发用同色软巾束起，腰间系皂白色宽腰带，扣着枚蝙蝠铜扣，乌木剑鞘上缠着两条黑丝结，通身无半点装饰。他五官看起来和打扮一样严肃，说话抑扬顿挫，正气凛然，让我忍不住想起《包青天》里嫉恶如仇的御猫……鬼鬼祟祟的我和石头，在他锐利眼神的审视下，如老鼠般无处遁形。

"早。"我给他看得很紧张，便随口应了一声，慌慌张张地想掩门。

"等等，"蓝衣人叫住我道，"你……相公可在？"

我衡量二人武力差异，死也不敢说石头不在身边，硬着头皮道："他还未睡醒。"

蓝衣人又看了我几眼，忽然笑了起来："若小兄弟醒来，在下想请他去大堂喝杯薄酒。"

"我会转告的。"余音未落，我立刻关上了门，远离危险人物。

蓝衣人在门口站了一会儿，最终离去。

我心神不定地等了半晌，石头终于回来，我将蓝衣人那番话统统转告，石头也很是惊疑，不知对方相邀究竟是何用意，亦怀疑他是昨夜窥探之人。他琢磨再三，应下这场鸿门宴，要去调查情况。

我反对，并使出撒娇、撒赖、撒泼等种种手段，试图让他卷包袱跑路，可是男人心里都有一个坚持和一条底线，是任何人都无法动摇的。而那场血海深仇，正是石头心里最敏感的那条线，一日未雪，他就永远不能平心静气地陪我过普通日子。

最后，我放弃了，拿过易容工具，帮他把掉了几缕毛的假胡子重新补了补。

石头坐得不太安分，他抢过我的手指，吻了吻，慎重承诺："若他不是杀父仇人，我便立刻陪你走。"

我问："若他是冲着宝藏来的呢？"

石头点点自己的脑袋，自信地说："宝藏全在里面，谁也抢不走。"

我苦笑着点头，收拾工具的时候，忽然想起昨天晚上做的那个梦，又犹豫起来："如果……他是昨夜窥视的那个人，知道宝藏落到你手中，抓我去严刑拷打，逼你将武功秘籍统统默给他，怎么办？我觉得这几率蛮高的……"

石头独行惯了，一时也没想过这个问题，他死死盯着我的脸看了许久，最后诡异笑道："让你看起来没勒索价值就好了，易容工具重新拿出来……"

两个脑袋凑在一起，叽叽喳喳商量了很久剧情设定。石头对我登峰造极的狗血能力钦佩不已。

半个时辰后，房中传来一阵摔盆砸碗劈凳子的混乱，伴随着男人骂骂咧咧的吆喝声和女人的尖叫声，我嘴角挂着块乌青，脸上肿着红色的五指山，一个被家暴后的可怜小媳妇，就这样新鲜热辣地出炉了。

"不贤不惠的妇人！也不想想自己的身份！若再管闲事，我就休了你！"石头"怒气冲冲"地甩门去找那蓝衣人喝酒，走前小声叮嘱了一句，"你尽量找个人相伴，别落了单。"

"快去快去，别露馅。"我送走石头，在窗口探头探脑地看了许久，见掌柜娘子从远处走来送油条，急忙坐在窗边，拿出金马奖影后的演技，回忆当年在龙禽兽处受的苦难，很快挤出几滴热泪，用绣花小手帕擦了又擦，不停抽泣，哭得梨花带雨，楚楚可怜。

掌柜娘子走到近处，放下食物，看着我皱了半天眉头问："你怎么了？"

我立刻拉着她，像竹篓倒豆子似的哭诉："我那当家的好不要脸，家里小妾都三个了，还要到处逛窑子，我给他找的姑娘不合心意，便拳脚相加，动不动就威胁要休了我，这日子以后还怎么过啊？"

掌柜娘子深有同感道："男人都是这德性，怪不得你昨日给他找……我就想天下哪有不吃醋的女人？你还身怀六甲的，那家伙看起来年纪轻轻，长得也清清秀秀，怎做出这等无情无义之事？"

我摸摸肚子，继续狗血："父母之命，有什么办法？我们早就不同床了，他只恨不得我这黄脸婆早点死掉，改娶那只叫柯小绿的狐狸精表妹过门。"

"这可不能便宜了他！"掌柜娘子恨得牙痒痒，当场教授驯夫之术，"男人就得大棒子打着，所有家当收着，平日里小意温柔地对着，蜜糖棍子一起上，才会服服帖帖。你看我家那色鬼，现在我要他跪算盘，也不敢说个半个'不'字。"

我一边点头一边盘算：石头的家当都在我手上，他身上大概就几十两银子，又给那群老姑娘吓着了，估计这辈子都不会去青楼寻花问柳，只要小心乡下天仙妹子的勾引就好。

掌柜娘子同仇敌忾地陪我骂了半天男人，还手舞足蹈地说了一堆市井粗话，那激动的语言和丰富的举例差点把我洗脑成功，以为石头真是负心寡情之徒，活该天打雷劈……

"我去给你拿些药油，再将厨房里炖着的猪脚黄豆汤给你来上一碗，"掌柜娘子同情地看了我一眼，叹息道，"那玩意最丰胸催奶，你得好好养着身子，待生个大胖儿子，便可在夫家站稳跟脚。"

我回忆梦中胸怀最少 E 罩杯的乡下美人，再看看自己还不到 B 的小飞机场，立刻擦干眼泪，发誓要多喝两碗，以防梦境成真。

"你男人真混蛋！这么清秀贤惠的媳妇也舍得打！"掌柜娘子骂痛快后，匆匆甩下最后一句话，经过走廊时又和几个路过的女人碎嘴地议论起来，估摸我们夫妻不和的消息会传得很快，料想不会有哪个傻子用对方恨不得早死的黄脸婆来做威胁。

我顺利完成石头布置的任务，低头整整衣襟，揉揉脸上的易容，满意地坐等喝汤。

2

一阵强风吹动木门，吹乱了我的头发。一条黑影遮住阳光，投在我身上。

我迟疑、缓慢、惊恐地抬起头。却见拓跋绝命站在面前，睁大暗金色眼睛，定定地看着我脸上的"伤痕"，又是心疼又是难过："他打的？他怎舍得打你？"

这家伙不是走了吗？为何会在这里？刚刚的话他听了多少？我的眼珠子都快掉下来了，嘴张得可以塞下个鸡蛋。

拓跋绝命渐渐愤怒起来，握住刀的手背上青筋一根根暴起，他气得狠狠一掌将桌子劈成两半，仿佛还不够泄愤，拔出腰间飞索和短刃，转身往楼下走去。

我见状不妙，飞扑上去拦住他问："你要干什么？"

拓跋绝命暴怒喝道："我去找石头算账！揍死那养不熟的狼崽子！"

不是吧……狗血剧弄假成真了？

现在的剧情是：美貌动人楚楚可怜弱智小白女主，带着慈悲圣母光圈，死心塌地跟随邪魅暴虐残忍负心汉，结果惨遭虐待，前英俊潇洒温柔单纯健气男友见义勇为，愤而拔刀教训负心汉，救女主出苦海生天，从此双宿双飞。

阿弥陀佛，悲哉悲哉……

拓跋绝命身高腿长，跑得又急又快，我迈着两条小短腿在后头追，还无师自通地使出一招高难度棒球滑垒技术，总算连滚带跌地拖住了他。

古代客栈没隔音设备，我们动静太大了，在客栈住宿的人和客栈仆役们都探出头来看热闹，待视线扫到拓跋绝命的俊容上，大妈大娘大姐小妹小萝莉们此起彼伏地"娇"嗔一声，开始议论纷纷。

"他们定是从小青梅竹马，私订终身，后来父母之命远嫁他方，男的回来后发现女的已嫁为人妇，却不能忘情。"这是正常派。

"肯定是那狐狸精不知使了什么风流手段，蒙蔽了这俊俏小哥，和他红杏出墙勾搭成奸，丈夫发现奸情，愤而对她拳打脚踢，俊俏小哥决定一不做二不休，出手干掉丈夫，从此和狐狸精远走天涯。"这是酸葡萄派。

"那奸夫一身江湖打扮，不像好人，两人眉来眼去，故作相恼，实是相识。想必是女的厌倦了总是打骂自己的男人，所以雇佣杀手想将他干掉，现在装模作样出来拦一拦，将来官府问话，有大家作证，她也好推脱。"这是阴谋派。

"那男人长得如此貌美，说不准是山中狐狸大仙变的，何为不来找奴家……"这是聊斋看多了。

众目睽睽，我难堪至极，只想把某只搞不清状况的"狐狸大仙"拖去做皮草……

拓跋绝命扳开我拦着他的手，大步流星地往楼下走去，口中嚷嚷道："妹子你不要求情，他是吃准了你娘家没人出头，才敢欺负你。我们草原人家一头牛换回来的媳妇都舍不得下狠手去打，他倒舍得把你打成这副模样！"

揉推中，我的力气拉了个空，失去平衡，摇晃两下，跌坐在地板上。摔得不算很重，但屁股旧伤未愈，我痛得一声惨叫，半天起不了身来。

拓跋绝命诧异地看了我一会，更愤怒了："你屁股上还有伤？那小子太不是人了！"

女孩子的屁股是可以在大庭广众之下拿来乱说的吗？

周围人的眼神更怪了，我觉得全身血液上涌，脸上烧得发烫，恨不得找个地洞钻去北极，从此蹲在冰窟里再不见人。

"出什么事了？"石头慌慌张张跑上来，手里酒杯都忘了放下，他先看看地上的我，又看看站旁边想拉扯的拓跋绝命和围观人群，鼻子都快气歪了，深呼吸好几口气，才黑着脸说："她是我的媳妇，我想怎么对她是我的事，与你何干？"

拓跋绝命怒道："你把她打成这个样子，就是我的事！"

我们两人为防追捕，脸上都有不少易容，不好当众解释，石头给这白痴气得发笑，他寻思半晌，方道："闺房之事谁说得清，她就喜欢挨打这调调，不信你问问。"

拓跋绝命："你放屁！天下哪有喜欢挨打的人？"

两队辩手同时看向裁判，我坐在地上打了个寒战，立刻颠倒黑白，义无反顾地高举大旗，支持未来夫婿的论点："当然有喜欢挨打的人！没听过受虐狂吗？我最喜欢被老公打了！打是亲骂是爱，他越打越爱我，我也越爱他。亲亲老公，你多打我几下吧，不打我活不了！"

我越说越觉得自己犯贱……

拓跋绝命傻愣愣地直眨眼，石头一脸吃瘪的表情，跟上来的蓝衣人叹了口气，慢悠悠地说："姑娘，太监才叫老公……"

我发现自己心急之下的口误，惊得满身大汗，立刻补救："相——公——"

蓝衣人"噗"地一声笑了出来，石头恼羞成怒："你当唱戏啊？欠揍的丫头，回去再收拾你！"

我低眉顺眼表示任君收拾。

他旁若无人地走过来，伸手想将我拉起。早已满眼血丝的拓跋绝命暴起，一拳向他鼻子打去。石头给打得后退几步，才站稳身形。他擦擦鼻子，见满手的血，忍了许久的牛脾气终于爆发出来，顺手抄起根门闩，砸向拓跋绝命的脑袋。

拓跋绝命飞索出手，如灵蛇翻卷般扫开门闩，右手短匕已无声无息攻到石头眼前，石头双手一翻，也亮出匕首，招架上去。

奈何，拓跋绝命这单细胞的家伙能在江湖走那么久不死，全凭一身好武艺，他飞索远攻，匕首近防，双方短兵相交，都是一触即走，绝不逗留。就好像暗处的毒蛇，懒洋洋地盘成圈，耐心布局，慢慢寻找机会，不出手则已，出手必是杀招。

石头像头疯狂的熊，而且失去了尖牙利爪，空余一身蛮力，他能在近战中横扫千军，对这种远距离攻击角色很是无奈，绳索缠身，暗器骚扰，都逼得他不停回防，找不到打断对方节奏的机会。

拓跋绝命依旧像钓鱼似的，矫健地在小四合院里飞走，让对方近不得身，慢慢消耗他的气力。

我看得眼花缭乱、目瞪口呆，然后想起自己是这起狗血事件中的女主角，赶紧跳着脚吆喝："你们停手啊——有话好好说——"

话音未落，一枚铁荆棘穿过飞索织成的网，越过石头手中格挡的匕首，击中了他的小腿。石头闷哼一声，行云流水的招式顿了顿，眼看就要吃大亏。

蓝衣人忽然拔剑，加入战局，支援石头。

他身法如水中游鱼，方向捉摸不定，几下蜻蜓点水间，竟轻松追上了拓跋绝命的步伐，打乱了他的节奏。细剑如雨，绵绵不绝，拓跋绝命只好将飞索转回，重点应付眼前强敌，石头肩上压力骤解，长长舒了口气，游刃有余起来。

蓝衣人武功虽高，占尽上风，却未下狠手，他饶有趣味地问拓跋绝命："你师父可是大漠杀手黑颠？他老人家聪明一世，临老竟收了你这个傻愣愣的徒弟？"

拓跋绝命身形略微一顿，迅速收回飞索，站在屋檐上，疑惑地看着对方。

蓝衣人亦收剑笑道："我是他当年在春山一起喝过酒的朋友。"

拓跋绝命立刻换上了尊敬的神情，拱手道："不知是前辈，失敬，我下山前师父曾说过，你身手不凡，我不能匹敌，见到必须礼让三分。"

蓝衣人劝解道："既然你知不是对手，强撑下去也无用，不如就此罢手，别管人家家事了。"

石头坐在地上喘了几口气，愤怒地骂道："我媳妇本来就和他没关系！"

拓跋绝命不依不饶："你打媳妇，就和我有关系！"

两人剑拔弩张，还想动武。

我正想劝阻，蓝衣人忽而开口道："你们再打下去，这姑娘没关系也要有关系了。"

三人都很困惑地看向他。

蓝衣人指了指我头上，慢悠悠地说："来不及了。"

我缓缓……缓缓地抬头，惊见拓跋绝命那蠢货的飞索不小心削断了一根护栏，震动了屋檐，屋顶上晒着的一大筐萝卜如下雨似的往我脑袋上砸来。石头两把匕首飞出，整齐削开两个萝卜，拓跋绝命五枚飞镖掷来，打偏了七个，留下中间一块压筐底用的石头连同七八个大小不等的萝卜，一起命中红心。

蓝衣人掩面叹息，不忍睹之。

我逃跑不及，给砸得两眼发黑，忽觉腰间缠上一条飞索，腾云驾雾而起。

失去意识前听见的最后一句话是："师父说，打不过你，可以跑！"

3

我蜷缩在带毛皮翻边的被子上，抱着暖烘烘的炉子，舒服惬意，直到阵阵头疼将意识唤醒，我蹬了两下腿，将脚踢出被子，感到空气中阵阵寒凉，皮肤起了点点鸡皮疙瘩。有只铁箍似的手，将我的脚拉了回去，塞入被子里，又抱着蹭了两蹭。

被露水打湿的微卷长发垂下，冷冷划过鼻尖。我迟疑三秒，猛地睁开眼，见拓跋绝命的脸近在咫尺，他用皮毛镶边的披风和外袍将我里三层外三层包得严严实实，然后搂在怀里睡得正香。

我蹑手蹑脚地想往外爬，却踩了个空，绣鞋脱落，顷刻，草丛发出摇动的声音。我硬着身子低头看去，终于发现自己身处参天古木最顶端，离地数十米，旁边还有个鸟窝，里面几只探头探脑的雏鸟看着不速来客，叽叽喳喳不知议论着什么。

我用力抓住毛皮披风保持平衡，拓跋绝命微微睁眼，很是欣喜地将我抱紧了三分："你醒了？"

"这是哪里？"我声音哑得厉害，脑袋尤其难受，伸手摸了两把，发现上面缠了厚厚一层布条，做过包扎处理，可依旧痛得厉害。

拓跋绝命从身后摸出个葫芦递给我："城郊，你脑袋打破了，别乱动。"

我想起昏迷前发生的事情，先是惊恐，后是愤怒，喝问道："石头呢？"

柔柔月光将拓跋绝命的脸照得很清晰，原本小麦色的皮肤似乎笼上了一层淡红的光晕，他不好意思地揉揉鼻子，低下头。须臾，又忍不住飞快抬眼，瞄瞄我脸色，然后再次低下去，如此反复三四次，就是不答话。

夜半无人，月黑风高，帅哥满怀，他身材结实，带着青草和阳光混合的味道，五官俊秀，笑起来能迷煞天下所有思春少女。偏偏我不解旖旎风情，只扯着帅哥的耳朵，再次用狮吼功发问："石头呢？！"

拓跋绝命脖上骨链给震得微摇，小鸟给惊离巢穴，几片树叶打着旋儿翩然落地。

我见这头禽兽像被鬼掐住了喉咙，死活不说话，愤而甩开了他搂着自己的双手，抛开披风，发挥从小锻炼的爬树本领，慢腾腾地往下爬去。大约花了五六分钟，即将落地，却发现草丛里有几双绿莹莹的眼睛，正贪婪地盯着我，仿佛看到了盘中美食。

"别下去。"拓跋绝命从震撼中回过神来，"有狼。"

树上的狼会吃我豆腐，树下的狼会吃我的肉。

豆腐比肉便宜。

我毫不犹豫做出选择，手脚并用，两分钟内爬回原地，重新面对树上的狼。

拓跋绝命终于解释："你脑袋伤得不轻，昏了两天，我给你包扎后，唯恐被追捕，不方便停留，连夜赶路，结果露宿荒野。别害怕下面的狼，明天早上它们就会走了，到时候我再带你进城……"

我摸摸头上细心包扎好的布条，觉得更疼了，再问："石头呢？"

拓跋绝命像个好奇的小孩，闪亮亮地望着我问："为什么那混蛋打你，你还死活要跟着他？难道你真的天生喜欢挨打？"

我像机器人一样缓慢挪动脖子，慢慢看向他格格作响的拳头，再慢慢看向他跃跃欲试的脸，左右摇起头来，一直摇到脖子发酸，他才缓缓松开了拳头，继续歪着脑袋盯着我看，满脸困惑。

我背脊阵阵发凉，赶紧从怀里掏出装药的小瓶子，倒出些许卸妆药粉在手帕上，往脸上拼命擦了又擦，花了小半个时辰才将牢固的伤痕易容卸去，然后把那个狗血的计划从头到尾解释了一番。

拓跋绝命不困惑了，他两眼发直，看起来就像穿越前在我家隔壁那只发情公猫，只差没有竖着毛，扑上来咬脖子乱舔……

他的脸越靠越近。

我炸毛炸得比他快，立刻跳起来，毫不犹豫一巴掌扇过去，结结实实抽在他俊脸上，打出五条红指印，自己的巴掌也红了。

拓跋绝命歪着脑袋迟疑了许久，拖过我的爪子揉了揉问："痛吗？"

我冷静下来，问他："石头没有亲人，素来待你当亲大哥看，我虽心存芥蒂，却自问未做过任何勾引暗示你的行为，你却偷偷摸摸地跟着我们后面，还强行将兄弟的媳妇抢走，这也是你们草原的风俗？你天天鄙夷中原人做事卑劣，专门欺骗草原各部落，可你这番所作所为，又和那些人有什么不同？"

"不……不是的，"草原人最畏被人骂品行卑劣，拓跋绝命脸涨得通红，结结巴巴道，"我走后为了澄清真相，便返回抓了两个安乐侯府的人来拷问，他们早知道我和石头带着你到处走，而那个马寡妇的姐姐是知府的小妾，她在村里听见我们要去澄湖，连夜去城里找姐姐哭诉，还描述了我的容貌，府兵拿悬赏单验证后，便飞鸽传书，龙昭堂得了消息，赶去澄湖围堵，他们虽不知你易容模样，却派人乔装打扮，四处搜索异族人，是我这双眼睛给他们认出来了。可是我真的没出卖兄弟，这个冤屈实在吃不下，想去找你们解释清楚。没想到石头竟带着你进了岐连山，还让你一个人蹲在森林里，差点被熊吃掉。我不放心，在后头跟着你俩，先见石头打你屁股，又见你脸上有伤，心里实在气不过，所以才带你离开。"

我见他神色坦然，想起马寡妇那吃人的神情，心里也信了几分。就算不信，也不能在狼群环绕的地方和他翻脸，便保持平和地安慰道："既然是误会，我会帮你和石头分辨一二，大家还是哥俩好嘛，你出够了气便快快把我送回去，我和石头赔礼道歉，请客摆酒谢你。"

拓跋绝命摇摇头，冷笑道："既然不信兄弟，还做什么兄弟？既然不是兄弟，为何不能抢他媳妇？反正我们草原上的媳妇素来是用抢的，我要把你带回去。"

我噎住了，好一会才说："抢回去的媳妇是会跑的。"

拓跋绝命自信地说："草原广阔，见不到边际，上面还有很多狼，你跑不出去的。"

我说："那些女人认命，我是不认的。跑不出去我也跑，只要还有一口气，就算被狼吃了，我也跑。"

"为什么？"拓跋绝命问，"石头能给你的我都能给你，日子甚至还能更安稳。安乐侯和南宫冥的手再长，也伸不到草原上，除非他们想挑起战争。那里天高鹰飞，鸟语花香，是很美的地方，而且我会把心全部给你，让你收着过一辈子。"

我说："我发过誓，这辈子除了石头谁也不要。你们应该信神灵吧，违背誓言要给雷劈的。"

拓跋绝命不依不饶："草原女人可以有几个丈夫，你把心分给我。石头不服，我便和他打到服为止。"

他的神情很认真，一点也不像开玩笑。我想原著里的 NP 设定，林洛儿的齐人之福，结局定是有他的一席之地。可 NP 不是爱情，爱情是塔罗牌上的"恋人"，相偎依的男女背后总是伴随着第三人的悲伤目光。如果想要三个人同时欢笑，爱就会变质，化成欲。

我所有的努力和坚持也会化为乌有，重新走上和原著没有区别的老路。

充满欲望的故事，在小说里看看就好。

人活世上，一生一世一双，多一个太多。

我想了很久，告诉拓跋绝命："你能切开你的心给两个人吗？心撕开就碎了，心碎了是死，如何能分？"

拓跋绝命沉默不语。

我再道："你说我是好女人，所以喜欢我。可是见异思迁的女人，算得上好吗？如果我不是好女人，你还喜欢吗？"

拓跋绝命的眼睛，像乌云遮盖的星星，渐渐黯淡无光。

他问："如果我比石头早遇到你，你会喜欢我吗？"

"会，你比谁都像男主角。"若非中原和草原风俗不同，单纯的林洛儿和简单的拓跋绝命解开误会，也是天造地设的一对。若非心存偏见，拓跋绝命的草原种田生活也是适合我的好方向。可惜林洛儿喜欢的是南宫冥，我喜欢上石头，事情没有如果，已经按扭曲奇怪的方向发生了——只有错过。

拓跋绝命苦笑了一下："天亮后，我送你回去。"

4

狼群随着冉冉而升的朝阳退去。

拓跋绝命赶着快马，拖着小车，在小道上疾驰。我按日头估算出前进的方向是岐连山所在的西南，知道他是信守承诺之人，感动之余，终于放下心结。

路上寂寥，他坐在车外，我坐车内，忍不住攀谈。他问我和石头小时候的事，我尽拣着有趣的说："那家伙是个孩子王，打鸡揍狗一把好手。自从摔坏我门牙后，故意

226

使坏的大事就没有了，磕磕绊绊小争执不断。偷红薯，摘野果，捉鱼，摸鸟蛋……怎么胡闹怎么来。冬天还跑到冰面上玩，不小心掉下河，吓得我在岸上狂呼救，后来他发高烧，整整在家裹了四五天的棉被，喝了好多药才好，还被他爹打了一顿。第二天调皮继续……我学织布的时候他跑进来玩了玩，就弄坏了机子，于是又挨打，所以他现在皮特厚，都是打出来的。最糟糕的是还害我一起倒霉，被外祖母罚跪了一个多时辰……"

越倒霉的事情回想起来越想笑，我不厚道地揭了石头那只蠢猴子好多短，若被他听见，八成要扑上来追着我咬。拓跋绝命听了许久，心情终于愉快了些，他也和我说起了在草原上生活的往事："我们部落很穷，我家有五兄妹，我阿爸是打猎的一等一好手，经常打些皮子和汉人换东西，除了冬天难熬些，其他日子还好。后来我偷了弟弟的狐狸玩，他和我吵闹起来，母亲和姐姐素来偏爱我，便谴责弟弟不懂事，弟弟负气出走，结果死在野狼群里了……父亲气得不再待见我，我师父便给了父母两头上等的山羊，把我带走了。"

事实真相和想象差距太远，我想起以前对他谋害亲弟弟之类的猜测，有点尴尬，不好意思地安慰了几句，又问他的名字来历。

"我在家中排第三，所以叫小三，师父说太土了，做杀手这行名字必须有气势，不如绝命，绝对方的命，硬给我改了现在这个名字……我师父是个很聪明的人，他说好的一定是好的。"拓跋绝命的回答老实巴交。

"小三？"我默默低头，掩住嘴偷笑。

拓跋绝命奇怪地看看我，继续说："师父教了我很多大道理，看中的东西不下手就是别人的，打架打不过要跑路，喝酒不能过量，天下女人结婚后都是又泼又悍，不讲理的……还不如娶个好看的，被美女揍总比被丑八怪揍舒坦些。"

我真笑出声了。

拓跋绝命愁眉苦脸地说："我师娘确实挺不中看的，还爱揪人耳朵，我怀疑师父右耳朵比左耳朵大一点，都是给她揪出来的。"

他心有余悸地摸摸耳朵，那一脸被师娘打怕的表情，让我笑得肚子疼了。

拓跋绝命不解地问："你笑什么？"

他不是在故意讲笑话逗我乐？！

一路说说笑笑，快到老虎坑的时候，我重整发型，裹好身段，翻翻随身小包裹，然后发现自己的易容药品除防狼用的桃花藓药粉外其他都没有带，拓跋绝命从外头丢了个带黑纱的斗笠给我，我罩上后走回客栈，问掌柜石头下落。

掌柜困惑地问："你们怎么回来了？他们去找你了。"

我被拓跋绝命劫走后，石头不可能还乖乖蹲在客栈等我回来。可是拓跋绝命的反追踪工作做得太地道，一路没留下什么蛛丝马迹，所以我们没碰面。古代没有手机、电脑、iPad、电话……联系极其不便。双方都变成了盲头苍蝇，也不知往那边找起。

拓跋绝命注意的重点是："他们？"

掌柜说："那位蓝衣大侠也跟着去了，他这些日子在老虎坑可是做了不少行侠仗义的事，那些老在客栈鬼混的二流子都不敢捣乱了。他说是你抢了人家媳妇，要帮小兄弟讨个公道。不过你怎么又把媳妇给送回来了？难道是不满意想反悔换一个？我家媳妇虽然长得丑，可是人不错……你可以随便……"

他热切希望别人抢自己媳妇的眼神，看得我全身发寒。拓跋绝命也有些不自在，丢下句"我不是采花贼"，匆匆拉着我走去隔壁的茶寮角落，细细商量此事。

"你不抢就没事了。"我幽怨地望着他。

拓跋绝命搔搔脑袋道："他们走的时候留下的痕迹应该比较多，我们一路打听，应该能找到。"

我："若是他们遇到南宫冥或龙昭堂的人怎么办？石头的悬赏价已经越来越高了。"

"是啊，脑袋值二十万了，安乐侯真有钱……"拓跋绝命悠然神往。

"不是不是！"我发现自己又在财迷面前说了蠢话，急忙把头摇得和拨浪鼓似的，一个劲陪好话，"石头其实还很重视你，当你是兄弟。只是你天天窥视他爹给他定下的媳妇，他吃醋才闹事的……你原谅他吧，兄弟连心，其利断金啊，你们不要因红颜祸水闹分裂，最重要的是别卖他脑袋……"

拓跋绝命黯然看了我一眼，垂拉了半天脑袋，依旧不甘心地说："除非他和我赔礼道歉！否则想都别想！"

我弱弱地指着自己鼻子说："你确实抢了他媳妇……"

拓跋绝命别扭道："我还回来了！所以剩下错的是他！"

这两个家伙，一个顽固，一个倔强，要他俩互相赔礼道歉，除非世界末日了……我的头更痛了，决定将这个问题抛到以后再说。

拓跋绝命摸出怀里算盘拨了几下，数了半天自己有多少头牛，终于冷静下来道："方大侠跟石头在一起，你不用担心他的安危。"

我想起前几天石头对自己说的话，不安地问："那个家伙用两寸细剑，可能是石头的杀父仇人。"

拓跋绝命仿佛听见全世界最好笑的笑话，哈哈大笑了半天："傻丫头！石头的杀父仇人是谁都不可能是方大侠，方大侠出身低微，最怜惜贫苦人，平日里行侠仗义，做事公道，深受武林爱戴，前阵子还被推成西南的武林盟主。谁要是说他一句坏话，都会被人用口水淹死。你和石头两情相悦，被南宫冥和安乐侯府迫害，我是收钱买命的赏金杀手，只接江湖公开的悬赏单，所除多半是奸恶之徒，方大侠是明理之人，不会为难我们的。而且他武功高强，石头跟着他绝对没事。"

"原来是好人啊。"我略微放心三刻钟，忽然想起一事，小心问道，"武林盟主？方大侠……全名是什么？"

拓跋绝命说："方凤翔。"

一个雷劈下，我傻眼了，原著里的伪君子大侠，不就是叫方凤翔吗？那家伙表里不一，道貌岸然，让万人敬重，私下做的是鸡鸣狗盗之事，肚子里心机深沉得和墨水似的，我冤枉任何一个禽兽都不会冤枉他！铁头大叔之死，八成和他脱不了关系。

石头小命堪忧。

拓跋绝命淡定地继续喝茶："中原的茶就是香啊……"

方大侠之名威震江湖，是正道的一块金字招牌。我略提了几次对他的怀疑，拓跋绝命就是死活不信，还说了一大堆方大侠行侠仗义之事，让我别乱说方大侠的坏话，免得被人听到不好。他还认定石头的杀父仇人是江南鬼盗毛凤凤。

毛他个头！我很抑郁……可我和方凤翔素不相识，拿不出他做坏事的证据，再加上自己冤枉过几次拓跋绝命，心里也发虚，不知原著和现实中是否存在误会。

最后我们决定先找到石头，再谈其他事。

5

杀手都有天生的追踪本能，兜兜转转两个多时辰后，拓跋绝命找到他们前进的方向，带着我追去，约摸到了中午时分，我们在一条岔路口的茶寮处，遇到了正在一边喝茶一边和老大爷聊天的方凤翔。

拓跋绝命示意让我留在车内不要抛头露脸，自己上前行礼，为昨日胡闹的事情道歉，并询问石头下落。

方凤翔看着他惊讶了一会，欣慰地说："我就想黑颠那个怕老婆的家伙，怎会教出个采花贼徒弟。你们走了后，石头气得两眼冒火，提着刀要追，我想你是一时糊涂，若真闹出事，黑颠家那只护短的母老虎非逼着丈夫找麻烦，所以想跟着劝解一二。未料你逃跑本事太强，一路没追到踪迹，到了岔路口，他建议分路寻找，我劝不住，他独自往庆源方向去了，我便来了仙湖，没想遇到你们。"

拓跋绝命急忙回车，要往庆源追。

方凤翔拉住他问："你拐了人家媳妇，还过了两夜，待见面后，可有话分说？"

拓跋绝命懵懵懂懂地看着他道："什么话？不是还回去了吗？"

方凤翔也给这小白呛到了，过了好一会后才含蓄地说："姑娘名节重要，唯恐人家闲言碎语。"

虽然这时空男女关系豪放些，但共度两夜，也太惊世骇俗了。拓跋绝命好不容易想到这层，欢喜起来："若他嫌弃洛儿没名节，主动要休弃，那就太好了！我立刻负责娶她回去！"

轮到我被呛了，原来这家伙贼心还没死啊。

方凤翔终于察觉他的大脑构造和正常人有区别，耐着性子建议道："人家情意深厚，你横插一杠子反而不美，你师父虽收银买命，却能明辨是非，在道上颇有侠名，与你师娘更是恩爱有加。你身为关门弟子和义子，不想着为师父扬名也就算了，何苦闹出抢亲之事，将来传到江湖上，岂不是丢他老脸？而且你师娘最好面子，若知道你媳妇这样得来，怕是要大发雷霆的。"

拓跋绝命听到师父名字时还不以为意，待听到师娘要发火时，终于耷拉着脑袋，变乖了。

天生一物克一物，我对他素未谋面的师娘心生好感。

方凤翔见他老实后，继续说："你是黑颠徒弟，看在黑颠请我喝酒的分上，我跟你走一趟吧，见到石头后做个保，证明你们俩什么事都没发生，全了洛儿姑娘名节，也免得你被师娘收拾。"

拓跋绝命虽不情愿，还是委委屈屈地应了。

方凤翔便和茶寮的老板结账，老板听见他的名字，喜上眉梢，死活不肯收钱。被硬逼着才拿了银子，又去包了两大包点心，隔着帘子递给车上的我。方凤翔坐去拓跋绝命赶车的右手边，除了问我要壶酒解渴外，目不斜视，连话都不多说几句。

倒是我忍不住问他："你知道我是洛儿，他是石头，想必知道江湖上现在闹得纷纷扬扬的事情了吧？"

方凤翔说："安乐侯心胸素来狭窄，仗势欺人，不提也罢。南宫冥早年一直受其父钳制，才华不得施展，如今刚刚当权，必要用雷霆手段来镇压不服众者，但石头并非故意叛门，此事情有可原，而且他天赋出众，为人宽厚，将来定是正道栋梁。这两人因男女私情就闹成这地步，实在不应。将来我会邀他家前辈去和他好好劝导，或许还有转圜余地。"

我听得感动不已，连声称是，更加觉得他不像真禽兽了。

斜阳慢慢倾了下去，撒在路边稻田，片片金红。我们没有追上石头，唯恐天黑难赶路，便决定在破庙里留宿一夜。方凤翔安排我睡在破旧佛像后头，用烂门板简单隔开，然后将马车帘子拆下铺在稻草上，还在旁边生了堆火，他和拓跋绝命睡在门口，保持距离。

见此连番君子行为，我连声道谢，低头时不经意看到他的袍子后襟一块污迹，愣了一下。

随后拓跋绝命去打了只野鸡，手脚麻利地拔了毛，放到火上烤，然后去车内拿了两壶酒，要和方凤翔共饮，方凤翔只喝了一杯，便放下酒壶道："草原上的酒太烈，我喝不惯。还是喝自备的水酒吧。"

拓跋绝命口没遮掩地说："男人大丈夫怎能喝娘们一样的水酒？洛儿喝还差不多。"

我立刻举爪道："我喝酒后会发酒疯，乱咬人，所以只喝水。"

拓跋绝命看着我喝闷酒，几口就将自己壶里的酒喝了个见底。

方凤翔笑笑，勉强又陪他喝了两杯，终于撑不住打开盖子看看，又摇了两摇，拒绝道："剩下的太多了，我喝不了，若是宿醉，明日耽误了大事不好，还是让绝命代劳吧。"

我也劝道："拓拔大哥你自个儿能喝，就不能把别人当成和你一样酒量。上次你硬把石头灌醉了，我还没说你呢。"

拓跋绝命无奈，只好接过酒壶，一边喝一边嘀咕："真没趣。"

我急忙起身，主动帮忙将车上水酒拿来，递给方凤翔，笑道："方大侠，你喝这个吧，别和他斗酒斗气，伤了胃不好。"

方凤翔拿过酒葫芦，浅浅抿了一口，笑着问拓跋绝命："你身子如何？"

拓跋绝命已经醉意十足，他撑着身子想站起来，站了几次都跌到地上，忽然瞪大眼望向周围："这……这酒有问题！我们遭暗算了！"

"拓拔，你没事吧？"我冲上去扶着他，死死看着依旧在微笑的方凤翔，惊恐地问，"你干的？"

方凤翔依旧微笑。

我冷冷地说："你根本不是武林大侠，你是伪君子，真禽兽。当年金水镇苏家灭门之事，就是你做的吧！"

方凤翔轻松玩着手上的酒葫芦："是又如何，不是又如何？我是有口皆碑的正人君子，你是安乐侯府叛主私逃的小妾，就算你出去嚷嚷，天下人也不会相信是我做的。"

石头的直觉没有错，他的仇人就是眼前之人。

我想起宽厚温和的铁头大叔惨死之事，心里燃起几分恨意。

拓跋绝命从腰间摸出飞索和匕首，摇摇晃晃站起，将我护在身后道："你快逃。"

方凤翔摇摇头："销魂散随酒性侵入五脏六腑，你还使得出内力吗？我只想问你们一句话，司徒惊雷的藏宝图究竟在哪里？"

那夜在门外偷窥的人影，果然是他。

拓跋绝命咬着牙不说话。

方凤翔喝了两口酒，又道："若是你将藏宝图交出来，我便饶了这小姑娘一条命。"

拓跋绝命拒绝："中原人最会骗人，你不会遵守承诺的。"

我冷笑道："不，他当然会饶我性命，否则如何送我去安乐侯处换一百万两黄金？石头已经被他卖了二十万两吧？"

"一个是叛徒，一个是逃妾，送给安乐侯，也不算是违背正道。"方凤翔放下葫芦，先对拓跋绝命搜身，没找到藏宝图，便先将他捆了个严严实实。然后撩开我面纱，忽然愣住了，呆呆地看了半天后才说，"怪不得安乐侯百万重金悬赏，我只闻书中有言，却不料世上真有倾国倾城佳人。将你就这样送回去，真是可惜了。"

我说："龙昭堂不会放过碰他东西的人。"

"我会告诉安乐侯，坏了你身子的人是石头，然后你怀恨在心，想借刀杀人，将事情污蔑给我。"方凤翔用力捏住我的脸，然后摸向腰间伪装用的布条，又满意地笑了笑，将毫无抵抗力的我抱起，往后头走去。

我："一、二、三、四……"

方凤翔将我放在神台上，解开腰带问："你放弃反抗了吗？"

我摇摇头，继续数："七、八、九……"

拓跋绝命在地上拼命扭着身子，愤怒骂："你这畜生！放开她！"

方凤翔不屑地看了他一眼，耻笑道："你可以在旁边看我们行云布雨。"

我："十四、十五、十六……"

方凤翔一边扯衣服一边问我："你为什么一直在数数？"

我："十八、十九，我在等你倒霉，二十一、二十二……"

方凤翔困惑地看了我两眼，忽然神色一变："你……什么时候？"

"二十三！"我迅速推开他，跳去拓跋绝命身边。

方凤翔浑身发软地追了两步，终于不支倒地。被捆着的拓跋绝命也傻眼了。

"哼哼，螳螂捕蝉，黄雀在后！龙禽兽家的七步软骨散真是名不副实啊，居然二十三步才倒！"我得意地拔出刀。

方凤翔又惊又怒，问："你怎知我会在酒中下药？要对付你们？"

我撩起裙子，很不文雅地踹了他两脚，咬牙切齿道："你言语中对安乐侯不屑一顾，可背后那块污迹却是油画颜料染上去的！这中原除了龙昭堂那变态，还有谁会碰油画？你明明去过他那里，还想装蒜？我不怀疑你才有鬼了！原本只是打算迷倒你，然后逃走，没想到你心狠手辣，居然在拓跋绝命的酒中下药！看来我运气比想象中更好。如今你自作孽，是天要亡你！"

小心驶得万年船，若非处处猜疑，使劲找对方毛病，哪有肥兔子翻身打倒狼的机会？

方凤翔药性发作，喉头开始僵硬，他自知难逃一死，嘶嘶冷笑道："我奴仆出身，混到今日，虽自作孽，这辈子也没白活。"

我用刀将拓跋绝命身上的绳子斩断，然后将刀塞入他手上，意气风发地吩咐："去！把那无耻禽兽剁了！"

拓跋绝命头晕目眩地站起身，颤抖地接过短刀，没走两步又跌倒在地上，只好暗暗运功逼毒，并将刀还我道："你去剁。"

"我？我没杀过人啊……"我拎着短刀，手足无措。

方凤翔直看着我笑："做绝色美人刀下第一个亡魂，也算牡丹花下风流死了。"

拓跋绝命急道："快去！你要等他逼出药性，将我们俩剁了吗？"

我鼓起勇气，提刀上前，跪坐在他身边，将刀尖比了又比，做了半晌心理准备，方凤翔忽然发力，猛地抓住我的脚。我吓得闭上眼，狠狠往他胸口一刀刺下。

拓跋绝命急忙喊："位置错了，重来！"

我赶紧张开眼，看看刀下之人，确实没死。急忙将刀抽出，道歉："对不起，我重来。"

第二刀位置对了，可是人还没死。

"力……力道再重三分……"方凤翔闷哼了一声，这番胡乱凌迟他也受不了。

我两次下刀，勇气耗尽，头脑一片空白，整个人都傻了，慌乱拔出刀道歉："不好意思，我平时连猪都没杀过，新手上路，您多多包涵……"

他痛得五官都扭曲了，却依旧笑着说："我在下面……等你！"

好不容易再次鼓起勇气，命中目标。方凤翔带着对林三刀的无限怨念，惆怅而去。

我确认他没了气息，拔出刀。他心脏大血管切断，堵塞的血液猛地喷出来，溅到我手上、身上、脸上，黏黏糊糊染了一身，带着温热而腥臭的味道。低头看看他死不瞑目的双眼，作呕的感觉涌上喉头，我忍了又忍，终于撑不住扑向墙角大吐特吐起来，并不停用帕子擦脸洗手，可是觉得全身血迹，怎么洗也洗不掉。

拓跋绝命静静地坐在地上运功逼毒，待我吐完回来后，指指地上的尸体，冷静地吩咐："方凤翔在外名声极好，坏事做得天衣无缝，让人拿不出证据，我们必须快点将他的尸体处理掉，以免被人发现，惹祸上身。"

我呕得两眼泪汪汪，掩着帕子过去，用脚尖踢踢自己第一次杀人的尸体，虚心向专家请教："怎么处理？挖个坑埋了吗？"

"我一时半会是没气力的，你身体单薄，挖不了那么大的坑，"拓跋绝命思索片刻，很快做出合理安排，"你先拿刀把他切成一块块的，然后放到火上烧焦，让人认不出五官，再埋到树下做肥。"

"不！"我听得目瞪口呆，疯狂摇头道，"我又不是连环杀人犯，杀个人都要抖半天，哪里有剽悍的心理素质去碎尸焚尸？"

拓跋绝命低声说："石头已经给他卖了，生死未卜。"

我恶从两肋生，怒从心中来，抄起刀子，凶神恶煞地问："要从哪里开始剁？"

我壮着胆子努力切了几下，手软脚软切不动，还差点把自己手指剁了，于是哭着鼻子求助熟练技工。拓跋绝命终于意识到男女体力有别，不是干杀手这行的家伙做不了他那么利索，便在旁边一步步指使我毁灭证据。

破庙附近柴火不少，火堆烧得很旺盛，我强忍着恶心，按指示用火毁了伪君子的容貌，然后将其衣服脱去，丢进附近的一个土坑，填土，再在上面铺上厚厚一层落叶，然后蹲在路边继续吐，几乎连五脏六腑都要呕出来，可还是撑住了。又将他所有随身物品一件不留地烧毁，灰烬也踩碎，烧不了的玉佩，则砸的砸，毁的毁，务求不留下任何蛛丝马迹，最难处理的那把宝剑我藏起，末了，将自己的血衣也丢到火堆，一了百了。

拓跋绝命赞美："你挺有经验的，果然是好女人。"

我哭丧着脸答："过奖，容我再去吐一会……"

我这辈子都不想吃肉了。

挖坑和填坑不容易，处理完尸体，已经是第二天清晨。我不停擦着手，总觉得上面有洗不净的血迹。方凤翔没有龙昭堂有权有钱，他下的迷药效果没有七步软骨散强，拓跋绝命运了一晚上的功，功力恢复了五六成，他拭去额上汗珠，站起身，说不能在此地耽搁，要带我立刻走。

我问："石头真出事了吗？该不会是他骗人的吧？"

拓跋绝命在人情世故上很无能，但是江湖经验却是老油条，他分析道："方凤翔这种伪君子，不会做没把握的事。若石头没被处理掉，他就不可能有恃无恐地下狠手，威逼我要藏宝图。他会留着我们的性命，继续保持良好关系，做翩翩君子，放长线钓石头上来，再一网打尽。所以……若石头真被卖给安乐侯了，他会饶石头一命吗？"

龙昭堂自私凉薄，睚眦必报，而且酷爱用刑，家中宠妾违逆他一点意思，或是折他半点面子，都会被折腾死，何况石头抢了他美人。

我被抽去了主心骨，心乱如麻，没了主意，随拓跋绝命跌跌撞撞地走出庙门时，还差点被门槛绊倒。心里却是迷迷糊糊的，仿佛陷在那个很长很长的噩梦里，没有醒来。伤心和内疚如蚂蚁般噬咬着内心，每一秒都好像一天那么漫长，有种难以言喻的情绪让我发了疯似的后悔，若是老实规矩地重走林洛儿的老路，不逃避禽兽，不妄图去改变命运，石头是不是还能好端端地在乡下打铁？

世上有很多如果，却只有一个结局。

如今让我去换回石头的性命，我是肯的。

可是龙昭堂不肯，逃亡的时候我在石头背上看了他最后一眼，他俊美的脸上那种疯狂扭曲，恨不得将我们噬骨吃肉的神情，仿佛地狱的恶鬼般恐怖。他是动了杀心的，一个也不会放过。

拓跋绝命也不肯，他倒不是想放弃兄弟，只是心里算盘打得清楚。石头已凶多吉少，龙昭堂手下高手众多，他连一成的救人把握都没有。无论是赔上自己还是赔上我，都不是划算买卖，还不如将此事记账，先将人安置好，留待以后复仇。

我说："龙昭堂喜欢折磨人，未必会那么快动手杀掉石头。"

拓跋绝命苦笑道："纵使石头没死，安乐侯府的牢房，又是那么容易劫的吗？"

我不知道他这话是真心还是假意，也有一点点怀疑他在盼着想娶死去兄弟的老婆。可是我的理智知道石头不是他害的，不管他做任何决定，都是理所应当，我不能学脑残那样哭哭啼啼地胡闹，硬逼着他去送死，只是心里还抱有一线希望："说不定，石头会自己跑出来呢……他比我狡猾聪明，我都逃过三次了，他应该更强些……不如，我们等等吧？"

"我有不好的直觉。"拓跋绝命拒绝了，他见我如丧考妣，整个人都失了魂，心疼劝慰道，"我发誓，待你安全后，我便回来找石头，如果他从安乐侯手中逃出，还有一口气在，我定将他寻来还你。"

这确实是最好的安排，我再次为自己的疑心内疚，重重地点了点头。

拓跋绝命赶着马车拼命跑路，可身上余毒未清，经常头晕乏力，走走停停，速度不快。我死忍着抹干眼泪，接过鞭子想帮忙赶，差点将车赶到路沟里去。

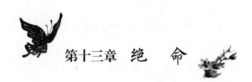

第十三章 绝 命

1

我们的努力最终失败了。

逃亡的第三天下午，拓跋绝命说身上毒素已清，他找铁匠铺熔了方凤翔的宝剑，准备疯狂赶路。几百武林人士和士兵忽然出现，将我们包围在路中间，龙昭堂那顶华丽无边的马车，如梦魇般缓缓出现在面前。美人撩开帘子，露出恶魔容颜，他冲着我，冰冷地斜斜勾起薄唇，冲着空中打了个响指道："小洛儿，许久不见，来见见熟人吧，希望你还认得出。"

一个被五花大绑的血人从马车里推了出来，重重摔在地上，挣扎着蠕动。

我不需思考，立刻认出了，那是我的石头，他已血肉模糊。

噩梦成真，心跳和呼吸同时停止，我双脚发软，伸手抓向旁边的拓跋绝命，想靠他撑着，不要坐倒在地。

拓跋绝命迟疑片刻，推开我，他飞索出手，迅速跃过人群，挡开射来的箭支，闪电似的逃了。

"你可以过去看看。"龙昭堂温和地建议我们来个"感人"的重逢，他每一个表情每一个动作都和正常的时候没区别，任凭我连摔带滚地扑到石头身边，自己则慢条斯理地让美人沏了壶茶，优雅抿了一口，皱眉道，"玉琼茶不应用东湖井水，要换三年前的雪水。"

美人胆战心惊地去换茶。

我急忙检查石头的伤处，鞭痕、刀痕、烙印、针刺……各种酷刑让他身上几乎找不到一块巴掌大的完整好皮，十个手指血肉模糊，好几个指甲盖翻了出去，左腿还有处疑似骨折的弯曲。我想安慰他，想痛骂某畜生，可张了几次口都说不出话，只觉得心好像被放在火上慢慢地烤，直至发烫。又像是被灌入了氢气，轻飘飘又涨得发疼，几乎要爆炸。

一滴泪水打在脸上，石头微微呻吟了一声，缓缓张开眼，看了我一眼，又仿佛做梦未醒似的闭上了。

"小洛儿，先别哭，"龙昭堂用白皙修长、毫无瑕疵的手指，敲敲轿子的扶手，不紧不慢地说，"你男人可是够硬气啊。"

"你男人"和"硬气"两个词他都咬得很重，我不明其意，石头猛地睁开眼，在尘土中低吼道："我就是她男人！就算你强迫占了她身子，将我杀死，我依旧是她男人！而你，不过是头变态的畜生！一头养尊处优惯了的可怜骡子，生在马群里就自以为是马了！哈哈！"

"小洛儿，你说呢？他宁死都要做你的男人。"龙昭堂挑挑眉，看向我，没有生气。

我的心跳得很快，抓紧了石头满是血污的手，纵使冰冷，依旧觉得心暖。仿佛只要拉着他，就算十八层地狱也有勇气去闯。

龙昭堂周围的人，都怜悯地看着我们，然后拥在他的身边。

石头眼巴巴地看着我。

眼泪又涌出来，我没有立刻回答。因为如果求饶，低头有用，可以用换石头活命，我是宁可伤他的心，也愿意对龙昭堂撒谎说自己讨厌石头的。我抬头看了一眼龙昭堂，正准备编造完美谎话，做垂死挣扎。

龙昭堂忽然淡淡地开口道："你从我手中逃了三次，最后这一口痛了我三天，永远记在心里，仿佛着了魔似的，想忘也忘不了。"

看见他似笑非笑的神情，我瞬间清醒下来，忽然意识到自己末路难逃，哪里救得了人？一块砧板上的肥兔子肉，没有任何求饶的筹码和资本，只会惹人发笑。

正如14世纪的意大利，有个叫伊莎贝尔的女公爵下嫁给了佣兵队长菲利普伯爵，她脾气傲慢，性格暴躁，菲利普伯爵却对她千依百顺，万般宠爱。于是她越来越无法无天，最终红杏出墙。她以为老实厚道的丈夫依旧会原谅她，可是她错了。那天晚上，她被带进了地牢，菲利普伯爵命手下拔掉她所有牙齿，活生生砌入墙中饿死。

我虽不认为自己和龙昭堂是夫妻，也不知道伊莎贝尔被菲利普砌入墙中是什么情景，可是龙昭堂那双毫无感情的眼睛，让我不由自主地想起了这个故事里疯狂的男人。有多浓的爱，就化成多烈的恨。何况他本来就是个感情炽烈、个性残暴的疯子。

无论我们是哀求还是怒骂，是痛哭还是反抗，都没有用。石头是一定会死的，我也活不成。

"你宁死也要做我男人？你本来就是我男人，不准娶乡下美人！"我终于轻轻摸着石头的柔软长发，死心呜咽道，"对不起，是我拖累你了。"

"放屁，"石头想伸手，但不能动，最终脑袋在我掌心蹭了两下，骂道，"我乐意。"

噩梦终归会醒来，痛苦会解脱。真正到了生死关头，我终于不再觉得禽兽可畏，也不想懦弱逃避，头脑中一片清明，不再害怕，只有平静。

我擦干所有眼泪，像聊家常似的，旁若无人，絮絮叨叨地告诉石头："我前几天把方凤翔做掉了，那个伪君子就是你的杀父仇人，公公在天之灵也可以安息了。"

石头身上痛得直抽搐，依旧赞道："干得好！"

"好了，小洛儿，亲热话呆会儿再说。你不哭就好，红着眼睛画上画可不好看。"龙昭堂笑吟吟地打断了我们的交谈，"我料想你脑子在逃跑的时候挺好使，没想到你的手段比我想象的更高，幸好我让那家伙见面时给你下了追魂香。"

我闻闻衣袖，肌肤有股淡淡的熏香味，原以为是在破庙里染上了香炉灰，没放在心上。方凤翔死前说的那句话，是他早知道我得意不了多久，便会走上和他同样的黄泉路，所以要在下面等我。

怀抱伤痕累累的石头，我后悔没珍惜把方凤翔碎尸万段的机会。唯一庆幸的是拓跋绝命逃跑成功，在这样的包围圈中，他单枪匹马，武功再高也顶不了用，就算他侥幸救我成功，让石头死去，我不能想象自己该如何度过下半辈子的煎熬。

龙昭堂又开口了："我留了你家男人的四肢完好，也没让他变成太监公公，你感激吗？觉得自己应该怎么报答我的仁慈？"

我咬牙切齿地问："感激，当然感激，你希望如何？"

"聪明的女人，"龙昭堂缓缓起身，走下马车，对旁边人低声吩咐了几句，拿开我罩在头上的面纱，替我拢好鬓边凌乱的碎发，痴痴地看着我的脸，指着自己的心，恍惚自言自语地说："你逃了以后，我就着了心魔，我收拾了很多人，画了很多画，依旧缓解不了这份痛苦。我想起你以前逃走时说过的话，很清楚地知道，纵使甜言蜜语，暴力威胁，你只会撒谎妥协，心依旧不会属于我……这样的你，没有用。于是我想了很久很久，最后我终于明白了，既然痛苦无法消除，那就将它连根拔去……可你是我最爱的女人，也是最美的女人，普通的死法实在配不上你的美丽。"

我问："你希望我如何死？"

侍女们捧着几个托盘，一个放着套白色的云纹织锦衣，一个放着羊脂玉雕成的玉兰花发簪，一个放着金刚石镶嵌的玉镯子，一个放着鱼戏莲花绣花鞋，一个放着梳妆镜。

侍从们搬来了大捆大捆的木材，堆在平地，然后将桐油均匀地往上泼。

龙昭堂让人支起了他的画架，拿出画具，优哉游哉地说："小时候见过京城大火，烧得如鸳鸯锦般灿烂，美不胜收。所以我一直很想画幅火中美人，涅槃升天，可惜烧了好几个看得上眼的姬妾都失败了，她们要不哭得一塌糊涂，要不晕死过去，实在配不上烈火的美丽，也画不出想象中的效果。料想你天仙容貌，勇气过人，应能达成我所愿吧？"

我看着火刑台，手脚冰凉。

龙昭堂笑道："残缺之人，失节之妇都是入不得族谱、下不得祖坟的家伙，若你乖乖听话，我便让你留个清白，让你男人留个全尸，两人死了也好有脸见祖宗。"

我想起以前看过的一本漫画，画家为作画烧死了自己的亲生女儿，那时候就觉得过度痴迷某一件东西的人都是疯子。炽热的感情如潮水，来得快，去得也快，沙滩上什么也没有留下。正如龙昭堂，他口口声声说爱我，我是他的心魔，可是他更爱他自己，所以不能容忍受一丝一毫的忤逆和伤害。

龙昭堂见我久久没有答话，像戏弄老鼠的猫似的笑问："你是否后悔没有服软留在我身边？其实做人腰骨还是别太硬的好。"

我深呼吸一口气，摇头道："人可以卑躬屈膝求一时安稳，不能卑躬屈膝求一世苟存，你要烧便烧吧。"

龙昭堂低头凝视我，我抱着石头，傲慢地抬起头，准备英勇就义。

未料，怀中石头忽然动了一下，睁开眼看着我，唇边轻轻吐出一个字："拖……"

2

我心里燃起一线微弱的生机，环顾四周兵士，慢慢站起，随龙昭堂的美人们入帐整装，脱衣服的时候"不小心"从怀里掉出易容药粉，接的时候又"不小心"弄了满手，还沾到脸上，碰到眼睛，起了几点红斑，痛得直叫唤。龙昭堂看得大皱眉头，只好命人拿热水来给我细细清洗。好不容易洗了大半个时辰，红斑褪去，穿上衣服时又因"紧张"摔倒，撕破锦衣，跌碎玉簪。

龙昭堂有些头疼地让人去取备用衣物，好不容易更衣完毕，我白衣宽袖，披着无数画上飞天仙女用的彩带，简单拢着堕马髻，斜插两根白玉簪子，赤足带着金铃，盛装站在龙昭堂的马车前，瞬间吸引了所有人的视线，就连守卫的士兵也忍不住扭头偷看了好几眼。

石头趁机摇摇晃晃地站起身，像头狮子似的朝龙昭堂冲来，没跑几步就被侍卫们一把拦下，整个人摔去旁边，撞倒车内的袖珍八宝格，将上面的白玉狮子、西洋八音盒、自鸣钟、黑曜石雕、珊瑚盆景等砸了一地碎片。

我急忙上前要扶，却被龙昭堂一把拦住，冷冷地对外面扫了眼，几个侍卫自知失职，惊恐地冲上来，将他连拖带扯丢出去，重重砸在地上。侍童和美人们手忙脚乱地收拾被打碎的珍宝，然后齐齐跪下求主人饶恕疏忽之罪。

龙昭堂嫌恶地看了眼不再动弹的石头，也不理地上跪着的一排人，转身向我伸出手，温柔地细细重整发簪，在鬓边挑出几缕长发，然后打开鸳鸯瓷盒，从里面挑出一抹红胭脂，在我额上点出一朵怒放梅花，然后站在后面看了看，满意地拍手道："很好，快去吧，要天黑了。"

他冲火刑台努了努嘴，就好像让我上去随便跳个舞。我再次环顾四周，依旧没看见任何生还希望，只好死心一步步走上刑台，准备受烈火焚身之苦。

龙昭堂兴致勃勃地拿出画笔，先画了几张没烧前的速写，正要下令点火，忽然发现我脸上没有血色，急忙停笔，再次拿胭脂给我涂脸和唇，硬装出几分好气色。

或许是老天怜见，点唇的时候，刚刚还残阳寸寸断的天空，转瞬竟下起雨来，淋湿了布置好的大捆木材。龙昭堂再蛮横也横不过老天，只好罢手，留待明晨天晴再烧。

我觉得自己的神经已经绷紧，随时会断掉。

石头留着半条命，在外头给暴雨淋，身边都是血水。

我心疼得要命，拉起裙子就往外冲。

龙昭堂说："你过去，我就把他的手脚一根根砍下来。"

我说："你砍他手脚，我就把脸抓花，你也别画什么烈火飞天，画泼妇跳井去吧。"

龙昭堂冷道："我有的是法子不伤你的脸和身子，却让你痛不欲生。"

我下巴一抬，傲慢道："老子连火烧都不怕了，还怕你禽兽个鸟！"

龙昭堂气得一把捏住我下巴，捏得我骨头阵阵发疼。

我艰难地吐字反驳道："老……老子这辈子最后悔的是，当时……心软，没有千刀万剐干掉你这禽兽。"

龙昭堂死死盯着我，忽然猛地低头，咬上了我的唇。我毫不犹豫地一巴掌甩在他脸上，刚修剪好的指甲拖出四道长长的血痕，映在他白皙洁净的脸上，格外显眼。他的眼珠里是愤怒的火焰，几可燎原。

我继续骂："将来就算人们认可了你的作品，也会加上一个词叫'魔鬼画家'，遗臭万年！书上所有介绍你的批语都要加上作者是个变态！是个恶魔！是个疯子！是个傻瓜！是个贱人！顺便一提，所有疯子画家都死得很早，而且多数得了癌症，最后都进了精神病院，被囚禁一辈子，你也差不多了。"

龙昭堂气得脸色发青，手心用力，扭断了我的小指骨，十指连心，锥心刻骨之痛痛得我龇牙咧嘴，我却依旧痛骂不止，博古通今，包揽中外，各种市井粗话骂得他脸色一阵青一阵白，最后他终于将我一脚踹出车外淋雨。

我磕磕绊绊地走到石头旁边，摸摸额头，发现他正在发高烧，却又无可奈何，只好含泪坐在露天荒野下，用自己的身子将他包裹起来遮雨，周围是无数纹丝不动的侍卫，却静寂无声，天地间仿佛只有我们俩蜷缩在角落里偎依着，寒冷雨点在旁边声声泣泣，诉说着孤独和无助。

有个侍卫的脚轻轻挪动，悄悄将旁边一块油毡布踢了过来，其他人都装看不见，没有吱声。

我感激地看了他一眼，想将油毡布从地上拾起，包裹起石头。

龙昭堂的暴喝声传来："把吃里爬外的家伙拖去斩了。"

我赶紧把油毡布丢了，摇头解释："我是自己捡的。"

好心的侍卫依旧被拖去处死了，他临行前说："小妹妹，别哭，你也很可怜，我不怪你。"

他不怪我，依旧因我而死。

龙昭堂穿着华服，孑然立于黑暗中，如王者般桀骜地巡视着他的领土。目光所过处，周围侍童低头，美人垂眸，侍卫屈膝，皆不敢抬头多看他一眼，不敢多说一句话。他环顾四周，最后独自缓缓走入车内，卧在美人榻中，听着无数甜言蜜语，抱着自己无人欣赏的画作，慢慢地看，慢慢地看……

灯下身影，比我更孤独。

3

雨停了，黎明的黑暗渐渐褪去，朝阳总会到来。

　　龙昭堂派人重新做了火刑台，重新为我整了妆容。我拖无可拖，垂头丧气地告别石头，缓缓步上高台，让士兵们用绳子固定住我的双脚。

　　风吹起满身彩带，凌乱飞舞，火光带着浓烟升起。恍惚间，我听见远处传来马蹄声。我睁开眼，见健硕黑马踏过小河，跃过树丛，矫健飞驰。马上拓跋绝命一身黑衣劲装，微卷的长发被风吹去耳后，腰间红绳在身后飞舞，他的速度比去时更快，像闪电似的笔直朝我们冲来。

　　一直昏迷的石头忽然睁开眼，猛地挣脱束缚，几根拇指粗的绳索随着一小片锋利的黑曜石碎片，同时落在地上。他毫不迟疑地抽出旁边侍卫的腰刀，跳起身，在空中踩着侍卫的脑袋，跃上火刑台，鹞子翻身，一刀砍断我脚上的绳子，然后拦腰举起，用尽全身气力往拓跋绝命掷去。然后自己直直地坠向火中。

　　我还没反应过来，就在空中划过一道弧线，跃过人群，飞过二十余米，如过山车般冲入拓跋绝命怀里。

　　石头从火中滚出，在地上转了几个圈，全身痛得抽搐不能动弹，依旧大喊道："大哥！快带她走！"

　　龙昭堂从惊变中回过神来，命令："放箭！杀了他们！"

　　瞬间，拓跋绝命踩了两下马镫，没有掉头，也没有减速，他提着我的腰再度往后一抛，自己则抽出飞索，直直向石头冲了过去。

　　千百支利箭，呼啸着划过长空。

　　我在空中扑腾了几下，被长鞭一带，落入温暖怀抱。熟悉的熏香味传来，我惊讶地睁开眼，叫道："是你？"

　　南宫冥带着七八十人，穿藏蓝色紧身衣，面蒙黑布，骑着骏马。他冲我竖起食指点点唇，示意我不要叫破身份，然后解释道："拓跋绝命找我求援。"

　　我更惊讶："南宫世家离这里足足有两天路程，拓跋绝命如何一天来回？"

　　南宫冥笑道："龙昭堂动，我跟着他动，我在路上遇到他的。他拦住我说你快死了，求我相助，我便借与他最好的乌云骓，连夜同行，赶来救人。"

　　"石头！石头还在里面！"我抓着他衣襟，求道。

　　南宫冥眼角弯了弯，惋惜道："龙昭堂权势熏天，人马众多，不能与之正面为敌。我只带了几十人，还不敢暴露身份，如今能救你出来已是万幸，洛儿妹妹别急，后面的事情我会尽力而为的……"

　　他指挥众人放箭掩护，射倒几个侍卫，却龟缩在后头，我知他们于公于私都没有救石头的理由，南宫冥甚至和石头有生死相杀的仇恨，不添乱子已是厚道，只能眼睁睁看着拓跋独身冲入箭阵，干着急。

万幸的是，龙昭堂昨夜暴躁乱杀人，那个好心侍卫死得太冤，让其他人心有不满，不少人都出工不出力，箭势虽强，准头却不好，大半偏离目标，飞天的飞天，遁地的遁地，射云射鸟射树，就是不射人，气得龙昭堂直跳脚。

拓跋绝命黑衣黑马，单骑直冲敌腹，视上千侍卫为无物。他右手长索在空中画圆，挡下飞来箭支，夹着马肚子侧身卧倒，长索另一端卷上地上石头的脚，用力拖起，扯上马背，瞬息间调转马头，跃过侍卫头顶，试图突围而去。

龙昭堂暴怒，夺过旁边的长弓，带头一箭射去，拓跋绝命回首接住箭支，反手掷去。龙昭堂大惊，往旁边侧身，箭支已穿过肩胛骨，将他牢牢钉在车门上。龙昭堂痛得惨叫一声，却很快镇定下来，他猛地将箭拔出，捂着不停冒血的伤口，咬牙对侍卫发令："若让他们跑了，你们便全部别想活了！"

主子重伤，谁也逃不了干系。侍卫们放下怨念，齐心协力，将箭支放准，直刷刷地向我们射来，仿佛要将所有人捅成马蜂窝。

"撤！"南宫冥赶紧调转马头，匆忙离去。

满天箭雨里，我见拓跋绝命拼命催马，疯狂赶来。他死死抓住缰绳，将石头用飞索缠在马腹上。乌云骓虽神骏，却负不得两个大男人，它后臀已受伤，嘴角吐出白沫，仍在忠诚地奔跑，可依旧跟不上南宫冥的马队，渐渐消失于我的视线范围。

疯狂跑了大约一个多时辰，龙昭堂的侍卫没有追来，南宫冥终于停下马，轻轻出了口气："洛儿妹妹，这里是洛河交界，最近皇帝要南巡，这几天会由水路经径这里，洛河镇全镇戒严迎驾，龙昭堂再放肆，也不敢带上千士兵前来这里骚扰，否则被御史参他造反，他也没好日子过，所以我们安全了。"

我看着身后被马蹄扬起的尘沙，担忧地问："石头和拓跋呢？他们怎么还没来？"

南宫冥冷冷地说："我和拓跋绝命说好了，我只负责救你。毕竟石头是南宫家的叛徒，我就算不杀他，也要废了他全身功力，以清门户。"

我急忙说："他叛南宫世家……也是为了被送给龙昭堂的我。"

南宫冥道："黑卫必须断七情六欲，没有爱人的资格。"

我怒问："当局者迷旁观者清，人有感情，七情六欲是断不了的，否则你为何要来救我？"

南宫冥张张口，想否认，最终还是闭上嘴，陪我等待。

他并不希望等到人，期间无数次催我离开。

我死活不走，笔直站在路边，每当焦急地快发疯时，就轻按藏在袖中的断掉的小指，用关节处的阵阵剧痛来清醒混乱的头脑。我曾以为自己在这个莫名其妙的世界，只要不付出任何感情，不喜欢任何人，就可以只为自己而活。我想做一个清醒的旁观者，却不知何时悄悄入了局，再也抽不出身。

4

等了小半个时辰，轻快的马蹄声从远处传来。乌云骓带着满身伤痕，仿佛天神般出现在我们面前，上面是趴着的拓跋绝命和石头。

我心中大石落地，欢快地冲了过去，在马前担忧地问：“你们没事吧？”

拓跋绝命没有答话。

我忽然想起往事，羞愧不已，急忙鞠躬道歉：“拓跋大哥，前些日子是我们对不起你了。等晚些石头伤好，我们定当给你磕头斟茶道歉。”

拓跋绝命还是没有答话，倒是他身下的石头发出了微弱的声音：“大哥，到了吗？洛儿呢？”

我觉得不太对劲，伸手去拉拓跋绝命，他纹丝不动，我再用力拉了几下，他忽然整个人坠下马背，手里还紧紧握着缰绳。这时我才看见他背上，插着四五支长箭，其中一支刺过了心脏。

鲜血隐入黑衣，他的心跳已经停止。

我跌坐地上，捂着嘴呆了一小会儿，又疯狂冲上去拼命摇，希望能得到一丝回应。南宫冥快步上前，探探他的气息，又按了一下脉搏，然后摇摇头。

“他……他……”我无法接受这个事实，摇头问，“开玩笑的吧？他……他怎么会死？他武功那么高。”

南宫冥问：“我刚刚观他动作不够利索，功力似乎也运转不畅，不知何故？”

我猛地想起方凤翔下的毒，眼眶顿时红了，结结巴巴将前因后果简单说了一次：“他说毒已经全解了。”

“他功力运转不顺，毒性应该还有残余，”南宫冥皱眉，也有些困惑：“他找我时，没说自己中毒的事情，只说石头定知道他会回来救你，到时候我在外面和他里应外合，将你抢了抛给我，然后他单人单骑，凭着乌云骓的速度，料想龙昭堂的侍卫应该追不上，却未想他还那么傻地去救石头。”

"他……他……"我再说不出后面的话。

南宫冥半蹲下身，伸手拢过我鬓边乱发，一边轻轻地顺，一边轻轻地说："他说你很值钱，比自己更值钱，所以必须救你。"

这句话为何那般熟悉？似乎在何时听过？

记忆像根轻飘飘的羽毛，从角落里随风浮出，我终于想起了……

他说我很贵，他说我价值连城，总是忍不住给我算身价。

我对他报以鄙夷，以为自己在那个以貌取人的家伙心里是一万头牛，十万头牛的价钱……

直到他死了，我才知道自己的价钱。

比他的生命更昂贵。

温暖的双手已冰冷，柔软的卷发沾满泥土，暗金色眸子暗得如被乌云遮蔽的太阳，漂亮的面孔上没有怨恨，没有愤怒，只有平静。

我模糊想起他最后的笑容，究竟是何时绽开？

我蒙眬忆起他夜里骨笛声声，究竟是何种曲调？

我隐约记起他说的草长鹰飞，究竟是何般模样？

我傻乎乎地在地上，坐了许久，可是什么都想不起。

懊悔和追悔涌上心头，绞着痛。

我强撑着站起身，将石头从马背上解下，他重重摔入我怀里，将我带倒在地，然后迷迷糊糊地睁开眼问："洛儿……你没事就好，大哥呢？大哥没事吧？"

我一时竟不知如何回答，迟疑许久，见他伤重垂危，唯恐气急攻心，便忍着想哭的腔调哄骗道："他受了点伤，一点伤……"

"那就好，"石头长长出了口气，又缓缓闭上眼，"大哥……没事真好，我让他丢下我逃，他说……答应了你……只要还有一口气，定……定要将我带回给你……还说怕我死了，你也活不成……"

【如果石头死了，我也不活了！】

【我发誓，待你安全后，我便回来找石头，如果他从安乐侯手中逃出，还有一口气在，我定将他寻来还你。】

原来，我的每一句话你都记得，哪怕是谎言。

原来，答应我的每一件事你都在履行，哪怕是凶险。

我呢？我连你的笑容都记不清楚。

"对不起。"黄豆大的泪珠，终于如雨似的洒了下来。

荒山野地，我抱着石头，放声大哭。

可是就算哭到声音沙哑，做错的事已经回不来了。

泪水打到石头脸上，他蠕动一下干裂的嘴唇，微弱地问："洛儿，下雨了？

我一边哭一边点头："是下雨了，好大的雨。"

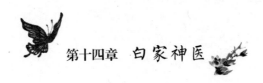

第十四章　白家神医

1

南宫冥忽然抽出长剑，冲石头走来。他们家追杀叛徒不遗余力，一个多月前的林间往事仍历历在目。

我猛地站起身，向南宫冥冲过去，将他撞得后退半步，然后像发狂的母狮子护在石头面前，张牙舞爪咆哮："不准动他！"

南宫冥迟疑道："洛儿妹妹，你不要难为我了。而且他的伤势很重，怕是活不成了，就算救活了也是废人。"

我吼："他废了我伺候！他死了我守寡！"

南宫冥摇头："叛徒必清，这是规矩。"

"我不会理解你们南宫世家的什么破规矩。"我红着眼，忍着泪，叫得凄厉而疯狂，"若你杀了他，我就杀你！我不怕杀人！除非你把我和他一起杀了，否则我便花一年，花十年，付出任何代价，都会想尽办法杀了你！"

南宫冥劝道："何苦呢？你的容颜今日过后怕是瞒不住了，还有龙昭堂在身后虎视眈眈，就算你们逃过今日，也逃不过明日。石头势单力薄，是护不住你的。南宫家在朝廷有人，有武林势力，龙昭堂不敢轻动，你只有跟着我才能平平稳稳地过日子。"

我的眼泪再次大滴大滴地掉下来，不停摇头道："我的心太小，载不动太多的感情，从小到大，只在里面装了一个石头。拓拔大哥知道这点，所以用命换回了他，今日若我为一己之安负了石头，也是负了拓拔大哥的情义，必将良心不安，日日惶恐，何来平稳度日？"

南宫冥愤怒地抓紧剑柄，咬唇问："从小到大？我究竟有什么比不上他？他对你好，我又有什么做不足、比不上？为何你要疏离我，亲近他？"

"不是你不好，是你好过头了，"我犹豫片刻，终于轻轻说出，"我在你心里一直是八岁时那个扑在母亲墓前痛哭的善良小女孩，是那个永远斯文懂事、说话低声细气的小丫头，所以你喜欢我，想照顾我。"

南宫冥道："你本来就是这样子的。"

"我不是！我不过是个自私自利，做事蛮不讲理，而且经常做蠢事的傻瓜罢了，"我纠结地看着南宫冥，"我在南宫世家是丫环，你是主子，我纵使小有顶撞，却不敢在你面前太过分，可是石头却知道我是个狡猾的混蛋，他能看穿我，所以我在他面前不用装模作样，在一起时，想骂就骂，骂不过就打架，打不过就耍赖，耍赖不成就撒泼，撒泼不行就求饶。相爱容易相处难，你天生是凤凰，石头天生是麻雀，我却是披了凤凰皮的麻雀，抬头仰望梧桐树太累，还是和同类在一起快活。"

林洛儿通琴韵，精音律，唱歌跳舞样样皆能，和南宫冥树上吹笛、树下舞袖自是神仙伴侣；柯小绿是个死宅，音乐细胞全无，绘画全靠背书，阅读不看名著，只爱美剧和肥皂剧，还被群里众人的耽美小说加黄段子训练得荤素不忌，就算听了《十八摸》也能猥琐地笑几声。

妈妈说：选男人要选门当户对，豪门媳妇看着光鲜，里面一点也不好当。

这是至理名言。

虽然原著的先入为主是最重要的原因，也有过刹那心动，可就算没有原著，长期和南宫冥这种高格调的优秀男主角在一起，翘起尾巴装凤凰实在太难为我这草根了……

"相爱容易，相处难……"南宫冥愣在原地，反复将这话咀嚼了许多次，却怎么也咽不下去。

"君是梧桐，自有凤凰相配，我话已至此，狗急了要跳墙，兔子急了会咬人，若你想阻拦，便直接将我的脑袋砍下来吧，我刚刚说的所有话都是算数的！你杀了石头，我便视你为仇人，只要还有一口气，都会报复到底。"我冷冷地看着他，拼死一搏，"若不想杀我，就让开！"

南宫冥迟疑好一会，终于垂下手中长剑，侧身退开。

死者长已矣，存者且偷生。石头的伤势太重，全靠好体魄撑着，再不进行处理，我就只剩守寡一条路可走了。

我悔恨地再看一眼倒在地上的拓跋绝命，衡量一下事情急缓，赶紧将他的尸体推去路边树丛里藏起，留待过两天回来安葬，然后将我的小麻雀从地上硬扛起，摇摇晃晃地往镇上走去。

南宫冥再次抢上前，将我拦下，苦笑着说："你这样子怎么走？遇上龙昭堂派来的暗探怎么办？而且送城里去治，就算好了，你这辈子也只能守病床前服侍他了。"

"有劳费心，就算拖，我也会把他拖过去的。"火烧眉毛，我也顾不上太多自身安危。

南宫冥还是拦住了我，他恢复原本波澜无惊的神色，嘴角微微轻勾，从手下里挑出个看起来挺伶俐的小伙子，吩咐道："你骑乌云骓，将拓跋绝命的尸首送去塞外穆玛依山，交与黑颠夫妻安葬，仔细告诉他们徒弟是死在谁手上，是怎么死的。"

小伙子会意，抬起拓跋绝命，翻身上马，领命而去。

南宫冥回身对我道："他是草原的鹰，死后也应回归故土。而且他师父黑颠最疼这个关门徒弟，他师娘红蝎子生性护短，两人绝不会善罢甘休。龙昭堂这番受伤甚重，我会托人去京城，请御史上书参他身为海事重臣，擅自跨省调动军队，有谋反之心。他就算不被降罪，也会给搅得焦头烂额，不敢再做大动作。"

皇帝调查，杀手复仇，够龙昭堂喝一壶了，我为南宫冥的腹黑佩服得五体投地，却不知他要怎么对待自己，有些忐忑。

南宫冥拳头松紧数次，终于下定决心，张开手向我伸出："普天之下，只有白家神医能治石头的伤了。白家如今当家人是白梓，我和他相交多年，知他个性古怪，只凭喜好看病，不知是否会治石头，所以我驾车送你们一程吧。"

我听白梓二字又不自觉紧张起来，再看着南宫冥诚恳的神情，习惯性的狐疑再次冒出，不由迟疑起来。

"我说了，你是我妹子，我从来不想你死，只想你过得好好的。只是我事事算计太过，顾前顾后，总比石头慢了一步，如今拓跋已死，石头重伤，我纵使不甘心，有心要争，也争不过了。"南宫冥黯然低头，让人快马去附近镇上找车，继续道，"你们可以趁这段时间治疗身体，待好了后，一起去大漠边关生活，那边山高皇帝远，官员贪污成风，治理不严，容易混日子。龙昭堂是王爷，不奉旨是不能随便去边关的。"

石头还在昏迷，体温热得惊人，染得我白衣上点点血迹。

南宫冥挺直腰杆，很认真地说："我说过，等你长大后，我送你嫁妆让你备嫁，为你撑腰，不受欺负。连拓跋绝命这个蛮族的家伙都能实现每一句诺言，我是堂堂南宫家家主，自然也能做到。"

我愣住了。

信任他，一步天堂，一步地狱，全交由他一念之间。

不信任他，我们在地狱里没有生机。

结果不会更糟糕，与其像以前那样猜三猜四，不如赌一把，将所有希望押在南宫冥身上。如果赢了，我不但不会失去石头，还能得到朋友。

我看着他瘦削成熟了好几分的脸，终于尝试将信任交出。

马鞭扬起，车轮卷起尘土，摇摇晃晃驶向远方。

石头在身边沉沉入睡，我一边给他做简单包扎一边忍不住问南宫冥："神医是个什么样的人？"

南宫冥想了很久后才说："他长得……人人见了都惊叹，不好形容，你见了就知道了。可能因长相问题，他性格比较孤僻，不太喜欢说话，还有很多麻烦的习惯，不过是个好人，我和他从小认识，关系不错。"

我脑海里迅速闪过原著里和神医相关的剧情，他似乎是容貌妖孽的类型，武功不高，擅长用毒用针，倒没用什么特别暴虐的手段，只是给林洛儿喂了很多秘药，逼着她主动求欢，然后不停用恶毒言语侮辱，逼她承认自己是无耻的喜欢勾引人的荡妇，是欲求不满的浪女……

我打了两个寒战，忍不住问："那个……神医……好女色吗？"

南宫冥甩一下马鞭，坚决否认："我认识了他那么多年，他除了医书毒谱和花草外什么都不爱，没事就研究各种药物和针术，是极正经的人。"

我想起无辜的拓跋绝命，怀疑又是一个误会，不敢再乱猜疑，低头干活。

银剪刀费力地剪开了石头的衣襟，撕开和血肉混合的布屑，里面伤口重重叠叠，许多地方皮开见骨，每一处都触目惊心，不知吃了多少苦，受了多少罪。

"洛儿，快跑……"他发烧说着胡话，身子每动一下都会引起肌肉抽搐。

我对着他满身伤痕越看越伤心，暗暗发誓，只要能救他性命，就算是龙潭虎穴，我也要闯。

一路快马加鞭，南宫冥动用特权和金钱，不停换马换人，日夜赶路，沿途又请当地名医开方煎药，缓解伤情，我在旁边不停用冷水降温，石头的伤势虽没好转，却也没有恶化，总算撑了两天一夜，熬到了神医住的度厄山庄。

山庄藏在半山腰处，沿途是一片片的梯田，红红绿绿地种着各色我识得或不识得的草药，临门近处，是无数半凋谢的鲜花，牡丹、杜鹃、芍药、月季……更有无数蔷薇藤爬在白墙上，可以想象夏季到来时，这里会是繁花似锦，美不胜收。

马车缓缓停在正门前，南宫冥殷勤将我扶下车，却连正眼都不想看石头，随手弹弹指，派了个三大五粗的侍卫过来帮我背起石头，然后召来手下安排其他事宜。

他慢悠悠，我心急得在旁边直转圈，他便让我带着侍卫先去敲门

我敲了半晌，门悠悠开了，走出个绝色美人，她身材比我高大半个头，极瘦削，腿长腰细，整整齐齐穿着件白袍，如瀑青丝简单用丝带绑在脑后，脸上皮肤白皙，五官精致，一双眼睛黑白分明，格外美丽，眼角处微微上挑，睫毛又黑又长，眨眼时，可让人联想起蝴蝶扇翅，就是神情冷漠了些，像块万年不化的寒冰，所幸唇边有颗小小的红色美人痣，为寒冰添了三分妩媚，夺去身旁未凋牡丹七分风采，再加上举手投足那份优雅气质，比起祸国殃民的林洛儿也不输多少。

射人先射马，我震撼完毕，赶紧拍马屁："美女姐姐，我找神医白先生……"

话音未落，美人姐姐脸色更差，转身摔门，重重的黄铜狮子门环扑面而来，差点撞断了我的鼻子。

我吓得后退三步，不知自己说错了什么，脑子里飞快地冒出各大狗血电视剧片段，思绪往她是神医青梅竹马，恶毒 OR 痴情女配方面飘忽了一会，旁边背石头的侍从轻轻"咳"了好几声，满脸黑线地说："洛儿姑娘，他……就是神医白梓。"

南宫冥说初见神医的人都会被震撼，我确确实实被这张传说中的妖孽脸给震撼到了。

痴情女配惨变男主角，我捡回跌地的下巴，知道自己乌龙闹大了，唯恐对方不救石头，扑到门板上拼命敲，拼命道歉，从骂自己是猪，再到连猪都不如，对方就是不开门。

南宫冥快步走过来，问明事情经过，苦着脸道："那家伙脾气怪异，有三不医：小病轻伤不医，仗势欺人不医，心情不好不医——你是撞到他枪口上了。"

我嘴巴张得可以放下个鸡蛋了。

南宫冥卷起袖子，亲自敲门，高声求情："阿梓，是我带人来看病。"

里面一声暴喝："滚！"

那声音低沉，确确实实是男音，我继续张嘴装鸡蛋。

"那臭脾气……你在外头等我。"南宫冥叫了半天，无奈地摸摸鼻子，双足点上墙头，熟门熟路地翻了进去。里面传来细微吵架声，约摸过了半炷香时间，门终于开了。南宫冥一手押着臭着脸的白梓，一手拿着药箱，将我迎了进去，熟门熟路地将我们带至病房，点点手指，让侍从将石头放下，然后把挣扎中的白梓按在病榻前凳子上，将银针和药箱塞入他手中，勒令："乖，去看病。"

"住手！"白梓忽然维持不住面瘫脸，惊叫起来。南宫冥手一松，他立刻跳起来，脸色极其难看，先从怀里掏出一对轻柔的蚕丝手套戴上，然后打开药箱，从里面拿出一对极薄的蛇皮手套戴上，然后站在病榻旁等着。过了一小会，有个圆脸丫环捧着银盘冲进来，盘中是一叠洁白无瑕的方巾。

白梓恢复冰山表情，用戴手套的手，拈起张方巾，使劲地在没有灰尘的凳子上擦了又擦，然后仔细看过方巾无半点污迹后，才坐下。他两指按在石头的脉搏上，皱着眉头看了半晌，示意我解开绷带看他伤处，惊讶道："都伤成这样了，居然还没死？"

哪有希望病人早死的医生，我气得半死，还是拍拍石头脑袋，赔笑道："他死不得，请白神医请费费心。"

白梓漠然道："有什么死不得的？人迟早都是要死的，早晚罢了。"

我听了这话，只道是石头没救了，喉头阵阵发酸，眼睛发红，低声道："求神医想想办法，救救我男人吧，人早死晚死是无所谓，可活着的人心里受罪……"

"谁身边没死人？若这是受罪，天下又有谁少受了罪？"或许是每天往生送死，对生命没太大的激情，所以白梓的声音也没什么感情，他就像一个专业的精细仪器，将石头彻底检查后，脱下蛇皮手套，打开自己专用的玉石盒子，取出笔纸，开了个方子，也不给家属过目，就示意药童按方抓药。

我和南宫冥很期待地问："能救吗？"

白梓饶有兴趣地看了眼期待目的不同的两人，再次带上蛇皮手套，取出银针刺了几个穴位后，冷冷地说："他体质很有趣，全身骨骼肌肉分布得很完美，恢复力不错。但是脚腕处经脉断了，多处骨折，各种外伤无数，暂且留下，拿来试一试新药和外伤治疗方式，你们两人都滚出去，不要在这里碍手碍脚。"

究竟是能治还是不能治？他想把石头当小白鼠用吗？

我张口欲问，南宫冥急忙一把抓住我，连拉带扯地将我拖了出去，转过屋檐，才细细吩咐："白家世代都是医痴，白梓治病尤其认真，遇上觉得有趣的病人会不计较金钱，更不会马虎了事，连他都治不好的人就天下无人可治了。但他有三个规矩，就是不能看，不能问，不能管。入他手上便是生死由命，否则发起脾气来会连人带床丢出去。"

古代没医学院，原来白家神医技术就是在无数小白鼠试验中磨炼出来的，我听得眼皮直抽搐："你怎么知道？"

南宫冥指着自己，极度郁闷地说："我七岁那年因多嘴被他丢过，幸好那时是他爹当家，把我捡回来了。"

我："……"

片刻，白梓从屋内走出，瞧了窃窃私语的我们一眼，召来管事吩咐，几个侍女药童鱼贯而入，过了一会，又鱼贯而出，手上捧着大堆大堆的染血布条。我看得头晕目眩，差点以为石头在里面被分尸了。后来趁外头管事和南宫冥说话，我悄悄转回屋子，在门缝那里看了一眼，却见石头手脚都给切开了，白梓拿着一根细细的绣花针，在一点点给他重缝经脉。

在奉承南宫冥的管事发现我在偷看，担心得不行，急忙低声道："别紧张，咱们主子还开膛破肚治好过人。"

古埃及曾发现高水准的穿颅手术，中国名医华佗也对外科手术极有研究，却后继无力，而石头的多处伤情严重，如果只靠普通医药针灸，康复后也会留下严重残疾，如今见白梓敢于下刀接经驳骨，动作娴熟，缝合时行云流水，一气呵成，显然是多有研究。

穿越前习惯看西医，也接受过小手术的我不但不紧张，反而放心了。

漫长的等待，我开始胡思乱想，对白梓进行各种狗血猜测，觉得他眼神清明，痴心医术，实在没有任何禽兽嫌疑。我不愿再恶意猜测冤枉好人，所以尽可能往好的方面想。

莫非白梓是因本身有洁癖，厌恶和 N 个男人上过床，还喊着不要不要又欲拒还迎的林洛儿，却发现她的金手指体质异常，药物学研究癖发作，想拿她做秘药实验，测试人体某方面的最大限度？

我趁侍女出来时，又很给力地偷偷往门缝里窥了一眼，对着努力缝合中的美人神医生生打了个冷战。

3

闲庭花落，我和南宫冥站在屋檐下等待神医出来，寂寂无语，感时光如蚁，慢悠悠地在心窝上爬,心痒难耐,却不敢妄动。

忽然,零落藤花深处,有个十三四岁的女孩,抱着小猫,冒冒失失地跑过来找神医。她的打扮和其他侍女不同,头上乌油油地挽着双髻,鬓边戴朵珍珠串的小花,穿着件绣蝴蝶兰花的翠绿色秋裳,圆圆眼睛小小嘴唇,看起来一团孩气。

因主人喜静,白家侍女们大多神情冷漠,寡言少语,可是见到这少女,似乎都有些焦急和担心,纷纷上前询问:"小喜怎么了?可是头疼又犯了?可要去通知主子?"

女孩摇摇头,拉扯着侍女衣角,一派天真地捧着小猫说:"小花儿受伤了,所以我来找白哥哥。"

侍女大大松了口气,哄道:"别急,待会主子处理完病人,必会为你看猫。"

女孩傻头傻脑地又问:"现在不行吗?"

侍女们正要拒绝,女孩扁扁嘴,似乎要哭。病房门忽然开了,白梓快步走出,蹲下身,带着手套翻看小猫,然后随手扎了两针,又吩咐旁边的药童拿了几味药去制作。然后,白梓调整冰冷表情,尽可能温和地对女孩说:"你先回房,晚点我来看你。"

小猫动起来,似乎活泼不少。女孩也破涕为笑,点点头,欢快地跑了。

白梓回房给石头继续处理伤情。

我看得目瞪口呆。

南宫冥无奈地耸耸肩,解释道:"小喜是他去年灾荒时从路边捡回来的孤儿,病了一场后脑子出现问题,思维如同幼儿,什么往事都想不起,而且很好哭,哭起来没完没了。白梓对她非常照顾,几乎千依百顺,没事就放身边带着。"

我觉得这女孩很像传统小言主角,便问:"莫非那是他的心上人?"

南宫冥坏笑一下,摸摸下巴道:"谁知道呢?"

如果禽兽变情圣,对象是别人,我立刻去拜神还愿,念一万声"阿弥陀佛",从此把他视为天使。

南宫继续多嘴:"我们几大世家的孩子小时候经常在一起,白梓那家伙从小长得就是这样一副面孔,不爱说话。我们练剑他练绣花,从不合群。除了我经常上门外,似乎也没人找他。我一直以为他这辈子都是化不开的万年寒冰,只和医道打交道,如果他真能有心上人,我非得送份厚礼上门。"

我惊叹:"绣花?"

"胡说!我是在练缝合的针法!"怒喝声传来,白梓疲惫地走出房门,脱下蛇皮手套,揉揉额头太阳穴,扫一眼保持低头垂手的我,嘲讽地问向南宫冥,"她可是你常常提起的林洛儿？长得倒是国色天香，也怪不得你上心。"

南宫冥尴尬道："小白，你就别提了。"

白梓不依不饶："若里面躺着的那个废物是她男人，阿明你又是她的什么人呢？"

他是这世界唯一能做外科手术的医生，纵使脾气再恶劣，我也要忍着，还得赔笑解释："我以前是南宫冥的丫头。"

"噢？"白梓一副恍然大悟的模样，"可是原来他都策划到丫头的儿子要叫南宫斌，女儿要叫南宫惠了。"

我差点喷了，死死地瞪着南宫冥。

他的脸瞬间红到了耳根子，连忙捂住还要继续毒舌的白梓的嘴，连拖带扯地要拖他走，边走还边抱怨。

我急忙在后面追着问："大夫！石头呢？你总得说说情况啊！"

白梓从南宫冥手里将袖子扯回来，用力拍了十几次，对我横眉冷眼了好一会才道："筋脉断了三处，骨头断了七根，我已全部接上。外伤过重，失血太多，眼睛也因火受损，所幸年幼体壮，恢复得不错，只要能撑过今晚，就死不了。唯独视力受损处，无法完全弥补，待他醒来后，再看能恢复几成。"

我心痛地窒息了半刻，见他鄙夷地看着自己，连忙迭声道："谢谢，谢谢白大夫，我们也不敢期望完全不留后遗症，只要没严重残废，就要谢天谢地，只是……眼睛受损，会瞎吗？"

白梓嗤道："他没睁眼，我如何知道？"

南宫冥看看两人间的沉重气氛，解释道："你别多心，小白医德极高，待人和治人是两回事。以前那个害死他亲妹妹的畜生病得天下无人能治，送到他手上，他居然也全力施救，让他好得和没事人一样。我气不过，出手帮忙取了人头，结果还被骂了一顿，整整半年不肯和我说一句话。"

白梓冷笑道："我是医者，他的病情极为罕见，落到我手上，我自然要治。还未治完，你便杀了他，让我再去哪里找个这样的病者来研究？何况我妹妹的仇是我家的事，我爱怎么处理便怎么处理，谁要你多事？"

南宫冥被他顶得直摸鼻子，赶紧转过话题："洛儿的手指断了，你也给看看吧。"

一路奔波，我都没空处理自己被扭断的小指，只是简单包扎了一下。因为挂心石头，伤心拓跋，心痛大于身痛，所以就没理会，如今被提起，我才想起自己也有伤，便伸出手到白梓面前。

白梓低头只瞧了一眼，仿佛被侮辱般，拂袖怒道："小伤不治！等快死再来！"

我一时半刻死不了，享受不了神医待遇，只能抱着断指，黯然神伤。

南宫冥劝了半天也无法转圜，无奈再问："我爹呢？你可有治愈办法？"

我如发现新大陆似的回过神来，结结巴巴地问："大禽……你爹没死……事？"

南宫冥莫名其妙："他当然有事，病得床都起不了。"

"你爹我现在还救不了，"白梓略一皱眉，"你娘去世时，他就落了心病。他每日里行尸走肉，纵情酒色，早被掏空了身子，只剩外面一层壳强撑着。然后给你一激，便彻底垮掉了。如今他自己都不想活，不过是拖日子罢了。"

"也罢，"南宫冥黯然看了我一眼，叹息道，"世上唯心病无药可医，如今想来，我娘死的时候，我爹的心也死了。"

白梓不予作答，指着房门对我说："你还不去？"

我急忙转身，快步跑向石头。他被包扎得像个严严实实的粽子，还绑了几个蝴蝶结，脸色苍白，呼吸却已均匀。我用帕子沾来盐水，不停一点点擦在他的唇上，然后坐在床边。

我既期待他快点醒来，又怕他眼睛出事，醒来后看不见我，也惶恐该如何解释拓跋之死，烦恼得不知如何是好，就连白梓的徒弟来帮我处理手指伤口时的疼痛，都没放在心上。

天黑了，侍女安排了寝室，我没去，依旧握着他的手，死死守在旁边。

近黎明时分，石头终于在月光下幽幽醒来，他动了动身子，痛得又一阵抽搐，嘴里却吐出几个微弱的字。

我没听清，赶紧跳起来凑过去问。

他说的是："洛儿……你的手指还痛吗？"

"一点也没事。"我眼眶红了。

他又问："大哥呢？"

我呜咽着说："他回家了。"

"那就好……"他闭上眼，继续睡，过了好一会，似乎恢复了些气力，声音也大了些，"为什么那么黑？"

"你看不见？"我尖叫着跳起身要找神医。

片刻后，才想起……

我没点灯。

4

老天保佑，石头的眼睛没有瞎，只是左眼略微受损，视力下降。两眼齐视还算正常，但遮住右眼观物，看远处会有些模糊。我庆幸之余，白梓打击道："他左眼受损，两眼观物有别，天长日久，右眼损耗过度，迟早也会变成左眼一样。"

我急忙找张白纸，画上左右翻腾的大山小山，挂在墙上，让侍女用饭勺分别遮住石头的左右眼，给他测试了一下视力受损程度，然后沮丧地发现他从原本飞行员的 2.0 视力变成约摸 0.3 度的大近视。

石头的视力差别暂时没显示出来，不知其苦，也不以为意。

可是穿越前我有近视，深受其害，想到这世界没眼镜，心有戚戚然，立刻坐在床头，手把手传授 21 世纪的独家武林秘籍《眼保健操》与他，又教导他要多用枸杞和桂圆泡水喝。

"你帮我泡，否则不喝。"石头不高兴地嘟囔着，他喜动不喜静，如今手脚不准动，就如孙猴子上了紧箍咒，浑身难受，趴在床上翻来翻去，恨不得跳下去跑两步。

开始他动一次我就打他一巴掌，后来见这小子不怕痛，还乱扯伤口，我气得要命，威胁道："再难受也忍着！你真把自己弄残废了，我……我就不要你了！"

石头的脸微微红了一下，不乱动了，可转眼看到外头有药童经过，又很大男人地训道："我爱动就动，谁稀罕你要不要我了？！"

我更怒，驳道："好！你个臭小子，小心我要了你后红杏出墙！"

石头瞪目道："像你这般不要脸的女人，除了我有谁要？"

我用手指在他脑袋上有一下没一下地弹着数："张三李四王五赵六，你管我有谁要啊！"

石头不吭声了。

我见他生气，立刻后悔起来。我们同生共死经历了那么多事，又明知他喜欢在人前死要面子活受罪，如今浑身是伤，受不得激，我怎能说话不经大脑，胡乱嘴硬？思及至此，我便伸手想摸摸他的脑袋跟他道歉。

未料，石头猛地张口，像小狗似的往我手背上狠狠一咬，痛得我惨叫一声，连连求饶，发誓绝不朝三暮四，不找张三李四之流，才肯松口……

他说："你靠近些。"

我摸摸爪子眼泪汪汪，不依。

他再说："你低头，过来些。"

我看着红彤彤的四个小牙印，抵死不依。

他叹了口气："过来，我有悄悄话和你说。"

我想了想，终于依了。

"再过来些，过来些……"

临到近处，我正欲开口，他忽而不再说话，微微抬头挺身，轻轻吻上我的唇。

发烧让他体温太热，舌尖带着苦涩的药味和一丝蜜糖的甜味，弥漫齿间，炽热如同熔炉，将滚烫的熔浆倾入冰山上，终于裂了隔膜，毁了防堤。舌尖的交缠不再颤抖，齿间的轻碰不再恐惧，感觉奇妙美好，我终于学会回应这个笨拙而温柔的吻，每一寸肌肤都在渴望对方的体温，相依相偎，不愿离开。

原来吻并不可怕，只是没遇到爱的那个人。

原来爱并不难懂，只要吻着那个人就能明白。

八爪鱼打碎瓦罐，蠢蠢爬出沙滩，发现海水微咸，珊瑚艳丽，水草跳舞，世界辽阔，仿佛没有尽头。

它发现这个世界不是只有悲剧，还有蓝天白云，鸟语花香；还有稻花十里，牧笛声声；还有大漠鹰飞，孤烟直上。只是我躲着藏着，提心吊胆，差点错过一路好风景，差点错过了他。

我一点点吻，细细地吻，吻过他柔软的长发，吻过浓浓的睫毛，吻过受伤的眼，吻过涂着膏药的鼻梁，吻过面颊上的刀伤，吻上干裂的双唇……

幸好，来得及，没有错过他。

我紧紧握住他的手，石头反手攥紧，捏得我手骨发疼，他静静地说："洛儿，待我伤好，我们便去草原，去看大哥……"

我谨记医嘱，不要让病人情绪波动太大，只能强颜欢笑连连点头："带上烈酒去，拓跋大哥必定欢喜得很。"

石头并不接话，久久后一声叹息："我欠大哥的，这辈子也还不清了。"

我知他猜出真相，扭头看向窗外落叶，不敢再看他。

石头盯着天花板，细细地道："大哥重情义，稀罕你喜欢得紧，我知他不会丢下你独自跑开，定是去设法救援，便让你拖着龙畜生，静观其变。我自己是死路难逃，但你还有一线生机，若将你托付给大哥，他会把你看得比眼珠子还重，可是我万万没想到他……"

我不敢答话。

"洛儿，我没想大哥死，"石头的拇指在我手心的纹路上反复揉着，隔了好一会才说："我当时是发了疯似的想着，宁可自己死，也不能让你死，因为若你死了，这世上就没人会天天想着我了，所以我将你交给大哥，让你们想着我一辈子。"

我错愕了。

"爹爹不在了，大哥不在了，我身边只有你了。"石头的声音很虚弱，他转过视线，不敢看我，将头埋入床柱投下的阴影中。

我恍惚忆起了铁头大叔去世的那天，素来坚强早熟的他只有这种时候才会变回那个脆弱无助，会在黑暗中偷偷落泪的孩子。

他痴痴地看着我，眼中满是祈求和期望："你不要放开我的手，就算我死了，你也不能忘了我。"

如那年满天星星的夏夜，我深呼吸一口气，坚定握紧了他的手，再次发誓："我说过会陪着你，就会永远陪着你。上天造人很公平，科学有论证过，女人心理承受能力强一些，寿命也比男人长一些，等变成老公公老婆婆后，我会比你晚死那么一小会，收拾屋子，处理家务，将来奈何桥上你可要等等我，咱俩还要扶着走。"

石头忍不住笑了，骂道："尽胡说八道，科学不是你以前养的小芦花鸡的名字吗？它哪会论证？女人承受能力怎可能比男人强？也不知你从哪里学来那么多歪理！"

想起被他偷着炖了吃的科学，我面红耳赤，跳下床，冲去小厨房给他端鸡汤，却见南宫冥黯然站在回廊的花墙后，愣愣地看着我，直到旁边白梓扯了他好几下，才蹒跚离去。离去时，白梓回头看了我一眼，回眸处，如寒宫谪仙，无喜无悲，却冷得让我莫明害怕。

5

白家管事给我安排了住处，我谢过后，还是衣不解带地守在石头身边照顾，才照顾了两天，石头就一脚把我端走，还斥道："都瘦成这副德行了还瞎操心！若累垮掉，我才不管你！"

我不能不操心。

白梓是个医痴，治家全凭管事。大部分求医的病人都住在度厄山庄外的专门院落，由他每日过去看诊，少部分特殊病患才可住在山庄内部，我们托南宫冥的福，享受了VIP待遇，住的是三进三出的独立小院，临近花园，依山畔水，还有专门的侍女药童服侍。

通常住这种特殊小院治病的都是和白家交好的世家子弟，打赏起来，银子跟流水似的。我和石头原本也有两个钱，落难时全丢在龙禽兽那里了，如今每天白吃白喝白住白拿药，却连一两银子都没打赏过人。

最开始几天，白梓天天过来巡查，又有南宫冥东奔西跑献殷勤，侍女药童们不敢轻慢，大体上还过得去，后来知我们不是有钱有势之人，白梓又不太待见，便渐渐松懈起来。再加上这世界没有良贱不通婚的禁忌，那些标致漂亮的小侍女们，不少都倾心于英俊多金、温文儒雅的南宫冥，个个梦想飞上枝头变凤凰，钓上这只金乌龟，做南宫家主母，勾引争夺战比我以前看过的宅斗文还激烈，可南宫冥明摆着只待见我，恨不得十二个时辰围着我转，所以……

据说白梓曾把弄错药误了他看病的人拖去打死，所以药物供应他们没敢乱来，只是把抓药煮药的时间拖延一阵。可是生活用品方面却是一塌糊涂，送来的食物看着表面光鲜，里面不是馊的就是坏的，或者多加两把盐，或者没放盐，鸡汤里面只有两根骨头，鱼汤里面就剩刺的事时有发生，热水热茶更是别想了，送上来的水还能剩一丝余温，已算不错。略说两句，就横挑眉毛竖挑眼地讽刺我多事，不配使唤她们，然后自顾自地待在屋檐下嗑瓜子聊天。

上门求人的我确实没办法告状，白梓只管治病，生活琐事他一概不懂，南宫冥和我亲厚，却不是这里的主人，而且我也不能再欠他人情，只好拿着空空如也的荷包去问石头："咱们没盘缠怎么办？"

石头沉思片刻，回答："等我好了去拿把刀拦路打劫，借几两银子再去岐连山取宝藏。"

我对他的深思熟虑表示了高度认可，并策划出劫富济贫等 N 个方案，面具可参考侠盗佐罗、怪盗二十一面相、蝙蝠侠……

石头笑得差点伤口痛，然后摸着我脑袋安慰道："先忍忍，吃喝用度我不在乎，冷言冷语听着就罢了，待我伤好，给你打金镯子、金项圈、金发簪，统统要最重最大的，戴得满身都是！"

我"呸"了他一口，见他心情甚好，便将小时候的用银子铺床的囧事说出，见他笑个不停，半开玩笑赌气道："等你有钱后，我不但要用金子来铺床，什么家具都要金子做！还要用金子来铺路！"

石头傻愣愣地看了我半天，惊叹问："夜壶也要金的？"

我看着他的傻样，笑了半天，心里郁结一扫而空，觉得这样下去也不是办法，便拿出从龙禽兽那里带出来的那只八宝缠丝点翠梅花步摇和羊脂白玉制的耳环和手镯，踌躇了好久。这三件首饰虽价值连城，我却不能变卖，以免被找到踪迹，留着也无用。最终，我狠下心来，将步摇送给白家总管，将手镯送给管药房的幸大娘，将耳环送给管制药的吴总管的夫人，笑着叮嘱他们将来留给女儿压箱底。

饶是三位总管见多识广，也没收过那么贵重的首饰，当场老脸笑得和花似的，石头的伤药用品总算得了保证。

至于其他人的耳边风，我把脸皮再放厚几分，懒得管她们。汤味道淡了，自己去厨房抓两把盐，味道浓了，自己去加点水，想要吃的时候，就可怜巴巴地找药童或厨房干活的男仆们，倚着门框，拿涂了生姜的小手帕抹红眼眶，凄凄惨惨地讨东西，装得比悲情女主更可怜。

林洛儿美色倾城，哭起来更是动人，秒杀一切雄性生物。用不了三刻钟，鸡也有了，鱼也有了，青菜也有了，我再冲着他们笑两下，炭也有了，水也有了，统统拿回去给石头开小灶，让他躺得舒舒服服。那群侍女气得要命，想整我，可白梓不管事，总管被收买，我又是客人，她们只能明讽暗刺，天天在门外骂我"不要脸""狐狸精"了事。

我听着这些宅斗文经典台词，看着宅斗文经典手段，心里感慨万千，若我当年穿越来，只要应付这些小事该有多好啊！我保证能含着笑，听她们骂上三个时辰不带重样，不管是小妾上门还是被打板子，都能面不改色心不跳……

只要没被烧死，没去杀人分尸，没被虐待，生活都是美好的！

又过了几天，我发现那个叫小喜的小丫头就住在隔壁，也是独栋院落，白梓几乎每天都去两三次，进屋半天不出来。也不知他是不是真的生活白痴，虽然宠这个小丫头，只顾着让侍女们照顾好她，对她的生活起居却不上心。

侍女们阳奉阴违，表面上不错，私下小动作不断。经常克扣偷吃偷用她的份例，而那小丫头不是假天真，她是真傻，智商如同八九岁幼儿，略微哄两句，就乐呵呵地拿着金瓜子和人换银元宝去了，而且喜欢笑个不停。人家骂她，她也不懂，还以为是好话，一个劲地傻乐，每天追着猫到处跑，时不时也跑来我们院落里，见了我直叫"天仙姐姐"，然后管石头叫"不会动的哥哥"。

只要不是和我抢男人的女主女配，我也不讨厌这种没心机的孩子，而且和她在一起心里没负担，也不用算计什么。我便经常照料她，有好吃的好玩的，都给她留一份，还帮她爬屋檐抓过一次猫。

她立刻喜欢上我，经常叽叽喳喳地过来陪我说个不停，还扯着白梓要"不会动的哥哥"快点好起来，闹得白梓又多往石头房里走了两遭。

我偷开小灶的时候，她帮我偷柴火。

我感叹花谢了，她就说花回家了。

我说她太幼稚，她眨巴眼睛问我什么是幼稚？

我让她拿鱼，她把水池的锦鲤给抓来了。

反正……相处得挺愉快。

白梓不太喜欢我们接近，又很紧张小喜，私下训斥她了好几次，也警告了我好几次。我便将侍女们做的事告诉了他，劝告他："你真喜欢她，就多看着一点，她心思单纯，既容易相信人，也容易被骗。"

小喜对白梓却是时喜时不喜，一会儿闹着要找他陪，一会儿又讨厌他讨厌得到处跑，我帮忙，好不容易把她从床底找出来，她眼泪汪汪地控诉："白大哥老是用针扎我，还给我灌苦药，我讨厌他！"

我无奈扶额解释："你身体不好，他给你针灸是应该的，若是怕疼，病就一辈子好不了。"

她对着手指想了半天，还是随紧追而来的白梓去了。

白梓牵着她的手，一个绝美一个可爱，两人慢慢走在花影下。白梓脸上的神情比平时柔和许多，他一边说着不知从哪本书上看来的童话，一边答应带她去看花灯，他们的背影被夕阳拖得长长的，看起来非常温暖，美好得恍若幻觉。

大概是蝴蝶效应，剧情已经改变。

如今神医有心上人，又讨厌我，定不会成为禽兽。

我羡慕地目送这对金童玉女离去，可是心里总有一丝说不出的怪异，莫名其妙地缠绕心头，挥之不去。

6

入院第十五天，南宫大少爷总算发现了我的贫穷窘境，塞了厚厚一叠金票来，我顾虑石头的自尊，坚决婉拒他情敌的施舍，南宫冥惆怅而去。过了两天，他又拿来一叠纸片，最上头的是两份更换名字的通关路引和身份证明，全部都有官府盖印，下面是大大小小加起来约摸一千多两的银票。

南宫冥说："你们原本的身份我已让官府报了病死，新身份是在官府上过档的农户，有正式的赋税记录和官府存档，出生地是西南安县的杨村，那里正在闹旱灾，逃难者甚多，你们一路打点，小心应付，应该出不了大乱子，等到了关外，花钱打点一下官府，买房置地也是容易的。另外这千两银子是石头做黑卫时未发下的赏金，还有你离开南宫府时没领到的月钱，也是你们应得的份额，所以收着吧。等熬过这些日子，凭石头的本事，将来也饿你不着。"

我看向石头，他冲着我点点头，我方接过。

南宫冥又极严肃地对石头说："你是南宫世家的叛徒，我本应废了你武功，又恐仇家上门，连累洛儿受罪，只好暂且搁下此事。你以后行走江湖，不得再提南宫家名头，亦不能当众使南宫家的独门武功为恶，以免败坏南宫家家声。若我听到任何不好的风声，便不会再给你第二次机会，定追杀到底。"

石头有宝藏内得的绝世秘籍，对此不以为意，咧嘴笑了笑，露出两颗森森的虎牙，应得飞快。

我总算相信南宫冥是真心放过我们，心怀敬意，千恩万谢过后，亲自送他出二门外。他慢慢地转身，慢慢地离去，蓝色的身影慢慢穿过小桥，忽然停住脚步，忍了许久后发问："你真的不后悔？"

我摇摇头。

"是啊，你从一开始就决定了，自然不会后悔。"他想露出一个无所谓的微笑，可笑容里有掩不住的苦涩，只好抬头看着远处的高山走神。山上枫叶红到极致，混合着旁边黄色的银杏，灿烂如锦，他淡淡叮嘱："再过两个月便入冬了，山上很冷，你要注意身体。"

我唯唯诺诺，连声称是，不敢多嘴。

两人再次陷入沉寂。

忽而，天空划过南飞的大雁，引得湖中剪羽的天鹅水鸟纷纷呱鸣，南宫冥低头看了一会，笑道："我小时候带你去水榭画天鹅，你总不爱去，说被圈养的鸟儿很可怜。我以前不懂，只以为你是小女孩心地善良，喜欢伤秋悲月，如今总算明白，你可怜的不止是鸟儿，还是你自己。你和那些剪羽的天鹅一样，不喜欢南宫世家那个冰冷的牢笼。"

"错了，"我轻轻地说，"我可怜的不是我，而是你。"

"我？"南宫冥的呼吸几乎窒住，脸色有些发白。

我想他大概误会了什么，急忙解释：《山河志》《海说》《阿黎也海志》……你何曾喜欢过什么武林争霸？何曾想创什么宏图大业？长脖子的鹿、不会飞的巨鸟、长脖子的人，还有你偷偷画的大批大批地图，你敢说你不想亲眼去看看这些东西？"

南宫冥无奈道："我做梦都想，只是……"

我为他的梦想惋惜，便劝说："家大业大责任大，你身上被南宫世家套的枷锁比我重，可是总有一天你会卸下来的，所以千万别学你爹爹那样弄垮了身子，外面大好世界还在等着你去研究呢。听说北面极点有全身雪白的熊，捕鱼为食；西面雨林有会吃人的花，会飞天的老鼠，全身是黑白条纹的马；海洋深处有数十米高的鱼，说不定是传说中的鲲……你难道不想亲眼去看看？回来再写本《南宫游记》。"

"洛儿你也认为世上真的有鲲吗？"南宫冥的兴致忽然又被挑起了，眼睛里闪着热切的光芒。

我见他高兴，也欢喜起来："我听说有，却不肯定，不过你可以去看看，回来告诉大家。"

"是啊，出海探险吗？爹已经管不着我了，"南宫冥看着天空，仿佛发现新大陆般，陷入憧憬，他飞快地对我说，"如果有天我找到了这些东西，回来一定告诉你！"

"虽然现在海运发展迅速，多有外国人来中土做生意，但远航始终充满危险。你也别尽听我说好话，做事还是三思而后行……"我想到种种海上危机，担心地叮嘱了好几句。

未料，南宫冥很难得地驳斥了我一回："女人就是头发长见识短，怕苦怕累，老爱操心。这些事情若没有危险，岂能轮到我去发现？怪不得海船不准女人上呢。"

我弱弱地低头受教，任他继续天马行空地陷入妄想。

小桥那头，白梓正从小喜的院落里转了出来，见我们相聊甚欢，走过来狐疑地问："阿明你在这里做什么？"

南宫冥正在兴头上，豪迈地拍着他肩膀说："洛儿妹妹晚点出关，她身子单薄，无法学武，万一遇到危险，我恐石头那傻子护不住。你手头上不是有好些迷药、伤药、毒药？拿些来送给她防身吧！"

白梓大惊失色，立刻用戴手套的手将他的爪子打下来，如拍病菌似的在衣服上拍了几十次，愤怒道："我第三百二十四次强调！手是最脏的东西，不戴手套不准乱碰我！谁知道你摸过什么不干不净的东西？"

"好好好，知道你爱干净，别跳脚了。"南宫冥不以为意，反过头来安慰了好几句。

我听了半晌，总算明白为什么白梓行医济世，救人无数，却只有南宫冥一个朋友，也明白为什么他美貌多金，家里丫头想爬他床的数目却不多。原来是那家伙的怪癖严重到不可思议的地步，而且极度挑剔，除了南宫冥这种对朋友耐心十足的超级圣母，谁也忍不了他。

他牵小喜的时候也有戴双层手套，真不知原著里他是怎么忍住洁癖，对林洛儿下的手，莫非也是戴着手套？回想剧情，他好像确实是穿着衣服的啊……

我越想越歪，眼神也越发怪异，白梓和南宫冥吵着吵着，忽然又打了两个冷战。

最终白梓磨不过南宫冥的好辩才，将我带去药库，翻了三种药给我，我发现龙禽兽家的"二十一步倒"也出自他的手笔，便将以前亲自试验过的结果说了一番。白梓听得连连骂道："荒唐！药量怎可加倍？幸好他只喝了一口，若下三倍药量必死无疑！你真是个不通药理的蠢货！"

"你骂得太对了！"我为当时没丢三颗后悔莫及。

南宫冥将我以前的桃花藓之事说出，我知易容术他已知晓，老实交代了易容事宜，白梓让我将秘籍上的几种常用药方细细写出，看后更怒："蠢货中的蠢货！药理不明便妄自下手，看书也不看仔细点，连续断和百部都分不出就敢乱作药方？！这两种药材长得虽像，功用大不相同，怪不得你说早期试药的时候把皮肤给弄伤了。"

我结结巴巴分辨道："我以为是药量太重，后来减轻了药量就没事了。"

白梓忍气教训白痴："欧阳子先生的方子是极妙的，若是你药物配对了，自是非原药不可解，怎会热水洗半个时辰就脱妆？而且改肤的这个方子，应该是偏黄的，怎你弄出来的是偏绿呢？真是糊涂！"

南宫冥听他骂得我头都不敢抬，有些心疼，急忙辩解："洛儿没有名师指点，凭着本《百草经》按图摸索，还自己上山挖药，没有经验，看里面的草药画像有些差错，也是难免的。既然小白你懂，那就教教她吧。"

白梓怒道："若她是我徒儿，立刻大棒子打出去，以免辱了名声。"

我也不敢让这个禽兽做我师父，只是想到这份易容秘籍在我这种不明药理的人手上实在是暴殄天物，便将大部分和药物相关的部分抄了一份，送给白梓做诊疗谢礼。

白梓这个医痴得此礼物，神色终于缓和，对我态度好了一些，还送了石头一瓶价值连城的琼雪丸，说是擦在伤口上可以镇痛止痒，减轻伤疤。然后教我分辨易容秘籍里面的几种特殊药物，对调制手法的错误之处又细细指点了一番。我受益匪浅，只是脑子驽钝，记不得那么快，他也没耐心重复，我只好用笔抄下，待回去慢慢研究。

他看了半晌我抄的笔记，然后问："你上次给石头检查视力用的玩意儿是什么？"

我将现代的视力表细细说了一番，他若有所思良久，挥挥手，很大方地在纸上写了几个方子给我道："你给我的易容药方是好东西，我也不占你便宜，复杂的迷药和伤药你做不了，这几个简单的给你，回去慢慢学吧。"

我接过一看，欣喜若狂，上面的方子虽不是"二十一步倒"这种极品，却都是化繁为简，制作极为简便。一种是刀伤药，一种是喷出去可以让人全身酥痒难耐的麻药，一种是微甜的迷药，喝了就会睡着，还有一种是让人提不起真气的药丸。

我抱着宝贝，谢了又谢。

白梓不以为意道："这些应付二三流角色还行，对真正的高手也没什么用，只能拖延一时半刻罢了。不过再高明的药物只传白家徒弟，而且极度复杂难制，我也不认为你这个猪脑袋能做得出。石头的伤还要花四个月才能全好，这段时间你去跟我的药童学学怎么分辨药物吧，免得你这蠢货做错了药，还以为是我的方子不好。"

我兴奋至极，不断点头，看白梓冷漠的脸也越发顺眼，匆匆告辞后便抱着方子冲回去给石头报喜。

临行前听见白梓好奇地问："阿明，你刚刚在高兴什么？"

跑得老远后，背后似乎又传来一阵争吵。

我兴致勃勃地跑回房，告诉石头神医说过的话。

石头听完后有些郁闷："四个月？岂不是要在这里过年了？我可不想。"

"别计较那么多！咱们脸皮厚了那么久，也不差这一点，总得等你的伤势完全康复再走，免得你落下什么毛病，难受的还是我。"我打开药膏，一边给他涂一边说，"前阵子南宫冥还说，龙昭堂被朝廷训斥，禁了足，半年都不能出来，够我们逃去草原了。"

石头歪歪头，惋惜道："以前元宵节年年陪你看花灯，你最爱猜灯谜，不知出了关外，还有吗？"

"有也好，没也好，"我低头良久，摸摸自己的脸，苦涩地说，"我大概……这辈子都不能再光明正大地露着这张脸去看灯了。"

"呸！不要脸，"石头骂道，"就算你现在真长得像天仙，到处惹人眼，总不会七八十岁了还天仙吧？待你人老珠黄，徐娘半老的时候，走在大街上谁多看你老太婆一眼？到时候我拉着你的手，两人抬头挺胸逛元宵去！"

他说话时装成老爷爷的样子，我被逗乐了，便在他肩上打了一巴掌，笑道："尽贫嘴！"

他连连叫痛。

我上完药，出去找了个相熟的大娘，重重给她一笔钱，买了两匹深蓝色的棉布和彩线等材料，先将几层布叠起，给石头裁了件厚厚的冬衣，款式很简单，元宝领，只在衣角镶了圈灰鼠皮做装饰。然后用剩余的布匹做了个荷包，细细绣上石头和墨荷，弥补当年亏欠。

石头靠在床头上，静静看着我绣花，嘴角挂着笑。

秋日和风，天空晴朗如我心，阳光灿烂，万里无云。石头大仇已报，龙昭堂不能蹦跶，南宫焕卧病不起，南宫冥终于放手，我们计划临行前抽时间去岐连山取出宝藏，将大部分送与拓跋家人，小部分留作生活所用，然后买几百亩地，种一院子花，打一眼清泉，喂几十只鸡。石头经了生死之变，看了大侠禽兽的丑陋面目，也终于看淡了江湖厮杀，转而认可我的愿望。他打算学会秘籍上的武功保身，然后去做个退隐江湖的高手，开个铁匠铺，继承铁头大叔的事业，混迹市井，将来做个绝世铁匠，专打李家菜刀。

前程安排得妥妥当当。

我以为自己历尽苦难，幸福尽在眼前，只是心里隐约有一丝的不对劲。

农历十一月二十四日，石头伤情稳定，我去药房和药童学识药。

农历十一月三十日，南宫冥接到来信，父病危，归。

农历十二月十八日，邻近八个村子爆发怪病，白梓医癖发作，求诊人住满别院，人手不足，大量本院的侍女药童被调去帮忙。

农历十二月三十一日，除夕，我亲手做饺子庆团圆，然后将做好的新衣和荷包给石头穿了上身。

农历一月一日，新年。

农历一月十五日，元宵，小喜缠着白梓去看灯，我扶石头去楼上，相依相偎，远远看镇内灯火辉煌。

农历一月十八日，我去药房学习，见空无一人，忽闻甜香味，倒地人事不省。模糊中，见窗外火起。

农历一月十九日，我终于明白自己弄错了什么。

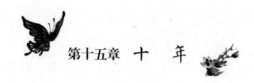

第十五章 十 年

1

天花板有十八根木头做的横梁做支撑，铺着灰沉沉的竹席，房间不算大，周围点着三盏琉璃水晶灯，空气甚少流通，弥漫着药材的香味，气温比外面约摸高上几度，应该是个地窖。

我身上穿着白绸做的抹胸和襦裙，胸前插着几根闪着寒光的银针。白梓静静地坐在左侧案几旁，戴着蚕丝手套的手里拿着一卷泛黄的旧书，如痴如醉地看着，偶尔接过桌上的半盏放了许久的冷茶，轻轻抿上半口。

时间静静流逝，不知过了多久，他终于看完了书，掩卷放回几上，慢步走到我面前，我迅速装睡。他伸手翻开我的眼皮看了一眼，温和笑道："七步软骨散的药效是六个时辰，你已经醒了。"

我睁开眼，恨恨地看着这禽兽。

他就好像用自己的专业去考学生的老师，很愉快地问："你不知道七步软骨散还可以放在火里用吧？"

我腹诽：废话！我去拿部电脑来，你也不知道怎么用！

白梓继续问："你知道我为什么要对你下药吗？"

我继续腹诽：我是人，怎猜得出禽兽心思！不管你是天生变态属性发作，还是后天变态进化成功，药翻小姑娘绑去暗室，总归都是有问题的！

"不要怕，我不会害你的。"白梓伸出手，抚上我的面颊，慢慢滑过，言语中难得没有刻薄挑剔，而是真诚安慰。只是丝绸的触感太过冰冷细腻，隔绝了温度，他看着我的眼神，温柔却没有热情，就和看小喜一模一样。

我忽然想起了以前的一个药物检验员邻居，他会细心照料实验的动物，认真量它们每一次的体温，严格饲养喂食保证其体重，甚至柔声安慰并鼓励它们恢复精神，然后一只只送进实验室弄死。

恍惚间，白梓似乎想起了什么，神情出现了温度，嘴角微微露出一丝笑容，就如被阳光融化的冰山。过了好一会，他轻轻说："江湖关系错综复杂，几大武林世家互有恩怨，他们可以不要地盘，不要权势，不要金钱，却不能不要命。所以白家和所有世家关系都很好，他们时不时会亲自上门送礼攀交情，不少孩子也会随父母来访，出于麻烦礼数，我被迫招呼他们。我从小就是个怪人，学药理，练缝合，孩子年幼，只凭喜好做事，见我孤僻，长相……不太对胃口，又欺负白家武功不好，经常出言嘲讽，暗中捉弄。我当时碰不到毒药材料，无法反击，所以很讨厌他们。南宫明也很惹人讨厌，总喜欢自作主张去帮我出头，追着安慰我不要去想去世的母亲……其实我一点也没想她。"

我倒觉得他不只是性格孤僻才被欺负的，南宫冥那个多嘴的家伙曾无意透露过……白梓小时候极貌美，第一次见面的时候以为他是女孩，大家都献过殷勤。后来大家发现弄错了性别，又被这禽兽毒舌嘲弄，脆弱的小心灵遭受剧烈雷击，然后群起怒之，不欺负这罪魁祸首还欺负谁？只是南宫冥圣母属性严重，对丧母的漂亮小（男）孩心怀同情，把他给忍下来了。

经历过白梓的恐怖考验，怪不得我当年毒舌打击南宫冥一点效果都没有……

"总之，勉勉强强也和他算多年朋友吧，他父亲娶的是武林贵女，骄纵任性，然后闹出一摊丑事，导致他多年心病。后来我听说南宫明喜欢上一个小丫头，想娶她为妻，我想低微之人能高攀上南宫家，是三生有幸，再加上南宫明的温吞性子，她应该不会红杏出墙，闹出丑事，所以挺为好友高兴，至少他没空啰唆我了。"白梓忽然嫌恶地缩回手，冷冷地看着我说，"只是我没想到，他居然犯了和他父亲同样的错误。"

关我屁事啊！我恨不得扑上去咬这个自说自话的家伙几口。

白梓负手，转了几圈，恨恨道："你被他父亲送走的那几天，南宫明正在我家，想请我去为你治脸上的桃花藓，然后带去父亲面前议亲。得到消息，我陪他连夜赶去南宫世家，他们父子狠狠闹了一场，南宫焕被气得中风，倒地不起，我为他施针开药，他阳奉阴违，说是儿子已足当大任，用不着父亲帮扶，从此在别院静养，拒绝医药，只求速死去见夫人。临行前，他暗召我去谈了一番话，我这才知他将你送走是因为你心里根本没有阿明。"

我有口难言：以大禽兽对妻子偏执至此的思念，若我被带到他面前，说不准就不是南宫冥的媳妇，而是南宫冥的后妈了！

白梓叹了口气，扶额片刻："内忧外患，南宫明那段时间瘦了七八斤，身子骨都虚了。我也暗中帮他找过你的下落，只是没有结果。后来他总算找到你，带上门来，却不是为了介绍他未来媳妇，而是为未来媳妇的男人求医，真是可笑。"

他担心南宫冥也患上了父亲同样的心病？所以要对我痛下杀手？

白梓似乎看出了我的忧虑，含笑道："我不在乎南宫明有没有心病，也很讨厌他，可是耳边连一个敢唠叨的人都没有，也实在无聊。我医治你男人，给你各种药方，原本是希望他对你死心，让你们俩快点滚，有多远滚多远！我好趁南宫明心病未重的时候，早点下手给他治疗……可是现在，我改变主意了，你知道这为什么吗？"

我："……"

白梓恍然大悟，从我脖子上抽出两根银针："我忘了为自己看书清净，扎了你的哑穴。"

我动动手指，全身依旧麻痹得无法动弹，急忙放声大喊："石头！救命！石头……呜……"

"吵死了。"白梓顺手又将银针给我扎上，愤愤道，"你这个混蛋东西，竟怂恿阿明冒险出海？他竟也应了，说中土无可留恋，不如四海为家！他若走了，我便再无朋友……既然如此，我只好让他有所留恋，再也出不了海！"

禽兽大人，是小的多嘴，我这就去告诉他海外怪兽繁多，处处都是草泥马、哥斯拉，千万不能出去，你大人有大量，饶了我吧。

我只恨口不能言，眼泪都快出来了。

"我这两年一直在研究心病，后来我发现，人的郁结俱来自大脑，来自痛苦记忆，只要将所有一切都抹消，便可以重新开始。"白梓弹指，指指左边，恢复温和。

我努力转动眼珠子，斜斜看去，却见旁边有张木床，上面静静地躺着一个和我身量差不多的焦尸，头上的银饰和衣服碎片似乎和我去药房时所穿一模一样。

白梓露出笑容，再度摸摸我的脑袋，自信地说："你不必担心，我用小喜做了一年多的实验，确定记忆可以通过长期刺激头颅和身体的数个穴位改变。待我消除你所有记忆后，你心思将如同幼童，然后我把你关去后山禁地，请名师教导两年，再将南宫明的事情灌输到你脑中后，送给他做妻子，这样他有了牵挂，就不会想出海了。"

小喜不是他的心上人，而是实验品。

我那丝奇怪的感觉，大概就来自于此。

"嘶……石……"我恐惧至极，用全身力气撕扯着声带。

白梓迟疑片刻，又将颈间银针推入一点，摇头道："我刚刚将你的'尸体'给他看过，告诉他药房火灾，因人员不足，救援无力，你不幸身亡。尸体被烧得厉害，不过某部分和你长得一模一样的细节我还是留下了，所以他看了很久才肯定那个人是你，却没有哭，也没有说什么，大概……也是个无情人吧，你错爱了，以后和阿明好好过日子，别给我添麻烦了。"

他一边说，一边叹息，一边将银针缓缓刺入我脑中。

我流着泪，意识再度陷入恍惚中。

时醒时睡，不停被灌药，被扎针，意识蒙蒙眬眬，如同一团包住飞虫的树脂，渐渐化作色泽浓郁的琥珀，里面的灵魂再分不清白天黑夜。

不知过了多少天，我怀疑自己快死了。

2

可我最终没有死。

终于有一天，意识敲碎琥珀，从睡梦中醒来时，蜡烛燃尽，周围一片漆黑。我摸索着在床头找到火折子，点亮一盏未烧过的琉璃灯，才真正看清周围的环境。

那是一间小小的地窟，约摸十步长，八步宽，四壁镶满七八十个大小不等的玲珑格，里面放满了各色珍贵药材和中医工具，还有一个净手用的大水缸，中间是我躺着的那张床，笼着白纱帐，铺着香草色的绸被，处处环绕着草药清香。

我提着灯，发了好一会起床呆，终于想起白梓的所作所为，定了定神，挣扎着回忆往事，从前些天石头在火场救人一直回忆到小时候石头磕掉我的牙，再把穿越前看的《美人难做》重温了一遍，终于确信自己头脑清醒，只有昏迷前背的《千金方》药典忘了大半，这可能是我本来就记性差……

我怒火中烧，一直骂到白梓往上数第十九代类人猿祖宗，待手脚麻痹现象消退后，立刻爬下床，在玲珑格内翻捡半日，找出一把金子打的小药铲，握着玉柄在空中做了两个打棒球姿势，非常趁手。然后熄灭琉璃灯，气势汹汹地躲去入口处埋伏，只待白梓回来时背后偷袭，打他个满头开花！

黑暗中，我左等白梓不回来，右等白梓不回来，又将他的十九代类祖宗们翻来覆去重骂了五次，白梓还是没回来。

沉闷中，空气渐渐变热了，就像回到了老家的炕上，暖洋洋的，很惬意。不知过了十几二十个时辰，我等得难受，换了四五个姿势，甚至还迷糊了一会儿，直到空气重新变冷，却始终没有人进来管我。

我终于意识到可能不会有人来了。

漆黑的地窖，只有一个人的呼吸声，静静在空气间弥漫，胸口每一声心跳都听得清晰，越来越快，越来越快……

黑暗和静寂带来被活埋的恐惧，我撑不住拍门大喊："救命啊！石头救我！石头！"

这是白梓的密室，有绝佳的隔音效果。我叫了很久，直到声音变得嘶哑，也听不见外界任何动静，最终绝望。

我爬去大缸前喝了两口水，擦去眼泪，一屁股坐在地上，喘了好久的气，强烈的饥饿感正灼烧着胃部，仿佛要将五脏六腑尽数磨穿，看不见光明的地下压抑得让人恨不得用拔刀自尽来解脱。我甚至看见了幻觉，看到妈妈在星星上朝我招手，似乎只要往前走一步便能得到幸福和欢乐。

可是，我走了石头怎么办？

强烈的求生欲望让我站起，重新点亮琉璃灯。我将所有玲珑格和药材箱都扫荡了一次，根据自己的记忆，把里面没毒的药物挑出，再将一根两个拇指粗的人参就着水缸里的水，生吃下去。接着，我又观察了一下厚重的铁制大门和周围石板，看起来是撬开无望了，然后在四壁检查了一番，在屋子里挑了个疑似薄弱位置，开始挖洞越狱。

墙壁是木板做的，我找不到刀，只好用剪刀的尖端做钉，铜灯座当锤，一点点凿。由于琉璃灯灯油有限，我不敢轻易耗费，一切行动都摸索着进行，由于力量弱小，经验不足，工具不趁手，中间失败了无数次。甚至不小心被戳伤了三根手指，血肉翻飞，只能草草包扎了事。

算不出时间流逝，沉闷和绝望的气息弥漫在每一寸空气里，唯一支撑着我奋斗的目标，就是希望。

当那口半人高的水缸空了四分之一时，木板总算凿出了个容一人爬入的洞。泥土非常坚硬，我继续用剪刀凿松泥土，再用药铲和手把土一点点送出。

琉璃灯最后一点灯油耗尽，我练出了摸黑的本领。

没日没夜地挖，进度很慢，工程仿佛没有尽头。

当水缸的水还剩一半时，我开始节约喝水，节约进食。

太多的补药补出了鼻血，不能混食的药材闹得肚子疼，千年人参，万年雪莲……容易入口的药物吃完了我就吃难吃的，冰蟾蜍干，火蜥蜴干……统统闭着眼睛吞，直到拿黄连当饭吃的时候，我终于苦得哭了出来，哭完以后又笑着自我安慰："若被无数名贵药材吃死，我必定能上吉尼斯世界纪录，荣登全世界最奢侈的死法的宝座。"

认识的没毒药材吃完了，我开始吃不认识的，赌运气。

女主角金手指的好体型终于撑不住，我变瘦了，瘦得只剩一把骨头，摸上去硌得吓人。因吃药过量，营养不良，一天要晕倒四五次，醒来的时候继续挣扎着挖。

只要还有一口气，我都要离开这里！

水缸快见底的时候，洞挖出了四五米长。

一缕阳光在剪子的奋力一凿下，射入幽暗洞窟，刺得我一阵发晕。阵阵狂喜和着热血涌上脑部，我丢下铲子，双手并用想扒开土块出去。猛然想起久居黑暗之人的眼睛不能见光，急忙回屋内扯下白纱帐，叠几层罩在自己眼上，慢慢爬出去后，大约过了一个多时辰，才分层拆下纱布适应光明。

草叶散发着清新的味道，露水沾湿我的肌肤，鸟儿的啼鸣从头上传来，悦耳动听。

3

我认出这是度厄山庄的后山，可是却无力逃亡，于是先大字型躺在地上，喘着气，带着满心狂喜，深深地呼吸自由的空气，休息了好一会儿，才站起身，将黄金药铲用布包好，捡了根树枝做拐杖，慢慢往山下走去。

经过静谧泉边，窥一眼水中人影，真是衣衫褴褛，蓬头垢面，骨瘦如柴，浑身臭气熏天，连路边的乞丐都不如。我寻思，这副鬼模样连自己都认不出，倒是最好的伪装，于是强忍着身上难受，没有洗刷，蹒跚着往山下走去，准备打听石头去向。

后山相隔山庄很近，刚刚转过一个弯，出现在我眼前的是一片被火疯狂肆虐后的废墟，柳折花残，处处断壁残垣，无一完好。有不少拾荒者在里面翻翻捡捡，寻找值钱的东西。

我揉了揉眼睛看了一番，再揉揉眼睛，又看一番，景色一模一样。

我心下大乱，冲下山去，拉着个拾荒的大娘问："这是哪里？"

"去去去，疯子，"大娘甩开我的手，掩着鼻子，蛮横道，"这块地是我的地盘，你要捡宝贝到别处去！敢和老娘抢东西，小心我儿子揍死你！"

不远处有个三大五粗的汉子捧着个小药盒，冲过来对大娘傻乎乎直乐："娘！我捡到盒雪津丸，嘿，盒上还有白家款印，总能卖一两金子吧？"

我在旁边愣了很久，问："这是度厄山庄？"

大娘和他儿子像看怪物似的看着我。

我猛地回过神来，笑道："我是从外地来投奔朋友的，路上出了点事，落了难，好不容易一路乞讨到了这里，可是……怎么变成这样子了？里面的人呢？"

大娘见我不是抢地盘的，神色终于缓和了许多，只不耐烦地挥挥手道："死了！都死三个月了！"

他儿子倒是好心，解释道："三个月前，神医山庄的人全死了，好像说白神医死了，奴仆死了，病人也死了，还被一把火烧了个干净。就一个叫泽兰的丫环逃了生，却变得疯疯癫癫，也不知是不是你亲戚。她家就在附近的镇上，李二米铺旁边第三间，你可以去问问。"

泽兰是小喜房里的丫环，我和石头都认得她，听此消息，我便急急去了镇上。

这时气温已经转暖，树上桃花开得异常灿烂，行人皆穿单衣，时间已近夏日。我拉着个小孩问了一下时间，发现已是六月初七，心中大骇，好不容易打听到李二米铺，找到泽兰，却见她浑身发抖，两眼无神，缩在猪棚里不肯出来，我刚提了一句度厄山庄，她就疯狂尖叫起来："鬼！是鬼来了！血……好多的血！有鬼，不要杀我，我怕……我怕……"

我拉着她，连声安慰："不怕不怕，你知道隔壁的病人还活着吗？那个高高瘦瘦……叫石头的……"

"鬼！你滚！快滚！"泽兰哭得眼泪鼻涕都出来了，拼命往猪圈深处缩，不停讨饶，"求求你放了我吧，血……大家都死了，我怕……"

我不停地问："石头呢？石头呢？"

她不停摇头："鬼，鬼来了……都死了……不要杀我……"

她的母亲拿扫把把我赶出门去，我呆呆站在街上，恍若做梦，只觉手脚一片冰凉。

那么多大风大浪闯过来，我都没死，石头怎会死？

我跌跌撞撞到处问人石头下落。可乡下孩子十个里面就有一个小名叫石头的，指了半天也说不明白，又见我是外乡人，浑身瘦得皮包骨，到处都是擦伤，走起路来摇摇欲坠，兼肮脏恶心，只有三分像人，倒有七分像鬼，都以为我是疯子，纷纷拉着孩子后退，闭门不出。

几个胆大的摇头否认，说没见过这个人。

我不死心，从镇东走到镇西，反反复复地和人描述石头特征。结果有胆大的小孩对我丢石头，还被狗追了好几十米。

后来有个貌似宽厚的大叔对我说："石头啊？眼睛细细的，嘴角有两个酒窝的后生吧？我知道。"

"他在哪里？"我狂喜。

大叔叹了口气说："在那场火里烧死了，还是我们镇上人去帮忙埋的尸体。我也在里面，见到有个和你说的长相相似的后生，好像是细眼睛，瘦削身材，也是穿着深蓝色衣服，给烧得面目全非。姑娘你不要找了。"

"不，我不信！"我不停摇着头，否认这个可能。

大叔摊摊手道："你不信就算了，没主的尸体都埋在镇子后面的乱葬岗，二十几个新坟，不信你去看看。"

我咬着牙问："他被埋在第几个？"

好几个无所事事的混混在旁边窃笑，大叔也冲着他们笑了笑，然后迷惘地抓抓脑袋，摇头道："不记得了，姑娘你该不是想去挖坟吧？都三个月了，就算看了你也认不出的。"

我不到黄泉心不死，转身就跑，背后传来阵阵哄笑声，混杂着"你太混蛋了""靠，有你的"之类莫名其妙的话。

时值黄昏，乱葬岗阴风阵阵，到处都是装骨头的破罐子，偶尔有条蛇从里面爬过，更添恐怖气氛。二十三座无主新坟屹立在最外面，无名无姓，只用木牌记载了他们是死于白家凶案的亡魂，旁边贴着道士镇邪的符文，大红朱砂已褪色。

我在地狱挖过地道，如今心坚胆大，不惧鬼神，抄起铲子就挖坟。

被火烧过的尸体，又经过三个月，统统开始腐坏。其间恐怖难以描述，贵重物品都被镇上人拿光，我只能凭剩下的衣服碎片和未坏的细节来一一辨认。

吃了两口偷来的馒头，或许是因度厄山庄无名的丫环和药童最多，我连挖了八座，有六个是女人和小童，只有两个是男人，我看过衣服和身高，确认不是石头，松了口气，继续往下挖。

第九具尸体也是个男人，身高和石头差不多，穿深蓝色衣服，被火烧得辨不清容貌。我的心"咯噔"一下提起来，反反复复看了数次，越看越害怕，只不停摇着头，自我安慰："这不是石头，蓝色布到处都是，石头没他那么丑，大叔是骗我的。"

可是，如果心里不是隐约觉得石头已死，我在这里做什么呢？

不，我是要证明他没死。

剪剪凉风拭去额上汗珠，我一屁股坐在地上休息，回首时，忽然发现尸体的右拳紧紧攥住，露出一个碎布角，颜色似曾相识。

我心生寒意，急忙用力将它扳开，映入眼帘的是一个深蓝色的荷包，上面细细密密绣着石头和墨荷……是我坐在他床头，一针针缝入我的心，一线线绣出未来的希望，然后欢欢喜喜送给他的荷包。

是他，真是他。

心碎了，梦灭了，天地瞬间变色。

李石头，如炮灰般死去了。

柯小绿，为什么还活着？

我是为什么逃出那暗无天日的地窟？

为从此只身孤影，无依无靠地活着？

前所未有的绝望笼罩着我，一刻也不想面对这个残酷的事实，我也不知自己是怎么回到镇上的，摇摇晃晃坐在路边，只是混混沌沌不知思考。

4

天黑了，月亮出来了。

天亮了，太阳出来了。

今天是赶集的好日子，四乡八里村民接踵而来，带着伴，拉着孩子，欢欢喜喜，笑个不停。这里是猴子耍着把戏，那边是泥人摊前围着撒娇的小鬼，处处喧哗不绝，媳妇们议论着黄家铁器打得好，冯家衣服裁得妙，张三的糖葫芦甜，田家丫头长得真真俏。锣鼓响时，抬头看去，是举人老爷的轿子气宇昂然抬过石桥。

我孤零零地躲在阴暗的墙角，鞋子早破了，光着满是泥土的脚丫，抱着膝，缩得像只鹌鹑，面前有几块好心行人施舍的碎银，我却没有碰，只痴痴地看着如梦境般的喧哗，仿若置身局外。

拓跋死了，我痛苦悲鸣，难受得不能自已，以为那便是伤心极致。

如今石头死了，我一滴眼泪都没有掉，只是喉咙噎得很不舒服。此时方知，痛到极致，感觉会麻木。心还在胸腔里跳动，却已经死了。

我累了。

我很想睡，睡着了再不醒来。

梦里会不会梦见星星，会不会梦见他？

他会不会再过来对我做鬼脸说："睡吧，天塌下来有个高的顶着，你这小矮子就安心地睡吧，有我呢。"

远处丝竹阵阵，有花旦台上装扮标致，水袖流转，含羞唱："海天悠，问冰蟾何处涌？玉杵秋空，凭谁窃药把嫦娥奉？甚西风吹梦无踪！人去难逢，须不是神挑鬼弄。在眉峰，心坎里别是一般疼痛。"

林间留下折翅的雁，树上唱着离群的鸟，墙角长着开不了的花。

从此，再多的花好月圆，再美的风花雪月，都和我没有关系。

我摇摇晃晃从地上站起，行尸走肉地离开小镇，不知要去往何方。

倒在路边快死时，有个很老很老的师太把我捡了回去，放在寂静荒山，破旧尼庵内善心照料。

我醒后，跪在师太面前，祈求剃度出家，青灯古佛，了此一生。

师太念着佛号，张开浑浊的双眼，只问："你叫什么名字？"

我张口便答："我姓林……不，我姓柯……不……"

师太听得糊涂，再问："你叫什么名字？"

"我姓李，是个寡妇。"

【若你死了，这世上就没人会天天想着我了。】

【就算我死了，你也不能忘了我。】

答应过你的话，谨记在心头。

我还不能死。

我要天天想你，想你一辈子。

5

老师太眼睛不好，心却没瞎，她问明缘由后，不肯收我入门。饶我千求万求，她总是说："你为情所伤，生无可恋，并非断尽六根，看穿生死，不过是为了逃避凡尘俗世入我佛门，非真心向佛，我不能收你。你不如留在红尘俗世，吃斋向善，做个俗家弟子罢了。"

当年，悉达多王子舍弃王位，悟得无上真理，创立佛教。唐三藏舍弃自身，天竺取经，福泽众生。燕子庵的这位师太亦是从小离家修行，意志坚定。他们都是真正大彻大悟，舍弃一切，踏入佛门之人，怎是我这等走投无路，才想起抱佛腿的家伙可比？

若人人都因情伤、心伤随意出家，靠宗教庇佑舔伤口，真是污蔑了他们的信仰，污蔑了佛门净土。

大彻大悟的人少之又少，怪不得燕子庵只有妙善一个尼姑。

我经历大灾，惨离情人，心怀愤恨。虽能吃斋念经，骨子里却不信善恶有报，故不能做一个合格的尼姑。妙善师太心善，怜我无家可归，无依无靠，便收留了我，每日在庵中打扫洒水，做记名的俗家弟子。每日闲暇时，陪她念佛诵经，积善行德。

燕子庵中，人只有一双，动物却有不少。狗有四五只，猫有七八只，还有一群鸡，一群鸭和一头老得走不动路的骡子，全是妙善师太从路边救回来的受伤动物，所以我们的生活很是窘困。

我自杀人后，再不能沾油腻，更无法吃肉，兼心如死灰，对每日青菜萝卜毫无意见。

后来听师父说禅说得多，也渐渐信了些因果。唯恐石头杀孽过重，要下地狱倒大霉，本着宁可信其有不可信其无的精神，我偷偷摸摸地跑回度厄山庄的地窟，将值钱的金盒子、银匣子、琉璃灯、水晶镜、珍贵毒药什么的统统打包卷走，一点点分批便宜处理掉。得了不少钱，一部分改善生活，一部分存起，一部分拿去帮师父行善，给石头积德。

神医已死，那些东西统统无主，我也不知道这样算不算偷窃恶行。

佛曰：我不下地狱谁下地狱……

我帮禽兽做好事。

只是我做了再多的好事，石头也回不来，后来我又渐渐不信了。

师父用木鱼敲我的脑袋："孺子不可教也！"

时间一天天流转。

经过地窟里的折磨，我的身体彻底垮了。用鸡蛋木耳狠狠养了三年，才重新长了些肉，镜中那张漂亮的脸蛋依旧看了就讨厌。身材很瘦，发育一直停留在十四五岁的少女阶段，而且弱不禁风，天气略微转寒，就伤风生病。

最初两年，我害怕龙昭堂的追捕，便把自己易容成三四十岁的妇女，除倒卖赃物和采买必要的生活用品外，大门不出二门不迈，每日埋首做针线。镇上白家废墟上建了座大庙镇邪，每日香火鼎盛，人流繁多，我不敢前往，便在清明时节偷偷摸摸地去乱葬岗拜祭石头，也没刻墓碑，只在他的坟上种了许多白色的小花做标记，春天一到，开得格外好看。

第三年的时候，师父圆寂了。我继承她行善积德的优良传统，在镇上捡了个受伤的七八岁的女孩回来，她名叫李凡儿，家乡遇灾，父母双亡。我见她姓氏和石头相同，心血来潮，便收做养女，留在身边照顾，以解寂寞。

第六年，安乐侯龙昭堂回京途中，在酒肆遇刺身亡，朝廷震怒，下旨擒拿凶手，错拿了不少人，成为无头公案。我听闻仇人遭了报应，高兴地喝了七杯酒，唱了半宿《喜唰唰》，闹得养女以为我得了癔症。我心中怨恨终解，胆子也肥了不少，偶尔会带凡儿去镇上溜达两圈，听听说书，看看社戏，了解一下时事。

第七年，魔教大兴，据说木教主武功极高，性格残忍暴戾，行事狠辣无情，许多武林世家和正派惨遭毒手。他还派人在我住的白镇附近大肆搜索，似乎在找神医留下的什么宝贝。我唯恐倒霉，落入那只最恐怖的禽兽手中，每次搜索时都带着凡儿躲去后山洞窟，幸好他们对又老又丑的寡妇幼女也没兴趣，两次搜到燕子庵时都草草带过，从未碰面。

第八年，魔教入侵，南宫世家覆灭，南宫冥下落不明，生死不知。从此魔教以雷霆手段，统一江湖，颇有天下逆我者死，顺我者昌的气势。江湖正道，无不低头。小百姓对江湖纠纷谁胜谁负不感兴趣，市井坊间，说书戏剧，津津乐道的都是木教主的威风事迹，大家都认为自古及今，武功无人能出其左右。

第九年，木教主不知是找到了自己想要的东西，还是已死心了，再没有派人到处骚扰。我悬着的心终于放了下来，过得很惬意。

第十年，凡儿十五岁，及笄之年。她聪慧懂事，心灵手巧，绣得一手好花，煮得一席好菜，有女长成百家求，媒人差点踏破了我家荒芜的庙门。我恐她没有娘家兄弟支持，若遇人不淑，出嫁会受苦受累，对求亲的人是千挑万选。凡儿受我影响，是个自己有主意的人，她小时候便在赶集时和杨家二子相识，青梅竹马，情投意合，待对方来求亲后，便羞答答地求我应了下来。我冷眼旁观，杨家婆婆是个吃斋念佛的好人，对长媳态度和善，处事颇有见地，儿子也有骨气，肯上进。虽是农户，也识得几个大字，想来不会太过欺负我家凡儿，便同意了这门亲事，并拿出偷藏的积蓄，尽可能厚厚地陪了一笔嫁妆，光是箱底，就压了两百两黄金。

出嫁时，凡儿穿着金丝绣蝙蝠石榴红嫁衣，带着银鎏金的八珠凤冠，颤巍巍地被喜娘扶到我面前，满脸害羞的杨二郎带着大红花，手足无措在外头等着。周围宾客阵阵哄笑，声声喜气，只道是个傻姑爷。

喜娘高声贺道："新郎官和新娘子百年好合！举案齐眉！早生贵子！"

我恍惚见到了当年的自己和石头，见到了当年的梦。

只是我们从未有机会穿上这身红衣。

凡儿拉着我的手，低声问："娘，你怎么了？"

我替她盖上红盖头，忍泪笑道："没有，我是太高兴了。"

凡儿似懂非懂，然后被喜娘拥了出去。

我愣愣地看着他们的红色背影，羡慕得不能自已。

十五离别，豆蔻少女转眼成少妇。

十年从未落的泪，终于划过眼角，轻轻滴落地面。

原来，我还会痛？

养女出嫁，诸事已了。

我忽然产生了一个疯狂的念头，想去草原，想去拜祭拓跋的坟墓。想去我和石头约好的地方，去看看我们原本要过的生活。

去吧，去看看曾经的梦。

这个念头在脑海不停翻腾，无法停歇。

终于，我把所有一切都安置妥当，带着小包裹，踏上了遥远的旅途。

6

古代定居需要身份证明，只是小白世界的官府腐败混乱，再加上江湖侠客横行，很少有大规模的人口普查，我定居燕子庵，很长一段时间都是黑户，后来收养了凡儿，担心她将来嫁人不好入籍，才落了正式的户口。因当时龙昭堂尚在，我不敢以真名见人，户籍、年龄、外貌都是伪造，县太爷收了贿赂随便将我定为流民，落的名字是夫（亡）：李磊，妻：李柯氏，女：李凡儿。

拓跋绝命的家乡在关外，国境审查严格，我特意办了个通关路引。路引上有标明我的体貌特征，写的是：女，李柯氏，龄三十有五，高五尺三，体态瘦弱。肤黄无痣，高颧骨，左颊眼角下有三分长红疤。

其中年龄、肤色、颧骨、疤痕皆易容伪造，近十年来，我日夜研究，水平越发增进，无论男女老少，只要身高不是差距太过悬殊，都能扮得出来。所以旅途中，为免流氓骚扰，我大部分时候都会装扮成少言寡语的木讷少年，手中常备涂麻药的钢针、可喷射的刺激性药水和迷药等多种防狼利器，可谓步步为营，处处小心。

中原到关外路途遥远，我为了安全，宁可走的速度慢一些，也要跟着其他旅人一块上路。饶是如此，路上也遇过两次劫道的，立刻叫声"大王饶命"，将准备好的装满小额碎金子和碎银子的荷包往地上一丢，撒了满地，然后转身逃跑，强盗一般不会追来。

躲躲闪闪走了四个月，到达边关外的益远城外，城门检查越发严格，要出示通关路引。饶是我脸皮甚厚，也没办法指男说女，只好找客栈恢复原本女儿容貌，去掉腰间裹布，只将脸色涂得蜡黄，脸上加疤，再以容貌丑陋为由戴上面纱遮掩。

入了城门，四处打听，得知穆玛依山在益远城北三百里处，山脚有个三柳镇，虽然不大，却有许多牧人与中原人在此易市，很是繁华。我料想拓跋安眠在此，特地雇了辆马车，换上崭新的莲青色小袄，深蓝色百褶裙，头戴玉簪子，浑身素得找不出半点花来。然后买了锦缎、烧鸡、好酒、首饰等礼物，大清早登门拜访黑颠夫妻。

黑颠老人不在家，他妻子红蝎子接待了我。我不敢细说往事，只推说是拓跋故友，想去拜祭一番。红蝎子长得确实不太好看，浓眉薄唇，很是泼辣。她在门口防贼似的看了我很久，不停盘问，提及爱徒后，语气便柔和下来，阵阵唏嘘道："我那不孝徒弟，模样长得好，武功学得好，脾气生得好，处事也挺灵活的，就是我家那该死的老头子，教徒弟教什么不好，非教为兄弟两肋插刀，插来插去把命都给送了！真是可恶！要我说，他是遇人不淑，那兄弟和兄弟媳妇八成是扫把星，专门倒霉的！"

她无意中真相了，我心虚低头，不停附和，眼眶偷偷又红了。

红蝎子唠叨起来就没完没了，她像祥林嫂似的将拓跋小时候偷鸡摸狗的破事，和黑颠教徒不慎的旧账回忆了半天，最后指明后山方向。

我谢了又谢，从马车上拿出香油纸钱好酒烧鸡烤猪，正想上山，殊不知旁边窜出来一头狐狸，叼走了我篮子里的鸡。

我追了狐狸几步，狐狸立刻眼冒绿光，呜呜咆嚎，尖牙利爪，似乎在嚣张地暗示：你敢抢老子的鸡吃，老子就吃了你！

我的牙口不如狐狸的好，实在不能和它对咬，只好眼睁睁看着它叼着烧鸡，气宇昂然地迈着小碎步，钻入草丛，回家去了。

车夫见我窘状，笑道："畜生不懂事，算了，少只鸡就少只鸡吧。"

我摇头："拓跋大哥最爱用鸡爪子下酒。如今有酒无鸡，他定不喜。还是辛苦赶车大哥先回镇上，我去酒楼重买两只鸡，再回头拜祭，到时候车钱给你算双份。"

车夫大喜，快马加鞭赶回三柳镇。时值中午，我让他去用饭。临行前，他好心告诉我，望月楼的野菌、烤羊和花雕是当地三绝，外地人难得来此，不去尝尝实在可惜。

我谢了他，决定去望月楼再买一坛子花雕和两斤烤羊打包上山，自己则叫了大碗茶和斋炒野菌、辣萝卜和青菜，坐在小角落细嚼慢咽。

来望月楼吃饭的客人很多，谈论各种新鲜见闻。隔壁桌几个武林人士醉了三分，说话声音传到我耳朵里。

"自从木无心接任烈火教以来，手段真他娘的狠毒。武林世家给他铲了大半，说一不二，江湖都快是他家的了！咱们真他妈的窝囊，还不如早日投靠烈火教，好换个前程。"

"什么烈火教？不就是魔教吗？！"

"别乱说话！魔教什么的心里想想就罢了，怎能当众说？小心被烈火教门人听到要出事的。"

"我怕他奶奶个熊！就不信江湖正道联手，摆不平他！"

"黄大哥好胆量，咱说件趣事给你听。上个月，赤霞山的秃鹰十三骑的头头吴猛，自恃武功高强，内力深厚，不服约束，还在武林大会上对木教主出言不逊，说他欺世盗名，持众欺寡，然后骂了他一句'断子绝孙'，你们猜怎么着？"

"吴猛使得好一手断浪刀，天生勇猛，又是桀骜不驯的性子，在东北一带称王称霸，自然不服烈火教。但木教主也不是吃素的主，自出道以来从无败绩。两人相争，是场苦战。但烈火教好手众多，秃鹰十三骑必定落败。"

"放屁！哪来的苦战？！当时木教主震怒，从高台走下，推开左右下属，走到吴猛面前，赤手空拳，只使了一招，便将吴猛撕开了两半！"

"撕？"

"没错！是徒手活生生撕成了两半，除脑袋外，一边不多，一边不少，血淋淋的满地，整个会场鸦雀无声，我看得三个月也吃不下饭。"

"谁不知木教主自妻子死后，没再娶妻纳妾，膝下亦无一男半女，对此最是忌讳，那吴猛指着和尚骂秃头，想不死都不行。"

"木教主忌讳没儿子，为什么不娶媳妇？如今武林，他想要谁不是一句话的事吗？"

"谁知道？他好酒不好色，对着美人儿，心肠竟是百炼钢打的。以前清音庄设宴，武林第一美女冯小媛席间敬酒时，不知说错了什么，他勃然大怒，大冬天把人家娇滴滴的女孩子从城墙上丢进了护城河，差点折了命！有传言，木教主练的武功是不能近女色的……"

"不对不对，我听到的传言是……木教主好男风……"

"……"

他们议论的声音越压越低。

我毛骨悚然，回想原著剧情，发现自己对木无心知之甚少，只记得大约是林洛儿二十岁左右发生的剧情。他性格残忍，容不得半点忤逆，说抽筋就抽筋，说剥皮就剥皮。林洛儿在其他禽兽手上还敢顶顶嘴，骂两句，在他手上除了哭泣，是半点不敢吭声，任凭他想怎么蹂躏就怎么蹂躏。

没办法，如果顶第一句嘴的时候就被挑掉脚筋，换成是我，我也不敢顶嘴。

幸好现在逃过了这头最恐怖的禽兽。

庆幸地又喝了两杯茶，准备结账离去，不知是不是从乌龟壳出来后，沉寂十年的女主角命运不甘寂寞，再次转动，后娘金手指又开始发作了，我是怕什么来什么！

阵阵繁乱的马蹄声由远至近，停在望月楼门外。有个年轻小伙子快速下马，抢先入店，丢了两块银子给伙计，盛气凌人道："二楼全部包下来，立刻驱散闲杂人等！"

我还没反应过来，旁边夸夸而谈的江湖人士脸色大变，指着门口小声道："是烈火教的人，啊……后面那个是，是木，木无心！"

全场鸦雀无声。

我心脏快停了。

烈火教二十余人鱼贯而入，我迅速两手掩颊，低头看着桌子，做沉思者造型。少顷，又忍不住从指缝里悄悄扫了一眼。

烈火教人皆穿黑衣，仗剑持刀，衣角处绣有两道红色火纹，正中的便是木无心。不过他个头极高，我不敢抬头，看不清五官。只见此人身材魁梧，脊背挺得笔直，鹤立鸡群地站在充满杀气的江湖人群内，举手投足尽是威严，言出必行，宛若群狼中的猛虎，禽兽中的霸主。

最后一句评价是我的腹诽。

木无心正陪着个精瘦的白发老头儿上楼，言辞态度似乎很尊敬。他的话不多，声音果断，带几分低沉磁性，也带几分杀戮冷意，语调的抑扬顿挫间，却让我有种莫名的熟悉感。莫非是以前听过的哪部耽美广播剧里的鬼畜强攻声音？

记忆太遥远，我想了很久也没想起，终于作罢。

四个烈火教徒在一楼留守，其余人都上楼。楼上隐约传来木无心与老头儿的争执声，似乎在说什么儿子不儿子的。我见旁边桌有人陆续结账离去，大家也没注意自己，便随大流，丢了两块银子在桌上，踏着儿时苦练的猥琐流步法，弓腰驼背缩肩，镇定地往门外走。

没有人注意我，逃亡很顺利，踏出店外十米后，我大大地舒了口气，准备继续猥琐离去，此时二楼的争执越发激烈，忽然木无心挑起竹帘，随便冲楼下指了指："就她吧！"

又走了五步，身后传来呼声："前面的女人，停步！"

我眼珠子往右转转，一个大叔正光着膀子剔牙，我眼珠子往左转转，一个光屁股的小孩在站着撒尿。我迟疑片刻，心觉不妙，立刻脚步如飞，拼命往前走。

黑影从头上掠过，一个盛气凌人的小伙子翻身停在我面前，极不高兴地问："叫你停，你还走？"

我立刻将原本清脆的声音压粗了七分，赔着笑问："大爷有何吩咐？"

小伙子伸出手中马鞭，挑起我脸上面纱，看见那条蜈蚣似的疤痕后，皱起眉毛，露出恶心的表情，摇摇头道："我们教主看上你了，跟我走。"

"什么？！"我如今易容技术非吴下阿蒙，脸丑得连自己都认不出，他这样还能看上？究竟是原著金手指太厉害，还是木教主太不挑食？

眼前的小伙子明显认为是后者，脸色很难看。招手唤来另一个教徒，派他回去禀告。很快，我被逼着把脑袋扭过去，还露了个很扭曲的笑容。木无心在二楼半掀竹帘，远远地随意看了眼，再次对旁边的人说了几句话。

那人传话："就她了！"

我赶紧分辨："我是寡妇！不！不要，我——"

最后一句话还没说完，那群禽兽就把我点了昏穴，扛起来丢上马车，打包绑架走了。

马车走了半天，我被关进烈火教在关外的别院，无论怎么哭闹都没用。旁边坐着两个死死监视着的黑衣女子，都武艺高强，长得很清秀，她们并不把我放在眼里，闲暇时在旁边自顾自地说悄悄话。

"老爷子劝教主不孝有三，无后为大，整整劝了五六年，教主怎会忽然妥协，怎会看上这个丑八怪？"

"听说教主眼神似乎不太好，偶尔看错也是有的……"

"可这女子瘦得全身没二两肉，教主应该喜欢丰润美人吧？而且她还是个寡妇！"

"他们劝过教主，可是老爷子在旁边一个劲夸寡妇好，能生养，教主没说话，就是默认！"

"听青阳说……是这女人的背影和身姿，和教主多年前仙逝的妻子有几分相似，教主便顺水推舟……"

"怎么可能？"

"教主就是想要个继承人吧？对这女人的名分安排，什么都没说……"

"这女人似乎是个乡下婆娘，死了男人，没什么靠山，好打发，将来生了儿子后给笔钱便是……"

"……"

她们八卦得很起劲，我综合概括了一下：木无心可能是男风爱好者，根本不打算娶妻纳妾，只想找个母猪给他下崽子，他随手往窗外一指，我便在大街上中了五百万巨奖！

我拍着桌子吵闹："我貌丑人贱，配不上你们教主，我还要为亡夫守节，定是宁死不从的。你们禀告教主，另择美人佳偶吧。"

"你吵够没有？日吵夜闹，有本事自个儿自尽去！"左边的黑衣女人瞪着我，训斥道，"这天底下，只要我们教主开口，莫说你是个寡妇，就算有男人也得乖乖过来伺候！若把教主闹烦了，我八部刑堂立刻收了你，梳洗、烙铁、老虎凳、檀香刑，你爱玩哪一招？姐陪你练练。"

右边的黑衣女人则笑言道："杀人放火干得多，强抢民女倒是第一遭，新鲜新鲜。难得教主看上你，把他侍候好了，生个一男半女，过两年便赏你万两黄金回家做个地主婆。若是他真喜欢上你，说不准还能看在孩子分上给晋个份位，到时候上无大夫人压制，你还怕日子过不好？"

"教主对她不闻不问的，又俗又粗的丑女人还想晋份位？想得美！"

"月青，你说话别那么直，好歹也给人一点希望啊。"

我对禽兽和禽兽手下的人品绝望了。

更绝望的是，木无心今天晚上就要来我屋做禽兽事。

隐世十年，蜗居不出，毁去容颜，终身不嫁。为什么我退让到这个地步，禽兽还不放过我？

心渐渐冷静下来，新仇旧恨涌上，一种强烈的愤怒丝丝蔓蔓地占据内心，我收起恐惧的神情，换上讨好的媚笑。配合来服侍沐浴更衣的侍女，我解下身上层层衣衫，主动步入热水桶中。然后任凭她们梳妆打扮，只红着脸，咬着唇不出声。

她们当我害羞，手脚麻利地收拾完毕，然后留人看守离去。我临行前，将自己的行装要了回来，用指甲轻轻在荷包夹缝挑了一挑，指甲缝里染了些许青白色的固体药膏。那是从度厄山庄地窖里取出的毒药，曾用畜牲试验过，入水即溶，入喉立死。

骆驼被最后的稻草压垮，群蚁蛀空的大堤即崩。

柯小绿苟活十余年，如今不想活了，可是木无心！你也要陪我一起死！

我握着拳，跟她们走到正屋偏房，趁两侍女转身之刻，悄悄用指甲碰碰桌上酒水，等待最后时刻的到来。

夜漫漫，满天繁星，别院附近有座大寺庙，庙内有七层宝塔，风动梵铃，可遥望江上渔舟只影过。木无心生平最爱高处，竟在塔顶酗酒，和尚们敢怒不敢言。

侍女护卫们如标枪般站立，我乖巧低头坐在床边等啊等。等到油灯尽灭，浓浓酒气扑面而来，是木无心从七层塔上直接跃下，踏过屋檐，提着酒壶飞至门口。他仰首，喝尽最后几滴美酒，顺手将壶丢入湖中，伸手一掌，熄了蜡烛。

微微星光透过窗纸，模模糊糊看不清人影，他就像黑夜的猛兽，没半点感情地注视着猎物，静静要将它吞噬。他每往前走一步，酒味更重一分，待走到近处，我强掩杀意，伸手要拿桌上酒壶劝酒。

尚不及开口劝酒，木无心手掌如铁箍，一把将我拦下抓起，重重丢去床上，然后冷笑两声，俯过身来，轻轻按住，从背后直接上马。我刚想挣扎，左臂立刻脱臼，剧烈的疼痛痛得我呼吸不顺，想到他挑筋断骨的手段，唯恐下场更糟，只好扭头背对着他，死死盯着桌上毒酒，不停筹划，再不说话。

不耐烦的动作，没有温柔，没有体贴，如烧红利剑撕裂身体，如中世纪木马酷刑。

我任凭羞辱，不肯开口呼叫求饶。

时间变得很慢，痛苦盖过所有的一切，我的意识变得模模糊糊。

最后，他不停轻抚我的后背，然后把头埋入我发间，口里痛苦地反复呢喃着两个字，声音却极低极含糊，听不出唤的是什么。

我也不想听。

一个多时辰，这场折磨终于结束。

他看在我老实份上，顺手替我接上肩膀关节，然后起身整衣，掀开床外帘，准备离去。"等等！"我见毒酒未派上用场，紧张得要命，顾不得身无寸缕，从床上跳下来，拉住他的衣服，寻思找个好理由让他留下，然后灌酒。

他听我说话，错愕了一下。我手上力道过大，竟将他衣襟拉开寸许。

星光透过薄薄窗纸，隐隐照在他的脸上。

有两颗金色的星星悄悄从他颈间滑出，落在胸前微微晃动。

"石头？"

我睁大眼，颤抖地伸出手，接住星星。

【灵魂在星星上，走了后会在星星上看着你，保护你一生平安。】

【那里真是仙境。四季鲜花同时开放，房子巍峨高耸，层层叠层层上千尺。流星是装载着重新堕入凡间灵魂的马车。】

【星星给你，夜里想爹的时候就拿出来看看，睡觉的时候也挂着，说不准就能梦到铁头大叔了。】

两颗星星，手指抚过刻痕。

旧的如故，新的上面是"林洛儿"三个细字。

我跌坐地上。

窗外是满天星光。

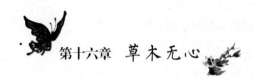

第十六章 草木无心

悬崖边立着两个人，远处是熊熊烈火，卷去精美楼阁，燃尽珍奇草药，掩下满天星辰。焚烧声和木材爆裂声混合着人的惨叫，将世界化作修罗地狱。

我的刀因杀人过度而卷刃，上面斑斑血迹，尚留余温，炽热的恨在心头燃烧，噬咬着每一寸肌肤。我贪婪地嗅着血的气味，像野狼似的在黑夜中咆哮，渴望更多的烈火，不管是燃尽敌人，还是燃尽自己，都在所不惜。

"你是鬼！鬼！"那个高傲冷漠、似乎不将人命放在眼里的男人，因恐惧扭曲了美丽五官，他慌乱地不停退后，紧握短剑，胡乱在空中乱划，却不懂半点功夫。

"人迟早都要死的，早死晚死有什么不同？我们都要做鬼，"我如猫捉老鼠似的一步步将他逼去绝境，再把他以前说过的话原封不动返还，残忍问，"白梓啊白梓，你可是天下第一的神医，应该看破生死红尘，如今为何双腿在打颤？为何要求饶？"

他的脸色变得很难看，蠕动嘴唇，犹豫了一会说："白家医术纵横天下，人脉广阔，我亦救过你性命，只要你今日放我一马，我日后定当报答。"

"报答？"我笑着问，"你用什么报答？她向你苦苦求饶的时候，你可有放过她？"

白梓脸色更白，颤抖着说："我没有……"

话音未落，我已勃然大怒，挥刀砍过。

他见势不妙，惊叫一声，往后退了半步，竟落下万丈悬崖。

我唯恐留下活口，忙下去查看，却见他挂在树上，头破血流，气息全无，正欲将他砍成数块喂狗之际，远处黑颠催促："快！附近帮派收到风声过来增援，知道是咱们干的，就跑不了了！"

我急忙将他推入野狼谷，留给野兽做晚餐。

从今往后，活着的，死去的，都是鬼。

回去路上，黑颠说："龙昭堂权倾天下，你从今往后，不能姓李。"

"父亲希望我传宗接代，继承李氏铁匠铺。洛儿希望我做个田园农夫，陪她一起白头偕老，这些都没用了，"冰冷钢刀上寒意彻骨，我半眯着眼，淡淡述说，就好像在说别人的事。父母、妻子、兄弟和梦想早已崩溃，我无伤心情绪，仿佛心已麻木，只剩下对血的渴望和深深的恨。我思索片刻，决然道，"李无子，林失偶，为木，草木无心。"

黑颠赞赏："木无心？好名字，够杀意。"

他引荐我加入被称为魔教的烈火教，教我各种江湖手段，教我玩弄权术，我主动进入最危险的暗杀部队，接最危险的任务，将生死悬于一线，只有看见自己或对手倒在血泊中，才能从行尸走肉中找到活着的快感。

我将她的名字刻在星星上，悄悄挂在胸前，期待某一天可以梦见到她。

可是，她从来没有出现在梦中。

我想她大概在生气，恨我没有救她，没帮她报仇。

于是，我对星星发誓："洛儿，等等，等我杀了龙昭堂，你就不会害怕了。"

洛儿不说话，定是允了。

我练武更起劲了。

不知何时开始，大家见到我发怒，会自动退避两侧，天下竟无对手。

我慢慢露出獠牙，收拢心腹，逼烈火教主退位，掌控十三部，诛异己，换心腹，手下白骨如山，鲜血成河。

闲时，我对星星说："洛儿乖，你肯定不喜欢，且忍耐几年。待我杀死龙昭堂，便做回你的好石头，你可放心来梦里见我。"

洛儿不说话。

黑颠几次暗杀不成，龙昭堂守卫更是森严。他掌管天下海事，朝廷重臣，我不能明目张胆杀他，更不能张扬自己是凶手。

我像狩猎的豹子，等了很久很久，设下圈套。终于在他回京述职路上，万花阁中，截住正在画画的他，将妖艳的模特砍成两截，把高高在上的龙昭堂踩在脚下。

我以为那么残暴的他，不会怕死。没想到面对死亡，原来他也会害怕，只是他比白梓聪明一点，自知难逃一死，没有求饶，只看着他未完成的画作，似有不舍。我笑了，当着他的面，一刀刀划破那些不知所谓的作品，然后点火一幅幅烧去，他的脸色比死更难看，恨得指关节咯咯作响，眼中尽是绝望。

打开桐木箱，准备将里面的画拿出来继续烧，最上面那张却让我愣住了。画中女子正是朝思暮想的她，静静卧在水池边，脚戴金铃，身无寸缕，如最无瑕的白玉，和旁边的黑豹形成鲜明对比，美得如同洛水女神。可是我不喜欢画上人的表情，迷惘无助，空洞的眸子里有最深的哀伤。

被挑断手筋和脚筋的龙昭堂狰狞笑道："那是你女人吗？你真有福气。那小荡妇的身子是罕见的媚骨天成，一碰就软，在床上扭着腰身，叫起来格外销魂，回味无穷……"

"闭嘴！"我化掌为爪，硬生生挖出他的心脏。

"你该不是还没碰过她吧？你连她的身子都没看过……"他死的时候还在笑，看我的表情像看可怜虫。

我知道他故意惹我生气，却克制不了自己的愤怒。

我讨厌那幅画，可这是她在世上唯一的肖像。

回去后，我找来油画颜料，笨手笨脚地奋斗大半天，给画中的她穿上一件红色衣服，非常喜庆，看起来就像嫁衣似的。可是她的表情一点也不像新娘子，于是我将这幅画收去箱底，不想毁去也不想看。

龙昭堂已死，心里的恨为何没有减少分毫？为何她还没来我的梦中？

我问星星："洛儿，是我还没报完你的仇吗？对，还有那该死的南宫父子，若不是南宫焕将你卖给龙昭堂，若不是他当年碍手碍脚，若不是他和白梓该死的关系，你怎会死？！"

洛儿不说话。

南宫焕已死，南宫冥收到风声，提前逃脱，远走海外。

我依旧没有梦到她。

灭南宫世家震惊武林，所有名门正派都来征讨烈火教。他们来得正好，闯荡江湖那么多年，我已不是当年天真的少年，知道这些表面光鲜的家伙不过是私下鸡鸣狗盗的无耻之徒，当触动他们的利益，便搬出江湖道义，将烈火教划分为魔教来围攻。成王败寇，只要烈火教能彻底打倒他们，用不了多少年，烈火教便是名门正派，他们才是魔教！

血洗血，命填命。

无数征战中身先士卒，血腥镇压，烈火教众人说自己摊了个不贪生怕死的好教主，虽然御下严酷些，危险的事情总自己出手，从不将人拿去做炮灰，于是越发敬爱。

他们不知道，我只是想杀人，也想被人杀。

杀来杀去，我就是不死。

蓦然回首，我在江湖中的权威已无人可动摇，亦无人敢挑战。

没有目标后，我迷上了喝酒，每日醉生梦死，好不快活。

黑颠看不下眼，过来骂我："够了！如今整个江湖都是你的，朝廷都忌惮三分，你想要什么女人没有？何苦只惦记着她？说不准她还没死，看见你这样子岂不伤心？"

我觉得义父说得对，抱着一线希望，四处派人搜索她的行踪。

三年过去，终究绝望。

有胆大下属问我："你究竟想要什么？"

我抬起迷蒙醉眼，指着满天星辰，笑道："我要星星。"

他说："教主真醉糊涂了。"

我确实醉了。

次日，我找来能工巧匠，建起高楼，三层不够，四层不够，五层不够，九重宝塔还是不够！要更高些，高入云天！十四层过后，高楼开始歪歪斜斜，工匠们纷纷劝阻我继续建下去，我却置之不理，继续疯狂地往上建。

危楼高百尺，手可摘星辰。

"别躲，总有一天，我会找到你的。"

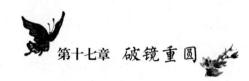

第十七章 破镜重圆

1

灯亮了，我愣愣地看着眼前的男人。

十年岁月磨砺，他的身材变了，高了许多，不再是以前的瘦猴子，身上无半分赘肉，动起来就像猛虎般精壮有力，不动时巍峨如山，比戏中的将军更加顶天立地，比画里的英雄更能擒龙缚虎。他容颜变了，不再是以前那个笑嘻嘻的乡下少年，五官虽然只略微舒展开了一点，却看着刚毅沉稳了许多，像个大男人了。他的声音变了，童声的稚嫩和变声期的沙哑消失不见，取而代之的是杀伐决断的刚毅声音和不容任何人置疑的冰冷语调。

我认得出，他就是我的石头。

可李石头怎么成了木无心？成了魔教教主，成了禽兽中的禽兽？

吃惊得忘了叫嚷，石头已俯身下来，端着金烛台，凑近看我，使劲地看我，半眯着眼看我，然后揉了揉眼睛，又看了一通。最后放下烛台，伸手在我改变五官轮廓的易容处，狠狠搓了好几把，终于搓掉了几块填高颧骨用的胶泥粉末。

"是你，真是你……"他像个呆子，不敢置信地喃喃自语，粗大的双手不受控制地收紧，抓得我肩胛骨阵阵发疼，随后嘴角开始上扬，化作狂喜，激动得不能自已。片刻后，他缓缓移下视线，看着我带血迹和浊液的下身，满是青紫的大腿，这份笑容僵在脸上，结结巴巴地说，"洛儿，我就抢过这一次……我……我不知道是你……"

第一次强抢民女，抢了自己媳妇儿，还做了禽兽不如的混账事。

石头童鞋傻眼了！

小绿童鞋很愤怒！

我千防万防禽兽十余年，曾想过运气不佳被禽兽抓住性虐待时要自认倒霉，却万万想不到自己最信任的青梅竹马也是禽兽大军之一，还绑架强奸了自己。回过神来，心中怒火烧得比铁头大叔的打铁炉子还旺，只恨不得将眼前人拖出去抽筋剥皮！我当场抄起湘妃竹枕就往他脑袋上砸去，然后发出最尖锐的河东狮吼："滚！"

石头脑袋挨了一下，站着发呆。

我怒不可遏，抢过金烛台，掂掂分量挺凑手，狠狠往他身上揍去！没想到那混蛋内力大成，下意识用真气护体，我不但没打伤他分毫，还被震得虎口发麻，差点将烛台掉下地去。

我狠狠瞪着石头。

石头傻乎乎地看了我半晌，终于懂了。

烛台第二次砸过去时，没反震了。

死命砸了这混蛋七八下，他不躲不避，低头任打，我下身伤口却被剧烈的动作扯到，两滴鲜血沿着腿根，缓缓流了下来，只好丢下烛台，含泪慢慢弯下腰去。

石头急了，立刻将我拦腰抱起，小心翼翼地放在床上，拉上被子，慌乱解释道："怎会伤得那么厉害？我知道女子初次会落红，可我……我不知道……等等，你和龙昭堂根本没什么？！你也一直等着我？"

最后一句是狂喜了。

"早知你是禽兽，我从开始就不要你！"我用被子蒙头，伤心欲绝，哭得眼泪汪汪。

石头被兴奋冲昏了头，不太明白这话是什么意思，他重新点燃烛台，坐在床边，扯着被子热忱建议："来，我给你看看伤处。"

我只回了他一句："滚！"

石头赶紧把碰着被子的手又缩了回去，赔笑低声问："你在生气？"

我："滚！"

石头额上出冷汗了，他建议道："是我不好，要不你用鞭子抽我，抽到解气为止？你就别气坏身子了。"

我："滚！"

石头死皮赖脸继续建议："知道你力小，鞭子带刺的总可以了吧？"

他以为被狠狠抽一顿就扯平了吗？

我火冒三丈："滚出去！"

石头守在旁边，不停道歉，任打任骂，死活不挪窝。

他敢碰我我就咬他，咬了几次后越想越伤心，越想越委屈，微弱抽泣终于化作号啕大哭，掀开被子狠狠抽了他一耳光，指着大门口最后骂道："你给我滚出去！快滚！我不要再见到你！"

"不哭不哭，我这就滚，马上滚。"石头急得要命，可他从小杀人放火一点就通，偏偏不怎么会哄女人，所以无计可施，只好乖乖起身，一步三回头地离开，推开门后，又依依不舍地站在门槛处，试探着问，"我去给你找大夫？"

我抄起床下一只绣花鞋，准确命中他的脑袋。

门外侍候着的亲卫们头次见自家冷酷无情的主子挨打不还手，全都傻了眼。有几个不知事的下意识拔刀，要替主子收拾这个不知好歹的女人，并建议要将我关去刑部回炉教育一番，全部被石头一脚一个，统统踹进了水池子。闷哼声传来，也不知断了几根骨头。然后他冲着剩下几个知事的，咬牙切齿命令道："去请大夫来！三刻钟内见不到人，我就撕……不，自己去刑堂报道！"

最后一句声音压得很低。

亲卫们撒开两条腿，跑得比兔子还快，后面又传来主子的怒吼："大夫要女的！"

我在房内哭得伤心，石头在门外转着圈子走来走去，唉声叹气，时不时从窗缝往里面看一眼，不到三刻钟，就派了四批人去催请大夫。

古代女大夫是极少的，能做他亲卫的大部分不是蠢材，很快就明白了教主干的坏事，所以把附近镇上最有名的稳婆抓了三个，又将当地最有名的坐堂男大夫一并绑来，并找了七八个机灵侍女和武功高强的女教徒照顾我。

我知自己伤重，不可耽误，犹豫了很久，终于给稳婆看了。

天还没亮，稳婆点起七八盏灯细看伤处，看得瞠目结舌，却畏惧魔教淫威，不敢多言，和等候外头的大夫商量伤处，细心上过药后，将石头叫进房来，低声报告隐蔽事："尊夫人初经人事，受不得教主勇猛，伤得有些厉害，尊夫人怕是三日不能下床，半个月不能行房。"

那两句尊夫人让石头听得很欢喜，问："以后也会如此？"

我是床上的红眼睛小兔子，石头是会吃人的猛虎，稳婆衡量一下双方气场，决定了讨好对象，对石头赔笑道："不会！老身见多了这些事。待习惯欢好后，尊夫人定会对教主的勇猛欢喜得紧，到时候夜夜黏着，赶都赶不走呢。"

猛虎听得更欢喜，赏了她很多钱。

稳婆千恩万谢走了。

我却听得怒不可遏，身上倔骨头一根根都冒了出来，挣扎着要穿衣下床。

石头不顾我刚刚的禁令，奔过来要拦："你身子没好，静养着。"

我说："我不要在这里！"

石头低声问："洛儿，你要怎样才能原谅我？"

我擦干眼泪说："我这辈子决不和禽兽在一起，我要回家去，你让开！"

石头柔声道："你哪来的家？我刚看了你的通关路引，上面写着亡夫李磊，磊字尽是石头，你明明心里有我，这里便是你的家。"

多年梦想一夕成空，兜兜转转依旧落入禽兽手中，我气疯了，一口气堵在胸口，思想硬是转不过弯来，便瞪着他，冷冷反驳："对！我丈夫是李石头，和我青梅竹马，宁可自己受伤也不舍得伤我，更不会绑架女人做禽兽不如的行为！可他已经死了，不是什么狗屁魔教的木无心！不是杀人不眨眼的木无心！我讨厌你！"

石头脸色大变，久久找不到理由辩解，却死死抓着不舍得松手，后见我挣扎得厉害，垂头丧气地劝道："天冷了，又下雨，你好歹也等伤好了再走。"

伤势说重不重，说轻不轻，必须静养，但扶着东西慢悠悠下来走两步也可以。起码我弯腰抄东西砸石头脑袋的动作可以行云流水，一气呵成，最后砸得他不敢进房，只在外面嚷着："媳妇你别激动，牵动伤口不好。"

我又气又累又伤心，天快亮时，终于趴在新送进来的枕头上哭着哭着睡着了。

<h2 style="text-align:center">2</h2>

醒来时已经是下午，原本对我不屑一顾的小丫环急忙将盛水银盘举过头顶，恭恭敬敬地送到我面前，另一个小丫环冲上前，体贴细致地将我扶起身，放好靠背的软垫，然后双手递上梳洗用的热手巾和青盐。我迷糊片刻，往外看去，门口居然站着一串的俊俏丫环，手里捧着各色粥水点心玩意，低眉顺眼，连大气都不敢出，只等着上前侍候。

我认真端详这串丫环模样，清一色的圆脸大胸细腰肥臀，似乎都是某人品味中的美人儿。心里越发无名火起，随便刷洗几下，丢开手巾喝问："他在搞什么名堂？"

美人们的眼睛齐刷刷地往窗外看去，抖了一下，然后齐刷刷地转回来，齐刷刷地回答："奴婢侍奉不周，是奴婢过错，请夫人息怒。"

我狐疑，转身去看窗外，没看到人。

脸上的易容被石头抓了一块下来，我也不想再遮，便用药物全部卸了下来。没过多久，昨日看守我的两个黑衣女护卫忐忑不安地走进来，先是你推我一把，我揉你一下，迟疑片刻，双双跪在我床边，齐声道："小的有眼无珠，冲撞了夫人，请夫人恕罪。"

我知道是某人安排，气得深呼吸几口气，缓缓道："扒高踩低是人之本性，你们不过奉命行事，不过言语冲突了几句，若是有罪，下令者罪加一等！快快起身离去！"

她们俩对视一眼，再道："谢夫人宽宏大量，恕不知者不罪！"

某人乐悠悠地转到门口，抬腿想踏进房门，我恍然醒悟，再次抄起枕头砸过去，皮笑肉不笑地对俩黑衣护卫道："首先，罪惩首恶，没有连带的，其次，我根本不是他夫人！你们去叫那不要脸的别攀亲认戚，胡言乱语！"

石头脸都黑了，隔着门嚷："你怎不是我媳妇？"

我叉着腰虎着脸问他："咱们小时候是口头定过亲不假，可三媒六聘呢？天地证人呢？官府文书呢？没过门就不算成亲，你哪点能证明我是你媳妇？"

石头气得一拳把门给砸了。

我见势不妙，立刻"哇"地一声又哭了："你就是强抢民女的无赖恶霸！你就是强占人身子的禽兽混账！我被你欺负成这个样子了，你还想欺负我！"

"别哭，我……我不欺负你。"他想进门又不敢进，最后跺跺脚走了。

两个女护卫见主子吃瘪，不敢久留，急忙告退。美人丫环们想笑又不敢笑，憋得脸都红了。

我努力大口吃饭，争取早日康复闪人！

约摸过了一个多时辰，吃饱休息时，八九个穿着打扮各异、容貌美丑不一、年龄大小不等的女子，纷纷涌了进来，自报家门却是烈火教教中青龙、白虎、朱雀、玄武、勾陈、腾蛇、饕餮、必方、混沌等禽兽部门女教徒，具体职务不清楚，反正都是奉旨来给教主做说客的。

石头在窗外亲自督战，投以鼓励的目光，她们像打了鸡血似的，卷着袖子争先上阵。

腾蛇家的姐姐说："木教主好可怜，自传言夫人死后，十年不近女色，行尸走肉，天天只想着夫人，其他武林门派摸着他胃口送来的美人，统统都被转送给下属或做了丫环，虽然这次是做错了，也算老天怜见，阴差阳错成了你们二人。夫人看在他一片真心的份上，就高高拿起，轻轻放下，教训教训便算了。"

必方家的大娘说："哎呀，天下哪有男人不犯错？知错能改就是好的。"

朱雀家的小妹说："教主天天酗酒成性，坐怀不乱，也是为了想你。那武林第一美女……不，第二美女想搔首弄姿，想勾引教主，当下二话不说被丢出门外，若我那贪花好色的男人能做到这一半好，天大错事我也原谅了他。"

白虎家的老婆婆道："女孩子年轻时总是心高气傲，眼里揉不下半点沙子，有些事情待老了回首一看，会后悔的。"

最后玄武家的美人快嘴快舌道："夫人你要怎么样才原谅他？要他负荆请罪也好，要他上刀山下油锅也好，总得划下道来，咱们教主平时脾气就不太好，若闹得再恶劣三分，我们做下属的日子就没法过啦。"

众女一致点头称是。

我说："若这次抢来的不是我，若闹得我把命送了，该如何收场？若天下所有错误都可以道歉挽回，那还要律法做什么？要公理做什么？"

勾陈家的大姐拍着胸脯道："若教主真的只为子嗣大计，早八百年就该强抢民女了，哪会等到现在？一方面是那老爷子天天威逼，另一方面是夫人你背影真让他动心了啊！否则怎会第一次就命中，成就你们大好姻缘？"

饕餮家的萝莉也说："以前跟随教主办事，经常见他和老爷子吵架，老爷子让他尽快纳妾生子，他说别的事可以迁就老爷子，可自家夫人为他报了血海深仇是恩，为他生死相随是情，恩情重于山，所以这事万万不能从命。那么好的教主，怎会随便在大街上强抢民女呢？肯定是你的背影太像夫人了，让他瞬间凭感觉办傻事了。"

混沌家的妇人道："他昨夜是喝多了酒，带了七分醉意，一时没认出来，教主又天生神力，故下手没轻重了些，伤了夫人他亦有悔意。夫人好歹也给个回头机会，再犯便让老夫人严惩不饶。"

尽是强词夺理，我生性多疑，任他们好说歹说，一个字也不信！只问："谁是老爷子老夫人？石头的爹娘不是千古了吗？"

大家过了好一会才明白石头是木无心，正要答话，屋外传来苍老的怒喝声："老爷子教你杀人放火打家劫舍！教你暗杀刺探识毒断谋！可从来没教过你怕老婆！真是窝囊，窝囊啊！"

众女闻言，纷纷掩口，差点憋不住笑场了。

石头在外头低声道："义父言教身传，是孩儿无用，辜负义父一番教导。"

饕餮家的萝莉撑不住，笑出声了。其他人也憋得脸红脖子粗，对我挤眉弄眼一会，然后告退，将门外一个老头迎入门来。那老头昨日我在酒楼见过，白发苍苍，红光满面，身材甚是瘦小，无什么特别之处，就是右耳比左耳略大一些。

我莫名其妙，却见石头被那凶悍的老头子抓进来，心里很不高兴，正想发作，那老头却走到我面前，不客气地低头看了会道："我是这不成器的家伙的义父，你便是林洛儿？"

我觉得他很没礼貌，正想反驳。

石头低声道："他是黑颠，是拓跋兄弟的师父，亦是义父。"

我不敢吭声了。

"老爷子今年七十八了，就养了拓跋绝命一个乖徒弟，从小就当亲儿子看，还指望他给我夫妻抱个孙子，养老送终，如今他为救你们而死了，是兄弟情谊，我也不怪你们，可你们是不是该负责给我养老？"黑颠拉过张凳子坐下问我。

"是……"我缩着脑袋，低声细语。

黑颠怒道："无心和绝命是义兄弟，我看在死去徒儿份上，勉勉强强认了他，你们动作还不快点？老爷子从六十八等了十年，难道还得等到八十八才有孙子来继承我一身武艺？"

他人如其名，说话颠三倒四，石头解释道："义父是死牛一根筋，义母自拓跋兄弟死后伤心欲绝，两人怎么也转不过弯。我与拓跋是兄弟，自然要奉他为义父，尊重有加，只是不打算再娶，便劝他在外头再抱养一个孩子，他死活不依，非要难为我，拿我孩儿送他做徒弟还债。天天吵，天天闹，闹了七八年，我是没办法了。洛儿……你来解决吧。"

我……我怎么解决？天下哪有那么不讲理的？

"什么难为？欠债还钱，欠儿子还儿子，天经地义！"黑颠对石头吹胡子瞪眼睛，然后冲着我端详了一会，拍掌道，"我才不糊涂，这笔账划算。无心的身子骨是学武上上佳品，你容貌长相亦是上上佳品，两人若生个儿子，也可勉勉强强比得上我拓跋乖徒儿了。"

我指着石头，犹豫问："若……若孩子的长相随了他，身子骨随了我呢？"

黑颠目瞪口呆，低头琢磨去了。

石头急忙上前，握着我的手说："咱们可以再生一个。"

"滚！哎哟——"我又甩了他一巴掌，打得自己手心发疼。

"手疼吗？我给你吹吹。"石头担心地凑过来，想碰又不敢碰。

黑颠看得勃然大怒，一把抓过石头，口沫横飞地训道："你堂堂烈火教教主，五大三粗一汉子，怕这婆娘干什么？威风何在？女人这玩意是不能惯，越惯她就越踩你头上，看看我家那死婆娘，她乱说话我就打——"

"你打谁？"红蝎子从屋外气势汹汹地冲进来，

黑颠举在半空中的巴掌快速收回，打在自己脸上，赔笑道："打蚊子呢，夫人快快息怒，莫让小辈看了笑话，饶了我——"

"你个老不死的贱骨头！三天不收拾就敢上房揭瓦，居然敢在外头埋汰老娘！"红蝎子狠狠一把揪住他右耳朵，将他拖出门外训话。门口围着的那群各部丫环护法们，个个一副好戏开锣的模样，窃笑不已。

石头死赖在旁边不肯离开，我脑子给搅得一片混乱，便缩进被窝，眼不见为净。

他踱了许久步子，见我不闻不问，长叹一声，烦闷地坐在桌边，摇摇桌上酒壶，见满满一壶，随手就往口中倒。

约摸过了三四秒，我才后知后觉地想起酒里下了毒，毒药是白梓独家秘制，自他死后，天下无解。

此时石头已咕噜咕噜喝了好几口下去，我吓得从床上跳起，不顾后腿还扯着被子，连滚带爬扑过去，一把将酒壶打落，然后看着他两眼发直片刻，慌忙冲去门口想叫人拿肥皂水来催吐清胃。

还没跑两步，就被被子绊倒，直挺挺往地上摔去。

落地之际，石头将我拦腰抱住，轻轻扶起，焦急抱怨道："大夫说你不能下床乱动，你要什么我替你拿就好，免得扯动伤口，"

我抱着肚子痛得吸了口凉气，然后回头看他半晌，见他除了眼角有两个黑眼圈，下巴有点刚冒出来没剃的胡茬外，神清气爽，满脸喜悦，不像要七窍流血，毒发身亡的样子，心里暗暗猜测是他学了绝世武功，连毒药都不管用了？还是白梓的毒药过期了？

石头将我抱得紧紧的，不愿放手，他在耳边低声问："怎么了？"

"没什么，"我想了一会说，"大概又得癔症了吧。"

石头："……"

我说："你放我下去。"

他心不甘情不愿地放下我，我捡起地上碎片翻了翻，发现壶面的图案不是梅花而是梨花，显然不是同一把，料想是昨日的残酒剩菜早被丫环收走，便松了口气。没过多久，又郁闷起来，不知自己为何要在乎这混账。

石头问："酒怎么了？"

"没什么！我脚滑了！"打死我也不敢说谋杀他的计划。

石头不信，却撬不开我的嘴，也不好玩刑讯逼供，便让丫环进来收拾碎片，然后去解救黑颠被掐死的命运。

我赶紧招手将丫环唤来问："昨天桌上那壶酒呢？"

那丫环看起来挺老实，规矩回答："回夫人，酒送回厨房了。"

"我不是他夫人，"我再问，"那酒会倒掉吗？"

丫环犹豫许久才回答，"若是主子吃的东西，下人是不敢动的。"

潜台词是，吃剩的他们就敢动。以前在南宫家小厨房时，主子吃剩下来的鱼翅燕窝或没动几筷子的美酒佳肴，也统统落到我们肚子里。供给烈火教教主的酒自然是好酒，喝剩的怎会浪费？目前尚未听见有人中毒的消息，大概还没被喝下去。

我惊觉可能会误伤人命，顾不上其他，连连命令道："快快去把那壶酒找回来给我！绝对不准偷喝！动作要迅速！"

丫环应声，朝门外跑去，跑了几步，撞到劝解无效回来的石头，她被瞪了一眼，似乎想起什么，老实巴交地回首问："您是以夫人的身份下命令，还是以客人身份下命令？"

我问："有区别吗？"

她说："教主有令，让我们听夫人的，却没说要听客人的。"

我吐血了。

若让她去拿酒，就得承认自己是石头媳妇。若不让她去拿酒，就等着害死无辜人命。烈火教纵使禽兽再多，厨子和下人何辜？

丫环眼巴巴看着我，石头也眼巴巴看着我，死活不动身。

天天修佛，日日木鱼，也知救人一命胜造七级浮屠。

我人小力薄，虽救不了人，却不能乱杀人。

那壶剧毒无比的酒必须处理，我几乎是咬牙切齿低着头承认："是夫，夫人的吩咐。"

石头大喜，随手赏了那丫环两锭金子，兴冲冲跑到我身边坐下问："你那么紧张那壶酒，里面有毒吗？"

我赖不下去，乖乖点头承认："我本想把你这只禽兽毒死，然后同归于尽的。"

"你终究是没舍得毒死我，"石头对谋杀未遂犯喜上眉梢，待丫环将酒壶取回，他先闻了闻味道，又倒出几滴辨别色泽，皱眉道，"这是度厄山庄的黑鸩，你从何得来？"

我编不出谎话，便将当年在地窟的事情从头到尾，挑轻避重，淡淡说了一遍，最后道："我见那尸体和你体貌相当，手里又拿着我做的荷包，以为是你死了，便在附近燕子庵居住。"

石头越听越心疼："白梓将你的尸体拿来给我辨认，我从折断未好的小指骨一直看到烧剩的颈后肌肤上露出的一点小黑痣，终于确认你死，但念着你平日谨慎性子，不信这场火灾是意外。待身子能走动后，我多方查探打听，听见南宫冥和白梓吵架，白梓承认是为南宫冥收拾你，南宫冥勃然大怒，骂了他一顿，拂袖而去。我心里恨极，却不敢表露，待伤好后告辞离去，筹备复仇时遇到来替徒儿报仇的黑颠，和他一拍即合，他助我杀了白梓那畜生，灭了度厄山庄这虚伪的鬼地方，我帮他去杀龙昭堂。放火离开的时候，我发现荷包不见了，料想是杀人时落下了，回去寻了几番，也没结果。"

我叹息："你何苦化作恶鬼，入烈火教，灭人满门呢？"

石头恨恨道："我与你只图安稳，不图富贵，却处处遭人迫害。你更是善良平和，处处低调谨慎，隐姓埋名，只求过个平安小日子，却还是惨遭毒手。可见这天下，善良是没有用的！"

我说："可你也知道，我不会喜欢你变成这个样子的。"

石头摇头道："那时我当你死，我心也死，只道天下人负你！我便负尽天下也要替你寻个公道！那龙昭堂家大势大，又有朝廷与武林助力，不可公开为敌，黑颠几次下手，皆动他不得。幸好他认识烈火教的长老，让我改名换姓，引荐入教，并指导学习武艺和行走江湖的各种技巧。后来我武功大成，教中无人是我对手，也无人比我更狠，待老教主死后，便顺理成章成了烈火教的新教主。我先杀龙昭堂那禽兽，后灭武林那些虚伪的世家，还有那明知你命丧白梓之手，却对他毫不作为的南宫冥！只可惜那小子跑得快，溜出海外，我一时竟未取得他性命！只下令各码头烈火教教徒，见到他格杀勿论！"

我听了半晌无语，劝道："南宫冥对你我有恩，他只是对好友心软，如今我并没死，你收回这道命令吧。"

石头急忙应下，交代人去办理。然后低下头，揽着我肩膀，小心翼翼问道："我知你不喜杀人，不喜作恶，可烈火教征讨江湖时我刚接任教主，必须心狠手辣来立威，如今江湖已定，武林以烈火教马首是瞻，我发誓以后守在你身边，不乱杀人，成么？"

他握着我的手，手上是重重叠叠的伤痕，有我见过的，也有我没见过的。幼细的黑发被风轻轻撩开，露出额上被遮住的一条长长刀疤。他半眯着视力不太好的眼睛，吃力地看着我，仿佛离远点就看不清。然后小心翼翼地说着誓言，唇间呼出的淡淡余温在我发间流连、缠绵。

如今的他，全身上下，还有多少完好的地方？

他说："洛儿，你发过誓，要一辈子陪着我。"

我的心终于软了三分。

可是我也发过誓，绝对不和原著中的禽兽在一起。他禽兽也就罢了，对我做其他坏事也罢了，偏偏做的是我生平最恨最禁忌之事，若简单就原谅了他，又觉得心里别扭。所以我低着头翻来覆去思索，脸色阴晴不定，任他推了几次，也不答话。

石头垂头丧气，静静地等，红蝎子收拾完丈夫，气势汹汹冲进门来，撩一把鬓间白发，冲着石头骂道："你和我家那死老头做下这等猪狗不如的事，还想人家姑娘原谅你？！做你娘的春秋大梦去！洛儿跟我走！咱们好好的女子，不和禽兽为伍！说等什么三天七天的，这群混蛋是想拖着你施展手段呢！呆会我就带你去黑家别院静养，以后咱们不见这两只禽兽不如的家伙！"

"等等！我……我……"我惨叫未落，就被这力大的老妇人连人带被子一把抱起，气冲冲地往门外走去，丫环护卫皆不敢拦。

"给她们备轿，务必不能受伤。"黑颠拦下气急败坏的石头，吩咐护卫们给红蝎子和我放行，然后劝石头，"由得她们去吧，你先过来听我说……"

"我……我没说要现在走啊，伤还没好呢。"我挣扎无用，眼泪汪汪地对红蝎子奶奶求饶。

红蝎子很豪迈："迟早要走，晚走不如早走好！少欠那只禽兽的人情了！跟奶奶回去，我柜子里收着好多漂亮首饰，给你打扮打扮，马上又是漂漂亮亮的小姑娘了。等将来男人求亲求破头，嫁谁也不嫁那破男人！"

妈妈咪啊，这红蝎子肯定是山大王出身！强抢民女民男甚是手熟，黑颠当年该不是被她抢回来的吧？！

我欲哭无泪地被迫坐进轿子里，摇摇晃晃离开了烈火教行宫。

3

到了黑颠家，红蝎子将我安置在绣楼二层她住的房间，召来数十名黑家护卫，用弓箭大刀将绣楼里三层外三层包围得水泄不通，勒令："若木无心敢上门来，就抄刀子砍！砍死勿论！"

这阵势看得我很紧张，红蝎子又从墙上摘下根碗口粗的哨棒，如狼似虎地舞动两下，对我道："我这就去替你教训那负心人出气！"

"等等！这样万万不可！"我急了。

"嗯，这样确实不行，"红蝎子丢下哨棒，去角落箱笼里翻了半晌，从里面拿出根大腿粗的狼牙棒，带着满脸巾帼英雄气势道，"那小子比我家老不死的皮厚，用这玩意才教训得了。"

我瞧着狼牙棒上根根尖刺，五雷轰顶，魂都快吓飞了，赶紧抱着红蝎子哀求道："别教训了，我和他都以为对方已阴阳相隔，就算不死也男婚女嫁，如今重逢得难看了些，但世人对男女守节议论相悖，女子守寡大加称赞，男子守寡大加嘲讽，他顶着绝后的压力为亡妻立誓终生不娶，还能守上十年，也是难得，算不得他全错。"

红蝎子挥着狼牙棒怒喝："胡扯！女子守得节，男子自也守得！"

我喃喃道："可……他是被你男人逼着去生儿子的，而且是为了拓跋兄弟的情义，你也知道的。"

红蝎子一窒，反驳不能，便蛮不讲理道："管他是谁逼的，你真死了他找女人我高兴，你没死他找女人我就打死他！"

我急了："他不知道我没死！"

"好吧，你别急，"红蝎子终于妥协，丢下狼牙棒，抚着我的脑袋温和道，"既然他不算负心，我就先不收拾他了，但他对你做的禽兽行为还是不可轻饶，这种粗暴无礼下狠手的畜生是万万不能要的，你先安心养伤，我晚点再想想办法。"说完她一阵风似的跑了。

我蹲在地上，戳戳狼牙棒上的刺，终于舒了口气。

红蝎子的绣楼周围安静，正好让我安歇静养，林洛儿的体质康复力很强，伤口好得飞快，第二天便没那么痛，可以下床行走，第三天就能连跑带跳。楼外荷花大片大片盛开，蝉鸣声声入耳，黑家护卫们尽忠职守，连只苍蝇都不放入，红蝎子也不知在忙什么，极少来打扰我。我在百般无聊中，又感到阵阵落寞。

人真是奇怪，一样东西从未得到的时候不会去想他，得到却失去后，便懊悔得不能自已。如今失而复得，又嫌东西不如以前的好，得而再失，心里更是念念叨叨想个不停。

我悄悄推开门，见护卫换班，探头探脑观察片刻，鬼鬼祟祟地伸脚出去。

红蝎子捧着一堆图册风风火火冲过来问道："乖洛儿，你要去哪里？"

我立刻往脸上堆满傻笑，将脚缩回来："没去那里，透透气罢了。"

"无心未死，你又没过门，犯不着给他守这活寡了，我有好东西给你看。"红蝎子不由分说地拉着我的手，将我拖回房间，把手中图册摊开一地，上面画的尽是当今武林青年俊杰，她先指着第一张介绍，"这是玉面小飞龙林俊，今年二十，擅使双刀，因为父守丧三年，如今尚未娶妻，他长得英俊，人品高洁，性格温和，重情重义，武艺出众，和你是金童玉女，天生一对，你看如何？"

我苦着脸道："不妥，太不妥了，他比我还小五岁呢。"

"这有什么问题？自我家苦命的绝命孩儿死后，你是奶奶看见的第一个美人，长得如花似玉，貌若天仙，性格温厚，武林第一美人都要靠边站！天下只有你看不上眼的男人，哪有你配不上的男人？"红蝎子这番不着边际的赞美，夸得我面红耳赤，然后她翻过第二张图给我看，"这是南平王的三儿子，庶出，今年二十七，丧偶无续弦，家中无妾无儿，他人品高洁，知书达理，文武双全，不论是在朝廷还是武林都颇有威望，也算难得佳偶，你看如何？"

我摇头拒绝："他为亡妻多年不娶，定是情深意重，后来者是争不过的，我不要。"

红蝎子又翻翻捡捡，拿出第三张图道："这是拜月教二公子，你看那脸蛋，看腰身，真是一等一的好看，若奶奶没嫁黑颠那冤家，又年轻个三十岁，定要去抢回来的。他今年二十五，尚未娶妻，和你正好相当。"

我："看他打扮得那股风流劲，还眼带桃花，那么大年纪还不娶妻，不是有隐疾就是小受！"

红蝎子："这是新封的平威将军黄重山，脸长得粗犷好看！身材健硕，家中有房有地有田，今年二十六岁，是因早年的冤狱导致没娶妻。"

我："他……他这长相一看就是会打老婆的。"

红蝎子："无方公子？"

我："他花钱如流水，太会败家。"

红蝎子："许意？"

我："个头太矮。"

红蝎子："张三？"

我："名字太俗。"

红蝎子："李思君？"

我："太胖。"

所有图册都给过了两遍，统统被我挡了回去，红蝎子叹息道："这世上哪有十全十美的好男人？我家老不死的脾气不错，脸却长得丑死了，你不如将就一下，再好好挑挑吧。"

我低着脑袋不说话。

红蝎子问："你该不是还在想他吧？"

我支支吾吾道："好像是有一点点……"

红蝎子摊手："不成了，你说过这辈子绝不嫁他，他面子里子扫个清光，只好一片真心尽付美酒，说不准正在抱着酒壶怨恨你，两人还想在一起可是难上加难。"

我低声道："我骂得没那么狠吧……"

红蝎子很仗义地说："我想着你年轻姑娘脸皮子薄，说不出难听话，又当着所有教徒面前照你的意思，帮你骂了一通，骂得他抬不起头了。事到如今，咱们也别吃回头草，好好再选选。"

"你……你怎知我是什么意思？"我气得说不出话来了。

红蝎子理直气壮："你说这辈子都不和他在一起，所以他成全你了。"

我辩驳不能，垂头丧气地爬回床边，用被子抱着头，一时间把他干的坏事全忘了，只念着石头以前的好，后悔莫及，又对红蝎子的多管闲事郁闷不已。只当两人因这段错误的插曲从此要分道扬镳，从此天各一方，偏偏又割舍不下对方，心里酸楚，却不敢吭声，只红了眼眶。

红蝎子在被外推了推我，笑着走了。

黄昏时，我已经心酸到策划以后一个人回燕子庵怎么过孤零零的日子，是养两条狗好，还是养三只猫好？女儿家走太勤，会不会讨人嫌？

忽而，窗户传来细微的敲击声，敲了三下，停了片刻，再敲三下。我迟钝了许久，想起外面包围重重，这是二楼，心下微惊，犹犹豫豫地将窗户打开了一条缝。

4

窗缝里是张笑嘻嘻的脸，虎牙细眼，嘴角还有两个酒窝。他如儿时般，将手中一个包裹丢给我接着，然后抓住窗栏，翻身跃入，不由分说，抱着我就朝脸上狠狠亲了口，然后自来熟地将我高高抱起，问："媳妇儿，今天是乞巧节，晚上咱们一起去看花灯吧？"

放下偏见和怨恨，我伸手抚过这张朝思暮想的脸，肌肤传来熟悉的温度，熟悉的触感，每一样都是在梦里见过无数次，却思之不得的真实。我狠狠抱住他的颈窝，"哇"地一声又哭了。

"你还在讨厌我吗？"他小心翼翼地问。

"是，我是讨厌你，"我喉咙给梗塞住了，费力地说出心里话，"可我更想你，我天天都想你回来，落魄也好，没武功也好，残废也好，毁容也好，哪怕是变成什么样子都无所谓，我只想你回来陪着我。"

他眼眶也有些红，指了指我的胸口道："洛儿，我不懂说什么好听话。我只知道很久以前，我就把心落在你身上了，你死了，我便没有心了，脑子里只有仇恨，变成了复仇的鬼。你回来了，我也就回来了。十年，三千六百多个日日夜夜，都是锥心的恨和痛，我不想再过这样难熬的日子。所以，你留下，不要再把我的心带走好不好？"

我狠狠捶了他脑袋一下："我不走，我要盯着你，免得你这禽兽再去为非作歹强抢民女。"

他酒窝越笑越深，扯起自己衣襟给我胡乱擦几把眼泪鼻涕，连连点头道："我听媳妇的，媳妇说不抢民女就不抢，只抢媳妇去看花灯，天色已暗，何时起驾？"

我给他唱戏似的腔调逗乐了，装模作样弯弯腰，侧脸坏笑，也像唱戏似的回问："夫君啊，妾身驽钝，不知可要贤良淑德？三从四德？以夫为纲？"

"不要了不要了，"石头连连摆手，大度道，"堂堂男子汉大丈夫，应不拘小节，哪能斤斤计较这点小事？"

我再问："人家说你怕媳妇咋办？"

石头怒道："都是一家人，我疼媳妇能说得上是怕吗？谁敢说三道四，乱嚼舌根老子就撕——拖下去打一百大板……"

我看着他又急又恼的神情，笑得直不起腰，忙跑去梳妆。

他在后头嚷着："不准红杏出墙这条，你还是要守的！"

我一边应一边打开他带来的包裹，里面尽是大红大绿的俗艳衣裙，幸好绣工巧手，在上头的大朵牡丹、蝙蝠、福寿纹虽数目繁多，款式却别致，旁边的锦盒装着七八只首饰金簪，雕琢精美，件件又粗又重，尤其是那顶黄金掐丝镶宝九凤冠，每只凤凰口中衔着一颗拇指大的东珠，凤凰眼睛镶着红宝石，底座是海外来的大颗祖母绿和钻石，顶在头上就像圣诞树，足足有一斤重，这一身配起来，活像爆发的乡下地主婆，俗得没法见人。

"要穿红裙子。"石头唯恐人家不知他带正牌娘子出门，满怀热情地徐徐叮嘱。

我满额黑线地看着一桌子恐怖而昂贵的衣裙，再次为某人十年毫无长进的品味扼腕叹息，亦为珠宝行的老板庆幸——卖不出去的货色都一口气解决了。最后挑挑拣拣选出条石榴红马面裙，紫色绣牡丹琵琶袖薄绸中衣，外面罩了件宽大的宝蓝色绣兰花的薄纱罩衣，勉勉强强不至于吓死人。梳下长发，思索许久，盘了个简单的单髻，鬓角插两支金花钿。

石头犹不满意，嘟囔道："咋那么素？脑袋上再插点。"

我死活不依，对镜中美人自恋了一会，叹息着回头翻出红蝎子帮着拿回来的包裹，将易容的瓶瓶罐罐全部拿出来，习惯性开始化妆。

石头急忙打下我沾药粉的手，扯着就往门外走。楼下护卫不知为何消失不见，大门如涂了油似的一推就开，我被一路拖着走出绣楼，来到街上。七彩花灯照得整条街道如白昼，有三米高的龙腾虎跃，有精致小巧的鱼戏莲花，还有许多卖小吃的小贩在穿梭，"糖葫芦！""烤红薯香甜！""油炸糍粑不贵！"吆喝声嘹亮，香味阵阵飘入鼻中，吸引着所有人的胃口。

因容貌导致多年追捕躲藏和十年隐居，我胆小如鼠，除在自己房间外从未卸下易容，对人前露脸更是恐惧至极，如今只能护着脸，瑟瑟缩缩躲在他身后，唯恐被人看见惹麻烦上身。

"抬起头，不要怕，"石头塞给我一个鲤鱼花灯，他的笑容在灯光里格外灿烂，"从今以后，你可以昂首挺胸地走在街上，想去哪里都成，再也不会有人难为你，伤害你了。"

以前单身出门，就算化妆成老太婆，都会被光棍无赖调戏。

如今从街头走到街尾，年轻男女或醉汉三五成群，或两两相伴，提着小花灯，笑着闹着经过身边，总会惊愕或惊艳地望我们两眼，然后笑笑离开，不敢骚扰。

多年压在心中的大石忽然粉碎了，我猛然想起禽兽和非禽兽都已经不在了，我身边的男人不再是十五岁的孩子，他已足以为我遮风避雨。我小心地将缩着的脑袋伸出，挺直了脊梁骨，不再走奇怪的步伐，原先哆嗦的雏鸟如今轻飘飘的，仿佛可以飞上云天。

以后可以像普通女人那样爱怎么打扮就怎么打扮了，我可以去买我喜欢的发簪和头饰，可以丢掉那些乌沉沉的寡妇袍子，不用剪乱头发，不用剪去睫毛，天地间，我不再是孤独害怕的一人，有他在身边，什么都不用害怕！

石头握紧我的手，就如八岁那年。我兴奋过度，不顾自己年龄，还蹦蹦跳跳地吵着要去吃油炸豆腐、吃羊肉汤、玩套圈和猜灯谜，他不再不耐烦地敲我脑袋，而是温柔地跟着，手里提着七八只赢来的花灯，心甘情愿陪着我从绸缎铺、首饰铺、脂粉铺一间间逛下去，笑个不停。只是在铁匠铺前，顿了顿身子。

我吃着消暑的酸梅汤，他帮忙拿着糖葫芦和麦芽糖，远远看见黑颠和红蝎子在猜谜花灯前争来吵去，他们也瞧见我们，黑颠做了个鬼脸，红蝎子冲着我挥挥手，笑得很暧昧。

我不好意思，扯着自己的衣服问："你们是一伙的？"

石头急忙道："都是义母的主意，她说你不是真的恼我，我越在旁边就越下不来台，不如换个清净地方就想通了。"

我觉得被算计了，有点郁闷，随手揍了他几下。

此人皮厚肉粗，一个劲地笑。

华灯熠熠，人影双双。待到戏台曲终人散，便是归家。我和他没用马车，一路走一路聊天。

"石头，我的梦想是做乡下地主婆，过种田生活。如今你做烈火教教主算什么啊？"

"没问题，我一边做教主一边种田，其乐融融。"

"石头，你教务繁忙是抽不开身的，我去乡下找块田？"

"不用，把后花园里的那些狗屁牡丹玫瑰都拔了，我早看那些不能吃不能喝的玩意不顺眼了，统统种上黄瓜茄子水稻！那里的土肥得很！"

"石头，我的鸡怎么办？"

"后花园旁边是刑部，把屋子腾出来给你做鸡窝和猪圈！"

"石头，烈火教分舵那么多，干脆多弄几个庄子，还可以自产自销。"

"好，我回头就去各部分舵都购进庄子，在常例生意里增加粮食买卖。"

"石头，你品味……究竟觉得我好不好看？"

"好看！谁敢说你不是天下第一美人，老子打断谁的腿！"

"石头，为何人家给你送的美人都是圆脸的呢？"

"媳妇冤枉，那些女人虽不错，可比你差远了，我没对那些美人禽兽过！真没！我……我就多看过两眼！"

"石头……"

"放心，为夫只对你禽兽！"

"石头，我这样……究竟算不算种田成功呢？"

"媳妇，别想了，有田有地，快生娃去！"

图 邓小南

番外篇

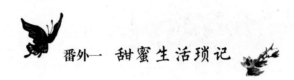

番外一 甜蜜生活琐记

新婚

我和石头相互谅解后，感叹人生苦短，决定马上结婚。石头先飞鸽传书报信，从当地富户征用一辆奢华马车和我乘坐，两人赶路半个多月，终于到达烈火教总舵。

烈火教总舵位于鹭山山腰，占地十余顷，周围被竹林环绕，一色黑瓦白墙，很是阴森。如今却张灯结彩，处处喜气洋洋，无数武林人士纷纷登门送礼庆贺，将所有客房塞得人满为患，马匹挤满后院，山中还盖起不少给下人或弟子住的帐篷。

我看着这阵势，很丢脸地怯场了，掐着石头手臂问："不是说简单办办就好？怎么来那么多人？"

石头为让儿子认祖归宗，前些日子已将自己原名昭告天下，如今意气风发，边不停地翻看下属递上的客人名册与礼单边做解释，"时间匆忙，我只请了武林中有名望的五百个门派赴宴，摆七天流水席，没有千里迎亲，婚礼在总舵内完成，只用金砖铺了你出阁至礼堂的路，有不少来宾都来不及置办礼物，直接用金子代替，嗤嗤——太简单了。"

我靠之！拿枕头捶打之！石头恭恭敬敬地把礼单给媳妇大人看之！

我流着口水妥协之。

可惜我是穷鬼，全身上下就三百两金子嫁妆，入不了石头暴发户的眼，本来考虑从烈火教仓库里搬点东西出来凑数，后来黑颠和红蝎子考虑我们将来要过继个儿子给他们，便将留给拓跋绝命娶媳妇的钱给我做了嫁妆。

我琢磨了很久，总觉得他们是想让我代替拓跋绝命嫁给石头？

婚礼前夕，我寄信给凡儿，宣告自己找到了失散多年的丈夫，只是我还没敢说丈夫是木无心，毕竟乡下人愚昧无知，烈火教恶名太盛，大家都喜欢在小孩子夜啼时用这个名字吓唬他们，据说比鬼来了更有用。凡儿在小时候被我心惊胆战地带着躲过几次烈火教，心里有阴影，对木无心怕得不行，所以我不好一下子给她太大刺激，只含含糊糊说丈夫多年前改名姓木，其余事情待见面后再谈。

未料，书信送出后，凡儿有孕，不宜长途奔波来参加婚礼，便托人捎来了五十两金子和一双连夜绣出来的绣花鞋面，还有鱼戏莲花的荷包，镶珠子的新打金花钿。我知她家境不好，这些东西已是倾尽所有，心里很是为义女的孝顺欢喜，便对石头唠唠叨叨地说了些往事。

当年收留凡儿一部分原因是她可怜，一部分原因是我不方便出门，想找个掩护。最初待她只是情面上的好，可这孩子事事为人着想，从不妄语多言，做事也勤快，又会安慰人，为我减轻了许多负担。我念着她的好，最后真心喜欢上这个女儿，平日教她识字念书算账，两人相依相偎，一起熬过了最艰难的岁月。

石头答应等婚后事情了结，便陪我回去见她，以义父身份狠狠补上一份嫁妆。

婚礼当日，我头戴九珠凤冠金步摇，颈挂七彩宝石璎珞，耳上明月珰，身披红霞裳，腰坠金秤砣，我看着镜中梦寐以求的模样，兴奋紧张得浑身都在颤抖。

古代女子出嫁是大多受苦的，后来有规矩是出娘家前要哭一场，不哭不吉利。我却是拨开乌云见月明，苦尽甘来，只知禽兽尽除，不用躲躲藏藏，自家夫君权倾天下，对媳妇言听计从，只恨不得放掌心捧着。我以后是要享清福的，乐都来不及，怎么哭得出？

喜娘催了几次让我哭，我酝酿半天情绪，干号几声，嘴角还是挂着笑。

干娘红蝎子看不过眼，走来往我腰间重重一掐。

"我的妈呀——"我哭得眼泪鼻涕都出来了，差点花了妆容。

喜娘任务完成，大喜，把我塞到轿子里装走了。

红盖头是个好东西，原本心慌意乱的我看不见宾客，心里也不太紧张了。被喜娘们扶着左三圈右三圈，糊里糊涂地把所有仪式都做了一次。拜天地时，桌子上放着李家和林家的牌位，椅子两侧坐着黑颠和红蝎子，他们代表长辈受了我们的酒，然后将石头留下，把我送进洞房。

我脖子上带着四五斤金子，重得想趴下。每三分钟就和周围环绕的烈火教女护卫和侍女们哭诉一次，让她们去催石头来救我出苦海。奈何某人兴奋过度，洞房又提前结束，正被人捧得飘飘然，左一杯右一杯喝得高兴，怎么也抽不开身。

我真的要趴下去了，红蝎子死活不准我取凤冠，命护卫一左一右站旁边帮我托着脑袋，场面看起来有点像逼供……

石头酒量虽大，也经不起车轮战，带了三分醉意，待过了二更，方飘飘然走入屋内。刚挑开红盖头，来不及赞美，就被我用怨念的眼神弄醒了，匆忙解下凤冠，赶走众人，一边替我揉颈椎骨一边安慰："好歹也是被金子压。"

他揉着揉着，两眼冒出狼一样的绿光，手越来越下，伸到衣服里面，滑过脊背。另一只手则悄悄解开腰带，将我压倒了。

被金子压完被男人压，女人结婚从头到尾都是被压的。

我如今是初级勇者越过重重关卡，直接 PK 不懂控制火力的超级大魔王，很是凄凉无助，却更深地感受到眼前男人的意义——他是我愿全心信任的男人，是我的丈夫，我们的身体和灵魂是一体的，不再分离。

完事后，我昏沉沉地趴在他怀里，全身酸软不愿再动。只觉他在不停地吻我的唇，轻轻在耳边低语："洛儿，我这辈子只待你一个人好，所以……你懂的。"

我转转眼珠，摇着头道："我不懂。"

他急道："就是当年逃避追杀时，我在船上说过的话。"

我装傻："我们现在也是在床上，谁知道你说了什么？"

他没办法，涨红了脸皮，细若蚊鸣地说："我稀罕你。"

我忍不住钻进被子里偷笑，直到他恼羞成怒地将我拉出来，才在他唇边轻轻烙上一吻，低声道："我也稀罕你。"

他不好意思地转了话题，在我肚皮上画着圈圈，忽而问："媳妇，你想要娃娃吗？"

我应得飞快："想。"

他抬头坏笑道："为夫再努力一次？"

我立刻改口："不想。"

"咱们是两口子，别客气。"

"等等！不要再来了！你这禽兽住手啊！"

当晚，大老虎把肥兔子翻来覆去禽兽无数次，吃干抹净不留渣。

我的腰酸痛了好几天，终于发现，自己嫁的不止是天下第一高手，还是天下第一大色狼。

石头曰："媳妇乖乖，被禽兽多几次，就习惯了。"

我看着他晚上露出的无耻面孔。

悔之已晚……

省亲

上午处理事务，午休种菜，下午练武，晚上禽兽，石头这个烈火教教主还是很忙的。我却是天下第一大闲人，腰里别着他所有私房金库的钥匙，独自在满屋金银宝贝里面翻来覆去算了许久，看得头晕眼花，让账房先生从头细教，然后做了一份阿拉伯数字的报表，却被石头那没眼光的家伙耻笑是错字大王！真是恨死人了！

将全部财产盘算清楚，确认几个管家都很得力后，我又无聊了，每天看着烈火教满院子花枝招展的美人儿，联想起自家男人的魅力和地位，觉得她们个个都有小狐狸精资质，顿时心潮澎湃，自觉阅种田宅斗文无数的经验总算有了用武之地，磨拳擦掌想用21世纪穿越女的"高明"手段来迎接挑战。

我等了又等，发现众美人规规矩矩，恭恭敬敬，丝毫不露半分狐媚手段，便敲山震虎地问了问，方知——全烈火教上上下下根本没女人觉得我家那口子是帅哥！嫌他长得太黑，行动粗鲁，五大三粗，品味低劣。古代美人们喜欢的都是南宫冥那类世家公子型，皮肤要白白嫩嫩，行动要彬彬有礼，时不时会吟诗作对，谈谈风花雪月，会情调，会调情，会英雄救美。中年帅哥要有点小胡子，拓跋绝命再帅都要被名门闺秀嫌蛮族出身不知礼，得靠边站。再加上石头以前的性格喜怒不定，手段残忍，教训起美人来眼都不眨，毫不怜香惜玉，陪他比陪老虎还危险，于是个个把他视作瘟神，只顾着小命要紧。

如今瘟神娶了媳妇，脾气大好，有几分向菩萨发展的趋势。处理事情经常高高拿起轻轻放下，而且烈火教天下已定，进入洗白阶段，大家兜里有钱，日子好过，正是欢欣鼓舞之际。能入烈火教的女人也是聪明人，知道帅哥到处都有，教内几大护法长得都不错，堂主里也有几个多金温柔的美男，何必给又凶又悍的公老虎做妾室，给自己找不自在？何况自己长得不如教主夫人漂亮，不如他们感情深厚，更不怕教主夫人有胆红杏出墙和自己抢帅哥……

所以，大家一致决定，为了让教主心情保持愉快，为了让他别在鸡蛋里面挑骨头，为了让教务进展更顺利些，要拍好教主夫人的马屁，他们逢人便夸我是天下第一美人，天下第一贤惠人，天下第一好女人……

石头大喜，我对这些名不副实的马屁，囧到无与伦比。

四个月后，过了年关，各种事务都暂告一段落。我挽着新出炉的宝贝相公，乘着豪华马车，率领一堆美女帅哥，雄赳赳气昂昂地回乡看女儿。

大队人马驻扎在隶属烈火教分舵的林记米铺中，我带石头回去原来居住的燕子庵，却见门锁却被撬开，佛像被擦得干净，家具收拾整齐，有几个无家可归的乞丐，多是女子幼童，见大队人马闯进来，缩在墙角瑟瑟发抖，不停磕头饶命："小的见这里长期无人回来，以为是不要的破庙，因受不住天气寒冷才闯了进来，求大人饶命！小的立刻就走！"

石头皱皱眉，我抢先拦住了，从荷包里摸了几块金子给他们道："不用惊慌，房子也不是我的，原是妙善师太建的，我只是暂居了十年。如今我正打算离开这里，以后怕是难得回来，荒废这座寺庙也不好，本来想去镇上雇人来看守打扫，如今见你们把佛像打扫得甚好，也是敬佛之人，算是结个善缘，不如就雇佣你们吧，每月二十两银子，可在偏房住下，妥善打理，供奉大殿佛像，在镇上林记米铺领工钱。我以前在后面还买了两亩小菜园，地契也一并送你们，可做些斋菜吃，但在正殿内必须严守佛门清规，不可让人用酒肉等污了净地，你们可愿？"

乞丐们是千恩万谢，我回自己屋内翻了翻，虽留恋，却也没什么可收拾的，只拿走了做给凡儿小时候玩的草泥马布娃娃。

石头跟着我转悠半晌，很心疼："你就住这破地方？墙上还有裂缝，冬天也不怕冷着？"

我目瞪口呆看了他半晌，幽幽道："你有钱后变傻了？我们小时候住的地方不是和这差不多吗？"

石头正儿八经地回答："不同，你那时候不是我媳妇，我媳妇要住天下最好的地方。"

我忍不住捧了这傻子一拳。

他只抱着我不停地说："乖，以后不会再让你受苦了。"

我有点想哭，嘴上却说："胡扯，我有钱有粮有人陪，根本没受过苦！"

他吻着我的发丝，笑着不说话，只将我手中加满银霜炭的小暖炉捂紧了些，嘱咐："别再长冻疮了。"

我笑着点头，觉得这个冬天分外暖和。

回到镇上客栈，我最后一次拿起易容工具，化成丑陋模样，然后派人去杨家将凡儿悄悄唤来。凡儿见到我惊喜万分，扑入我怀中抱怨："女儿唯恐娘亲有了亲儿子，就不要我了。"

"怎会？"我不好意思地笑笑，将站在后面的石头介绍给她。

凡儿见石头高大，有些害怕，垂首上前恭恭敬敬行了一礼，石头面上淡淡，取出一对羊脂白玉镯子递与她做见面礼。凡儿接过镯子，谢道："这水白玉雕得可真漂亮。"

我坏笑着推推石头："有其父必有其女，你们眼光一致，确实有缘。"

石头尴尬，坐下喝茶。

我拉过凡儿，细细诉说去草原后的事情，然后当着她的面除下易容。

未料，凡儿毫不吃惊，拍手笑道："早知道了，咱俩在一起七八年，你瞒得住别人怎瞒得住我？"

我惊问："你为何不说？"

凡儿不好意思答："我觉得，娘亲并不希望我知道。"

我讪讪解释："当年我在躲仇人，所以对不起你……"

"晓得，"凡儿安慰地拍拍我的手，"娘亲长得比画上的仙女还好看，每日深居简出，连社戏都不去看，定是心里有秘密。凡儿若不是娘亲相救，早饿死路边，哪能有今天的好日子过？你还教我读书写字，绣花做饭，我很小的时候就明白了，就算撕了这张嘴，也不能将娘亲的秘密乱说出去，否则咱们会一起倒霉。"

我感动得要命，也为自己的疑心病愧疚不已，拉着她的手不知说什么好。

"如今娘亲自己说出来，我也松了口气，"凡儿笑吟吟地拍拍胸脯，忽而又神神秘秘地多嘴问，"娘亲，你的仇人该不是木无心那个大魔头吧？你总是说他杀人放火无恶不作，真不知老天为何不降道雷来劈死他！"

石头被呛着了，然后狠狠瞪着我。

我看看窗外乌云密布的天空，拼命对凡儿打眼色道："我有说过这些？没有吧……"

凡儿平日还算聪明，今个儿却傻了，她老实说："当然有，当年魔教的人搜索村子，害我们提心吊胆，幸好躲得快才没被抓着。事后你郁闷得厉害，一个劲地做小草人钉木无心，诅咒他生儿子没屁眼！我从没见过娘亲你那么凶悍的模样，吓着了。"她想起有趣往事，一边说一边笑。

石头的脸都黑了，他放下杯子，慢悠悠地问我："媳妇，我儿子不是你儿子？"

"这个……"我擦擦额上冷汗，诡辩道，"我哪里知道他是你。"

石头怒道："晚上再教训你！"

凡儿终于察觉不对，拉着我衣角问："怎么？义父不高兴？"

我结结巴巴道："义父的假名姓木……"

凡儿点点头："你说过。"

石头冷道："木无心。"

凡儿呆了很久，小声问："会杀人的木无心？故事里那个……木无心？"

石头勾起嘴角，露出虎牙，笑得极其恐怖："故事？说我喜欢吃人心的那个？"

凡儿颤抖问："假的吧？"

石头直勾勾地看着她，舔唇："味道不错。"

凡儿抱着我，"哇"地一声下吓哭了。

我安慰了她好久，保证那些传闻都是假的，可是某人在旁边似笑非笑地问："真是假的？"我也不敢肯定了，只好保证他绝对不会对我的宝贝女儿下手。

凡儿还是很紧张。

石头耍够了我们，派人将她送回去，约定晚点正式登门拜访。然后揪着我入房间，狠狠禽兽了三四次报乱说话的仇，害得我哭爹喊娘，导致登门时间拖了一天。

我很委屈。·

后来去找凡儿，她已冷静下来，细声道："娘亲曾说，选择了什么样的路，就要坚持走下去。我嫁于杨二，他并未嫌弃我娘家无权无势，而且婆婆待我也很好，生活美满。如今娘亲寻回义父，他也愿意认我为义女，这是天大好事。但义父权势太强，我若告诉夫家，会有仗势欺人之嫌，以后夫妻间难以相处，不如暂时瞒下……"

我觉得她说得也是道理，便让石头以原名拜访，只说是京都里的有钱人。补送的嫁妆整整抬了一百二十八抬，风风光光震撼了整村，里面还有不少地契，足够让女儿做个地主婆。杨家婆婆乐得合不拢嘴，直说她杨家祖上冒青烟，才娶得这个好媳妇。我也谢她仁厚，毕竟杨家算村里小富户，当年说亲的不少，她没嫌弃凡儿娘家单薄，孤女出身，同意让杨二娶了她，虽然婆媳间也偶有拌嘴，她却从不刻薄媳妇，是该享福的老人家。

我又留了块玉佩给凡儿，让她有事就去烈火教分舵让人处理。

凡儿笑着应了，然后让我摸她的肚子，说里面的小外孙已经会踢腿了。

石头羡慕得要死要活，将我拖回去继续努力耕耘。

我被折腾得要死要活，还担心自己儿子真应了诅咒怎么办？"

悔之已晚……

故人

婚后三年,石头勤耕细种,我肚皮却迟迟不见动静,两人都急得要命,大夫请了无数,苦药灌了一堆,统统白搭。

我怀疑是肉文女主角的体质问题——原著林洛儿也没见怀孕。

石头却说是他坏事做尽,伤了阴德,与我无关。

两个人互相检讨,无可奈何。我动了心思,想将凡儿的儿子带来身边,交给石头练武,继承家业。可凡儿死活不愿让自己孩子涉足江湖,只好作罢。黑颠提议过几次纳妾,都被红蝎子拉着耳朵吼:"宁可断子绝孙,也不准男人作威作福!"

石头怒道:"我就不信天下真没神医了,再找!"

我摊手:"神医已死在你手里了。"

石头有些后悔。

日子平平淡淡,一天天过下去。忽然有天,市面上流传起一本最新的书,叫做《南宫游记》,里面记载着各种珍禽异兽,海外轶闻,文笔优雅,配图精致,我认出作者,大喜。

过了些日子后,有署名"明"的人给我来信,约在鹭山下的茶馆一聚,我欣然前往。石头很不高兴,却拗不过我想见故人之心。他既不放心,也不愿见旧日情敌,便给我配备了几十个保镖,自己在不远处的酒馆守着。

阳光漫天,南宫明静静地坐在茶寮角落,已不复往日贵公子模样。他皮肤被大海上的太阳晒得黝黑粗糙,嘴角有不少没细修的胡茬,头发随意绑在脑后,扎着头巾,耳上挂着个象牙耳环,身上穿的是外邦服饰,腰间佩着牛皮带,别着波斯弯刀,活像个上岸打劫的海盗。

"洛儿妹妹!"他先认出了我,挥手笑道。

我知石头对他做了不少事,竟一时不知该说什么,只轻轻坐下,挥手让护卫退后几步,低声问:"你这些年还好吗?"

"不错!"脱下枷锁,卸去重担去追寻梦想的南宫明,气色看起来比以前好多了,他推过一个小盒子到我面前,"父亲死前,我终于和他化解了多年的误会,他也知我心意,答应让我出海冒险,我却放不下他创建的南宫世家,直到世家倾覆后,才下定决心出海冒险,路上几番风波,总归大有收获。我见了梦寐以求的怪兽,也去了许多奇妙的国家,其中有个国家叫西比亚,那里白银比黄金值钱,黄金比宝石值钱,我捡了几颗特别好的回来，谢你当年鼓励。"

我打开盒子，里面是十二颗硕大的宝石，有祖母绿、鸽血红、星光蓝宝石、金绿猫儿眼、钻石、玛瑙、琥珀、黄宝石……熠熠生辉，照得人眼都挪不开。我急忙将盒子推回去，推辞道："太贵重了，你帮我许多，石头却……我受不起你的礼。"

南宫明摇头道："离开多年，漂泊海上，我终于想清楚很多事。也怪不得别人，是我太优柔寡断才酿成苦果。若我早早明白你不喜欢我，果断放弃，父亲就不会将你送给龙昭堂，你们也不用受那么多苦楚，我也不会和他吵架，气得他卧床不起。若我早点察觉白梓的糊涂，他就不会做出可恨的蠢事，你也不会差点送命，和石头分隔十年……"

"算了，都过去了，我现在很好。"平静的幸福冲去恨意，我觉得那些过往，就好像梦一般，淡淡的，醒来便消失不见。

南宫明低头看着宝石，再次推了过来，迟疑道："我知道自己本不应见你，可总想看看他待你是不是真的好……"

我笑问："如果不好呢？"

南宫明正色道："动手将你抢去海上做压寨夫人！"

我差点喷了，大笑道："我可是会晕船的。"

南宫明也跟着笑了会儿，忽而尴尬地说："他也会晕船。"

我觉得他神色闪缩，有些古怪，便问："他是谁？你有事想托我帮忙？"

南宫明看了一下石头所在方向，压低声音道："白梓。"

我大惊："此人未死？"

南宫明摇摇头："当年他被石头逼着跳下悬崖，又服毒假死，幸运地留了半条命，却吓破了胆，调养了数月才好。他怕石头和黑颠上门取他性命，逃到我那里求我帮忙躲藏，又料你被关地窖必死，不敢声张。直到南宫世家灭后，我带他一起出海，前些日子回来，听说木无心便是李石头，娶了林洛儿为妻，他知你没死，才敢说出此事。我气得要死，揍了他一顿，可想到事情已过去几年，你安然无恙，倒不好做主收拾他，还是留待你亲自处理吧。"

他口气虽恼，却有维护之意。

我懒得对起不了波澜的可怜虫报仇，看在南宫明多年情分上，拿了礼物，便答应帮他向石头游说。

石头对当年的恨也淡了许多，看在白梓这种专业人才确实难得，便松了口："只要

320

他能治好你的不孕，以后老老实实呆在我的地盘，我便放过他！"

南宫明几乎是扑回去把白梓从船上扯下，丢了过来，欢天喜地道："终于不用再受他折磨了！"

白梓穿着干净的青衣，妖孽外表依旧，皮肤只略黑了一点，原本冰冷的眼睛如今像受惊的动物，见到我后不停唠叨："你这女人没死就好，海上简直是地狱，我宁可死在大陆，也不要回去。那里不能洗澡，到处都是男人的臭汗味和脚气味，头皮屑乱飞，还要跟着这傻瓜去岸上看畜牲！畜牲有什么好看的？都是恶心又肮脏的东西，我一天也呆不下去了！那些只喷香水不洗澡的女人更恶心……"

我理解南宫明为什么要把他赶回来了……

石头在旁边敲了敲桌子，白梓老实了，黑着脸乖乖签下卖身契，加入烈火教做专属大夫，刻苦研究妇科疾病，争取让教主夫人早日受孕，将功补过，否则绑起来卖小倌馆去！

最后一条是我附加的。

石头对我居然懂什么是小倌馆感到不解。

南宫明甩掉包裹，一身轻松，留下不少礼物，欢天喜地去出海，约定两年后再回来看我儿子，走前还故意对石头说："洛儿是我妹妹，你若欺负她，我便偷走她。"

石头对他想占大舅子的便宜感到愤怒，对他还想回来勾搭自家媳妇更痛心疾首。

南宫明笑着离去。

白梓神医为了不被踢回海上，不被卖去小倌馆，工作很给力。

一年后，我如愿以偿地怀上了，得知喜讯后，石头差点乐疯了，当场抱着我转了三个圈，又抱着白梓转了三个圈，然后将他摔去地上，"呸"了三声，足不沾地去到处报喜。

好景不长，我害喜害得厉害，每天吐得天旋地转，又吃不下肉，只能用人参炖鸡汤，去渣熬成粥，一点点地补身子。石头紧张，几乎是抓着白梓守在门外睡，闹得白梓没空去研究他的医书，天天讽刺我："母猪怀孕三个月，下崽不过两三个时辰，也不见它叫痛，你连母猪都不如。"

我心情甚好，懒得理小人。

第五个月有点滑胎现象，白梓说是老蚌生珠，胎盘不稳，严禁随意走动，要求长期卧床，起床洗澡都要严加小心，更不能出门。

我有点怀疑是他故意整我，却不敢在这种时候得罪大夫，只好咬牙照办。天天躺在床上不动极其难受，我经常乱发脾气，若不是念着肚中宝宝安危，旁边有丈夫二十四孝侍候，一个月也熬不下来。

久经磨炼，十月后，我生了个大胖儿子，哭声很响亮。

石头一手抱着我，一手抱着儿子，笑得合不拢嘴，他说："我们儿子得来不易，最好起个贱点的名字好养活，不如叫李虎头？"

我否决："不好，听着像李斧头。"

石头："李豹头？"

我："更难听！"

石头："李狼头？"

我："怪怪的！"

石头："李狗头？"

儿子哭了，尿了我一身……

天意！我拍板给儿子起大名叫李默，小名狗头。

两年后，我又生了个女儿，一双眼睛水灵灵的，红蝎子爱不释手，便抛弃小狗头，想要女儿。经我们夫妻同意，将她记入拓跋绝命名下，黑颠给她起了个名字叫拓跋福寿，还说："这个名字吉利，不会和上个徒弟一样倒霉了！"

我也觉得挺吉利，便同意了。

没想到，红蝎子给她起了个小名叫：小寿寿（受受）。

我后知后觉，很是郁闷……

悔之已晚……

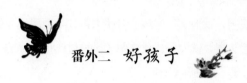

番外二 好孩子

　　他姓拓跋，出生在一个草原小部落里，听说这个姓氏在很多年前也是王公贵族，如今却没落了。他家有三个父亲，一个母亲，共生了十二个孩子，活了八个，大哥叫拓跋长，二姐叫拓跋小二，他排第三，所以叫拓跋小三。这些名字起得挺好，大家都不会叫错人。

　　拓跋家很穷，只有一个帐篷和十头羊。每当下雨的时候，大家将羊赶进温暖的帐篷里避雨，自己站在外头淋。有一次天太冷了，刚出生不久的拓跋小八被淋湿后患了伤寒，父亲在草原上采几味药吃了都不见好。同时羊群也吃了不干净的水，患上虫病，等待医治。

　　大夫治小八要十两银子，治羊也要十两银子。

　　全家一起讨论了半刻钟，做出选择。

　　牧民家没有小八可以过冬，没有羊就过不了冬。

　　拓跋小八病死了，八个兄弟减一个是七个，拓跋小六被狼吃了，七个兄弟减一个是六个……

　　年满十岁的拓跋小三，他学会了算账。

　　那天，草原上来了两个人，一个叫黑颠，一个叫红蝎子，是夫妻。他们很有钱，穿的是貂袍，吃的是烤肉，喝的是上好酥油茶。两人从东边帐篷走到西边帐篷，不停看小孩儿。每看一个，不是男的摇头就是女的摇头，女的摇头管用些，她会揪着男的耳朵一路追打，直到他举手投降。

依玛塔大嫂说，他们想找个好徒儿，一个要男孩，一个要女孩，一个要骨骼清奇，一个要长得好看。两人从中原一直找到草原，怎么也找不到。如果被挑中，就送两头上好的羊。

拓跋小三本以为和自己没关系，继续放他的羊。

黑颠和红蝎子却一眼看中了他。

黑颠说："死婆娘啊，就他了！这孩子骨骼清奇，是百里挑一的习武好料子。"

红蝎子说："死老头啊，就他了！我这辈子没见过比他漂亮的闺女！"

两人难得意见相同，要买拓跋小三。

那年头羊很贵，拓跋家兄弟很多，少一个不少。

父亲答应得很爽快。

拓跋小三乖乖收拾好两件破衣服，跟这两个不懂行情的冤大头去了——草原上两头羊能买三个小奴隶，这笔交易太划算了。

临走时，母亲含泪叮嘱："好孩子，要回家。"

他点点头。

穆玛依山上，房屋精致漂亮，拓跋小三第一次有了自己的房间，有软绵绵的床，他觉得好像做梦一样。那两个长得古怪的江湖人，对他也很不错。

黑颠嫌拓跋小三这名字不像江湖人，不够霸气，改成拓跋绝命，教他习武。

红蝎子给他买来很多漂亮衣服，还有大块猪肉，吃得肚子饱饱的，教他读书。

读书很苦，练武很累，拓跋绝命做错事的时候，会被红蝎子打手心，他师父黑颠则被揪耳朵被训斥教徒无方，再用棍子暴打，然后两师徒一起跪搓衣板。拓跋绝命觉得手心很痛，但对比师父脸上的青肿，耳上的淤红，还是觉得很幸福。

两人一起挨打，同病相怜，偶尔互诉衷肠。

黑颠老泪纵横："绝命啊，你以后讨媳妇要讨像羔羊般温柔贤惠的，千万别学师父那样傻，挑来挑去挑了只母老虎进门。"

拓跋绝命问："什么师父要挑母老虎呢？"

黑颠抹泪道："那母老虎和我自小是师兄妹，曾三次救我性命，同生共死过，这份情义天下少有。我虽嫌她不贤，长得丑陋，也不能丢下，否则堂堂男子汉，怎么立足天地间！"

老实的拓跋绝命赞同了师父的观点。

红蝎子知道此事后，得意炫耀："喜欢的人就要用抢的，想当年，我用刀抵在你师父的脖子上，问他要命还是要我？你师父立刻八抬大轿娶我过门了。"

老实的拓跋绝命也赞同了师娘的观点。

简单的日子一天天过去，拓跋绝命长大了，应该挣钱养家了，他去问红蝎子："江湖人士做什么赚钱？"

红蝎子不舍得徒弟去厮杀，便说："做生意呗，你去草原上收购牛羊倒卖到中原，能赚好多钱。"

拓跋绝命很听话，拿本钱买了一百二十只羊，做起买卖。

路上遇到一个中原商人，他说："你养羊要吃草，不容易脱手，运到中原可能会病死，不如换成布匹，布匹人人都要穿，销路肯定好。我吃点亏，用两匹布换你一头羊。"

拓跋绝命觉得他说得很对，算了会儿账，把羊换成两百二十匹布，继续走。

第二个中原商人说："你有那么多布，运输多麻烦啊？不如我用瓷器和你换布，小巧易装，两匹布就可以换一个。"

拓跋绝命觉得他说得也对，算了会账，换了一百零五个瓷器，继续走。瓷器易碎，他换了八十三个铜碗，铜碗换了筷子，筷子换了折扇，折扇换了笔纸，笔纸换了盐巴，盐巴遇到下雨，不见了……

红蝎子气得半死，敲着他脑袋问："你怎么那么笨？！"

拓跋绝命还在检讨："师娘，是我不好，不应该让盐巴被雨淋的……"

黑颠见太岁动怒，自告奋勇，带着徒儿去做生意。

可怜他混迹江湖多年，只懂打打杀杀，哪是生意老狐狸对手？三百两金子买的一百五十头羊变成了掺假的烂茶渣和破布匹。吓得他不敢回家和媳妇交代，于是重操旧业，匆匆跑去听雨楼扯下两份悬赏单，砍了个人头，换了一千两黄金回去交差。

都是用刀子砍头，卖人头比卖羊头好赚。

和死人打交道，不会上当受骗。

在师父的带领下，拓跋绝命找到不亏本的买卖，兴高采烈干起来，生意做得红红火火。

他长得好看又有钱，十里八乡的姑娘都爱他，若不是他身手敏捷，差点被人抢回去做女婿。师父师娘觉得要给他说亲了，不成家的男人不算好男人！

黑颠说："徒弟，你要找天下第一贤惠的女人，才有好日子。"

红蝎子说："绝命，你要找天下第一好看的女人，才有好孙子。"

黑颠说："女人不要好看，要能和你同生共死。"

红蝎子说："女人不要愚从，要会管账算数。"

黑颠："女人要值钱！"

红蝎子："女人要能干！"

他们谁也不服谁。

拓跋绝命在草原找了很久都没找到媳妇。

他偶尔会坐在草原上，听着师父师娘的打架拌嘴声，晒着太阳，看软软的白云飘过，心里勾勒出那个和自己共度一生的女子模样。她应该是娇小玲珑，软软的，白白的，有水汪汪的大眼睛，乌黑的长头发，就像最纯洁的小羔羊，会柔顺地蜷缩在他怀里，听他吹草原上的曲子，唱牧人的歌。他会把她捧在手心，为她赚好多钱，把天下最好的东西都买给她，不会让她受苦受累，睡帐篷外淋雨。大家说，这样的女人在中原有很多很多，他去了中原，一边赚钱一边继续找媳妇。

后来……

他赚了很多钱。

他找到梦想中的可爱羔羊。

他遵从了师父的每一条教诲。

他兑现了朋友的每一句承诺。

最后，唯独失信了她。

"好孩子，要回家。"

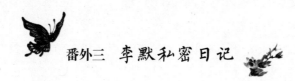

番外三 李默私密日记

1

南宫叔叔从海外回来了，两年没见，爹还是很讨厌这个人，从来不肯去见他，娘却很欢喜，去镇里酒楼见他。爹送了我一个漂亮的小铜人，让我跟着娘一块儿去，有紧急情报立刻告诉他，不得有误。我太不明白什么是紧急情况，大概是失火？

南宫叔叔真好，又温柔又和蔼，他不但给我们糖吃，还带了西洋万花镜和布娃娃送给我和妹妹。妹妹不喜欢布娃娃，非要和我抢，爸爸妈妈爷爷奶奶都偏心眼，我被打屁屁。

我很生气，很郁闷，为什么当年爷爷奶奶不让我姓拓跋呢？虽然她叫拓跋福寿是难听了点，虽然每次奶奶叫她小寿寿的时候，娘的眉毛都会抽筋。可是总比姓李好，我爹经常被娘打，我被我爹打，可见姓李就是会挨打，姓黑的也不太好！

等下次南宫叔叔再说让我给他做儿子，我就不要这个坏爹爹了！

至少南宫叔叔不会给我起名叫李狗头！

2

我爹说："狗头，你要努力练武，将来继承家业。"

我娘说："默儿，你要努力练武，将来保护妈妈。"

我爷爷说："小默，你要努力练武，将来抢个贤惠媳妇。"

我奶奶说："小狗头，你要努力练武，将来帮你妹妹抢个老公。"

我鸭梨很大……

3

娘亲有时会唱些莫名其妙的歌，说是什么王菲，什么周杰伦，什么刘德华的流行曲。我想他们都是些不知廉耻的人，曲调奇怪就算了，歌词里面来爱来爱去，乱套诗歌，毫无韵律，写出来也不怕羞！

我爹听得很痛苦，把附近所有叫周杰伦刘德华的人排查了三次，想干掉他们，未果。

我们只好继续忍受娘亲的鬼叫。

还要拍掌叫好。

4

烈火教教徒听我爹的。

我爹听我娘的。

我三岁就知道谁是真正的教主了。

5

烈火教有个很漂亮的男人，叫白梓。

爹娘很讨厌他，却出钱给他开了一所大大的医馆，起名叫医院，里面分儿科、妇科、外科、内科，由他徒弟坐诊，给天下人看病。白梓是院长，负责培养学徒，搞科研和专家门诊。

我想专家，就是专给我家看病。

6

奶奶喜欢漂亮的人，她坚持漂亮的人和漂亮的人在一起，才能生出更漂亮的人。

人家说我爹是大帅哥，她说是丑八怪。

人家说我是小帅哥，她也说是丑八怪。

有时候她会抱着小寿寿，愣愣的不知在想谁。

7

奶奶要给白梓说媳妇，找来许多美女。

白梓三天就把美女全气哭了，还说人家胸大无脑，智商低下，比海外丛林里的野猪都不如。他看这些女人还不如看自己。

我娘劝奶奶："别和他计较，这男人肯定是弯的，这辈子不娶媳妇的。"

我和小寿寿觉得稀奇，偷偷看了他很久，也没发现哪里弯。

8

白梓娶媳妇了，娶的竟是饕餮部的堂主。

饕餮部是制作精巧暗器与机关的。那女人因貌若无盐，丑得无人肯娶，一门心思放在工作上。她极聪明，读书过目不忘，做得一手好机关，白梓是在研究针筒使用的过程中，折服于她的才学，三天后决定娶过门的。

听见这门亲事，大家都很吃惊，觉得白梓是一时兴起，婚姻不会长久。

没想到两人成亲后，相敬如宾，感情很好，经常各搞各的研究，时不时互相探讨。后来大家发现，饕餮堂主虽丑，女红针线厨艺却样样精通，对外工作面面俱到，对内管家妥妥帖帖，明事理，懂进退，会说话。从来没和丈夫红过脸，吵过架，白梓有脾气也能三言两语安抚下去。

我爹说："白梓聪明，娶老婆就要重德不重色，丑点算什么？"

我爷爷附和："小狗头，将来爷爷给你找个天下第一贤惠的媳妇，像白梓媳妇那样！"

我看看饕餮堂主的脸，哭了："我要个普通贤惠、普通丑的媳妇成吗？"

9

我有个小秘密。

我喜欢凡儿姐姐家的三女儿杨小翠。

她长着圆圆的脸，细细眼，樱桃嘴，白白净净的，像个面团。

可是她管我叫舅舅。

我很烦恼。

10

南宫叔叔第四次从海上回来时，带回个金发碧眼的媳妇，很漂亮，胸很大，性格很泼辣，据说是海盗的女儿。他们生了个儿子，五岁，叫南宫斌。我爹大喜，和南宫叔叔冰释前嫌，把酒言欢。南宫叔叔把儿子丢到我家，托我爹娘照顾，又和媳妇出海去了。

南宫斌长得很好看，性格沉静老实，有对冰蓝色的眼珠子。

我娘和我奶奶都喜欢得不得了，几乎天天围着他转。

我嫉妒了。

我爹也嫉妒了。

11

我发现了拓跋福寿的小秘密。

她喜欢南宫斌！

南宫斌比她小五岁。

她也很烦恼。

【全书完】

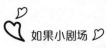
白梓结局

假如林洛儿和白梓相爱结婚

龙昭堂结局

如果龙昭堂和林洛儿相爱结婚

如花似玉的小娘子,我要抢回去做压寨夫人!

第一年

我爱你—

娘子休怕—

不要抢我—夫君救命—

第五年

我也爱你—

男 女

不要抢我—娘子救命—

老子就喜欢御姐型

第十年

男

没错,我最爱夫人……

南宫冥结局

拓跋绝命结局

幸福小剧场

家教问题1

李默性格很老实

家教问题2

拓跋福寿性格很糟糕

是我教的！

努力！

她爹带坏的，他爹从小喜欢打人！

是我教的！

努力！

她爹带坏的，他爹从小喜欢咬人！

是爷爷教的……

美女！

他爹带坏的，他爹从小喜欢帅哥！

喂……

视力问题

石头眼睛不好……

形象问题

石头是魔教教主

媳妇儿—

拖出去剥皮—

教主饶命啊—

相公，我一定会帮你想办法的

回家后……

新形象

水温刚好.

媳妇高兴就好—

图 Sky.c

335

后记

　　《美人难做》这本书的创作过程非常愉快，却在出版方面历经坎坷，多亏出版编编们拼死努力，几乎是披甲死战三百回合才得以成功，橘子深深表示感激！

　　谢谢刀叔，谢谢海砂，谢谢读者，谢谢父母，谢谢老公，谢谢加菲，谢谢小白……

　　更重要的是，谢谢所有喜欢这本书的读者！！！

　　同志们辛苦了！请再接再厉！！努力支持橘子和橘子的作品啊！！！（不要打我……）

　　《美人难做》灵感浮现是个意外，出版是个意外，我能成为一个作家更是个意外。

　　从小学开始，我就想做个漫画家，为此付出了很多很多的努力，拼命练习，参加漫画社团，甚至考取了美术学校，加入漫画工作室等等，我用了整整八年的时间，终于认清了自己是个没有画画天赋的孩子。

　　决定放弃画画的时候，我迷惘了很久，觉得自己的青春都白费了，我尝试了很多不同的事情，结果都是失败，没有运动细胞、没有音乐细胞、没有学习细胞、没有手工细胞，没有八面玲珑的交际能力，养花死花，种草死草，学个打毛线连从没打过毛线的男孩子都不如……

　　最初，我没有写小说的兴趣爱好，机缘巧合，看漫画看得走火入魔尝试写了第一篇同人故事，未料，受到了很多读者的喜爱和鼓励。于是我尝试着在这条陌生的路上走下去，越走越远……

曾经的漫画工作并没有废弃，它经常在我塑造画面感的时候出来，只是将漫画化作了文字。

如今，我对写作就如林洛儿对石头般，从原本的不爱到越来越爱，直至离不开它。

我相信世间没有没才能的孩子，只在于你能不能发现自己的才能。

林洛儿改变剧情，得到幸福。

橘子换个思路，有了《美人难做》。

编辑换个方向，顺利出版《美人难做》。

如果遇到绝路，换个方向走，说不准柳暗花明又一村。

大喜的日子，咱们来说点和此书有关的趣事。

🦋 1 🦋

林洛儿穿越的"原著"纯属虚构，和任何现实小说无关，橘子只是将最常见的小白文桥段做了个综合，并加以吐槽，所以不要去寻找同名脑残网文。

（因为很多读者问过这件事，橘子必须说明一下，否则去茫茫书海里找一本根本不存在的"原著"实在太造孽了。）

🦋 2 🦋

本文的灵感来源于橘子的读者群，大家吐槽各种不合理的文章设定时发生，橘子忽然想到，将所有不合理的设定合理化会怎么样？然后有了这篇文。

🦋 3 🦋

林洛儿的名字是橘子想得痛苦的，要带点柔弱小白花的娇情劲，又不能肉麻过头，所以我想得好痛苦好痛苦……

李石头的名字是最快决定的，又乡土又俗气，还比狗蛋大牛水根什么的好听些。

南宫冥的名字产生于橘子的怨念，有不少故事很喜欢给男女主角用黑暗或不吉利的字眼做名字表示邪魅霸道或孤独冷僻的性格，可是从心理学角度来分析，名字代表祝福，任何起名者都不会给孩子用不吉利的字眼做名字，起了就必须有合理解释。

拓跋绝命的名字来源同样。

 4

橘子最喜欢拓跋绝命，但选老公一定选石头！哪怕他不是天才！

 5

橘子也不知道为啥会给拓跋绝命领便当的，重看此文的时候，我想回过去掐死自己……

混蛋作者！把我的拓跋绝命还给我！！！

 6

橘子不讨厌龙昭堂，因为橘子最喜欢的画家是梵·高，他也是个疯子。

美人难做

作 者
橘花散里

总出品
漫娱文化

总策划
Tom.Li

选题策划
杨 严

执行策划
熊 嵩

封面绘制
古戈力

封面设计
李 婕

图片总监
李 婕

特约编辑
颜 燕

运营发行
常蓦尘

出版社
长江出版社

图书在版编目（CIP）数据

美人难做 / 橘花散里 著 .

—武汉：长江出版社，2015.3

ISBN 978-7-5492-3199-7

Ⅰ．①美… Ⅱ．①橘… Ⅲ．①长篇小说 – 中国 – 当代 Ⅳ．① I247.5

中国版本图书馆 CIP 数据核字（2015）第 045698 号

美人难做 / 橘花散里 著

出　　版	长江出版社	
地　　址	武汉市解放大道 1863 号　　邮政编码　　430010	
E-mail	cjpub@vip.sina.com	
电　　话	027-82927763（总编室）	
	027-82926806（市场营销部）	
出 版 人	别道玉	
选题策划	长江出版社青春动漫编辑室	
市场发行	长江出版社发行部	
责任编辑	张艳艳	
装帧设计	Yvonne	
印　　刷	湖南凌华印务有限责任公司	
版　　次	2015 年 3 月第 1 版	
印　　次	2015 年 4 月第 1 次印刷	
开　　本	710mm×1000mm　1 / 16	
印　　张	21.25	
字　　数	300 千字	
书　　号	ISBN 978-7-5492-3199-7	
定　　价	35.00 元	